U0113327

　　本书是教育部人文社科规划项目（10YJA752029）和江苏大学校基金资助项目（11JDG196）的阶段成果，由江苏大学专著出版基金资助出版。

美

——凯特·肖邦作品赏析

在爱和死

万雪梅 著

中国社会科学出版社

图书在版编目（CIP）数据

美在爱和死：凯特·肖邦作品赏析 / 万雪梅著. —北京：中国社会
科学出版社，2012.3

ISBN 978-7-5161-0600-6

Ⅰ. ①美… Ⅱ. ①万… Ⅲ. ①肖邦，K.（1851～1904）—小说研究
Ⅳ. ①1712.074

中国版本图书馆CIP数据核字(2012)第037743号

责任编辑　　王　斌
责任校对　　王俊超
封面设计　　苍海光天设计工作室
技术编辑　　王　超

出版发行	中国社会科学出版社	出版人	赵剑英
社　　址	北京鼓楼西大街甲158号	邮　编	100720
电　　话	010-64036155（编辑）　64058741（宣传）　64070619（网站）		
	010-64030272（批发）　64046282（团购）　84029450（零售）		
网　　址	http://www.csspw.cn（中文域名：中国社科网）		
经　　销	新华书店		
印　　刷	北京市大兴区新魏印刷厂	装　订	廊坊市广阳区广增装订厂
版　　次	2012年3月第1版	印　次	2012年3月第1次印刷
开　　本	710×1000　1 / 16		
印　　张	17	插　页	2
字　　数	296千字		
定　　价	49.00元		

凡购买中国社会科学出版社图书，如有质量问题请拨打本社发行部电话010-84017153联系调换
版权所有　侵权必究　举报电话：010-64031534（总编室）

目录
Contents

引 言

天下皆知美之为美，斯恶已；皆知善之为善，斯不善已。故有无相生，难易相成，长短相形，高下相倾，音声相和，前后相随。是以圣人处无为之事，行不言之教，万物作焉而不辞，生而不有，为而不恃，功成而弗居。夫唯不居，是以不去。

——老子《道德经》[①]

---

① 老子：《道德经》，王弼注，中华书局1985年版，第2—3页。

第一节 研究目的、意义

一 研究目的

感恩老祖宗留给我们的智慧和教诲，于"无为"与"不言"之中，让人们去体悟"天下皆知美之为美，斯恶已；皆知善之为善，斯不善已……"的深刻哲理。当所谓"美"达到"天下皆知"的极端和约束人的规范时，就是"恶"了；当"天下皆知"善为何善，并以此为唯一标准来要求人时，这种极端就走向了"不善"。这对我们明确研究美国女作家凯特·肖邦（1851—1904）小说的目的、辩证客观地认识和评价她及其作品意义重大。

回溯历史，被恩格斯誉为19世纪自然科学三大发现的细胞学说、生物进化论以及能量守恒和转化定律，尼采的"上帝死了"，甚至在19世纪上半叶由美国作家爱默生发起的一场观念的革命等无不说明旧有的宗教、道德、善恶、美丑等价值体系，与人性的发展和当时已经兴起并正在蓬勃发展的工业革命极不协调。

科学以其不可阻挡之势迅猛发展，而多数人观念的改变却严重滞后，人性的发展受到扭曲。观念、价值，尤其是道德价值，已经到了改变和重估的时候。"在哲学的一切阶段上，道德始终被看作最高的价值"，"道德对于人的心灵是一种无形的支配，他要求你在愤怒、恨和爱中的全部力量"，"在大地上找不出比善和恶更大的势力了"。①然而，要改变观念，使之与人性、自然和科学等协调发展，谈何容易。"人是观念的囚徒。从历史上看，人类的思想要超越思维惯性向前迈一小步，往往需要几十年乃至几百年的历程。在同一思想体系中，所有的观念自然是相互关联的，牵一发而动全身。"②

---

① 周国平：《尼采：在世纪的转折点上》，上海人民出版社2001年版，第204页。

② 钱满素：《爱默生与中国——对个人主义的反思》，三联书店1996年版，第35—36页。

当基督教成为一种与生命相敌对的伦理，认为人类的生生不息带着原罪时；当基督教长期以来作为最高行为规范支配压抑着人类，颠倒着善恶是非时，人类的精神如何才能抵制颓废？当科学迅猛发展，科技无孔不入地渗透到人类生活，冷漠无情地将人的存在变成一个号码、一张证书或机器的一颗螺丝钉；当社会一味刺激人的物欲和消费欲望，甚至不问人的真正需要而不断制造种种消费、无情践踏自然、滥用有限自然资源；当经济和政治成为制造财富和分配财富的工场；当人的精神播种、开花、结果的园地——文化也成为商业文化……人类如何才能不迷失方向？"当最堕落的人升到了最高品级，他所能做到的唯一的事就是损害了相反的典型，损害了最强健的人，即肯定生命的类型，生命的肯定者。当群羊闪射着最纯粹的道德光辉，这时杰出的人就不能不降为恶人一流。当虚伪损毁了一切，窃据了真理之名，这时真实的人就只能求之于坏名声者之中。"①

凯特·肖邦（1851—1904）笔下的爱德娜就是这样一个被当时的美国认为具有"堕落的"、"寡廉鲜耻的"坏名声者。她思想里几乎没有一点原罪的禁锢，敢于面对自己真实的情感，生活在蓝天、白云之下，大地、岛屿之上，与大海水乳交融，一旦觉醒，就断然拒绝继续扮演"家中天使"和"伟大圣洁的母亲"角色，从丈夫的豪宅搬进了自己的"鸽子窝"，靠绘画独立为生，最后裸身投进了大海。然而正是这样一个形象，却触犯了基督教的禁忌，落得了"海湾的冷水没没她是活该"的断言。当达尔文在科学界、尼采在哲学界向传统的、既定的规范提出挑战的时候，肖邦在文学界通过创作一系列作品，塑造一个个鲜活的真善美的人物形象，其实也是在做着同样的努力，但这注定了是一个非常艰难而黑暗的过程，她的小说《觉醒》（The Awakening，1899）出版后，引起轩然大波，被查封、禁读、遗忘了半个多世纪就是明证。作为女性作家，她很难避免千百年来积淀的陈腐偏见："她是一个女人，因此她不可能是很有才能的。"②也确实，"在整个人类历史上，妇女从来就没有建立过什么主要的宗教或哲学体系，甚至连什么主要的思想体系也没有建立过。"③

但是，肖邦是有思想的，可是她的观念被当时社会习惯地忽视了。问题是在一百多年前的美国，"女性是否也有头脑还是一个未被证实的问题，即便像

① 周国平：《尼采：在世纪的转折点上》，上海人民出版社2001年版，第205页。
② 张京媛主编：《当代女性主义文学批评》，北京大学出版社1992年版，第149页。
③ 同上书，第156页。

哈佛大学校长艾略特这样的开明君子对此也存有真诚的疑虑。"1869年（肖邦18岁时），艾略特在他就职哈佛大学校长的演说中，还说："校方的职责是维持一种谨慎和期待的方针……社会对女性的天赋智能所知甚少，只有在几代人的公民自由和社会平等后，才有可能获得足够的资料，就妇女的天性、趣味和能力进行充分的探讨。"①

肖邦表达思想的话语权受到了无情的损害与剥夺。随着《觉醒》的出版，她超前的思想不但没被时人理解和赏识，相反，人们只注意她在书中对"婚外恋"和"婚外性"所采取的坦白而在道德上模棱两可的态度，因而感到愤慨。本来作为一名南方乡土作家而受欢迎的她，被敌意包围，被排除在当地的文学圈子之外，生存空间缩小，只得忍气吞声，没再有新作出版，无限沮丧，郁郁寡欢。53岁时，她因突发脑溢血离开了人世。

直到20世纪50年代，一些严肃的评论家才将注意力集中到《觉醒》开拓性的心理现实主义、象征性的意象（symbolic imagery）以及艺术的诚实性等方面，70年代女性主义者又将凯特·肖邦重新"挖掘"出来，她的其他作品也因此重获评价。现在《觉醒》被认为是美国女性文学的开山之作，肖邦本人也逐渐跻身于美国一流作家的行列，当之无愧地被美国学界与霍桑、爱伦·坡、惠特曼、麦尔维尔和马克·吐温等人相提并论（Pease, 1990; Jung, 2004）。不仅如此，人们还已开始发现闪烁在她精妙作品里跨越国界的思想光华，从中读到了达尔文的进化论（Bender, 1992）、叔本华的生活意志论（Camfield, 1995）、尼采的日神、酒神（Bradley, 2005）和爱默生的"超灵"（Nigro, 2006），读到浪漫主义、现实主义、自然主义、现代主义和生态女性主义，等等。但是直到今天，人们也未必能领悟到肖邦思想的全部精髓，这些零散地分布在不同刊物上的作品也并没有系统地论述肖邦的思想，还远远不是肖邦思想的全貌。正如一千人眼中有一千个哈姆雷特一样，《觉醒》"发表已超过百年，今日已经是美国大中学校的教材。但有趣的是，几乎没有一个学生写的情节梗概和其他人一样，可见这部小说非常微妙"。②关于凯特·肖邦本人，美国图书馆（The Library of America）有专门的网页介绍她的作品和有关评论，其中最醒目的话语有："肖邦是那种无法以三言两语说清，也确实从来未被人说清过的作家。"③

---

① 钱满素：《美国文明散论》，东方出版社2010年版，第289—290页。

② Emily Toth, *Unveiling Kate Chopin*, Jackson: UP of Mississippi, 1999, p.209.

③ http: //www.loa.org/volume.jsp?RequestID=184.

正因为如此，我们有必要对凯特·肖邦的小说进行进一步深入的研究。"当局者迷，旁观者清"，当哥白尼的《天体运行论》（1543）将自然科学开始从神学中解放出来约468年后的今天，西方有多少人依然虔诚地信奉着由于笃信上帝而规约的"天下皆知"的"美"和"善"的标准，要他们来完全揭开肖邦神秘的面纱，还原其思想本来面目，确实勉为其难。肖邦的小说具有巨大的阐释空间，就像鲁迅谈及《红楼梦》时曾经说过的那样："经学家看见《易》，道学家看见淫，才子看见缠绵，革命家看见排满，流言家看见宫闱秘事……"①《觉醒》被西方普通读者首先读到的就是"淫"；半个多世纪以来又被女性主义者奉为经典。这些还远非肖邦作品和思想的本来面目，这些从西方固有的角度论及凯特·肖邦的文章著作，都很难跳出既定的话语模式和千百年来的思想束缚。因此，从一个跨国的角度，运用比较的方法，全方位地重新审视研究凯特·肖邦的小说势在必行，而且在新形势下，具有非常重要的理论意义和实践意义。

二 研究意义

本书在彰显文学作品中的生态、人文精神，沟通东西方交流，促进文明的对话、传承与发展方面具有理论意义。本书联系当时的时代背景、历史话语，对凯特·肖邦的小说进行阐释，但不从"天下皆知美之为美"和"天下皆知善之为善"的角度出发，也不从未必就很和谐的女性主义视角出发，而是从肖邦作品中本有的、给人以直觉的、穿越时空跨越国界的、和谐的美出发，从哲学和美学的角度，探究在文本中肖邦是如何通过"爱"和"死亡"的种种描写来充分展示这种"美"的。这种"爱"、"死亡"和"美"在她的一些作品中常常是不可分割地交融在一起，比如《觉醒》中爱德娜的死，绝非寡廉鲜耻，而是因其性与爱的分离，最后裸身投进大海，与庄子的"心与形的分裂"、海德格尔的"先行到死中去"和"向死而生"，以及老庄、梭罗的自然观、佛教生死观等东西方哲思相互交融，诗意解构了生死二元对立，将人带进了永恒的一

---

① 鲁迅：《鲁迅全集》第八卷（《集外集拾遗补编》），人民文学出版社1981年版，第145页。

元世界，给人以无尽的美感。这种爱与儒家的"仁爱"遥相呼应，这种美所展示的精神境界与现代西方叙事精神、东方中国的艺术精神相互交融。这种精神在丰富我们审美情趣的同时，启示我们：一个人心灵的倾向比肉眼的视角更加本质。

这种爱和美，必须具有美好的"心灵之视"的人才能发现，也才有可能进一步探究下去。在西方叙事学的大框架下，对"视角"的划分，不论是英国的罗杰·福勒（Roger Fowler, 1939—1999）的"外视角"和"内视角"，还是法国的茨维坦·托多罗夫（Tzvetan Todorov, 1939— ）的"外视点"和"内视点"，都无法穷尽凯特·肖邦小说中的爱与美，但是我国近千年前北宋画家郭熙（约1020—1090）《林泉高致》中的"三远"（笔者再补充"一远"，共"四远"）不仅能够涵盖西方有关对视角划分的理论，而且还能进一步解读凯特·肖邦小说中的爱与美，于是在此基础上，笔者提出了"眼睛之视"与"心灵之视"的说法。"眼睛之视"会受当时当地条件的限制，但"心灵之视"却可以穿越时空、跨越国界，彼此相近相通；"心灵之视"没有偏向，将使得我们关注到更多应该被关注的文本、文论和画论等；也将使得"建构一种更具'世界文学'意味的"叙事视角，并使其担当起文学范畴内应负的职责更加成为可能。

本研究还具有实际意义，"文章合为时而著"。当前不管人们的世界观是科学主义的或人本主义的，或信奉某种宗教和思辨唯心主义的；也不管人们正享受着怎样的"人生之美"（林清玄）：欲望、物质带来的美，文化、艺术、文明带来的美的满足，还是灵性、精神的美，人们都必须面对死亡这个问题，但当我们面对死亡时，我们或许早已遗忘少年时代曾经怎样激励过我们、让我们澎湃的心情久久不能平静的话语："人的一生应当这样度过：回忆往事，他不会因为虚度年华而悔恨，也不会因为生活庸俗而羞愧；临死时候，他能够说：'我的整个生命和全部精力，都献给了世界最壮丽的事业——为人类的解放而斗争。'"[1]

面对实际生活，人们可能有太多的无奈与迷茫，有多少人终其一生忙忙碌碌，随波逐流，只为了生存而生存，只为了不断膨胀的物欲而打拼，人们在试图发展科技、最大限度地获得物质满足的同时，自己很容易就被物化了，人

---

[1] [苏联]奥斯特洛夫斯基：《钢铁是怎样炼成的》，人民文学出版社1976年版，第327—328页。

性逐渐丧失，人情变得冷漠。当然，相比较而言，人的身体的解放相对于挣脱心灵的枷锁、观念的改变还是比较容易的。如今，社会科技进步，物欲横流，家庭、伦理和道德观等受到前所未有的挑战，犯罪率、离婚率居高不下，家庭成员越来越少。青年学生一方面在情感上容易放纵，另一方面也极易受挫，总之，他们在道德、情操、伦理等方面亟需指引，如何确立正确的爱情观、婚恋观、审美观等，对他们来说已经成了刻不容缓的事情。而百年前凯特·肖邦的小说已经跨越时空地触及这些问题，并有着与儒家的仁爱，道家的生死、伦理、生态等相通的观点，对我们每一个生命的个体都有非常智慧的启迪。

当今社会，民族与民族之间、国与国之间、不同的家庭之间、同一个家庭的不同成员之间以及每一个生命的个体，都存在一个自然和谐与社会和谐的问题。在这个非常具有现实意义的问题上，一方面，我们有着五千年宝贵的传统可以借鉴；另一方面，凯特·肖邦的诸多作品也都会给我们以深刻的启示，从她的作品中我们可以管窥到跨越时空的爱与美，可以管窥到她与我国数千年来的传统理念遥相呼应的和谐社会观、生态观、婚恋观和伦理道德观等。比如，她的《觉醒》就有多重解读的可能，人们可以从中读到不同种族之间的自然相容，可以读到"天人合一"、生态之美，可以读到庄子的"生死相依"、形体与思想的分离等。而她的《一位正派女人》（*A Respectable Woman*，1894）则融东西方的道德美感为一体，渗透着她的和谐婚恋观。这在当今传统的家庭、伦理和道德观等受到前所未有的挑战情况下，不仅有助于树立正确的婚恋观、人生观、价值观，对于构建和谐社会、和谐地球村都具有非常深刻的意义。

本书努力挖掘和发现在百年前凯特·肖邦就已经用自己的创作和生命去探究得到的成果。凯特·肖邦本人身心和谐，精通艺术，酷爱音乐，广泛涉猎、博览群书，她短暂的一生虽一次次痛失包括父母、丈夫在内的数位亲人，30岁出头便一个人带着6个孩子，依然在从事创作的这10年间（1879—1899）给我们留下了许多佳作。她个人的故事本身对我们而言就是一笔宝贵的精神财富；她的思想承前启后而又超越时空；她的作品洋溢着艺术的美，更富有多方面的思想和智慧的启迪；她的作品的价值不言而喻。

第二节　凯特·肖邦研究综述

一　凯特·肖邦创作概观

正因为《觉醒》的出版受到冷遇数十年，肖邦小说研究也受到了极大影响。肖邦生前作为一个乡土作家的声誉与地位的确立，主要是因为其短篇小说和短篇小说集的发表。从1889年到1899年间，除了被毁坏的或无法找到的1部长篇《年轻的戈斯医生和西奥》（*Young Dr. Gosse and Théo*，1890）（Simon & Schuster，2004：XVIII）和6部短篇外，凯特·肖邦还写出了2部长篇小说《过错》（*At Fault*，1890）和《觉醒》，100多部短篇小说，以及一些散文、诗歌、剧本、儿童文学和文学评论等。在美国1899年的大事年表上（文化读本）（Smith & Dawson XV），《觉醒》的出版是6件大事之一；《过错》是肖邦自费发表的第一部长篇小说，通过男女主人公的情感故事来反映美国南北战争后北方工业社会和南方农业社会间的文化冲突与融合，小说在情节和人物表现上虽显稚嫩，发表后也没引起多大反响，但是小说触及当时社会的两大禁区：酗酒和离婚，尤其是客观地描述离婚，成为"最早不加道德评判地处理这个问题的美国小说之一"。①

1889年，肖邦首次在刊物上发表诗作和短篇小说。这一年，发表在《费城音乐期刊》（*Philadelphia Musical Journal*，季刊）第四期的短篇小说《智胜神明》（*Wiser than a God*），就让人足见其对人生有关爱情、生死、婚姻的智慧思考和小说的音乐艺术性、人物塑造和情节发展的独到之处，此后肖邦的创作热情不减，作品发表的刊物也从圣路易斯、新奥尔良当地的刊物转到《哈珀年轻人》（*Harper's Young People*）、《时尚》（*Vogue*）、《世纪》

---

① 刘海平、王守仁主编：《新编美国文学史》（第二卷），上海外语教育出版社2002年版，第434页。

（*Century*）、《大西洋月刊》（*Atlantic Monthly*）等全国知名刊物。现在《一小时的故事》（*The Story of an Hour*，1894）、《黛丝蕾的婴孩》（*Désirée's Baby*，1893）、《一双长筒袜》（*A Pair of Silk Stockings*，1897）、《一位正派女人》（*A Respectable Woman*，1894）和《暴风雨》（*The Storm*，1969）等已经成为世界名作，备受人们喜欢与研究。有民族特色的，才是国际的。她那一个个建立在地方特色基础上的美丽故事，实际上探索的是与每个人休戚相关的、人类永恒不变的话题：爱情、婚姻、自由、死亡和种族问题等。

凯特·肖邦生前还将多数已经发表和少数新创作的短篇小说集成3部短篇小说集，2部得以出版，而第三部短篇小说集《职业和声音》（*A Vocation and a Voice*）本来已被出版商接受，却很可能因《觉醒》的出版招致非议而又被拒绝，未能出版。而后多亏了挪威奥斯陆大学美国文学教授佩尔·赛耶斯特德（Per Seyersted，1921—2005），他当年在哈佛大学求学期间将肖邦生前已经发表和未能发表的作品全部收集起来，在1969年出版了共1032页的《凯特·肖邦全集》（*The Complete Works of Kate Chopin*），我们才得以读到《一个小时的故事》这样的一流佳作，而这本来是作者计划在第三部小说集《职业和声音》中发表的。

1894年，肖邦的第一部短篇小说集《牛轭湖的人们》（*Bayou Folk*）的出版是一个成功，小说成集的信息被登载在《纽约时报》和《大西洋月刊》上，引起了美国评论界数位著名评论家的关注，他们喜欢小说中的地方语言风貌，认为这些故事友善、富有魅力，肖邦也因此跨入了"杰出的地方色彩作家"的行列。这些故事以路易斯安那州为背景，其中大部分人物生活在纳基托什教区（Natchitoches Parish），很多人物不止出现在一个故事里，形成了松散的整体。这些多数是虚构的故事，有的基调感伤，如《黛丝蕾的婴孩》，总体表明了当时"肖邦笔下的人物正在他们的社区寻找属于自己的一席之地；有的正在努力成功处理对爱的需求；也有一些已经在小心翼翼地获得自主权，这样就映射了后来比较强势的人物性格的出现，包括《觉醒》中的爱德娜"。[①]1897年，她的第二部短篇小说集《阿卡迪亚之夜》（*A Night in Acadie*）出版，进一步提高了肖邦作为乡土作家的文学声誉。这些小说继续以路易斯安那州中北部地区和新奥尔良为背景，描写那里法国后裔克里奥尔人聚居区的生活和文化传统，故事关注来自南方社会的各个阶层的人物：既有克里奥尔人、法裔加拿大移

---

① *Peggy Skaggs*, Kate Chopin, Ed.,David J. Nordloh, Boston：Twayne Publishers, 1985, p.12.

民，也有黑人、黑白混血儿、原住居民等。肖邦把主题重点做了转移，特别注意表现爱——各种各样的爱：对子女的爱、兄弟之爱、父爱、母爱、性爱——尽管她还继续关注各种各样的人的身份的确定。比如这部小说集中的《一位正派女人》就向世人展示了一种婚外的爱。这种爱"发乎情，止乎礼"，极好地体现了"中和之美"和"伦常大道"，渗透着理性的美。

二 国外凯特·肖邦研究

凯特·肖邦小说在国外的研究状况受《觉醒》（*The Awakening*，1899）的影响很大，因此可根据《觉醒》的遭遇大致分三个阶段来分析国外肖邦小说的研究状况：（1）从凯特·肖邦正式开始发表作品到《觉醒》被挖掘前的研究状况（1889—1945）；（2）《觉醒》被挖掘期间的研究状况（1946—1968）；（3）凯特·肖邦作品被挖掘后的研究情况（1969— ）。接下来让我们比较详细地了解这三个阶段的研究情况。

（一）《觉醒》被挖掘前（1889—1945）

凯特·肖邦是作为一个乡土作家而得到认可的，因此对她的研究也主要围绕她这方面的特色而展开。正如前文所述，19世纪后半叶的美国文坛，男性是主流，社会对女性的天赋智能还持怀疑和谨慎态度，女性作家崭露头角，但往往受到压制，更不用说后来《觉醒》的出版，犯了"天下皆知"的"美之为美"、"善之为善"的大忌，遭到了公开的甚至是猛烈的指责。

所以在这长达56年的时间内，有关研究肖邦其人其作、有案可查的记录就只有12条，除了1条是专论肖邦的著作外，其余11条，没有哪条超过10页，最多7页，通常2页（Seyersted，1980：236—237）。

这些很久以前散见在各个刊物上，评论过凯特·肖邦的作家、作品名称以及发表时间如：苏·摩尔（Sue V. Moore）的《凯特·肖邦女士》（*Mrs. Kate Chopin*）载《圣·路易斯生活》（*St. Louis Life*）第十期，1894年6月9日出版，这是评论肖邦的第一篇作品；1915年，弗雷德·刘易斯·帕蒂（Fred Lewis Pattee）发表的《1870年以来的美国文学史》（*A History of American Literature*

Since 1870）在第364—365页之间论述了肖邦；约瑟夫·赖利（J. Joseph Reilly）在《论书和男人》（of Books and Men，1942）中有7页的篇幅，专列一章论述肖邦，将她与约瑟夫·康拉德和托马斯·哈代等人相提并论，给予她的短篇小说的艺术成就以高度的评价。

这期间唯一专门论述肖邦的著作为丹尼尔·兰金（Daniel S. Rankin）写的《凯特·肖邦和她的克里奥尔故事》（Kate Chopin and Her Creole Stories，1932），在EBSCOhost数据库里可查到1933年《美国文学》（American Literature）第3期第5卷和《美国》（America）第3期第48卷有关于这本书的书评2篇。

在《美国文学》第3期第5卷的书评里有："兰金收集的有关肖邦评论性创作的小说证实了人们对肖邦的智慧和超越了其他乡土作家的狭隘的地方主义的印象。"[①]《美国》第3期第48卷的书评对肖邦的作品的认识同样入木三分，而且更加细致感人："它们（这些短篇小说）令人信服地证明了作者精通叙述故事的艺术、熟知克里奥尔人的生活和习俗：特别说明的关于'家庭事务'和'意想不到的恩人'方面的内容，她的感染力是世界性的。'这是她的理解，'兰金前辈说，'关于爱、恨、恐惧和骄傲给予凯特·肖邦故事力量的、人类基本情感的理解'；她的有一定限度的地方性，包括当这地方性给这方不太为人所知的土地赋予浪漫气息的时候，从来都没有狭隘了那种趣味，相反却传达出了一种古色古香的、怡人的风貌。"[②]

总之，这段时期美国文坛女性作家的创作氛围和地位，明显不能与欧洲相比。1907年，瑞典女作家塞尔玛·拉格洛芙（Seima Lagerlof， 1858—1940）因发表了她那"能够启迪人们美好的心灵，用美丽的童话比照丑恶的现实，用丰富的想象充实人们的精神世界"[③]的《骑鹅旅行记》（The Wonderful Adventure of Nils，1907），于1909年获得诺贝尔文学奖，成为第一位获此殊荣的女作家，而此时的肖邦研究却好似被打入冷宫，还处于沉寂期，美国直到1938年才有女性作家赛珍珠（Pearl S. Buck，1892—1973）由于"对中国农民生活所作的真切而取材丰富的史诗般的描述，以及她传记方面的杰作"而获诺贝尔文学奖，比拉

---

① J. B. H, "Kate Chopin and Her Creole Stories （Book）", *America Literature*, Vol.5, 1933, p.93.

② P. K, "Kate Chopin and Her Creole Stories", *America*, Vol. 48, 1933, p.558.

③ 王晓英、杨靖主编：《她世界：西方女性文学百部名著赏析》，安徽人民出版社2004版，第100页。

格洛芙的获奖整整晚了30年，而且，赛珍珠的获奖被认为是诺贝尔文学奖历史上颇受争议的。

（二）《觉醒》被挖掘之后的研究状况（1946—1968）

这个阶段历时虽然只有22年，有关凯特·肖邦及其作品研究的成果亦仅为16条，但比前一个阶段的12条已有上升趋势。随着前一个阶段评论家们的努力，凯特·肖邦作品的影响力慢慢扩大，特别值得一提的是法国评论家西里尔·阿纳翁（Cyrille Arnavon）在译介肖邦作品方面所做的努力。1946年，他就用法语发表了有关肖邦的研究成果，1953，年他又用英语把凯特·肖邦和《觉醒》中的女主人公爱德娜介绍给世人，重估了肖邦的才能，也正是在他的直接影响下，才有了挪威学者赛耶斯特德关于肖邦的集大成的研究，也才有了女权主义者挖掘肖邦的研究基础。

（三）凯特·肖邦被挖掘后的研究情况（1969— ）

1969年，赛耶斯特德不仅将肖邦生前所有发表过的、未曾发表过的作品集中出版《凯特·肖邦全集》（*The Complete Works of Kate Chopin*），而且还发表了关于她的评论性专著。

这与20世纪60年代末再度兴起的女权运动相契合，肖邦及其作品立即引起了女性主义者的关注，她的作品被美国女性主义者奉为经典开山之作，而她原来就被认可的作品的艺术性又得到了进一步的关注，从此凯特·肖邦研究开始进入一个新的领域。从EBSCO数据库综合检索平台键入"Kate Chopin"，在1890—2010年间的记录是760条，而1969—2010年间就占745条；在PQDD里，有关"Kate Chopin"的欧美博士、硕士学位论文为27篇，也都是1969年以来的，更有Per Seyersted、Harold Bloom、Emily Toth和Peggy Skaggs等人的专著或编著若干。

这些成果主要从女性主义的视角挖掘了肖邦作品的价值，原来已有的肖邦作品的艺术性研究也有所深入，更添了一些前文已经提到的、有关肖邦作品的科学主义如进化论和人本主义如爱默生的超验主义、尼采和叔本华的哲学美学等方面的思想溯源研究，这些作品都为本书提供了国际视野。

三 国内凯特·肖邦研究

百年前的肖邦所关注的女性、生死、婚恋等问题是人类永恒的话题，她的思想同样引起了中国学界的关注，改革开放后，主要是90年代以来，许多学者的文章、著作或开设的相关课程都不忘论及肖邦，如钱满素、虞建华、金莉、刘海平、王守仁、朱刚等，他们的开拓性成果为国内肖邦研究奠定了坚实基础；宫玉波、胡泓等也做了可贵的努力。截至2011年3月3日，在国家图书馆能查到的《觉醒》已有文忠强、贾淑勤、程锡麟等的16个译本，英汉对照2本，英语注释1本；中国学术文献网版出版总库，以"Kate Chopin"为主题，共有记录272条，其中中国学术期刊网版出版总库209条（其中北大核心15条：申丹2篇，笔者4篇，其余每位作者各1篇），中国博士学位论文全文数据库2条，中国优秀硕士学位论文全文数据库61条，此外，国家图书馆还馆藏了中国学术文献网版总库查不到的博士学位论文1本，硕士论文9本，再加上一些美国文学史、论文集或短篇小说集等论及肖邦或收录了肖邦的短篇小说《一个小时的故事》或《黛丝蕾的婴孩》等。所有这些成果除笔者的外，主要从女性主义和叙事学角度阐明了肖邦的女性思想，为本书搭建了国内的平台，因此笔者将在此平台上，进一步从哲学、美学等角度，对肖邦有关生死、婚恋、生态、伦理等方面的思想加以剖析、总结、溯源，并预测其发展态势。

第三节　研究内容、方法及创新点

一　研究内容

本书不重复讨论肖邦的女性主义思想，而在此基础上努力发掘她的觉醒的、超前的生命哲思，挖掘她作品中含有的与古今中外东西方智者相谐共振、符合生态的永恒话题。人们在误解了她半个世纪以来主要看到的女性主义还远远不是她思想的全貌；蕴涵在她的小说、诗歌和日记等作品中的是关注人类永恒话题的深层思想，这些思想涉及科学、哲学、美学、宗教、文学、音乐和绘画等众多领域，充分表现在她穿越时空、跨越国界、具有与东西方智者相通的对人间的深切关爱，这种爱体现在她非同寻常的婚恋观、生态观、伦理观、种族观和宗教观，还有她那超越死亡的生死观里；这种生机勃勃的爱和向死而生的精神，给人以无限的美感。

（一）凯特·肖邦的生死婚恋观

《觉醒》中的爱德娜性、爱分离，裸身投进大海，与庄子的"心与形分裂"、海德格尔的"先行到死中去"，以及老庄、梭罗的自然观、佛教生死观等东西方哲学思想相互交融，诗意解构了生死二元对立，将人带进了永恒的一元世界。例如，《一位正派女人》向世人展示了一种婚外的爱。这种爱"发乎情，止乎礼"，极好地体现了"中和之美"和"伦常大道"，渗透着理性的美。

（二）凯特·肖邦的生态伦理观

她这方面思想是符合人性的、天人合一的。如《觉醒》中的爱德娜因城市生活而烦闷，因接触大自然而感到自己都无法理解的觉醒，最后裸身投进大海，实现了人与自然的永远融合。又如，《暴风雨》里一场暴雨使昔日没有成为眷属的有情人旧情迸发，随着雨过天晴，各自回到原来的生活，大家都很幸福。

（三）凯特·肖邦的宗教种族观

现实中的肖邦后来背离了天主教，不参加任何宗教仪式活动，她的学养智慧已不允许她这样做，她的作品中女主人公也是如此，往往对宗教有叛逆的思想和行为。她还在《黛丝蕾的婴孩》（*Désirée's Baby*,1893）和《美人儿佐尔阿依德》（*La Belle Zoraide*,1894）等小说中，用凄婉动人的故事表明了她抨击奴隶制度、谴责种族压迫、反对种族偏见、希望建立平等友好关系的种族思想。

二 研究方法

（一）语料库方法

将肖邦的全部作品建成Word文档，其余所有中英文材料都按各章内容编排好，存在专用的移动硬盘里，纲举目张，方便研究。

（二）因果溯源法

肖邦的思想没被时人接受，为什么？因她觉醒、思想超前，怎么会觉醒的？主要表现及现实意义如何？就这样提出问题、分析问题、解决问题，层层深入，就好比凯特·肖邦说的"层层剥花法"（tearing a flower to pieces）。[①]

（三）叙事求同法

肖邦的叙事视角与我国宋代郭熙"远论"透视法有异曲同工之处，可为我们打开"心灵之眼"，发现她的思想与古今中外许多智慧思想有着和谐共通的爱与美。

（四）思想比较法

用求同互文法找出那些与肖邦相通的思想，凭因果溯源法发现那些对肖邦

① *Peggy Skaggs*, Kate Chopin, ,Ed. David J. Nordloh, Boston：Twayne Publishers, 1985, p.71.

有影响的思想，并将它们进行对比，以彰显肖邦的思想体系及其超越之处。

三 创新点

跳出人们普遍认可的女性主义思维定式，用全新的视角解读凯特·肖邦思想；一切从凯特·肖邦的生活经历、作品智识和文化历史背景出发，跨学科、跨国界、越古今探究肖邦的思想，根据她从达尔文、爱默生、尼采、叔本华、惠特曼和莫泊桑等人那里获得的科学、哲学和文学影响，加上家庭熏陶的音乐、绘画方面的学养，通过互文法发现肖邦思想与古今中外一些宗教、哲学、美学、科学思想的相通和超越之处；通过比较使用西方叙事视角和东方"四远"（我国宋代郭熙"三远"、"一远"）法，发现肖邦思想与中国艺术在探索无尽空间时共同的精神、共通的美。同时，本书还提出并定义一些新概念如"低远"、"四远"、"眼睛之视"、"心灵之视"等，以探究凯特·肖邦在爱和死亡问题上的深刻思考和现代意义，并试图构建肖邦思想体系，以及梳理肖邦本人并未直接提出过的思想理论。

第一章

凯特·肖邦：爱与美的思想者

所谓"智者"自然是指有智慧的人，而智慧根据《现代汉语词典》（商务印书馆2000年版）的解释又指"辨别判断、发明创造的能力"，换言之，智者是指具有理性和丰富智慧的人，是指那些具有一定知识技能，具有能够反映事物本来面目的有思想的人，如哲学家、作家、诗人、自然科学家、音乐家乃至政治家等，都可称为智者。

第一节　跨时代的智者

所谓"智者"自然是指有智慧的人，而智慧根据《现代汉语词典》（商务印书馆2000年版）的解释又指"辨别判断、发明创造的能力"，换言之，智者是指具有理性和丰富智慧的人，是指那些具有一定知识技能，具有能够反映事物本来面目的有思想的人，如哲学家、作家、诗人、自然科学家、音乐家乃至政治家等，都可称为智者。美国女作家凯特·肖邦就是这样的一位智者，一位已经得到普遍认可的"美国长篇小说家、短篇小说家、诗人和评论家"[①]，她有相当的智慧表现在写作、音乐、绘画、心理甚至管理学等方面的知识技能，而更主要的，她有理性的、思辨的能力，这充分体现在她对自己的人生把握以及她所创作的小说、诗歌和文学评论等作品中。

一　文学

1888年，凯特·肖邦首次公开发表作品，让我们惊奇的是，它不是文学作品，而是音乐作品——钢琴曲《莉莉娅波尔卡》（*Lilia Polka*）[②]，由此可见肖邦在音乐方面的素养，关于这一点下文将有比较详细的论述，这里先看肖邦在文学方面的成就。肖邦在写作方面具有过人的智慧，已通过她创作的小说得到了越来越广泛的认可，即使在她的《觉醒》因为其思想的超前而被人为尘封得

---

① Sharon K Hall. Ed. ,*Twentieth—Century Criticism*, Vol. 5, USA： Gale Research Company, 1981, p.141.

② Kate Chopin, *Kate Chopin's Private Papers*, Ed. Emily Toth, Per Seyersted, and Cheyenne Bonnell, Bloomington： Indiana UP, 1998, pp.195—199.

最严厉之际，依然有人发表文章认可了她的文学成就，如1933年《美国文学》第3期第5卷关于丹尼尔·兰金的《凯特·肖邦和她的克里奥尔故事》一书的书评文章里，就有"兰金收集的有关肖邦评论性创作的小说证实了人们对肖邦的智慧和免除了其他乡土作家的狭隘的地方主义的印象"。[①]在创作方面，除了小说方面的成就外，她在诗歌和文学评论等方面的努力和成就，也不能不提。

挪威奥斯陆大学美国文学教授佩尔·赛耶斯特德（Per Seyersted，1921—2005）当年在哈佛大学求学期间整理肖邦文稿并集中出版时，就发现了她生前共创作过46首诗，1幕短剧，29个故事，还有13篇文学评论。1889年，肖邦首次公开发表的文学作品是诗歌《如果可能》（*If It Might Be*）［芝加哥《美国》（*America*）杂志第1期，1889年1月10日］，诗中表达的似乎是对亡夫奥斯卡无尽的思念。

> 如果可能您需要我的生命，
> 那么瞬间我将结束希望和恐惧之间的抗争；
> 最终欢欣我只遭遇奇迹，
> 发现死亡是如此甜美。
>
> 如果可能您需要我的爱，
> 那么爱您，亲爱的，将证明是我一生挚爱的事业；
> 所有的时间，我将用来温柔守护，
> 真正地活着细数爱的幸福。[②]

这首肖邦的处女诗，与我国宋代女词人李清照（1084—约1151）的《声声慢》相比，虽然都含有丧夫之痛、思夫之情，但全然没有"寻寻觅觅，冷冷清清，凄凄惨惨戚戚"的自我哀婉的凄苦之情，有的只是在生死之间自由穿越的浪漫无畏、无私奉献的爱与美。生也淡然，死也淡然，但却是为爱而生，为美而死，给人以无尽的淡定力量与智慧启迪。

可惜人们对她的误读太久太深。假如人们只要读过一句她的关于创作理念

---

① J. B. H, "Kate Chopin and Her Creole Stories（Book）", *America Literature* Vol.5, 1933, p.93.

② Per Seyersted, *Kate Chopin：A Critical Biography*, New York：Octagon Books, 1980, p.50.

的话语，都不会对她的思想有任何不善、不美的怀疑，更不应该曾经一度轻易将《觉醒》列为禁书，让多少人错失了一部一流佳作所给予人的美好的艺术体验和关于爱、生与死的思想之旅。当谈到小说创作时，肖邦写道：

> 短篇小说写作——至少对我而言——是那种积聚在内心（对于人们）的善良与美德的印象的自然流露……有些故事似乎他们自己自动就已经写成，而其他的故事则积极地拒绝被写——巧言杜撰不会带来任何结果。我不相信任何一个作家曾经凭空虚构出一幅"肖像"来……相对于虚构的完美，我更喜欢真实的粗糙。①

虽寥寥数语，可是肖邦对真善美的追求却跃然纸上，而且她很客观理性，并不奢求所有人的理解与认可，尽管她自己的的确确是在努力达到一个智者、一个哲学家的思想高度。

> 我比以往时候更加确信一个作家应该满足于描写特定的人群，不管这人群是自己费力了解所得，还是通过最不经意的方式而理解了他们。每一个作家，我想象，都有能够理解他，与他的思想、他的印象或者他给予他们的任何内容产生共鸣的读者群。而满足于与他自己的读者群互相理解的他，并不怀有超乎其外的雄心，依我看，在某种程度上，他也就达到了一个哲学家的高度与尊严。②

肖邦的作品，给人的直觉就是那种特别自然纯善的美，引人入胜，让人陶醉，正如女性主义理论家伊莱恩·肖瓦尔特（Elaine Showalter）所认为的："现在《觉醒》作为有史以来第一部由一位美国女性作家所创作的、美学上成功的小说已经得到普遍认可。"③不仅如此，她的作品给人以一种整体的艺术力量，让人不自由自主地探寻这美妙作品后面一定有着的非同寻常的思想，就正如我

---

① Per Seyersted, *Kate Chopin: A Critical Biography*, New York: Octagon Books, 1980, p.117.

② Ibid..

③ Elaine Showalter, *Sister's Choice: Tradition and Chance in American Woman's Writing*, Oxford: Clarendon Press, 1991, p.65.

国宋代朱熹（1130—1200）所言："半亩方塘一鉴开，天光云影共徘徊。问渠哪得清如许？为有源头活水来。"①果不其然，在她创作之初，她就非常明确地"敢于努力达到这样的哲学和美学上的独立"②，随着时间的推移，人们越来越发现，她是一个在特定的群体下已经被人认可的智者，一名对人生有着超前的深刻的洞察力和领悟能力的"哲学家"，而她事实上已经达到了这样一种"哲学和美学上的独立"。

二 音乐艺术

当前，凯特·肖邦在写作上的成就已经越来越得到人们的认可，并当之无愧地被认为"跻身一流作家"的行列。其实，除此之外，肖邦还有多方面的才能，比如音乐、绘画等。法国浪漫主义作家、被人们称为"法兰西的莎士比亚"的维克多·雨果（Victor Hugo，1802—1885）认为，开启人类智慧宝库的钥匙有三把：一是数学、一是语言、一是音符，知识、思想、理想就在其中。纵观肖邦的一生，可以发现她在这三方面都得到了充分的开启，所以才那么富有知识、思想和对美好的过去与未来的憧憬。在音乐方面，前文已提过，她公开发表的第一部作品，钢琴曲《莉莉娅波尔卡》，从曲名来看好似为她唯一的女儿莱莉娅（Lelia）而作。她不仅创作过曲子，而且写的诗也曾被当时获德国瓦格纳音乐演奏冠军的威廉·斯凯勒（William Schuyler，1855—1914）谱成曲（Seyersted 63）。肖邦在圣心学院求学时的好友基蒂·格莱西（Kitty Garesché）曾回忆说："凯特的音乐天才是非同寻常的。"③1889年6月，肖邦创作的第一部短篇小说《智胜神明》（1889年12月出版）就是与音乐密切相关的故事，而故事发表的刊物也恰恰是音乐期刊——《费城音乐故事》。在这篇小说里，女主人公波拉·旺·司陶兹（Paula von Stolz）弹奏的一首波兰音乐家弗雷德里克·肖邦（Frederick Chopin，1810—1849）的《摇篮曲》，如从过往

① 刘永生主编：《宋诗选》，天津古籍出版社1997年版，第87页。

② Sandra M. Gilbert and Suan Gubar, eds., *The Norton Anthology of Literature by Women*, New York：W. W. Norton &Company, 1985, p.992.

③ Per Seyersted, *Kate Chopin: A Critical Biography*, New York：Octagon Books, 1980, p.18.

岁月发出的幽雅之音，使她生命垂危的母亲陶醉在奇妙的旋律中，让她的精神进入了甜蜜回忆中的恬静状态；而《觉醒》则不止一次地提到肖邦的音乐，如肖邦的《前奏曲》和《即兴曲》等，它们对《觉醒》中女主人公爱德娜身心的觉醒、对宇宙的认识起了巨大的作用。1890年，她应邀成为圣路易斯俱乐部的成员，这个俱乐部由T. S.艾略特（Thomas Stearns Eliot，1888—1965）的母亲夏洛蒂·艾略特和另外40位女性发起，旨在"创造和维持一个思想和行动的有组织的中心，通过共同努力，发挥每个成员的最大作用"[1]，1891年12月23日，凯特·肖邦对她们宣读的论文是《德国音乐的典型形式》。

这里，还有必要提一下肖邦的音乐才能对她的夫君之父维克托·肖邦（Victor Chopin, 1827—1870）的影响。维克托来自法国（波兰音乐家肖邦父亲的原籍也是法国），是移民到路易斯安那州纳基托什教区（Natchitoches）附近麦卡尔平种植园的医生，种植园的原主人罗伯特·麦卡尔平（Robert McAlpin）据说是《汤姆叔叔的小屋》里残暴的奴隶主西蒙·勒格里（Simon Legree）的原型，相关内容肖邦后来在她的第一部长篇小说《困惑》里也有所提及。维克托·肖邦作为后来的种植园主的一分子既吝啬又专制，对奴隶似乎也很残酷，奴隶们不断地设法逃走，无论是他的监工还是他的儿子都不愿为他工作，他的妻子也因此离开过他几年。起初他对凯特的态度很冷淡，不喜欢她有一半爱尔兰血统，对儿子决定带她生活在美国城市附近感到愤怒，可是后来：

> 当奥斯卡·肖邦婚后首次带着妻子凯特去见奥斯卡的父亲，他的态度改变了。医生对他儿子年轻活泼的妻子实在不能做出什么讽刺挖苦的评价。她棕色的眼睛很平静地看着他；她清晰流畅的法语和完美的语音使他大为震惊。她的平和阳光、年轻可爱赢得了他的赞赏。既然凯特总是自在的，她迅速从活泼变为带着疑问的严肃，这使他感到很困惑。他憎恶音乐，可是凯特使得他听她的，因为她弹钢琴时用的是他在年轻时听过、而现在几乎遗忘了的法国曲调，这抚平了他易怒的性情。[2]

就这样，凯特·肖邦凭着自己的各方面的素养、高度的心理领悟能力，一方面，不仅在她的作品中成功地塑造了像《智胜神明》中的波拉这样最后成为

---

① Per Seyersted, *Kate Chopin: A Critical Biography*, New York: Octagon Books, 1980, p.28.

② Ibid., p.37.

蜚声全国的女音乐家形象，同时也在《觉醒》中塑造了虽然专心投入不久却迅速进步到能够靠自己的绘画而自食其力的爱德娜形象。另一方面，在现实生活中，她与她笔下的女主人公相比，实际上已经成为更为成功的、兼有音乐、写作和绘画等能力的艺术家。年轻的波拉相信拉丁谚语"爱情和智慧，即或对神也决不容许并存"①，觉得自己和富家子弟乔治的爱情与自己在音乐上的追求是相抵触的，结果波拉毅然逃避了这场爱情。几年后，当乔治已为人夫的时候，她如愿以偿地成为一名著名的钢琴家；而爱德娜则更是一个追求绝对自由的孤独的"灵魂"，她将自己的个人自由与家庭、孩子和社会习俗基本对立起来，最后只能将自己裸身投入大海。

现实生活中的凯特·肖邦与她笔下的女主人公可不太一样，她嫁给比她大7岁的棉花代理商奥斯卡·肖邦时并没有犹豫，婚后生活也比较幸福。奥斯卡病逝时，肖邦才31岁，留下她一个人带着6个孩子，还有经营农场生意失败后欠下的不算少的债务。她不是没有痛苦过，但是她很快化悲痛为力量。比如在《过错》中，她借女主人公泰蕾丝之口，这样诉说痛失丈夫、年轻守寡的心情，实际上也表达了自己痛失丈夫奥斯卡的心境："泰蕾丝想和她的杰罗姆（Jérôme）一起去死，没有他的生活，她感觉一切皆空，没有什么能够使她忍受这越来越深刻的伤痛。有好多天她就一个人和她的悲哀相处……毫不留心周围的一切已经是多么凌乱。"但是很快一种责任感将她从悲哀的昏睡中唤醒，使得她继承杰罗姆的事业，使家庭种植园正常运转下去："她立即感到信任的神圣和分量，它带来了抚慰、惊醒了意想不到的行动力量……她拒绝了所有来自好心的亲人们的帮助，着手管理种植园，获得了作为一个女商业人士的许多能力。"②

生活中的凯特·肖邦与饥民分享食物，关爱周围人的健康，总是与人为善，用她的高贵端庄、温暖、亲切和乐观向上的人生态度，感染了周围的每一个人。她工作勤奋努力，成功地接管了丈夫的遗业，她的商业管理方面的能力就如同她的文学才能一样强大。此后不管多大的悲痛再次降临到她身上的时候，她都知道如何去排遣，用爱、用歌、用诗、用精美的小说和文章，和那些一直给她以心灵的慰藉的智者们一样，对待一切艰难险阻、心灵伤痛，用爱来

① Kate Chopin, "Wiser Than a God", *The Complete Works of Kate Chopin*, Ed. Per Seyersted, Baton Rouge: Louisiana State University Press, 1969, p.39.

② Per Seyersted, *Kate Chopin: A Critical Biography*, New York: Octagon Books, 1980, p.46.

拥抱、来化解。她的人生态度就正如泰戈尔先生说的："世界以痛吻我，要我回报以歌。"也应了汉语里的成语"艰难困苦，玉汝于成"所含的哲理。丈夫奥斯卡去世6年后，6个孩子中最大的也才17岁，她在孩子们"膝头环绕"的情况下，从事创作，其背景和素材基本上都是和奥斯卡一起生活时收集准备的；创作仅仅维持了约10年时间，就成就了她一生的、时至今日一个多世纪以来越来越光辉的文学艺术事业。

三　爱与美的思想者

在人类历史的长河里，不管一个人的成就得到多大的发展，多么功成名就，也终将无法使自己的肉体生命不朽。人类也是如此，不管科技如何发达，国力如何强大，面对自然的地震、台风、海啸等威力，人类依然难以预知，不堪一击；更不必说人类自身因私欲膨胀、观念冲突等因素而导致人类自身彼此冷酷无情、互相杀戮的战争场景……面对这样一些简单的事实，不同的人表现出了不同的人生态度，而那些智者总是很仁慈地将自己的思想如春风拂面般地留给后世之人，所以我们能够读到梭罗（Henry David Thoreau，1817—1862）的《瓦尔登湖》（Walden，1854），读到泰戈尔（Rabindranath Tagore，1861—1941）文学中的庄严与美丽，读到甘地（Mohandas Karamchand Gandhi，1869—1948）"非暴力反抗（nonviolent protest）"的主张，读到雨果反对暴力和以爱制恶的人道主义创作思想……

他们都是人类的智者，而凯特·肖邦也是这样的一位智者。面对父母、丈夫和哥哥等一个个亲人先她而去，作为一名女子，一个人带着6个孩子，身处19世纪末期，她不可能不艰难、不可能不愁苦，但是她从来也没有将个人的伤痛写进书中，相反，她用永恒的爱、真、善与美伴随着无常人生的每一分、每一秒。在作品中，她塑造了一个个鲜活美好的形象，来美化我们的生活；她是经历过奴隶制和南北战争年代的，可是她的笔下从来也没有暴力与枪杀，没有大工业时代初临时的无情喧嚣，没有人性的哪怕是一点点的恶，就连她笔下的女主人公泰蕾丝·拉弗厄姆（Thérèse Lafirme）与一个离婚的男主人公大卫·霍斯默（David Hosmer）相爱，而当泰蕾丝知道霍斯默的妻子还在时，她都让泰蕾丝把霍斯默送回去与他离婚的妻子复婚，只有当霍斯默的妻子因酗酒积习难改、不慎溺水而亡后，两位有情人才走到一起。但就连这样的故事描写，因触及当时离婚和酗酒这两个还算敏感的社会话题，她都感到不安，还给小说起名叫《过错》（At Fault，这是一个多义短语，既可以指"困惑"，也可以指"过错"或"过失"等），这是凯特·肖邦自费出版的第一部长篇小说。

因为有爱，人们的很多缺点都可以被理解和包容；因为有爱，死亡不仅根本不足惧，而且还很甜美；因为有爱，人类才得以生生不息，人间才如此美好。曾遭遇差不多半个世纪埋没的《觉醒》，故事发生的主要场景是格兰德岛（Grand Isle），须知，这是一个在作者创作这部小说前6年就已遭飓风袭击并从此消失的岛屿，当飓风袭击路易斯安那州南部和密西西比州的时候，死亡人数约2000人。面对这样一件事、这样一个国难，面对这样一个她曾和丈夫、孩子去避暑的岛屿，肖邦不可能没有思考，也不管她是怎么思考的，但这岛屿在肖邦的笔下竟是那么美丽祥和：既如西方文化中的伊甸园，又如东方文化中的桃花源。女主人公爱德娜在此身心得以觉醒，从此焕发勃勃生机；男人和女人在蓝天白云之下，大地岛屿之上，亲密无间、纯真相处，与大海自然水乳交融。

面对这样一部美国文学史上关乎哲学和美学的成功小说，人们可以带着有"色"眼镜去读它，可以说它是为了张扬女权，但小说深层则潜藏着智者的良苦用心。每一天都有人死亡，依然有飓风、地震之类的自然灾害发生，而且似乎比以往任何时候更频繁，可是人们有没有停下哪怕一分钟，去理性地想想：我们究竟该如何面对不可避免的死亡？我们究竟该如何避免或许还可以避免的所谓的不可避免的自然灾害？"大音希声"（老子《道德经》），这一切问题的答案，肖邦从来都没有直接大声说过，却荡漾在她作品的字里行间，而由于我们这个时代缺失这样的美，所以现在其实比以往任何时候更需要凯特·肖邦这样的智者。

第二节　家庭成长

　　翻开历史长卷，我们不难发现家庭对一个人的成长总是起着重要的作用。试想一下，如果艾米莉·狄金森（Emily Dickinson,1830—1886）没有出生在一个富有的、理解并允许她一生中大部分时光深居简出、不用为生计而奔波、潜心于诗歌意境中的家庭的话，我们何以能够读到她那关于死亡、永恒、自然、爱与美的精辟深邃、耐人寻味的1000多首诗？凯特·肖邦短暂的一生同样在美国文学史上留下重重的一笔，这也是与她所受的家庭教育、自身的努力和社会环境的影响分不开的。

一　痛失亲人、思考人生

　　几乎每一个深入了解凯特·肖邦的学者都已经发现了她的生平有与众不同之处，除了前文约略提到的从小就接受了家庭艺术的熏陶外，在她年幼的时候，她的一个个亲人就开始先后离她而去，给她的心灵造成了影响，但遗憾的是，并没有多少人在这个问题上探究下去，所以人们也无从知晓这究竟给她的思想造成了怎样巨大的影响。我们已经熟知的很多名人，其身后往往也有幼时失怙（父亲）或失恃（母亲）的经历，比如"万世师表"（《三国志·魏志·文帝纪》）的孔子（前551—前479）就早年丧父；伟大的周恩来总理（1898—1976）和被爱因斯坦称赞为20世纪"唯一未受盛名腐化的人"①——科学家居里夫人（1867—1934），还有常被人们称为美国历史上最伟大总统的林肯（Abraham Lincoln, 1809—1865）等，也都是在很小的时候就失去了母亲。一

---

　　① [法]纪荷：《居里夫人——寂寞而骄傲的一生》，尹萍译，九州出版社2004年版，封底。

个人幼年时失怙或失恃和他（她）后来事业的成功、学问的成就和人格的完善究竟有无必然联系，还有待进一步的研究。

但是人们至今仍对其颇有争议的、对凯特·肖邦思想的间接影响绝不可忽视的哲学家弗里德里·尼采（Friedrich Wilhelm Nietzsche, 1844—1900），同样幼时失怙（未满5岁时，父亲病死），同样面对过亲人接连的死亡（父亲去世数月后，年仅2岁的弟弟又夭折），在他后来的回忆里，证实了这童年的磨难对他一生的影响："在我早年的生涯里，我已经见过许多悲痛和苦难，所以全然不像孩子那样天真烂漫、无忧无虑……从童年起，我就寻求孤独，喜欢躲在无人打扰的地方。这往往是在大自然的自由殿堂里，我在那里找到了真实的快乐。"[1]还有："那一切本属于其他孩子童年的阳光并不能照在我身上，我已经过早地学会成熟地思考。"[2]

凯特·肖邦几乎有着与尼采一样幼时失怙的经历，而后来肖邦所感受到的死亡的无常对尼采而言一定是有过之而无不及。当我们阅读尼采，感受他思想的力量的时候；当我们阅读凯特·肖邦，感受她作品中散发着的无尽的真善美的时候，我们或许会想起伟大的智者泰戈尔先生的名言"上帝爱你才会惩罚你"，以及孟子所言的"故天将降大任于斯人也，必先苦其心志，劳其筋骨，饿其体肤，空乏其身，行拂乱其所为，所以动心忍性，曾益其所不能……然后知生于忧患而死于安乐也"[3]之类的话语！

凯特·肖邦，原名凯瑟琳·奥弗莱厄蒂（Katherine O'Flaherty），1851年2月8日生于密苏里州圣路易斯的一个富商家庭，父亲托马斯是信奉天主教的爱尔兰移民，母亲伊莱扎（Eliza）是法国移民后裔克里奥尔人。肖邦自幼受到了典型的维多利亚时代的礼仪训练和严格的天主教教育，少女时代的肖邦在圣路易斯的圣心学院（Academy of the Sacred Heart）上过8年学（1860—1868）[也有一说是上了13年学（1855—1868）]，精通法语，喜欢文学、音乐，常常躲在阁楼上广泛阅读。她一生中多次痛失亲人：4岁多，父亲在火车事故中去世（1855），她便由都是寡妇的母亲、外祖母、曾外祖母抚养；11岁时，常常给她讲故事、对她影响较大的曾外祖母去世（1862）；就在这个月后，她特别喜欢的同父异母的哥哥乔治，从监狱被保释出来不久就病逝于伤寒（typhoid

① 周国平：《尼采：在世纪的转折点上》，新世界出版社2008年版，第214页。

② 鄂孟迪等：《人类思想》，东北大学出版社2009年版，第122页。

③ 杨伯峻：《孟子译注》（上、下册），中华书局1962年版，第298页。

fever）（1862）；她的两个妹妹也都只活到3岁；她的亲哥哥25岁时在一次事故中淹死；1882年，和她共同生活了12年的丈夫死于疟疾（swamp fever）；3年后，她母亲去世，接着她又失去了她的外祖母，留下肖邦一个人带着6个孩子，靠着微薄的、日渐减少的收入生活。她本人活得也不长——倾注了她太多心血的《觉醒》，出版后却引起轩然大波、受到敌意，她被排除在当地的文学社交圈之外，生存空间缩小，无限沮丧、郁郁寡欢，53岁时因突发脑溢血离开了人世。

　　一些激进女性主义者有时会将本当和谐相处的、并非二元对立的男女关系对立起来，呼吁提倡女权，可是不能否认那些有责任感的男性对家庭、对社会、对人类历史发展所起的重大作用。凯特·肖邦的父亲就是家中的顶梁柱，他聪明、机智、明辨、富有活力和冒险精神。他的意外丧生，对肖邦一家人的影响是巨大的。凯特记事很早，与父亲感情深厚，记得豪爽仁慈、善解人意的父亲生前是家庭的中心，即使每天去教堂做弥撒，都给幼小的她以神秘感。而现在未满5岁的肖邦却眼睁睁地看着父亲就躺在他每天做弥撒的教堂里，同时在这次火车事故中丧生的另外28人的亲属的呼天抢地，和着当时的暴风雷鸣更增添了她幼小心灵所难以承受的恐惧感，但是她没有可以躲避这巨大的震惊和伤痛庇护之地……她后来告诉其他的孩子们说，她当时感到"疑惑"，那大主教说到的人死之后会安享希望与安宁的话语向她提出了她不能回答的问题。也就是说，从这个时候起，还很年幼的她就开始了对人生、对死亡的思考。

　　凯特·肖邦父亲的离去使得本来因他的风趣和幽默而充满欢乐的家，从此成了伤心之所，没有人可以继承他的遗业，门前也变得更加冷落。一段时间的默哀之后，虽然她再度练起了钢琴，可是稍有和缓的悲伤气氛就再也没有离开过这个家。这个家没有一个成熟男子在支撑，凯特同父异母的哥哥和亲生的哥哥也都还小，于是这个家就由全是寡妇的曾外祖母、外祖母和母亲来支撑着。她们全是宗教徒，而这使得肖邦的思想也越来越接近宗教——至善至爱。

　　　　此前不曾有过的存在于母亲和孩子之间的那种亲密感增强了。女儿带着深情崇拜着自己的父亲，而悲伤的母亲把孩子拉进她的怀抱。母亲心中深切的悲痛、孩子心中对人生的困惑，唤醒了孩子在母亲生前对她从未停止、从未减少却与日俱增的爱与支持。①

外祖母带着"顺从上帝意旨"的想法接受了这个事实，而曾外祖母当时已75岁，也接受了这既定的不幸，但是却怀着坚定的决心引导孩子，帮助她理解充满悲欢离合、旦夕祸福的人生。

她的教育理念在当时显然是独一无二的。她教这个女孩有意识地、毫不犹豫地、不带一丝羞涩地直面人生和人生充满的种种艰难。她坚持让这个孩子对她总说法语，而同时她还热切地监督着她每天的音乐学习……一个个动人的故事是作为孩子功课好的奖赏而讲给她听的；她还不断地给她增强对父亲高贵和慷慨的印象；她教她在今后的人生路上不要凭外表长相，而她正确的道路是靠美德；她还给她讲圣路易斯以往的故事。这些被重复了一次又一次、带着忧伤和通俗解释的故事，生动形象地吸引着凯瑟琳·奥弗莱厄蒂，激发了她对人们的生活、思想和道德的亲近感和洞察力。（一位长者可以不假思索地了解人们很多，这是一句最好的格言。上帝就是这么做的。）②

凯特·肖邦的曾外祖母、外祖母、母亲、还有她本人孀居后都没有再婚，这体现了一种独立意志、坚强的品行和强烈的责任感。尤其是肖邦的曾外祖母维多利亚·弗登·查尔维尔（Victoria Verdon Charleville，1780—1862）对肖邦的影响比较大，她在圣路易斯和新奥尔良之间拥有一线航船。她的母亲来自法国，虽然生过不少孩子，但也只有她一个人有自己的子孙，而肖邦也是如此，她的哥哥妹妹们活得都不长，都没能活到结婚生子。这也许是这两个相差71岁的人彼此心灵紧密联系的原因。总之，正是曾外祖母的影响唤醒了肖邦探究人物性格的敏锐兴趣，特别是在探究那些独立的、有坚强毅力的女性时，表现得尤其有洞察力。也正是曾外祖母塑造了她思想行为的方方面面：她的语言、她的习惯、她的品德、她待人接物的方式等等，她对肖邦思想、心灵和人生的影响贯穿了肖邦的一生。一个人的童年对一个人的一生至关重要，中国就有谚语

---

① Daniel S. Rankin, *Kate Chopin and Her Creole Stories*, Pennsylvania： Philadelphia, 1932, pp.35—36.

② Ibid..

"三岁看小、七岁看老"。既然曾外祖母下定决心要唤醒这孩子的好奇心，并耐心呵护她的好奇心的发展，小凯特也没有让她失望。在她的精心培育下，凯特变得智慧而富有思想，"学会了面对一切问题不忧不惧、淡然处之——她变得独立自强、冷静专注，并且迅速成了大人眼中引以为神奇的'谜'。既不虚荣也不自以为是成了她天性的一部分。"①

二 家庭熏陶、博览群书

凯特·肖邦不仅继承了父亲的聪明、机智、明辨以及具有活力的冒险精神，而且继承了曾外祖母、外祖母、母亲的安详、优雅、自信及泰然自若的气质。更为重要的是，良好的家庭熏陶不仅培养了她过人的音乐艺术才能和熟练的英、法双语能力，而且养成了她从小就爱读书、爱学习、爱思考的习惯。她很小便开始广泛阅读，起初主要读一些英国作品，比如，她6岁时家人就让她读"诚实守信，光荣而死"的英国著名历史小说家和诗人瓦尔特·司各特（Walter Scott,1771—1832）的作品，7岁时读苏格兰诗人和小说家詹姆士·霍格（James Hogg, 1770 —1835）的诗。1863年她12岁时，阅读的书单中就包括了长长的一串名著：英国文学史上著名的小说家和散文家约翰·班扬（John Bunyan,1628—1688）的《天路历程》（*The Pilgrim's Progress*,1678）；德国著名语言学家雅各布·格林（Jacob Grimm,1785—1863）、威廉·格林（Wilhelm Grimm, 1786—1859）两兄弟收集、整理、加工完成的德国民间文学《格林童话》（*Grimm's Fairy Tales*）和英国批判现实主义文学的奠基人与杰出代表、继莎士比亚之后对世界文学产生巨大影响的小说家查尔斯·狄更斯（Charles Dickens, 1812—1870）的作品等（Seyersted 19; Rankin 37）。当年凯特的好友基蒂，后来还回忆说，她们这些圣心学院积极读书的女生，还曾秘密地学习过意大利语。

也就是在她12岁那年，她连续两个月痛失了两位至爱的亲人：一位就是引领她走进艺术之门、用很多故事滋养了她的稚嫩心灵、完成了她学龄前启蒙教

① Per Seyersted, *Kate Chopin: A Critical Biography*, New York: Octagon Books, 1980, p.18.

育和智慧启迪的曾外祖母；另一位就是她特别喜欢的兄长乔治。这对她来说是巨大的打击，以至于差不多两三年她没怎么去上学，远离朋友和家庭中其他成员，大部分时间只把自己关在阁楼上。如果说父亲的早亡，使曾外祖母成了她心灵和精神的庇护之所；而当时曾外祖母的离去，文学就成了她的精神家园。她不顾一切地阅读各种各样的小说、诗歌，还有百科全书、宗教书籍等，并专心研究它们，以忘记周围的世界和自己的悲痛。3年后，她终于从伤痛中挺了过来，从1866年到1868年毕业这两年的时间内，她认真学习，积极参加学校的各项活动，最后，因为具有"绝妙的讲故事的天才"[1]而闻名。

肖邦经历痛苦，但从不沉沦。终其一生，死亡的阴影从没有离开过她，但她一生都在与此做着积极的抗争，从儿时的学习艺术、广泛阅读，到后来的创作，无一不体现着她积极的努力，因此对于死亡的理解，她就比别人更多了几分领悟力和洞察力。对于生命，她也比别人更珍惜，不仅如此，她还把她对生与死的思考艺术化地融进作品之中，让后世之人与她分享。年少时，她偶尔也会抒发一下自己的情怀，宣泄一下自己的忧伤。比如在圣心学院读书的时候，她曾写过一篇名为《早亡者》（*The Early Dead*）的文章纪念她的一位校友，文中用了大量"痛哭、极度的痛苦和不幸"等词语，字里行间宣泄着她当时才经历过的悲伤。后来，在她的书单中又增加了长长的一串书名，如但丁、塞万提斯、高乃依、拉辛、莫里哀、斯塔尔夫人、夏多布里昂、歌德、柯勒律治、简·奥斯丁、夏洛特·勃朗宁、拜伦、莫泊桑、都德、福楼拜、左拉等意、法、英作家和其他欧洲文学作品。在美国本土，玛格丽特·富勒的思想，以爱默生、梭罗为代表的超验主义以及惠特曼的诗，均对她有所影响，都可从她的作品中找到痕迹。

她勤奋苦读，从各国的名著中摄取思想精神的精华，继而融合为自己的思想。她注重语言的学习和思想的采撷，不满足于掌握英语、法语，还学习德语。她认为："用法语、德语表达的观点和思想与用英语表达的是如此不同——当它们在被人用很实用的语言翻译的时候，原来天真纯正的风味不见了。"[2]对于社会，她保持着出世的心态，但是她也绝不回避入世的必要："社

---

① Per Seyersted, *Kate Chopin: A Critical Biography*, New York: Octagon Books, 1980, p.21.

② Kate Chopin, *The Complete Works of Kate Chopin*, Ed., Per Seyersted, Baton Rouge: Louisiana State University Press, 1969, p.377.

会是一个需要我们付出全部能量的领域，而且应得它所需要的付出。"①她注重心灵的力量、内心的强大，非常善于从成堆的书中发现并抽取那些能够提高她心智、给予她心灵力量的书籍与话语。她欣赏玛格丽特·富勒（Sarah Margaret Fuller，1810—1850）的作品："这些思想和领悟使得这些书非常有益，能够给人的大脑以健康和活力。"她采撷与她心灵契合的拜伦的诗。

> "她安静了，/内心宁静而安详。……但她的精神恰似端身为王/远离喧嚣尘世，强大/内在的强大……"②

渐渐地，她已经具有了超越周围人的心灵洞察力，能够很自然地知道人们的所知、所想，而别人却越来越难以知道她的内心，她并非刻意如此，也是出于善意。弗吉尼亚·伍尔夫（1882—1941）呼吁女人要有自己的一间房，可是她没有，一方面是她从来就没有缺少过物理空间意义上的一间房：少女时代她有属于自己的满是书香的阁楼；婚后丈夫奥斯卡对她也很疼爱，他带她周游欧洲各国以度蜜月，她一样可以看书，收集创作素材，可以在她想散步的时候就一个人散步。另一方面，更主要的，她练就了强大的定力与广阔的心量。她和蔼可亲、朝气蓬勃，但始终为自己保留着那一块属于自己的、强烈渴求知识和智慧的私人领地。结果，她周围每个人发现她对他们来说是一个"谜"。她从来也不谈论自己，甚至对她的母亲也是如此，也许一篇日记可以进入她含蓄的领地。

> 一位认识我，也认识其他人的人是能够了解我的——一位绅士，很确定地——告诉我：我有种方式，也就是在与人交谈时能发现这个人的性格——知道这个人的观点——了解这个人的私人情感，而他们在与我谈完后却和来谈前一样对我一无所知。这值得赞美吗？唉！我不是有意如此，不管怎样我的结论是我一定要遵循我的习性。③

她与人交往时，讲究"和而不同"。别人与她谈话时，她特别善于耐心聆

---

① Per Seyersted, *Kate Chopin: A Critical Biography*, New York: Octagon Books, 1980, p.27.

② Ibid..

③ Ibid..

听，除了偶尔问问"你怎么说的"、"你怎么做的"和"你怎么想的"，她极少插话，更不与人争辩，她觉得这是一种谈话的艺术，这种艺术使自己愉快，也让别人开心，这与我国《论语》里所认为的君子处世之道相通："子曰：'君子和而不同，小人同而不和。'"①即使与别人有什么不同的想法，也都"存而不论"，她为人也有这样的原则，不愿做"同而不和"的"小人"。况且更主要的，她认为：

> 我的书是我多好的、多亲爱的知己。如果它没有消除我的疑虑，至少它也不与我的观点发生矛盾或反对我的想法。你是唯一的，我的书，我可以与你自由倾心而谈……②

总之，她珍惜时间，热爱读书，为的是提高自己的心智。书籍就是她的知己，书籍就是她的最爱，她不是不会应酬，而且这方面的能力还很强，但是总有一个理性的声音会提醒她：要适度、要有节制，有限的时间要做更有意义的事。所以当她被邀请参加聚会的时候，她会借故悄悄逃脱。古罗马皇帝马可·奥勒留（公元121—180）在《沉思录》里有"不同无知的人作无谓的交谈"，③肖邦的日记里也有她不愿与无知的人跳舞，因为她要和她的思想在一起，她在日记中还写道：

> 我是一个热爱娱乐的人；我热爱智慧、热爱生活、热爱幸福、热爱阳光。但是我问我自己：把黑夜变成白天、毁坏健康，这是理性的娱乐吗？④

---

① 孔子：《论语》，Anthur Waley译，外语教学与研究出版社1998年版，第86页。

② Per Seyersted, *Kate Chopin: A Critical Biography*, New York: Octagon Books, 1980, p.27.

③ [古罗马]马可·奥勒留：《沉思录》，何怀宏译，中央编译出版社2008年版，第152页。

④ Per Seyersted, *Kate Chopin: A Critical Biography*, New York: Octagon Books, 1980, p.28.

第三节　外界影响

　　凯特·肖邦善纳万物、"不厌空静"。所谓"不厌空静"是指主体创作时的精神状态——因为能时时"空静"，因而可以对"常理"有更深的把握。苏轼《送参寥师》里有："欲令诗语妙，无厌空且静；静故了群动，空故纳万境。阅世走人间，观身卧云岭。咸酸杂众好，中有至味永。诗法不相妨，此语更当请。"①

　　所谓"空静"，本是佛学用语，意指佛徒在领悟佛法时的排除一切精神干扰、尤其要把"我执"放下的空明心境，从而能体悟真如佛性。其说又通于老庄道家的"虚静"："致虚极，守静笃"；②"心斋"，"坐忘"，③用虚静之心应万象，从而把握宇宙循环往复的规律和万物的奥秘，从而至于自由之境，从而穿透客观事物的"常形"、把握客观事物的"常理"。通俗一点的说法就是凡人皆有认知障碍，即自己对了解的知识认可接受之后，往往就不能接受与此不同的思想见解——这先获得的知识反而成了进一步认识的障碍，而"不厌空静"的人却不会如此。他就如老子说的像初生的"婴儿"，能没有障碍地吸纳万物；又如虚空的物体，或干枯的井，善于吸收新知识、新思想；创作时也是如此，没有任何已获得的知识的束缚，而是根据事物的本来面目，自动地创作流露。肖邦就是这样一位智者。她广泛阅读文学、哲学、科学、艺术等方面的书籍，但创作时没有明显地受某一个具体方面的影响，而是接近她所描写的人或事物的自然状态，是一种"自动自发的艺术（spontaneous artistry）"。④

　　在家庭的熏陶下，凯特·肖邦一方面个人积极努力，继承了以外祖母、祖母和母亲为代表的法国文化方面的气质、语言、艺术与性格特征，还继承了来自父亲这方的爱尔兰的一些文化精神；另一方面，家庭之外的如圣心学院的

---

① 苏轼：《苏轼全集》，傅成、穆俦标点，上海古籍出版社2000年版，第1979页。

② 老子：《老子》，饶尚宽译注，中华书局2006年版，第39页。

③ 庄子：《庄子》，孙通海译注，中华书局2007年版，第62页。

④ Per Seyersted, *Kate Chopin: A Critical Biography*, New York: Octagon Books, 1980, p.116.

数年教育以及她所生活过的整个城市、国家的外部环境对她的影响也不容忽视。凯特·肖邦一生主要在三个地方度过：（1）密苏里州的圣路易斯（1851—1870，1884—1904）；（2）路易斯安那州的新奥尔良（1870—1879）；（3）路易斯安那州的纳基托什教区（Natchitoches）的克劳蒂尔维尔（Cloutierville，1879—1884）。肖邦每在一处都积极地生活，观察当地的风土人情，汲取当地的文化精华，这也就是她为什么首先作为一个乡土作家被认可的原因，其实她的视野是全球的、国际的。

一 法国文化

圣路易斯不仅地处交通要道，而且文化气氛活跃，为凯特·肖邦接触各种思想提供了场所。圣路易斯1803年时还是法国的领地，到凯特·肖邦出生的时候，法国风味还相当浓厚，加上肖邦的曾外祖母就是法国人，在肖邦幼年时代就注重对她进行法国式的教育，因此，法国文化对肖邦的影响极大。肖邦精通法语，又特别喜欢阅读，看了很多法国作家的作品，如前文已经提到的就有莫泊桑（1850—1893）、福楼拜（1821—1880）、斯塔尔夫人（1766—1817）、夏多布里昂（1768—1848）、左拉（1840—1902）、高乃依（1606—1684）、拉辛（1639—1699）、莫里哀（1622—1673）、都德（1840—1897）等等。或许正因为法国文化给予了她许多的滋养，使她在不知不觉中就形成了自己独特的创作风格，而这在当时的美国还很罕见，也未必为人所认可，退稿对她来说也是常有的事。但莫泊桑的作品给了她灵感，她在1896年前的一篇手稿中记下的自己初读莫泊桑小说时的心情，大有苏轼初读《庄子》时"今见是书，得吾心矣"的感慨。

大约8年前一个偶然的机会，我拿到了一卷莫泊桑的故事集，这些故事对我来说真的很新鲜。我曾如在丛林、在田野到处摸索某种宏大的、令人满意的、使人信服的表达方式，但是结果除了我自己的以外，我什么也没有找到：一种既不宏大、也不令人满意，但总体还算令人信服的表达方式。正当我从越来越熟悉自己表达方式的最大孤独中浮现出来的时候，我偶然发现了莫泊桑。我读着这些小说、对它们感到惊奇。这是生活，不是小说。在情节设计、表现手法和结构布局方面，这不正是我所设想的那种模糊的、不假思索的叙事艺术吗？！①

这真应该值得为之惊叹，不同国度的不同作家，没有预先的沟通交流，于彼此互不知情的情况下，居然寻找到了一种彼此相似的表达方式，因此也就能够彼此理解赏识，这种方式也会得以延续。爱德华·W.赛义德在他著名的《旅行理论》中对这种相似性作过论述："相似的人和批评流派，观念和理论从这个人向那个人，从一情境向另一情境，从此时向彼时旅行。文化和智识生活经常从这种观念流通中得到养分，而且往往因此得以维系。"②凯特·肖邦通过自我努力摸索出来的创作方式，在莫泊桑那里被证明是行之有效的，这对身在美国、当时在文学界无比孤独的她来说无疑是个很大的激励。作为同时代的作家，"在1894年到1898年间，肖邦总共翻译了莫泊桑的8部短篇小说"。③她很欣赏莫泊桑的这种创作手法。

> （这些小说所呈现的）他就在这儿：挣脱了传统和权威的束缚，进入了属于他自己的领域，通过他自己的存在和双眼观察外面的生活。他以直接和简单的方式告诉我们他所看到的一切。④

但是肖邦不是那种模仿别人的人。她知道当时美国作家存在的问题，把他们看做"行动不便"（handicapped）的人，因为"整个氛围强加于他们的模仿作风妨碍了一种完全自然率真的表达"。⑤她有自己文学方面的雄心，她赞同"鼓励真实而健康的美国文学的发展"⑥，她很清楚地知道，并在日记中接着

---

① Kate Chopin, *The Complete Works of Kate Chopin*, Ed. Per Seyersted, Baton Rouge: Louisiana State University Press, 1969, pp.700–701.

② Edward W. Said, *The World, the Text, and the Critic*, London: Faber and Faber, 1984, p.226.

③ Jane Le Marquand, "Kate Chopin as Feminist: Subverting the French Androcentric Influence," *Deep South* Vol.2, 1996, p.66.

④ Kate Chopin, *The Complete Works of Kate Chopin*, Ed. Per Seyersted, Baton Rouge: Louisiana State University Press, 1969, pp.700–701.

⑤ Per Seyersted, *Kate Chopin: A Critical Biography*, New York: Octagon Books, 1980, p.89.

⑥ Ibid., p.83.

对自己写道：莫泊桑不会像其他人那样夸耀自己的故事多么吸引人并要求她去模仿，她只是感动于莫泊桑作为一名男性，却能够把那些有关自杀、孤独和人与人之间那种微妙的情感变化关系描写得那么精细，恰如其分。她由衷地赞叹道："当一个男人做到这些，他给出了他所能写出的最好的作品；这些作品因为其真实、自然率直而有价值。"[①]

　　总而言之，凯特·肖邦的短篇小说，偶尔会有一个莫泊桑式的描写一位女子心路历程的主题，但是她会从她女性的、更接近自然的视角，将此主题表现得更为深刻透彻，在写作技能和思想深度方面，都已经超越了莫泊桑在这方面的精通程度，因此也就使得这些作品更加真实感人。例如将凯特·肖邦的短篇小说《她的信件》和莫泊桑类似的作品加以对比分析，就不难发现这一点（Marquand,1996）。

　　其实，如果谈到具体影响的话，实在是很难说清凯特·肖邦究竟是受了哪一个人的影响，也无法以哪一国来界定，因为她的阅读面非常广，从古代以来，到中世纪的但丁，文艺复兴时期的塞万提斯、莎士比亚，17世纪的莫里哀，18世纪的歌德，一直到她那个时代以拜伦、惠特曼和雨果等为代表的19世纪浪漫主义文学，以福楼拜、狄更斯、夏绿蒂·勃朗特、哈代和易卜生为代表的19世纪现实主义文学，以及以左拉、莫泊桑为代表的19世纪自然主义文学，她无不有所涉猎，只是在这些来自欧洲各国以及美国的作家中，来自法国的相对多些，而肖邦确确实实在生活方式、写作风格等方面总的来说受法国文化的影响较大，她连法国社会心理学家古斯塔夫·勒庞（Gustave Le Bon，1841—1931）的作品都阅读研究过。

　　凯特·肖邦在圣路易斯的家里举行过很长一段时间的法国式沙龙，足见其所受的双语教育和英法双语文化的熏陶。她在当地可算得上是文化名人，她举行的法国式沙龙在当地也很有名，一直有很多人前往，在聚会上，她也常常会演奏一曲，尽管她终其一生更喜欢远离喧闹人群、安静阅读思考，对写作怀有更强烈的使命感。凯特·肖邦报界的一位朋友后来写到她时曾说："她可以说是圣路易斯优雅女士中才华最横溢、最著名、最受人尊敬、最令人感兴趣的。"在她的家里，人们能"领略到演奏的才智和思想文化的火花"。[②]多年

---

① Kate Chopin, *The Complete Works of Kate Chopin*, Ed. Per Seyersted, Baton Rouge: Louisiana State University Press, 1969, pp.700–701.

② Per Seyersted, *Kate Chopin-A Critical Biography*, New York: Octagon Books, 1980, pp.62–63.

来，肖邦接待了不少圣路易斯评论界和艺术界的来访者（Seyersted,62—63）。

二 爱默生的"超灵"

尽管法国文化对凯特·肖邦的影响很大，但是她毕竟生活在美洲大陆这块新兴的充满活力的土地上，美国本土思想文化的影响更为重要。所处地域的多元文化历史给她作为一名美国女性增添了多元杂糅的养分，在此基础上，催生出了一个更加空灵智慧的她。

与法国同世纪的一些关于女性形象塑造的作品，如福楼拜的《包法利夫人》（1857）和莫泊桑的短篇《项链》（1884）相比，凯特·肖邦笔下的女性有她们明显的美国特征。虽然她们形象各异，但她笔下，没有一个爱慕虚荣、追求不切实际的物质享受的人物，更不可能跟别人借钱来摆谱，连《一双长筒袜》（1897）里的萨默斯太太用自己攒下来的钱为自己买双长筒袜都要掂量思考半天，非得下一番狠心才行。除了极少数像《黛丝蕾的婴孩》中的黛丝蕾和《美人儿佐尔阿依德》中的佐尔阿依德等成为种族主义的牺牲品之外，其余个个充满活力，接近自然，还具有美国精神。一方面，她们踏踏实实地生活，勤奋地在家庭和社区中树立自己的良好形象；另一方面，她们还在有余力的情况下，追求文化素质的提高，追求艺术和智慧，追求精神的自由。比如《一个争论之点》（1889）中的爱丽诺和丈夫法拉第婚后游遍欧洲大陆，接着爱丽诺旅居法国学习法语，而丈夫则回到美国教书；《智胜神明》（1889）中的波拉通过自己的努力成为全国著名的钢琴演奏家；再看《觉醒》中爱德娜起初整日忙于尽妻子和母亲的责任，一旦丈夫和孩子不在身边，她就反思到自己忽视了读书，于是立即拿起了"爱默生的著作"[1]，一直读到困倦为止。这虽是一个小小的细节，但是却让无数学者豁然开悟：《觉醒》中的爱德娜·蓬迪里埃所达到的精神境界，正与爱默生《超灵》（*The Over—Soul*，1841）中的理念有很多相似之处。整部《觉醒》给人以一幅法国印象派绘画的感觉，散发着一种超然于物外的精神，非常接近爱默生对"超灵"的解释：在人心灵中，存在着这样一个整体的灵，它是默不作声的智慧，是普遍的美，人的每一部分都同它相连，

---

[1] Kate Chopin, *The Awakening*, New York：Bantam Books, 1992, p.96.

它是永存的（*The Eternal ONE*）（刘诺亚，267）。

既然肖邦让她笔下的主人公在书中拜读爱默生的著作，爱默生对肖邦的影响应该是有源可溯的。这种关联的源起，很大程度上或许要归功于圣路易斯的哲学学会，以及由这个学会发起的圣路易斯运动（the St. Louis Movement）。

圣路易斯哲学学会由来自英国和德国的移民共同发起，旨在彰显他们对哲学和艺术的热情，通过圣路易斯运动，把这个城市变成了充满活力的新思想的发酵地，孕育出了像凯特·肖邦、T. S.艾略特等这样的文坛精英。该哲学学会和康科德哲学学派之间思想和演讲的交流持续了20多年，爱默生在这个学会里维持着"候补"会员的身份（Pochmann,61），曾不止一次地去过圣路易斯图书馆，并于1867年3月6日在该地作为哲学学会的嘉宾做过公众演讲。

> 1867年3月6号，当拉尔夫·沃尔多·爱默生到达圣路易斯时，在这个地区的公立学校图书馆，还不多见，哲学家就去过几次，而这次是其中之一。爱默生不是第一次去圣路易斯的图书馆；尽管如此，他作为哲学学会的嘉宾来做的公众演讲，肖邦或许参加过。商业图书馆大厅的公众演讲很受欢迎，但是出席人的名单没有留下来，因为它们是对大众开放的（3个人1美元）。①

那个晚上，爱默生讲美国文化，他的演讲很受欢迎，去听的人很多。新英格兰和中西部的哲学链接加强了。同一天，他还面向所有成员为男性的哲学学会演讲了他的《论灵感》，肯定没有任何一位年轻女性参加，不管她的天分如何。尽管如此，当时16岁的凯特·肖邦听说这个演讲，或在某份现在被人遗忘了的报纸上读到它的内容，完全是可能的。爱默生的"超灵"说建立在他"灵感"说的基础上（钱满素，1996）。他呼吁人们发掘"灵感"，开拓思维，并从中感受灵魂和"超灵"的力量。虽然肖邦并没有记录过她曾见过爱默生，但是仔细阅读肖邦的《觉醒》，就知道《觉醒》的思想与"超灵"有相通之处。爱默生的《论灵感》或许给年轻的肖邦提供了智力环境上的最初养分。

《觉醒》中主人公爱德娜挣脱了社会形式的束缚，体验到了一种力量，这种力量表明《觉醒》几乎就是爱默生在1867年3月6日向哲学学会宣读的文章

---

① Kathleen Nigro, "Mr. Emerson Comes to St. Louis：'Inspiration' and Kate Chopin", *Concord Saunterer*,Vol.14, 2006, pp.90–103.

《论灵感》内容的小说版。根据埃米莉·托特（Emily Toth）关于凯特·肖邦的综合传记（1990），凯特·肖邦在她的晚年确实读过爱默生的作品，而且同意他的"独立的互补的性理论"。[①]尽管如此，更有可能是因为她外祖母的母亲维多利亚·弗登·查尔维尔最初的定义对她的影响，形成了她关于性别角色的思想。查尔维尔在肖邦的一生中是三位最坚强的女性亲人之一。

不管怎样，爱默生对19世纪中期圣路易斯的影响是意义重大的，而在《觉醒》中，爱德娜读完爱默生的书之后自我意识成长迅速。已有发表的文章揭示，肖邦成年时她家乡的哲学关系是多么复杂，但其中爱默生的影响尤为显著。亨利·A. 波奇曼（Henry A. Pochmann）用新英格兰的先验主义和圣路易斯的黑格尔哲学的观点，探索了标志着这种关系的一致性和存在的冲突，虽然并不总是和谐，但是这种关系却是令人激动的，并反映了19世纪的圣路易斯迅速发展的新思想。1866年，圣路易斯运动发起的一个主要背景，是当时哲学学会状况不好，学会成员中的优秀人物，包括威廉·托里·哈里斯（William Torrey Harris）和登顿·斯奈德（Denton Snider）全部顽固地坚持黑格尔的哲学思想。尽管如此，运动还是由部分持新英格兰先验主义思想的成员发起，"运动的拥护者是来自圣路易斯的几个人，就像他们的老师一样，从不厌倦宣扬黑格尔等人的观点，甚至在这期间他们还寻找超越他们自己和他们的计划的方法。"[②]很明显，在爱默生和他在圣路易斯的熟人之间有一场为占优势而展开的战斗。根据波奇曼的观点，爱默生很清楚不同学派之间"认识论的差异"，并且他对此保持警惕（Toth,1990：55）。

圣路易斯哲学学会的顽固派登顿·斯奈德认为康科德学派的来访者"试图使我们爱默生化"，而爱默生发现顽固派所坚持的黑格尔思想"干瘪如骨骼"，缺乏物质实体："当我读黑格尔，试图在黑格尔思想里寻找什么的时候，我吃不下东西；除此之外，这个劳动是如此的艰辛以至于我感到头疼。"[③]尽管两学会的领军人物意见如此相左，但不管怎样，正因为这种建立在圣路易斯运动与康科德学派之间的、维持了20多年的思想与演讲的交流活动，促进了圣路易斯哲学学会超验主义思想的发展，也促进了圣路易斯哲学思想的发展和文化气氛

① Emily Toth, *Kate Chopin*, New York： William Morrow and Company, 1990, pp.52–53.

② Henry A. Pochmann, *New England Transcendentalism and St. Louis Hegelianism： Phases in the History of American Idealism*, Philadelphia： Carl Schurz Memorial Foundation, 1948, p.15.

③ Henry A. Pochmann, *New England Transcendentalism and St. Louis Hegelianism： Phases in the History of American Idealism*, Philadelphia： Carl Schurz Memorial Foundation, 1948, p.55.

的活跃。年轻的、求知若渴的肖邦置身于这样的环境中，了解这样的关系，不受同时代哲学家所营造的智力氛围的影响几乎是不可能的。

结果，正如我们现在所知道的那样，以爱默生为代表的超验主义不仅对圣路易斯，而且对整个美国构成了怎样的影响，而这正是爱默生四处巡回演讲的目的，即驱除人们顽固守旧的思想，建立属于美国人自己的在哲学、文化等各个方面的自信心，促进本国文化思想的发展。就在1869年，凯特·肖邦写了她第一部虽然没有发表、但已为人所知的短篇《解放：生命的寓言》，可以被认为是"灵感"的寓言版。这个寓言描写的是一只被囚禁的鸟，在主人不慎忘了关鸟笼门的情况下，勇敢地走出了"水食无忧"的笼子，从此获得了解放和另一种生活，再也没有飞回去。很多作家都喜欢借用鸟的意象来表达自己的思想，如英国当红作家玛格丽特·德拉布尔（Margaret Drabble，1939—）就是如此，她的第一部长篇小说、也是她的成名作的《夏日鸟笼》（*A Summer Birdcage*，1963），而此书名又出自英国17世纪剧作家约翰·韦伯斯特（John Webster，1580—1634）的一句话："这就像夏日花园里的一只鸟笼。鸟笼外的鸟儿极力想飞进来，而鸟笼内的鸟儿却极力想飞出去，唯恐自己做不到而耗尽心力。"[1]他们用到鸟、鸟笼的意象时，往往表达了人对某个问题——比如对婚姻——举棋不定的态度、一种矛盾的心理。钱钟书的《围城》或许也受此意象的影响。包括肖邦本人，在《觉醒》中也数次用到被囚禁的鸟的意象，表达了一种人的思想或自由被束缚的状况。女性主义者会借用这种意象来说明女性所受到的男权的压制，其实肖邦的意思可能未必如此。

这只鸟是雄性的（He），其可以寓指男人，也可以指人类、指所有的人。他其实可以安于现状，安享舒适的生活，"当他饿的时候，食物就在身边，当他渴的时候，水就被取来了。"[2]逃出笼子是需要勇气和等待时机的，"慢慢地他走进那笼门，对这不熟悉的情形感到害怕，也担心自己贸然地走近笼门一不小心又把门给撞关上了。"[3]终于他走出来了，感受到了更加广阔的天空和世界。显然这只具有美国特色的鸟，他有着爱默生所提倡的种种精神：自立，绝

---

① 王晓英、杨靖主编：《她世界：西方女性文学百部名著赏析》，安徽人民出版社2004年版，第395页。

② Kate Chopin, "Wiser Than a God", *The Complete Works of Kate Chopin*, Ed. Per Seyersted. Baton Rouge：Louisiana State University Press, 1969, p.37.

③ Ibid..

不墨守成规，勇于冲破传统的束缚，尊重个人价值，热爱自然。

> 我从荒野中发现的东西比街道上或村庄中发现的还要亲切自然。在宁静的自然中，尤其是在远方的地平线上，人类看到了和他自己的本性同样美丽的东西……在森林里，理智和信仰回归到我们心中。在那里，我感觉生活中的任何不幸都无法降临到我的身上——没有自然不能修补的耻辱和灾难。[1]

爱默生认为，有一种"超灵"存在，他强调灵魂的力量，呼唤弘扬灵魂的力量。他说："一切的一切表明，人的灵魂不是一种器官，而是在激励、锻炼所有的器官；不是一种像记忆能力、计算能力、比较能力那样的功能，而是把这些当做手脚来使用；不是一种官能，而是一种光明；不是智能或意志，而是智能或意志的主宰。"[2]他的这种"超灵"思想，并非完全是他的独创，而是从东方文化中吸取了印度、波斯、中国的一些思想创造出来的。而所有这些爱默生的思想，以及影响爱默生的思想的思想，都在凯特·肖邦的小说中荡漾，她以超人的感悟力和艺术表现力，将这些千百年来人类智慧的结晶在她的笔下恣肆徜徉。

三　德国思想

肖邦的家庭医生是一个熟谙德国哲学且思想激进的饱学之士。前文就已提到凯特·肖邦博览群书，不满足于读翻译的作品。在1868到1870年之间，她又到德语俱乐部学德语，尽可能读法语、德语原著，防止原文的原汁原味受损，那时在圣路易斯，她对别人而言还是一个"谜"一样的、美丽的未婚女孩。在当时以及后来肖邦重返圣路易斯之后，德国有两位重要的哲学家——尼采和叔本华的思想对她直接或间接的影响不能不提，尽管对任何一种外来的思想，肖

---

① Ralph Waldo Emerson, *Selected Essays of Emerson, Introduction*. Ou Yangqian. Beijing: China Renmin University Press, 1998, p.4.

② 范圣宇主编：《爱默生集》，花城出版社 2008年版，第94页。

邦从来都不是被动地接受，而是和爱默生一样加以自己智慧的思考与感悟，吸取其精华，剔除其偏见。

（一）尼采（1844—1900年）

凯特·肖邦本人对宗教的态度以及她在作品中所流露的宗教观与尼采的"上帝已死"互文，这不能不让人感到疑问：难道尼采的哲学对凯特·肖邦的思想也带来了影响？如果确实有影响的话，这种影响又是如何形成的呢？

到目前为止，笔者还没有读到凯特·肖邦与尼采有过什么直接的思想交流，尽管他们差不多生活在同一个时代，都有幼年失怙的经历。但是，已有研究成果表明，肖邦《觉醒》的创作确实受到尼采《悲剧的诞生》中思想的影响。可是，这种影响的根据是什么呢？主要有三个方面的因素：一是凯特·肖邦成长的环境有利于尼采思想的传播；二是凯特·肖邦本人曾经学过德语，并到德国旅游过，主动了解过德国思想；三是凯特·肖邦娘家的家庭医生加强了这种思想的传播与吸收的链接作用。

凯特·肖邦的出生和成长地圣路易斯为她自幼接触尼采的哲学提供了很好的经济文化和思想等氛围。圣路易斯虽然曾经是法国的领地，但同时还带有明显的德国色彩。据圣路易斯的历史学家托马斯·沙夫（J. Thomas Sharf）记载，德国移民涌入圣路易斯最多的时期始于1848年的那场革命，他注意到政治上自由的新来者和原来的圣路易斯人并不总是很协调，因为圣路易斯人在政治、观点和道德观上是相对保守的，而这些新来的移民为圣路易斯注入了新鲜血液。在美国南北战争期间，他们积极主张废除奴隶制，为当地建造了铁路，从各个方面促进了工业和贸易的发展。圣路易斯德国哲学思想的早期记录者和讲解者登顿·斯奈德（Denton J. Snider）把1861—1975年这段时间称作"圣路易斯的德国时代"。他认为圣路易斯在很多方面带有明显的德国城市和德国文化的特征。

这些年间，尼采的作品在圣路易斯已很普及，而凯特·肖邦自幼就爱好读书，很难否定年轻的肖邦没有接触过尼采的著作。当时，圣路易斯出现了大量德语书店，这些书店为顾客供应从柏林和莱比锡订购来的图书和期刊。其中一家图书馆的记录表明，在19世纪80、90年代，尼采的德文版和英文版作品借阅者甚多。这家图书馆还曾有四本凯特·肖邦的《觉醒》，同样不乏读者。还有记载表明，在十九世纪四十年代后期，德语教育已经进入了圣路易斯的公立学校，斯奈德回忆当时双语公民绝对受到尊重；据另一位圣路易斯的历史学家沃尔特·史蒂文斯（Walter Stevens）记载，当时德语在公立学校很受重视，是一门主要课程，直到1888年才在一起诉讼中被取消，这或许与"圣路易斯运动"有很大的关系。

年轻的凯特·肖邦对德语和德国思想有着强烈的兴趣。肖邦婚前名叫凯特·弗来厄蒂（Kate Flaherty），作为圣心学院(Sacred Heart Academy)一所私立学校的学生，在她的孩提和青少年时代，或许没有德语作为义务课的经历，但毫无疑问，她一定很清楚遍及整个城市的兴趣。在当时，斯奈德写道："至于公共场合下的行为举止和娱乐方式，人们都学德国人的。"[1] 因此，在1868年，肖邦加入了一个比较受欢迎的德语阅读俱乐部，该俱乐部录取会员时比较严格。艾米莉·托特（Emily Toth）写道：年轻的肖邦决心"能把德语说得越来越流畅"[2]，她后来蜜月旅行经过德国时也非常激动兴奋，她亲眼看到了莱茵河，看到了德国境内的阿尔卑斯山脉——那还是她生平第一次见到的山，而以前只是在书中读到过这些地方，在日记中写道："我应该想象过这样的风景——如此自然美丽，一定对这里的人有所影响，只影响他们产生好的行为。[3]总之，肖邦在德语方面的努力以及她在德国的旅游见闻为她后来进一步深入了解德国思想和尼采的哲学奠定了基础。

从1870年到1879年，肖邦随丈夫主要居住在新奥尔良，后来又迁居克劳蒂尔维尔(1879–1884)，这期间她很少有机会体验德国文化。直到孀居后重返圣路易斯，她不仅像其他圣路易斯居民一样又感受到德国文化的熏陶，而且还有额外的机会与内科医生弗雷德里克·科本霍依埃尔(Frederick Kolbenheyer)交流德国思想、文化和语言，他俩的友谊日渐增长。圣路易斯的德国书店就成了像科本霍依埃尔和年轻的约瑟夫·普利策（Joseph Puliter, 1847–1911）——现在众所周知的普利策奖（Pulitzer Prize）的设立人的聚集地，他们的友谊由他们拥有的对政治和思想共同的兴趣所滋养。科本霍依埃尔是她母亲的邻居，也是肖邦3个

① Denton J. Snider, *The St. Louis Movement in Philosophy, Literature, Education, Psychology, with Chapters of Autobiography*, St. Louis： Sigma Publishing Co., 1920, p.145.

② Patricia L. Bradley, "The Birth of Tragedy and The Awakening： Influences and Intertextualities", *Southern Literary Journal*, Vol. Spring, 2005, p.44.

③ Per Seyersted, *Kate Chopin—A Critical Biography*, New York： Octagon Books, 1980, p.35.

孩子的产科医生，如果不是肖邦对个人私生活和在她孀居后所吸引的这些男人的慎重态度，我们可以知道更多有关科本霍依埃尔在思想上对肖邦的影响。肖邦的一个孩子依稀记得"Kolby"是家中的常客（Bradley,44），而赛耶斯特德就把他描绘成肖邦一位亲密的朋友和频繁的来访者（Seyersted,1980：48）。不管怎样，我们确实知道他对肖邦的影响足够大，足以鼓励她阅读和写作。在她还没有回到圣路易斯时，科本霍依埃尔从肖邦写给母亲的信件中看出肖邦文笔很好，就开始鼓励她写作。不仅如此，科本霍依埃尔还建议她广泛阅读哲学和科学等领域的作品，以使自己的创作具有深刻的意义和客观性。科本霍依埃尔的形象在肖邦的作品中是有呼应的。比如《觉醒》中就有位知识渊博的芒代勒医生，他是唯一比较能够理解爱德娜行为和思想的人，在爱德娜即将被大海淹没的时候，她想到了罗伯特给她的留言，也想到了芒代勒医生。

正因为科本霍依埃尔医生的存在，我们有理由推断他为肖邦提供了某种链接的影响，这个链接将《觉醒》的哲思源泉和富有争议的德国思想家尼采联系了起来。科本霍依埃尔比较支持更为传统的德国思想家，像康德、黑格尔、叔本华等，而从《觉醒》来看，肖邦受尼采思想的影响较大，但是叔本华对尼采思想的影响也是众所周知的。肖邦本人就被报导，也曾经受到叔本华思想的影响（Camfield 1995）。可是，还必须提一下，那些19世纪早期的名人，如尼采和爱默生，他们已经开始对知识分子的思想做一个传统的审视，而这些也是肖邦能并驾齐驱的地方。据托特所言，同样还是那个前文提到的登顿·斯奈德（Denton Snider），他观察到前文提到的圣路易斯的德国化成了被讽刺的对象。

> 斯奈德和他笨拙的同事们，还有他们的《思索哲学期刊》（Journal of Speculative Philosophy)和他们的有关黑格尔哲学的术语，定期受到威廉·玛丽恩·里德（William Marion Reedy）在他每周一期的《镜报》（Mirror)的讽刺——而里德就是肖邦的拥护者、朋友和讽刺者之一。[①]

像肖邦这样的圣路易斯年轻人，比同时代的大多数美国人更有思想，因为他们受到了德国不断发展的哲学思想的影响，而在数十年来的众多德国哲学家当中，尼采可以说对当代哲学的开拓起了举足轻重的作用。很有可能，在写《觉醒》前，肖邦已经从尼采思想的视角将在此之前的哲学扫视了一遍。她的

① Emily Toth, *Unveiling Kate Chopin*, Jackson： University Press of Mississippi, 1999, p.115.

作品在当时少有欣赏者，因为当美国读者还在为文化转型做准备的时候，她已经远远先行于当代人，成了现代主义、女性主义和很好地把握尼采哲学思想的先驱。尤其是尼采在《悲剧的诞生》中所表达的哲学思想，在艺术性和创造性方面明显地排除阴柔气质，这方面与肖邦的思想相谐共振。毕竟她个人的经历，以及她塑造的主人公的经历，都促使她考虑到作为一名艺术女性的独特张力：她很清楚地了解自己必须尽一个普通女子应尽的责任；但她更清楚自己内心的诉求——此生有责任有义务在智识和艺术表现力等方面超越前人。

总之，可以肯定的是肖邦在《觉醒》中所表达的思想与尼采的《悲剧的诞生》有明显的互文现象，这一点已经为布拉德利（Bradley）在他2005年发表的论文"《悲剧的诞生》和《觉醒》：影响和互文（*The Birth of Tragedy* and *The Awakening*: Influences and Intertextualities*）"中所论证。正如前文所述，这种影响与互文并非偶然，有肖邦年轻时代的外界环境影响，有她个人的努力，还有她家家庭医生所起的链接作用的影响，但是尼采的哲学对凯特·肖邦的创作思想到底构成了多大程度的影响，显然还有待对此有兴趣的专家和学者们的进一步挖掘和研究。

（二）叔本华（1788–1866）

凯特·肖邦的整个生涯都处于亚瑟·叔本华（Arthur Schopenhauer，1788–1860）"告别古典"[①]美学的影响之下。所有那些造成她很可能接触尼采思想的因素也同样适用于她接触叔本华的思想，不仅如此，肖邦本人就承认她曾阅读叔本华的著作。正如前文所述，肖邦也承认她曾经受到叔本华思想的影响。那么，究竟是什么原因促使肖邦去阅读叔本华的著作，肖邦的创作思想又在哪些方面受到了叔本华的影响呢？

纵观凯特·肖邦的一生，自4岁多失去父亲时起，此后又每每痛失其他亲人。在她还只有31岁便失去丈夫的第3年，母亲又去世了，留下她一个人独自带着6个孩子艰难生活。并不是所有的人都能承受这种痛苦，肖邦本人在日记中也曾写到："如果可以让我的丈夫和母亲重新回到人间，我感觉我会毫不犹豫地放弃自从他们离开之后来到我生活中的一切，再次融入和他们在一起的生活中。"她接着写到："为了做到这一点，我愿忘记我过去十年的成长——我真正意义上的成长。但是我愿意收回一点智慧；这或许是一种完美的一切随缘的

---

① 单世联：《西方美学初步》，广东人民出版社1999年版，第402页。

精神。"①接着，肖邦开始回忆她生第一个孩子吉恩（Jean）时的情景。一般认为一个女人在她的一生中有两次比较重大的成熟的机会，一次是当她初为人母的时候，还有一次是当她认识到死亡是每个人不可避免的事情的时候。多年以后，当肖邦反思过去、回首往事的时候，她意识到了自己从初为人母的成长经历中获得的某种智慧，而当她的一个个亲人先她而去时，她又如何从那常人难以忍受的巨大伤痛中走出来的呢？

不难设想，是写作抚慰了她屡屡受伤的心灵，而在众多她可以选择的排遣忧思的方式中，她为什么选中了写作？这不能不让人想到叔本华的哲学对她的影响以及在这个过程中她娘家的家庭医生所起的链接作用。她娘家的家庭医生与长期的朋友科本霍依埃尔确实减轻了她的悲痛，正如赛耶斯特德指出的那样。

> 他是唯一似乎能够帮助处于悲痛中的肖邦的人……过了一段时间后，他开始给她读她从路易斯安那州给他寄来的信，并力劝她开始写小说。他这样做是因为她描述事物的文学素养，也许也因为他知道带着6个孩子、生活来源相当有限的她也可以很好地用自己的所长挣点钱贴补家用。但医生鼓励她创作的主要原因很有可能是因为他希望写作能给她减轻丧母、丧夫之痛，能够让她从一次次失去亲人的空荡、绝望中走出来。②

很显然，科本霍依埃尔的方法与医学院(the school of medicine)医生的做法是一个很鲜明的对比。确实，科本霍依埃尔远非一个普通家庭医生的角色，而表达的还有对她情感恢复的热望和对她智慧的崇拜。他引见她进入圣路易斯知识分子圈的生活，而他是中心成员。他鼓励她读哲学和当前的科学著作。他自己是一个"康德、黑格尔和叔本华哲学的专家"③。此外，除使她转向艺术寻求安慰外，科本霍依埃尔还使她从唯意志主义的哲学中寻求安慰，这在肖邦的作品中表现得很明显，其中就包括《觉醒》。

① Emily Toth and Per Seyersted. *Kate Chopin's Private Papers*. Indiana University Press,1998: 183.

② Per Seyersted, *Kate Chopin: A Critical Biography*, New York： Octagon Books, 1980, pp.48—49.

③ Daniel S. Rankin, *Kate Chopin and Her Creole Stories*, Pennsylvania： Philadelphia, 1932, p.175.

也正因为科本霍依埃尔所起的这种链接的作用，又将凯特·肖邦与叔本华的哲学联系了起来。科本霍依埃尔最熟知的非理性主义思潮，是有关亚瑟·叔本华的哲学。叔本华的哲学用一种奇特的否认理性主义的方法攻击了黑格尔进步乐观主义，提供了最彻底的起安慰作用的形而上学。此外，叔本华的作品还认为艺术有一种安抚人的力量，就在于它在描写理想的受苦受难的状况时，缓解了艺术家与受众自己在痛苦方面的特别经历。这样，在冥想生活的残酷时，一个人就可以超越它。

很明显，叔本华的哲学是悲观主义的学说。他在《作为意志和表象的世界》(The World as Will and Idea, 1977)第一篇就已表明物质、时间和空间没有绝对的存在；过去和将来就像梦一样虚无，现在也同样具有虚无性。但是他明确拒绝自杀是自我否定的适当形式。

> 自杀否认的仅仅是个体，而不是物种。我们已经看到生命总是确保意志的存在，正如悲痛与生命不可分割一样。自杀，个体现象存在的意志毁灭，是徒劳的和愚蠢的行为，因为物种本身仍然不会因此受到任何影响……因为这，它使生命富有的意志强烈，并且反对所阻碍它的一切。同样的，痛苦，把它带到毁坏它自己的那一点上；以便个体意志通过自己的行为，把仅仅表现为特殊现象的身体处理掉，而不是允许痛苦崩溃意志。正因为自杀不能放弃意志，它放弃生存。意志声称它还在这，甚至在它被终止的时候，因为它不能用别的方法声称自己。①

因此，自杀就完全被陷于由意志发出的幻想中，以保持个体服务于它的需求，而不是意志的要求。这样对失去至爱的肖邦而言，叔本华的哲学给她提供了慰藉，因为叔本华的哲学认为痛苦是人生必须的部分。但是怎样才能减轻和避免人生的痛苦、成为自由和有道德的人呢？"叔本华提出的根本办法是抑制人的欲望，否定人的生命意志。他提出的主要途径是研究哲学、进行艺术直觉以致达到佛教所说的涅槃。"②于是，肖邦遵循科本霍依埃尔的明确的建议，尝试文学艺术创作，并将自己对哲学的思考艺术化地呈现于自己作品之中。或

---

① Arthur Schopenhauer, *The World as Will and Idea*, 3rd Version. Vol. I, Trans. R. B. Haldane and J. Kemp, New York: AMS Press, 1977, pp.515—516.

② 刘放桐等编著：《新编现代西方哲学》，人民出版社2000年版，第41页。

许，正因为这方面因素的影响，31岁时便失去丈夫的凯特·肖邦并没有再婚，一些专家学者试图从她的日记或书信中寻找出她除了亡夫奥斯卡之外的爱情对象，基本上都会一无所获，她几乎从不提及个人的情感问题。据她的一位儿媳认为，肖邦这样或许是为了更好地专心创作。很显然，叔本华所认为的研究哲学、进行文学艺术创作以抑制人的欲望在她身上得到了体现。不仅如此，肖邦还将这种理念艺术化地呈现在自己的作品之中。

凯特·肖邦发表的第一个故事《智胜神明》就直接表明她本人受到了来自叔本华学说的影响。故事中，女主人公波拉让自己对艺术的召唤战胜了对年轻英俊、活泼快乐的乔治的浪漫追求，这暗示着艺术比爱更重要的思想。作者担心读者注意不到这一点，题目下还附了题文——拉丁谚语："爱情和智慧，即或对神也绝不容许并存"[1]，表明女主人公智胜神明，超越了驱动这个世界的最初的力量。富有寓意的德国姓名也给小说增强了这种效果，因为我们是通过波拉的母亲，"旺·司陶兹夫人"首次了解波拉的，而这是一个具有德国风味的姓名。母女之间的交谈揭示了女儿已经通过勤奋的学习获得了一个伟大艺术家的技术技能。面对父、母的死亡，波拉并没有沉溺于痛苦之中，面对无助于她艺术成就发展的爱情，她断然拒绝，并将自己全身心致力于艺术事业中，以告慰父母的在天之灵，最终成为一位全国著名的钢琴演奏家。

总之，叔本华的哲学对凯特·肖邦的影响主要在于他所认为的哲学、文学艺术是抑制人的欲望，减轻和避免人生痛苦的一种途径，这对于处于人生最痛苦的肖邦来说，选择创作来浇胸中块垒是非常具有积极意义的。但是，凯特·肖邦并没有全盘接受叔本华思想的影响，她至少和尼采一样无法接受生命意志总是与痛苦相伴的观点。赛耶斯特德引用的下一篇日记里，就更加充分地说明肖邦的兴趣已经从纯粹的叔本华的悲观主义上面转移开了。

> 生活中有一些好的事情——虽然不是很多——但是有一些。温柔的、坚定的、磁铁般的、同情的握手就是其中一种。半夜通过安静的街道散步是另外一种。然后，还有许多说再见的方式！[2]

---

[1] Kate Chopin, "Wiser Than a God", *The Complete Works of Kate Chopin*, Ed. Per Seyersted, Baton Rouge: Louisiana State University Press, 1969, p.39.

[2] Per Seyersted, *Kate Chopin: A Critical Biography*, New York: Octagon Books, 1980, p.70.

这则日记是她去看望一位当修女的前校友之后写的。由此可以推断肖邦对宗教、对叔本华哲学的态度，她承认他的哲学有抚慰痛苦作用的一面，她本人也从事创作来转移、减轻痛苦，这是他们观点相通的地方。但她所列举的三样好东西，其中两样是社会的，所有社会的东西叔本华都把它们称之为幻觉，而尼采则不然。"他既看到了人生的苦难，同时又不丧失对生命的希望，洋溢着热烈的乐观主义精神"，"在我们看来，如果说叔本华的悲剧观宣扬了一种出世思想，号召人们彻底否定生命意志，以求解脱痛苦，遁入虚无，那么尼采的悲剧观点完全是入世的，植根在对生命的热爱之上。"[①]凯特·肖邦的思想也是如此，她汲取了爱默生、尼采和叔本华的积极精神，又舍弃了叔本华、尼采对女性的贬抑，她笔下智慧刚强的女性就如尼采所讴歌的超人一般。同样地，凯特·肖邦对达尔文的进化论也采取了扬弃的态度。

四 达尔文进化论

作为一名不断深入研究所有她那个时代最最困扰西方思想问题的作家，凯特·肖邦还没有受到足够的关注与研究，尽管她的传记作家和评论家们很早就知道她在科本霍依埃尔医生的建议下还阅读了当时最新的自然史、科学史，但是很少有人深入探讨过这一点。事实上，她从事创作的十年就是在受到像《物种起源》（*On the Origin of Species*, 1859），《人类的由来和性选择》（*The Descent of Man, and Selection in Relation to Sex*, 1871）和《人类和动物的表情》（*The Expression of the Emotions in Man and Animals*, 1872）等一系列作品冲击的十年。她十年的著作就是对这一系列冲击的人文意义、对随之带来的日益增多的困惑不断做出长时间冥想的结果。

她能接受达尔文的观点，但肯定不是全部，就像她对待尼采和叔本华的哲学一样；她遵循自己很早就养成的习性——存而不论，但是在她创作的作品中会有所体现。达尔文的第一部革命性的作品《物种起源》，以及赫胥黎和斯宾塞的著作，尼采的哲学以及爱默生的思想对她的影响都是非常巨大的。正因为这些思想的影响，加上孩提时代就开始的关于对死亡和上帝的思考，动摇了她

---

① 胡经之主编：《西方文艺理论名著教程》，北京大学出版社2000年版，第83页。

对上帝的信念，到后来她背离了正统的天主教。从她的照片上来看，在1869—1875年间她就不再佩戴十字架。当然，这并不是说她从此就没有自己的信仰。1890年，她写道："哦，我的爱，哦，我的上帝，哦，黑夜来到我的身边！"①1898年，她写了两行："我曾需要上帝，在天堂和尘世之间寻找。瞧！我发现上帝就在我的内心。"②从她寥寥数语的诗句中，我们领悟到她所谓的上帝是一种带有象征意义的泛指。

在《过错》中，凯特·肖邦让她笔下的一个人物说："没有研究过某些'自然历史'的基本真理，要想知道生命的真谛是不可能的——而这是每一个生命个体活着的目的。"她本人的态度是比较客观的，敢于把人看做是一种高等动物，"有良好指导（well—directed）的科学研究有助于进一步弄清真相"，至少把人们"引领到离自然更近的地方"。在这个由"自然选择（natural selection）"掌控的世界里，自然是没有道德原则的，和人类玩着游戏；道德的目的，就正如托马斯·赫胥黎（Thoma Henry Huxley，1825—1895）所说的那样，成了"排除人类繁衍的工具"。③

她读达尔文（1809—1882）的《物种起源》（1859）、思考他的"自然选择"，读赫胥黎和斯宾塞等人的作品时，对这些作品的态度并不像同时代的人那样感到震惊。面对这些作品剥开表面、暴露出的赤裸裸的真实，她并不想逃避，因为她从儿时起就已经体会到人生的无常。她接近本真的智慧绝不亚于他们，因此对他们的观点，她既不盲目全盘接受，也不一味全盘否定，而是有思考地认可那些她认为符合自然的思想。

到目前为止，还没有查到有任何研究资料可以表明，凯特·肖邦读过孟德尔于1865年发表的关于生物分离规律和自由组合规律的论文，但是她在1893年就发表了她的短篇小说《黛丝蕾的婴孩》，这比孟德尔定律得到重视和公认（1900）早了整整7年。《黛丝蕾的婴孩》的故事真实感人：黛丝蕾是一个被人收养的弃婴，长大后白皙、美丽，与拉布里的少庄主阿曼德相爱，可他们婚后所生的孩子却不是纯正的白人，于是黛丝蕾被阿曼德怀疑具有非白人血统，怀抱孩子投水自尽，而故事的最后却表明问题出在阿曼德从未出场的母亲身上。

① Per Seyersted, *Kate Chopin：A Critical Biography*, New York：Octagon Books, 1980, p.85.

② Ibid.,p.212.

③ Per Seyersted, *Kate Chopin：A Critical Biography*, New York：Octagon Books, 1980, p.85.

第一章　凯特·肖邦：爱与美的思想者

故事不仅揭露了当时的种族问题，而且从遗传学角度表明：一个白人与一个黑人生的小孩肤色可以是白的，而两个白人生的小孩肤色却不一定纯白。如今这篇小说已成为国外大学生物老师讲"人的肤色遗传和进化（The Genetics and Evolution of Human Skin Color）"的科学案例（Schneider,2004），这不能不让人惊叹凯特·肖邦的睿智和对达尔文进化论的熟知程度和科学态度。

事实上，凯特·肖邦对达尔文的不少观点是表示质疑的，尤其是将达尔文的观点进行扩展的斯宾塞的"社会达尔文主义"。她一定不会同意通过生存竞争（struggle for existence）来完成的自然选择适用于人类社会；她也一定不会同意他比较注重个体存活的进化价值；她或许会同意差异的生殖能力（differential reproduction）是选择的主要因素，因为适者生存（survival of the fittest）可用于产生更多的后代。她笔下的女性几乎个个充满生机，没有宗教原罪的思想禁锢。有位女士曾力劝她在她的小说中增添些宗教动力（religion impulse），因为她觉得这正是肖邦的作品所缺乏的，可是肖邦夫人说：

我已经发现了我的局限，为此我已经为自己存储了多少担忧与痛苦，才承认并接受这样一个最终结果。我无法从不属于我的圈子里获得任何共鸣——我追寻它，但是一无所获——可是我发现有很多东西却来到了我身边，就在我心灵的一角。[1]

总而言之，所有她认可的或不认可的思想，比如叔本华、尼采、达尔文都有的对女人的偏见，尤其是叔本华被认为患有厌女症（misogyny），她都加以智慧的、科学的思考，见其善，而对其不善存而不论。在作品中，肖邦用美好的艺术形式去对他们的思想加以修正；对所有这些思想都加以内化，内化成爱，回报世人以歌。她对人类的善和爱满怀信心。她同意达尔文的两大主要观点之一："物种是可变的，生物是进化的。"对当时一个信仰天主教的女性而言，接受进化论而取代神创论，是很了不起的；但是，对于观点之二"自然选择是生物进化的动力"，她有所保留，也足见其智慧；她不会同意社会经济决定论和生物决定论者的悲观主义观点，因为他们把人看做一个无望的整体，不能施行一点意志，她的诗《因为》（Because）可以让人读到她对达尔文主义、

----

[1] Per Seyersted, *Kate Chopin: A Critical Biography*, New York: Octagon Books, 1980, p.66.

斯宾塞的信念和赫胥黎的思想的态度，表明了人类的发展至少还可看出一点自由意志和伦理的责任在起作用。

> 鸟儿歌唱是因为它们必然要歌唱，
> 大地春天变绿是因为必然要变绿；
> 只有人是因为他能够，
> 并知道善从恶来，
> 选择是因为他能选择。[①]

综上所述，凯特·肖邦的智慧是她的个人努力加上家庭教育和外来影响共同"进化"的结果，是西方文化和文明的结晶；这种"进化"向着爱、向着善、向着永恒。一百多年过去了，凯特·肖邦思考的问题依然在困扰着我们，她的智慧给人启迪，令人深思。作为一名女性作家，她是一流的；作为一名思想者，她善于汲取前人的智慧，不但继承了美国成立以来的文明成果，也虚心学习欧洲大陆的各种进步思想。而且，更为难能可贵的是，她的很多思想跨越时空与儒释道相通，与近现代西方智者的思想相互交融。凡人类在自然科学和社会科学研究领域所取得的成果，她都学习吸收，但绝不照搬照抄、奉为教条，而是敢于挑战"美之为美，善之为善"的理念，结果她给人以"大美"的感受。她重视思想，她的每一篇小说都饱蘸着哲学、美学和科学思想。

第一章 凯特·肖邦：爱与美的思想者

---

① Per Seyersted, *Kate Chopin: A Critical Biography*, New York： Octagon Books, 1980, pp.85–86.

第二章
诗意言说爱

一个世纪以来，"视角"这个从绘画理论中移用到文学理论中的术语激起了学界众多学者经久不衰的兴趣：一方面确实大大促进了小说技巧的研究，并带动了对其他叙事类别（如电影、新闻报道和绘画等）表达方式的研究，另一方面也带来了有关其分类和框架的繁杂的混乱。

第一节 "眼睛之视"与"心灵之视"

　　凯特·肖邦的作品美，美在她诗意言说爱。而要发现她作品中的爱和美，有必要引入"视角"等数个相关概念，因为视角不同，人们对肖邦作品的理解就会有所不同，从而也会影响人们对其中蕴涵的爱和美的认识。

　　一个世纪以来，"视角"这个从绘画理论中移用到文学理论中的术语激起了学界众多学者经久不衰的兴趣：一方面确实大大促进了小说技巧的研究；并带动了对其他叙事类别（如电影、新闻报道和绘画等）表达方式的研究，另一方面也带来了有关其分类和框架的繁杂的混乱。"视角"作为概念与术语，北京大学申丹教授已经作了非常专业而深入的研究与界定。考虑到当前"视觉文化的转向"①和"视觉文化发展的大趋势"②以及读者的实际反应和笔者作为初学者的实际能力，本文并不想介入有关"视角"概念文化的纷争与探究，就取申丹教授以前对"narrative perspective"的译法"叙事视角"③，探讨叙事学大框架下的"视角"与以我国北宋时代的画家郭熙（约1020—1090）《林泉高致》中"三远"为主的"四远"的共通之处，同时对"四远"的更具"视觉性"予以阐释，接着提出"眼睛之视"与"心灵之视"的说法，旨在探究更加和谐的视角，并以此关注凯特·肖邦曾被所谓的"主流文化"所忽视的更多作品，明确这种视角作为一种研究文学的方法所应有的抱负，发现她作品中本来就存在的爱与美。

---

① 周宪：《视觉文化的转向》，北京大学出版社2008年版，第1页。
② 金元浦：《视觉图像文化及其当代问题域》，《学术月刊》2007年第5期。
③ 申丹：《视角》，《外国文学》2004年第3期。

一 相通的东西方"视角"①

（一）西方福勒的"外视角"和"内视角"

英国学者罗杰·福勒（Roger Fowler，1939—1999）研究视角时将视角分为"内视角"和"外视角"（internal perspective and external perspective），他认为："对人物思想和愿望的观察，可有'内'视角和'外'视角之基本划分。内视角向我们展示人物的心理状态、反应和动机……外视角则接受了他人经验的隐秘，这就是说，作者为他本人因此也为读者造就了这样一个角色：一个无特权的观察者，他最终只是零零碎碎地对那些虚构的人物有不全面的了解。"②简言之，福勒的外视角承认我们对人物评价的有限性和推测性，他对内视角、外视角的界定相当于法国批评家、符号学家茨维坦·托多罗夫（Tzvetan Todorov，1939—）的"内视点"和"外视点"："内视的最高程序要算对于人物整个思想活动的介绍了"；外视点即"仅限于描写可见的行为而不加任何解释、不介入中心人物的内心活动"。③根据福勒和托多罗夫的对于"内视角"和"外视角"的界定，笔者试着用下图表示：

图2—1　内外视角图④

①　以下一些有关叙事视角的内容，部分参见笔者已发表的论文《叙事"视角"新探》，《江西社会科学》2010年第5期。

②　Roger Fowler, *Linguistics and the Novel,* London：Methuen Co. Ltd, 1977, pp.89–95.

③　Tzvetan Todorov, *Introduction to Poetics*, Minneapolis：The University of Minnesota Press, 1981, pp.33–36.

④　部分参见万雪梅《〈觉醒〉：穿越时空的心灵之"视"》，《外国文学研究》2010年第2期。在该文中，笔者对如何运用该图和"远论图"（本书改名为"四远图"）解读《觉醒》，有更详细的探讨。

结合图2-1，笔者想说明的是文中论及的视角"perspective"指的是"叙事学大框架下的视角"，不深入细究"叙述者具体叙述时的视角"；文中所指的视角"perspective"，又译为"视域"、"观察角度"、"透视点"、"投影"等，与视点（point of view）的含义相似，都是从绘画理论中移到文学理论中的术语，经常被人混用，如前文所引的内容就很容易让我们觉得福勒的"外视角"与"内视角"与托多罗夫的"外视点"和"内视点"是一回事。其实事实并非如此简单，从概念文化的角度而言，可以这么粗略地认为，也不妨碍我们去分析一些小说文本。但是从视觉文化的角度来看，两者显然不是一回事，因此有的批评家在使用两者的概念时会有意将它们加以区分，如托多罗夫本人就曾说：

> 在此，绘画的历史又一次为我们提供了雄辩的例证。只须想想那些变形图画或数字图画就清楚了：如果从常见的角度即正面去看，它们简直是莫名其妙；然而若从某一特殊角度去观察（一般说来是与画幅平行的角度），那么它们就显示出人们所熟知的物体的图像。作品内部视角与一般常见的角度之间的扭错，使前者的现实性更加突出，同时也揭示了视点对于理解整个作品的重要性。①

（二）东方郭熙的"三远"

事实上，视点、视角与距离不同，眼前景物呈现给我们的感受也会不一样。如果说福勒对视角的划分并不能充分体现这一点的话，早在我国北宋时代的画家郭熙在他的《林泉高致·山水训》一文中论及的"三远"却能充分地体现这一点。

> 山有三远：自山下而仰山巅，谓之高远。自山前而窥山后，谓之深远。自近山而望远山，谓之平远。高远之色清明，深远之重晦，平远之色有明有晦。高远之势突兀，深远之意重叠，平远之意冲融而缥缥缈缈。其人物之在三远也，高远者明了，深远者细碎，平远者冲澹。②

---

① Tzvetan Todorov, *Introduction to Poetics*, Minneapolis：The University of Minnesota Press, 1981, pp.322–323.

② 宗白华：《美学散步》，上海人民出版社1981年版，第107页。

从根本上看，这段文字建立在有关"距离"与"视角"等一些概念的基础上。距离是一个相对的术语，而视角则意味着主体与客体两者之间的观察与被观察的关系。事物的出现，首先，依赖于观察者的位置（视点）；其次，取决于他的视线转向何方（视角）。在这段文字中，郭熙不仅明确提出了"高远"、"深远"和"平远"这三种不同的中国山水画创作的透视原则和空间处理的重要法则，而且将每一种透视法所能展示的"意境"范畴作了描述。这个理论后来已经被推广到任何一种山水画，从广义上而言，完全可以将之应用于山水诗或将之推广到分析任何一位东西方作家的小说文本。

所谓"高远"，指观察者的位置被清楚地标明了：他位于山脚下，自山下而仰视山巅，从下观察到的景色加强了高山的陡峭和雄伟庄严。如杜甫（712—770）的"林迥硤角来，天窄壁面削"。[①]"平远"是指"自近山而望远山"，比"高远"更为复杂，因为观察者的确切位置（视点）并没有精确标出，因此他可以在任一平面，或低或高甚至在山脉的顶部。在诗歌中，这个视角时常表达为"平看"或"横看"，表明匆匆一瞥的方向，如崔颢的"直上孤顶高，平看众山小"。[②]"深远"既具有真实性又具有虚幻性，而不像"高远"或"平远"依旧保持其现实性，它只能被理解为想象的鸟瞰：假定脑海中的的确确有一个实体并假定视角创造力的存在，于是，人们才能够"自山前而窥山后"，并且运用这精神之眼仰视、俯视或直视，就能见人肉眼所不能见。

在郭熙"三远"的基础上，我们还可以引入"低远"（自山巅而俯视山下），"低远"在中国山水诗里传统也很悠久，如谢朓的"白日丽飞甍，参差皆可见。余霞散成绮，澄江静如练"[③]；再看杜甫的"峡束沧江起，岩排石树圆……碧萝长似带，锦石小如钱"。[④]当我们引入"低远"进入郭熙的理论后（后文统称"四远"），代表着客观世界的"高远"、"低远"和"平远"以及代表着主观世界的"深远"相互交融，形成了"像外之像"——诗与画的理想境界，是诗意的创造性的艺术空间，渗透着时间节奏，流动着音乐……如图2-2所示：

---

① （清）仇兆鳌注：《杜诗详注》（第二册），中华书局1979年版，第684页。
② （清）彭定求等编：《全唐诗》（第四册），中华书局1960年版，第1322页。
③ 魏耕原：《谢朓山水诗审美时空的拓展》，《文学遗产》2001第4期。
④ （清）仇兆鳌注：《杜诗详注》（第四册），中华书局1979年版，第1700页。

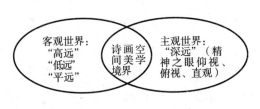

图2—2 四远图[1]

二 中国的"四远"更具有视觉文化效果

正如有学者认为"西方人研究哲学不能绕过中国"[2]、"生态批评"是"古老东方'天人合一'的晚来发现"[3]一样,通过以上分析,尤其是将图2—1、图2—2加以对照后,笔者同样也认为所谓的西方叙事视角与东方中国的"四远"(郭熙的"三远"及"低远")有异曲同工之处,只是用不同的语言和方式表述而已,实际上表达了相似的看事物和问题的方法,而且后者更具有空间、视觉效果,可以解读作品的范围更广。

并不是所有的描写都涉及人物,也不是所有的人物描写都涉及人的心理,因此如果我们试图用福勒的内外视角图来解读唐代山水诗,那就显得非常牵强,但是"远论图"却可以。如"平远"就可以让我们充分领略到王维(701—761)在他的名句"大漠孤烟直,长河落日圆"[4]中所表达的宏大壮阔的美景和征服辽阔空间的雄心。虽然郭熙对"平远"的体会是"平远"能更好地符合道家"淡"的精神,但是其他学者则给予"平远"以非常不同的哲学诠释,更加"人性化"和"儒家化":在高度和深度统一的整体里,在时空差异达到中立

① 参见[法]胡若诗《唐代山水诗和郭熙的"三远"》,万雪梅译,钱林森编《法国汉学家论中国文学——古典诗词》,外语教学与研究出版社2007年版,第356页,"四远图"的图名由笔者所起。

② 叶舒宪:《再论20世纪西方思想的"东方转向"》,《文艺理论与批评》2003年第3期。

③ 李夫生:《生态批评:一种以旧翻新的批评游戏》,《求索》2005年第4期。

④ (清)彭定求等编:《全唐诗》(第四册),中华书局1960年版,第1279页。

状态时，"平远"山水画代表了儒家平衡、和谐的美学理想。它给人以视角上的宁静感受：在无边无垠、无限伸展的浩渺空间，人们是能够找到自己和宇宙之间的和谐，这有别于道家对于高度的浪漫和戏剧效果的奢求（Ho,394）。不管怎样，对于"平远"赋予距离的哲学意义，从美学角度来看，我们注意到在盛唐诗里，"平远"绝不限于"淡而无味"的山水画。

在我们对小说文本如凯特·肖邦的《觉醒》加以解读时，福勒对内外视角的界定以及托多罗夫的内外视点法确实有助于我们把握女主人公爱德娜的行为和心理；但是中国的"远论"则可以非常立体的形象、富有空间层次地体现了书中三位主要的女子——爱德娜、雷西小姐和拉蒂诺尔夫人的行为和心理以及彼此之间的情感关系，其中明显地用"高远"透视法才能得到的人物形象是雷西小姐。

作者凯特·肖邦让我们借助于女主人公爱德娜的视角看到雷西小姐这位钢琴家，让人觉得"高处不胜寒"：脾气古怪、不算年轻、不修边幅、性情孤傲、离群索居。但爱德娜每每在精神脆弱的时候，却可以从她的音乐中获得情感的宣泄和力量，这是一种仰视的情感。雷西小姐对待爱情的态度，也让爱德娜仰视，她说："我绝不认为那些芸芸众生的男人值得我爱慕。"[1]而已婚的爱德娜却不由自主地爱上了未婚青年罗伯特。但是雷西小姐对爱德娜的所思所想了然于胸，这是一种居高临下的"俯视"或"低远"透视法所见，她曾及早提醒爱德娜："想飞越传统和偏见的水平线的鸟儿必须有坚强的翅膀。那些被挫伤的、精疲力竭的弱者又鼓翅飞回地面是一种可悲的场面。"[2]运用"平远"透视法，我们不难发现拉蒂诺尔夫人不仅具有19世纪美国社会所提倡的真正的女性气质，一个玛利亚式的女子：虔诚、贞洁、温顺、持家，而且也非常符合传统的中华民族的贤妻良母的形象，体现了儒家的"中和之美"，具有非常广阔的社会生存空间，给人以视角上的宁静感受。

如果说雷西小姐和拉蒂诺尔夫人的美通过"高远"、"平远"和"低远"等我们的"眼睛之视"就能领略，爱德娜的美则非"深远"透视法（"心灵之视"）不能穷尽。从外表看，"一个偶尔路过不大在意的人也许不会看她第二眼，而一个更富有感情有鉴赏力的人才会欣赏她的体形高贵的美以及她的姿势

------

① Kate Chopin, *The Awakening*, New York：Bantam Books, 1992, p.107.

② Ibid., p.110.

和动作的优美朴素。"①她对情感的体验与诉求亦非一般人所能了悟。她的婚姻中无爱，与婚外青年罗伯特自然相爱，后者不敢直面社会规范的束缚，逃避到国外一段时间，她经历了"心与形的分裂"，违心地接受过花花公子阿罗宾的温存，最后把自己裸身投进了波光粼粼的大海，与自然融为一体。

总之，如图2-1、图2-2所示，"内外视角图"中的"外视角"就正如"四远图"中的"高远"、"低远"和"平远"，高低俯仰、横向伸展、往还视线所见的是雷西小姐的离群索居和特立独行、爱德娜的脆弱及拉蒂诺尔夫人符合东西方社会规范的美；而"内视角"就正如"深远"一般，则更多地展示了人眼看不见的爱德娜主观的思想活动，描绘的是她觉醒前后的精神之眼的仰视、俯视或直视。可见西方福勒的叙事视角和托多罗夫的内外视点与我国的"四远"有相通之处，而后者则更给人以视觉文化的效果和空间层次感。

需要特别提及的是，与中国人"高低俯仰、横向平展、处处流连、往还视线"一样，西方人同样热爱无尽空间，不同的是西方人好比"站在固定地点，由固定角度透视深空，他的视线失落于无穷，驰于无极，没有返还。他对这无穷空间的态度是追寻的、控制的、冒险的、探索的。"②其结果是彷徨不安、无限怅惘。《觉醒》的结尾处就充分体现了这一点，大海代表了无尽的未知空间，爱德娜对其是追寻的、探索的。但西方人常常将人与自然相对立，因此当爱德娜走向大海时，起初是带着一丝恐惧的，最终一般都被认为是被大海吞没了。与此不同的是，中国人抚爱空间万物，与万物同其节奏，体尽无穷；向往无穷的心，又有所安顿，能归返自我，成一回旋的节奏。陶渊明的《饮酒》或许能体现其中的妙处："采菊东篱下，悠然见南山。山气日夕佳，飞鸟相与还。此中有真意，欲辩已忘言。"③其实如果带着中国艺术精神，从中国人的视角来解读爱德娜的行为，那她的裸身投进大海就是投进了自然的怀抱，用生命实现了"回归自然"、"天人合一"。虽然追寻、探索、不安的内外视角似乎没有归返，但是爱德娜克服对自然的恐惧、将自身投进大海怀抱的行为已属不易，也显示了作者凯特·肖邦在对无尽空间的探索方面，与中国艺术精神相通的一面。

---

① Kate Chopin, *The Awakening*, New York: Bantam Books, 1992, p.18.

② 宗白华：《美学散步》，上海人民出版社1981年版，第170页。

③ （晋）陶渊明：《陶渊明集》，逯钦立校注，中华书局1979年版，第89页。

三 "眼睛之视"与"心灵之视"

综上所述，不管是东方郭熙的"高远"、"平远"，加上笔者所引的"低远"，还是西方福勒的"外视角"、托多罗夫的"外视点"，他们所见到的都是客观事物，都是人的"眼睛"所见，因此我们可以简言之为"眼睛之视"；同样的，不管是郭熙的"深远"或福勒的"内视角"、托多罗夫的"内视点"，他们所见的都是人的内在的思想活动和精神活动，因此我们可以称之为"心灵之视"，如图2-3所示：

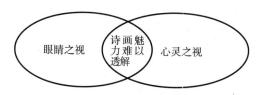

图2—3 眼睛之视与心灵之视图

大道至简。有了这个简单的分类后，我们一下子就能跳出有关视角的纷繁芜杂的概念文化的纷争，从而看出众多事物或作品的本质，将本来似乎风马牛不相及的人或作品因为作者的心灵之视有相通之处而联系起来。

（一）穿越时空的"心灵之视"

尽管因为出身、性别和所处历史时代及国度诸多因素都会有所不同，但是我们还是可以通过"心灵之视"发现与我们思想相通的人，我们也能够发现凯特·肖邦作品中所蕴涵的思想与很多古今中外智者的思想是相通的。"心灵之视"不受时空的束缚，可以跨越古今、穿越时空，因为人类本来就有一些共通的基本的情感与意识。比如，作为女性的凯特·肖邦，由于自身爱人如己的宗教观，她就能在她的《美人儿佐尔阿依德》（*La Belle Zoraide*, 1894）里，"注意"到佐尔阿依德婚恋不成、沉默失语和压抑疯狂的命运。

"心灵之视"如果没有偏向、近乎本真，就很容易把我们的"眼睛之视"投向那些长久没被关注、没被细读的文本和这些文本中所叙述的对主流文化而言多少年来近乎无声的人们；被冷落的各国的文本是如此，被忽视的各国的文论、画论也是如此。"叙事以纪实与虚构的方式参与了人类历史的文明建构，并以各类叙事文本的形式留在了人类的文学乃至文化史上。"①我们实在没有任何理由不尽力关注每一位参与文明构建的人。历史作为文本基本由胜利者书写，这使得我们很容易就忽视了当时属于社会弱势群体的人们的生存状况和他们对人类文明传承所起的作用。J. 希利斯·米勒在他的《解读叙事》第一章第一段就曾写道。

人文学科中的多元文化研究近年来在美国不断涌现，其原因之一在于希望摆脱所谓霸权文化的控制。有人认为，西方文明的经典著作构成了这种文化的支柱。多元文化论也许无意中造成了这么一种效果：它建立在不和谐之上的视角使我们得以窥见主流文化的奇特和混杂。现在依然需要对该文化的作品进行认真研究。②

确实，如果我们带着公正的眼光阅读，"或至少是带着被非西方文化研究或文化霸权中少数族裔话语的研究磨炼得更为锐利的眼光，那么即便是希腊—罗马—希伯来—基督教文化中最熟悉、最经典的文本也会显得极度陌生。"③同理，即便是被主流文化陌生化得不能再陌生的文本，当我们用和谐的视角去审视时，它们对我们而言也会显得特别熟悉，比如下文将要论述的有关凯特·肖邦关于爱与死的文本就是如此。

（二）"心灵之视"的使命

笔者提出"心灵之视"这个说法，是想强调它对文学应负有的神圣使命。我们所希望的是当人们试图从语言学的角度研究文学时，他们没有肢解文学，更没有割裂思想，因此笔者所探究的视角实际上是一种全球性的、多国家的、跨文化的、和谐的精神视角，它不仅不肢解、割裂、禁锢、局限思想，而且总是能超越结构和形式，用自身和谐的眼光和心灵探究并贯通那穿行在文本中的跨越地域、跨越国界、穿越时空的思想。哈佛大学的詹姆斯·安格尔（James

① 龙迪勇：《寻找失去的时间——试论叙事的本质》，《江西社会科学》2000年第9期。
② [美] J. 希利斯·米勒：《解读叙事》，申丹译，北京大学出版社2002年版，第1页。
③ 同上书，第2页。

Engell）不无遗憾地感慨"一些批评家会甘于退缩到方法论或单一问题的意识形态中"，"只是依靠一种方法，把凡不属于那种方法的一切都排除在文学研究的方法之外。"①20个世纪60年代以结构主义文学批评家著称的托多罗夫，"自80年代末期，实现了研究方向的转换，从文学批评领域转向文化、思想研究，转向社会和政治批评。"②他与安格尔有着共识，即文学的范畴远非一些人所定义的那么狭隘。安格尔认为："文学包括诗歌、戏剧和小说这些虚构性作品，但文学在其最广泛的意义上不啻于对人类经验的全部文字记录，它也包括书信、日志、论说文、文学批评和评论。事实上，任何性质的文字，只要凭借才思而达到语言和智识交织的较高复杂程度，都可划归在文学范围内。"③而托多罗夫则简言之"文学是人和世界的思想"④，并认为文学批评应该利用它，而不局限于它，去挖掘作品的意义，并透过作品的意义更好地理解并关注人类的命运。

许多个世纪以来，人们一直怀着一种理想，就是要建立一个跨越地域、跨越国界的学者共同体。这个共同体是一个人文共和国，统辖它的是思想和智识精神。在最终的意义上，教育者是工业赖以成功的生产要素之根本，那么教育和科研就不该处于从属的地位，教育者本人不是代表工业体系的利益——因为他的行为还是会对它有益的——而是为了代表整个人类的人格，这才是更深远、更宏大的任务（安格尔，2008）。笔者运用"心灵之视"来透视凯特·肖邦的思想，来挖掘她作品中关于爱与死的美学思想，并从她的宗教观、婚恋观、种族观和生态观等角度来探究她的没有偏向的、关于本真的爱的思考，目的也就在于此。

凯特·肖邦精通法语，爱好文学、音乐和艺术，博览群书，学养深厚。百年前，肖邦以她的见解卓尔不群、超越时空，百年后的今天，当我们一次又一次从不同的角度去重新解读她那超越前人、有着自己深刻独特的思想以及诗

---

① [美]詹姆斯·安格尔：《人文学科的重要性：主谈英语文学》，王蔚译，丁宏为校，《外国文学评论》2008年第4期。

② 钱林森、邹琰：《责任与乐趣：我的漂泊和探索的历程——兹维坦·托多罗夫专访》，乐黛云、[法]李比雄主编，钱林森执行主编《跨文化对话（23）》，江苏人民出版社2008年版，第179页。

③ [美]詹姆斯·安格尔：《人文学科的重要性：主谈英语文学》，王蔚译，丁宏为校，《外国文学评论》2008年第4期。

④ 钱林森、邹琰：《责任与乐趣：我的漂泊和探索的历程——兹维坦·托多罗夫专访》，乐黛云、[法]李比雄主编，钱林森执行主编《跨文化对话（23）》，江苏人民出版社2008年版，第179页。

一般优美语言的代表作《觉醒》时，我们就不再奇怪她的小说何以在既能展示西方叙事视角体现的空间意识观的同时，又能够与东方郭熙的"远论"所体现的中国艺术精神有相互交融之处。中国艺术一向强调人与自然的亲和关系，即"人的精神，固然要凭山水的精神而得到超越。但中国文化的特性，在超越时，亦非一往而不复返；在超越的同时，即是当下的安顿，当下安顿于山水自然之中。不过，并非任何山水，皆可安顿住人生；必山水的自身，现时有一可供安顿的形相；此种形相，对人是有情的，于是人即以自己之情应之，而使山水与人生，成为两情相洽的境界；则超越后的人生，乃超越了世俗，却在自然中开辟出了一个更大更广的有情世界。"①

凯特·肖邦在《觉醒》中凭借她自身深厚的文学艺术学养和人生觉悟，从不为时人所透解的视角在女性形象的塑造方面做了空间的探求：拉蒂诺尔夫人为男权社会所赞赏，社会生存空间宽广；雷西小姐离群索居、特立独行，因此社会生存空间并不宽广；而爱德娜的社会生存空间却处在变化之中，在社会生存空间逐渐变小的同时，自然生存空间却逐渐宽广，直至超越生死，最终与自然融为一体，这就打通了东西方的叙事精神，与中国艺术精神遥相呼应。

综上所述，有许多方法看山水，途径不同是可能的；也有很多方法可以解读文学作品，采用不同的理论都是可以的，但是现代的叙事视角和近千年前我国郭熙的"远论"具有如此的相通之处对我们不无启示：无论时间如何更替，也无论空间如何转移，对人类而言，心灵的倾向比人眼的视角更加本质；还有，"如果一个人观察森林和溪水时能够心胸森林和溪水，那么它们的价值较大，但是如果一个人用骄傲与傲慢的眼神去看它们，它们的价值则较低。"②怀着这样的心灵倾向，当我们俯仰山水时，当我们一遍遍重读唐代山水诗和宋代画论时，当我们感喟于百年前的凯特·肖邦何以在人与自然一向对立的西方社会，让她美丽的女主人公爱德娜裸身、欣然投进大海温柔的怀抱时，我们就不难看到中国文化的大美。诺贝尔文学奖获得者泰戈尔曾经说过："世界上还有什么事情比中国文化的美丽精神更值得宝贵的？中国文化使人民喜爱现实世界，爱护备至……他们已本能地找到了事物的旋律的秘密。不

---

① 徐复观：《中国艺术精神》，华东师范大学出版社2002年版，第207页。

② Florence Hu-Sterk, "Tang Landscape Poetry and the 'Three Distances' of Guo Xi", *Recarving the Dragon-Understanding Chinese Poetics*, Ed. Olga Lomov á . Prague: Charles University, The Karolinum Press, 2003, p.200.

是科学权力的秘密，而是表现方法的秘密。这是极其伟大的一种天赋。因为只有上帝知道这种秘密。我实妒忌他们有此天赋，并愿我们的同胞亦能共享此秘密。"①当我们怀着这样的心灵倾向时，我们视野所及的是穿过古今、跨越国界的和谐共通的美，并且这种美在"眼睛之视"与"心灵之视"的不断往返中升华，更见其广阔有情。因此，笔者下文所论述的几章内容实际上是出于个人的"心灵之视"所见，渴望能得专家学者批评指正。

---

① 宗白华：《天光云影》，北京大学出版社2005年版，第29页。

第二节　凯特·肖邦的宗教观

一　什么是宗教

"宗教"，从词源上看，一般有三种说法：一是来源于印度佛教，"佛教以佛所说为教，以佛弟子所说为宗，宗为教之分派，合称宗教，意谓佛教之教理"；二是来自英语中的"Religion"，它有一个拉丁词根"Religio"，该词根究竟是源自"Religare"（意为重新联结）抑或"Religere"（意为重新集中或重视）还有不同看法，但都涉及人对神的信仰与人对神灵的态度；三是现代日语中的"宗教"，"一般指被人们信仰和崇敬的超自然、超人间的东西及这样的信仰体系。"①上述的三个"宗教"词语的溯源虽不能算定义，但是至少让我们能总结出两点：一是不同国度的宗教可能说法不同；二是不同国度的宗教可能有不同的渊源。

"宗教观"就是关于宗教的观念或对"什么是宗教"的回答。一提起宗教，人们往往会联想到形象各异的诸神、香烟缭绕的庙宇或庄严神秘的教堂，还有那些每日虔诚念经礼拜的信徒等；而且人们因信仰各异，有时还互不理解，比如一个信佛教的人，就未必能理解基督教《圣经》里的战争、暴力、谋杀和暗算之类的故事。因此关于宗教的定义可谓众说纷纭、仁者见仁、智者见智，至今未有一个比较一致的共识。这就正如19世纪宗教学奠基人迈克斯·缪勒所说，"每个宗教定义，从其出发不久，都会激起另一个断然否定它的定义。看来，世界上有多少宗教，就会有多少宗教的定义，而坚持不同宗教定义的人们之间的敌意，几乎不亚于信仰不同宗教的人们。"②可见，宗教并没有

---

① 戴康生、彭耀：《宗教社会学》，社会科学文献出版社2000年版，第37页。

② [英]迈克斯·缪勒：《宗教的起源和发展》，金泽译，上海人民出版社1989年版，第37页。

一个人们普遍认可的定义，宗教的历史也证明，对宗教的界定不同，研究的视角、取向、方法与结果等往往会有极大的差异。

正因为如此，本文从包罗万象的有关"宗教"的定义中选取了一些比较能阐释凯特·肖邦的宗教观的内容。如弥尔顿·英格所认为的宗教是"人们藉以和生活中的终极问题进行斗争的信仰和行动的体系"①，它包括了人生旅程中与信仰相关联的爱、死亡、痛苦、不幸，甚至罪恶等，正如西方著名宗教研究家和哲学家保罗·蒂里希（Paul Tillich，1886—1965）也曾下过类似的宗教定义："宗教是人类精神生活的一个方面……在所有地方，也就是说，在人类精神生活所有机能的深层里，宗教都可以找到自己的家园。宗教是人类精神生活所有机能的基础，它居于人类精神整体中的深层……宗教，就这个词的最广泛和最根本的意义而言，是指一种终极的眷注。"②如人类精神化了的道德和审美等，都在此范畴之列。总之，这样的定义就非常有助于展示一个个生命个体的深层思想，如凯特·肖邦的宗教观也有助于群体精神的提升，这就正如法国社会学家杜尔凯姆（Émile Durkheim，1858—1917）所认为的，"一个社会完全有必要在人们心中唤起神圣的观念……要求人们忘却自身的利益，作它的侍从，驱使人们在贫困、不便、牺牲中服从它。没有这些，社会生活将不可能。"③

还有一种关于宗教的象征性定义，本文也比较认可。所谓宗教的象征性定义是指通常用一大段文字对宗教现象及其所为进行描述，比较典型的如影响非常大的美国人类学家克利夫德·基尔茨（Clifford Geertz，1926—2006）的定义："宗教是套信仰体系，旨在通过对生存的一般秩序观念的表述和对事实的语言的形式来表现这些观念，在人心中建立强有力的、普遍持久的情绪和动机，并使这些情绪和动机看起来似乎是唯一实在的。"④也就是说，宗教可以是用语言表达的、普遍持久的情绪和动机，只要在人的内心中足够强大而实在。

总而言之，宗教之所以成为宗教，而有别于哲学、法律、艺术等其他意识形态或文化现象，正在于宗教有一个本质的核心："即对超自然、超人间的力

① J. Milton Yinger, *The Scientific Study of Religion*, New York：Macmillan, 1970, p.7.

② [美]蒂里希：《文化神学》，工人出版社1988年版，第1—7页。

③ Emile Durkheim, *The Elementary Forms of the Religious Life*, Trans. Joseph Ward Swain, New York：The Free Press, 1965, p.218.

④ Clifford Geertz, "Religion as a Cultural System", *Anthropological Approaches to the Study of Religion*, Ed. Michael Banton, ASA Monographs, 3, London：Tavistock Publications, 1966, p.43.

第二章　诗意言说爱

量或神灵的信仰与崇拜"，"这正是宗教不同于其他社会现象的本质特征。"①
正如恩格斯在《反杜林论》中对宗教的精辟论断，即"一切宗教都不过是支配
着人们日常生活的外部力量在人们头脑中的幻想的反映，在这种反映中，人间
的力量采取了超人间的力量的形式"。②这就深刻地揭示了宗教的本质就是人的
本质，神性来自人性的幻化，宗教是人类社会物质生活过程的产物。上述所有
这些内容所提供的思维角度都非常有利于我们了解凯特·肖邦的宗教观，而要
知道她的宗教观，有必要了解凯特·肖邦成长的宗教氛围，探究她对宗教的认
识过程，以及她对上帝和爱的思考。

二 对上帝的思考

（一）爱

世界上的宗教有许多种，比如广义的基督教就主要包含天主教、东正教
和新教三种，但是没有哪一教的教义不提倡"爱"的，凯特·肖邦所信奉的宗
教也是如此。凯特·肖邦出生在一个宗教氛围非常浓厚的家庭，父母都是天主
教教徒。天主教是耶稣基督亲自创立的教会，保留了耶稣立教时创立的教会体
制，和东正教、新教（又指狭义的基督教）一样有着共同的教义，这教义可归纳
为两个字——"博爱"，博爱分为两个方面：爱上帝和爱人如己。在天主教的
礼仪中（除祈祷主耶稣外），与新教礼仪不同的是，也呼请圣母玛利亚、众位
圣人和圣女为世上的信徒代祷，做到了更为礼敬圣母玛利亚，强调了她不仅是
主耶稣的母亲，也是每一位基督徒的母亲，每一个愿意争做基督爱徒的人，也
应把主的母亲作为自己属灵上的母亲迎接到自己的信仰、家庭、教会团体中。

凯特·肖邦是在严格的天主教氛围中成长的。肖邦的父亲作为天主教教
徒，非常虔诚，在世时每天都到教堂去做弥撒，积极捐助圣路易斯天主教机
构及其属下的图书馆和报纸，正因为他在这个方向上持续不断的努力，他还
成为大主教肯里克（Archbishop Kenrick）的亲密朋友；父亲去世后，教育培养

① 戴康生、彭耀：《宗教社会学》，社会科学文献出版社2000年版，第44页。
② [德]马克思、恩格斯：《马克思恩格斯选集》（第3卷），人民出版社1960年版，
第354页。

她的曾外祖母、外祖母和母亲同样是高度虔诚的天主教教徒；自1860年9月到1868年6月，她还在当地的教会学校圣路易斯圣心学院（the St. Louis Academy of the Sacred Heart）接受了正规的、严格的8年教育（又有一说13年，从1855年开始），从赛耶斯特德关于她的传记中，我们不难发现她至少有两位校友后来都做了修女，其中一个就是她最要好的朋友基蒂·格莱西（Kitty Garesché），可以想象得出她当时所处的笃信上帝的虔诚氛围。

凯特·肖邦对基督教（广义的）提出的"爱"有着深刻的领悟。这种"爱上帝和爱人如己"的"爱"与我们通常所说的"爱"不可等同而论，具有超人的力量。《马太福音》记载，耶稣说："你要尽心、尽性、尽意爱主你的神。这是诫命中的第一，且是最大的。其次也相仿，就是要爱人如己。这两条诫命是律法和先知一切道理的总纲。"[1]耶稣还教导他的信徒："你们的仇敌，要爱他！恨你们的，要待他好！诅咒你们的，要为他祝福！凌辱你们的，要为他祷告！有人打你这边的脸，连那边的脸也由他打；有人夺你的外衣，连里衣也由他拿去……"[2]这种"爱"启发人们无条件地爱人、善待人、宽恕人，要拥有超越肉身和自我利益的心胸和情怀；这种"爱"就正如《哥林多前书》中关于"爱是什么"的诗化演绎："爱是恒久忍耐，又有恩慈；爱是不嫉妒；爱是不自夸，不张狂，不做害羞的事，不求自己的益处，不轻易发怒，不计较人的恶，不喜欢不义，只喜欢真理；凡事包容，凡事相信，凡事盼望，凡事忍耐……爱是永不止息。"[3]

凯特·肖邦笃信教义上所提倡的爱。因为这种爱和所有宗教的主要精神一样，关注人性的虚弱、生活的苦难、世间的罪恶，提出"忏悔"、"宽恕"、"爱人如己"、"忍让"、"天国的盼望"、"来世的幸福"等，主张以博爱、谦卑和超脱的境界对待人间的忿怒和仇恨、世事的不幸和无常。这种"爱"强调在上帝面前人人平等，注重无私、受苦、仁慈、宽容、博爱的美德，因为耶稣对人一视同仁，对无论什么种族、阶级、性别身份的人都张开爱的怀抱；这种爱在《圣经·新约》中"还强调基督徒身负使命的责任感，要求他们比一般民众更能

① China Christian Council, "Mattew 22（37-40）", *Holy Bible*, Nanjing: Amity Printing Co., Ltd., 2002, p.44.

② China Christian Council, "Luke 6（27-35）", *Holy Bible*, Nanjing: Amity Printing Co., Ltd., 2002, p.99.

③ China Christian Council, "Corinthians 13（4-8）", *Holy Bible*, Nanjing: Amity Printing Co., Ltd., 2002, p.305.

忍耐、吃苦，更愿意牺牲自己，以达到精神上的更高境界"。①

　　不仅如此，凯特·肖邦和她的亲人们还力行教义，爱上帝，爱人如己。可是父亲的意外早亡令当时还不足5岁的肖邦开始了对上帝之爱的第一次追问。她父亲虔诚、富有爱心、对教会贡献较大，可是以爱著称的、万能的上帝却过早地夺去了他的生命，这是幼小的肖邦所不能理解和接受的。不仅如此，她父亲每天去做弥撒的教堂也在她幼小的心灵投下了一丝阴翳。后来同样对上帝高度虔诚的曾外祖母加上哥哥乔治在两个月内相继去世，还有后来丈夫和母亲的离去，更增添了她对上帝之爱的怀疑，教堂——"基督教教徒举行宗教仪式的场所"，成了她不想去的地方。

　　凯特·肖邦对上帝的存在与否充满困惑，她努力寻找上帝，可是她并不认为能在教堂找到上帝，她也不认为教堂里的神职人员可以代表上帝说话。教堂——她父亲生前的好友、为父亲举行葬礼仪式的肯里克大主教所在的地方，她是知道的，却给她以无情和恐怖感。她也相信永恒的生命（eternal life），但是当有人发现她的作品里没有宗教动力，建议她不要认同赫胥黎认为的一个人的宗教情感是一个人行为基础本质的观点时，她开始质疑教堂里的牧师和各种不同的派系是否能代表上帝说话（Seyersted, 85）。在《觉醒》中总共就一处提到天主教教堂（cathedral），却表示了对神甫的问题解释不满意："她（黑衣女人）一直不能断定在墨西哥以外的地方它们（念珠）的赦罪作用是不是还有效。天主教的福什尔神甫（Father Fochel）向她解释过了，但不能让她满意。"②另有一处三次提到教堂（church），却用了三个这样的词来限定：（1）哥特式的（Gothic）；（2）令人窒息的（stifling）；（3）阴影（shadow）（Kate Chopin, 1992：46-47）。这三个限定词表面看来是描绘教堂，可是实际上可以表明肖邦对基督"上帝"的三种认识，这是一个逐渐变化的过程：从人云亦云，到开始质疑寻找，再到最后在自己的内心形成初步结论等。

　　第一，她曾渴望上帝之爱，但感受到的是上帝的无情。第一处提到教堂时的语境是这样的：爱德娜约罗伯特一起随数人抵达了谢尼·卡米内达岛（the Chênière Caminada）。

<hr />

　　① 刘意青：《〈圣经〉的文学阐释——理论与实践》，北京大学出版社2004年版，第14页。

　　② Kate Chopin, *The Awakening*, New York: Bantam Books, 1992, pp.55-56.

他们和别人一道朝小巧古雅的哥特式圣母教堂走去，在阳光照耀下，它那棕色和黄色的油漆闪闪发光。①

这或许可表明任何一个人包括凯特·肖邦最初对上帝的认识。当时，肖邦父亲还没有去世时，她对上帝满怀憧憬：（1）在天上（阳光、闪闪发光）；（2）给人以温暖（棕色和黄色）；（3）给人以慈爱（圣母）；（4）一直如此、总是如此（小巧古雅）；等等。这也表明了通常人们对上帝非人类的、超自然的信仰，但这一切都是浮于表面现象的认识，而用"哥特式"来修饰，就暗含了其他意思：哥特（Goth）一词来自日耳曼民族一个部落的名称，意大利人法萨里用哥特一词来指称中世纪的一种建筑风格——高耸的尖顶、厚重的石壁、狭窄的窗户、染色的玻璃、幽暗的内部、阴森的地道甚至地下藏尸所等（肖明翰，2001）；并且也很容易让人联想到哥特式小说（Gothic novel），"其显著元素包括恐怖、神秘、超自然、厄运、死亡、颓废、住着幽灵的老房子、癫狂以及家族诅咒等"；②还会让人联想到住在里面的"哥特式人物"，如优柔寡断的哈姆雷特，《简·爱》中痛苦、狂怒、焦躁的罗切斯特，还有那深夜偶尔狂笑的"阁楼上的疯女人"等。

第二，上帝的无情给她以烦闷和窒息感。第二处"令人窒息的"使用的语境是《觉醒》中的爱德娜和罗伯特走进了教堂，和天主教教徒们一起在做礼拜。

在教堂做礼拜时，爱德娜简直无法克服烦闷的和昏昏欲睡的感觉。她的头也痛起来了。祭坛上的烛光在她眼前晃来晃去。要是在别的时候，她会尽力振作起来，而现在她唯一的念头就是摆脱教堂里那令人窒息的气氛，出去换换空气。③

凯特·肖邦在经历父亲、曾外祖母、哥哥、丈夫、母亲相继去世的伤痛时，非常期待着上帝的爱、仁慈与心灵的抚慰，正如1898年她在诗歌中诉说的："我曾需要上帝，在天堂和尘世之间寻找……"④但是人们通常所说的爱人

① Kate Chopin, *The Awakening*, New York：Bantam Books, 1992, p.46.

② 张江梅：《论英美文学中的"哥特因子"》，《当代文坛》2010年第2期。

③ Kate Chopin, *The Awakening*, New York：Bantam Books, 1992, p.46.

④ Per Seyersted, *Kate Chopin——A Critical Biography*, New York：Octagon Books, 1980, p.85.

第二章

诗意言说爱

的上帝，她没有找到。她一次次寻找，一次次失望，一次次受到新的打击。上帝的无情令她心寒，上帝通过教堂——人们用来礼敬他的地方，给她以阴森、恐怖和窒息感。

第三，上帝的无情在她的心灵投下了阴影。在《觉醒》中，第三个词"阴影（shadow）"使用的场景是爱德娜、罗伯特走出了教堂之后。

> "我觉得头晕得很，几乎支持不住了，"爱德娜一边说一边不知不觉地用手把草帽从额头往后推移，"我实在无法在里面再待下去了。"他们站在外面，在教堂的阴影下，罗伯特非常焦急。①

她虽然已经从教堂出来，但并没有离开教堂的影子，因为教堂已在她的心灵投下了阴翳，就算远离教堂也摆脱不了这种令人压抑窒息的感觉。所以，爱德娜尽可能地远离教堂，远离任何可能让她联想到教堂或不得不去教堂的场景，比如妹妹珍妮特（Janet）的婚礼，她都拒绝参加，全然不管她那"纯真的长老会教义者"的姐姐玛格丽特（Margaret）有多伤心，也不管她那虔诚的长老会信徒的爸爸有多难过。当她还是一个孩子的时候，她就被肖邦描写成从长老会机构中逃出来："看来那很可能是星期天，"她笑着说，"我溜掉了，没有做祷告，没有参加长老会礼拜，我爸爸念主祷文那阴郁的神情，直到现在想起来还让我感到浑身寒冷。"②

后来，凯特·肖邦渐渐背离习俗意义上的宗教，不佩戴十字架，不去教堂做礼拜，比《觉醒》中的爱德娜还要果断叛逆。如果说宗教就像20世纪最有影响力的基督教研究专家之一——蒂里希所认为的那样，有"风俗意义上的宗教和个人虔诚意义上的宗教"③两种的话，那么肖邦后来显然是舍弃了第一种，从她的照片来看，在1869—1875年间的某一天以及此后的岁月里，她就再也没有佩戴十字架，也不去教堂做弥撒。据此，一般就被人们认为她已经开始背离正统的天主教。因为所谓宗教，还是有其基本特征可言的，在诸多的特征中，至少有几个特征还是大家普遍认可的：（1）宗教具有一套以崇奉超自然、超人间力量或神灵为核心的信仰体系；（2）宗教有一套特定的实践活动；（3）宗教

---

① Kate Chopin, *The Awakening*, New York：Bantam Books, 1992, p.46.

② Ibid., p.20.

③ [美]蒂里希：《文化神学》，工人出版社1988年版，第8页。

具有特定的感情与体验等（戴康生、彭耀，45—62），而这几点在凯特·肖邦面对正统的天主教时，都不存在了，她没能从上帝那里感受到爱，也就谈不上她能从上帝那里获得什么超自然的力量。1885年，肖邦的母亲去世，天主教有关上帝的部分对她而言已经名存实亡。她怀疑基督上帝的存在是可以理解的，就正如达尔文在他的爱女安妮（Annie，1841—1851）死后，对基督的信念就逐渐减少，也并不再去教堂做礼拜一样。前文所提的"阴影"，不仅指空间意义上的阴暗处，还指人的心灵中关于不幸与伤痛的、难以驱除的消极记忆。总之，在肖邦看来，人们不仅不能感受到上帝之爱，相反，上帝每时每刻都在提醒人们不能爱，只要爱，那就是犯了原罪。

（二）罪

《圣经》除了"爱"的教义外，还有"罪"的观念，认为"罪"是人类固有的本性[1]，罪的本质是对上帝的疏离，上帝会对罪实施惩罚；"罪"构成了《旧约》神学的核心主题之一，《新约》亦将"罪"视为悖逆上帝的行为或态度（邱业祥，382）。马丁·路德（1483—1546）也写道："自亚当堕落之后，凡由血气而生的人，就生而有罪，就是说，不敬畏上帝，不信靠上帝，有属血体的嗜欲；这疾病，或说这原始的过犯，是实实在在的罪，叫凡没有借圣灵洗和圣灵重生的人都被定罪，永远死亡。"[2]如此看来，这《圣经》中的上帝是令人恐惧的，这与我国老子（约前571—前471）所谓的"圣人"实在无法相提并论，如老子认为的圣人"处无为之事，行不言之教"；[3]再如："圣人无常心，以百姓心为心，善者吾善之。不善者吾亦善之，得善。信者吾信之，不信者吾亦信之，得信。圣人在天下，怵怵；为天下，浑其心，百姓皆注其耳目，圣人皆孩子。"[4]"一切价值都由比较而来"[5]，西方的上帝与老子的圣人相比，谁更善良、更智慧，不言自明，这或许也就是为什么凯特·肖邦的作品从深层看更倾向于一种东方式的智慧的原因，爱默生也是如此，他们在这方面的思想是

---

① 参见China Christian Council，"Proverbs 20（9）"＆"Ecclesiastes 2（24）"，*Holy Bible*，Nanjing：Amity Printing Co., Ltd., 2002, p.1027, p.1050。

② [美]马丁·路德：《马丁·路德文选》，马丁·路德著作翻译小组译，中国社会科学出版社2003年版，第54页。

③ 刘权：《老子道德经新探》，中国广播出版社2003年版，第12页。

④ 同上书，第331页。

⑤ 乐黛云：《朱光潜对中国比较文学的贡献》，《社会科学》2010年第2期。

相通的。"凡是人，皆须爱。"①向善、寻求爱的庇护是人的本性，也是人类赖以存在的本质基础，罪恶是存在的，可是西方人过分渲染了罪恶的成分，物极必反，这往往也就给西方人为恶找到了理论依据。当在这种理论基础上建立起来的"上帝观"一旦被否定，任"罪恶"任意膨胀的话，后果将不堪设想，所以更显得建立有关"爱、真、善、美"的思想体系的重要性。

罪又分为先天的罪和后天的罪。先天的罪即生来就有的罪——"原罪"（original sin）：上帝创造了人——亚当和夏娃，他们却因禁不住蛇的诱惑，吃了禁果，失去了上帝的肖像和儿童的纯洁，从而从不死的变为可死的。亚当的罪产生于情欲，他的罪作为原罪随同情欲在他的后代中遗传下来，于是一切人从生下来便是有罪的，便逃脱不了上帝的惩罚（阎国忠，51）。后天的罪等同于恶。《圣经》传统认为，世人有七种致命大罪：骄傲、贪婪、邪淫、嫉妒、贪食、易怒和懒惰。善（good）和恶（evil）是人性的两个方面（张宏薇，59）。西方的思维总体是二元对立的思维，而整个宇宙给人的感觉却是浑然一体的。如果说这种思维以及在这种思维的基础上建立起来的价值体系出了问题的话，那就是从根本上出了问题。

没有夏娃与亚当的爱就没有人类，没有父辈的爱就没有子辈。如果大家都听上帝的话、都不犯原罪、都到修道院做修士或修女的话，那岂不就没有了人类的种族延续？总之，凯特·肖邦对这人性的恶的一面不会有太多的质疑，但是她对"原罪观"表示质疑，但又很难摆脱其影响。她本人很年轻时就孀居，却没有再婚，在她笔下也常常可见"原罪"的阴影。正如前文提到的教堂投下的"阴影"一样，这实际上表明了肖邦对上帝思考的第三个层面：原罪何罪之有？但是它已经给人们的心灵投下了难以驱除的阴影。这个上帝已经成为一种象征。它象征着给人带来恐惧的死亡，它象征着基督教给人带来负罪感的力量，它总是如影子一般看到哪里有爱，就追随过去，投下它的威胁，提醒人们"莫须有"的原罪的存在，它好比霍桑（Nathaniel Hawthorne，1804—1864）笔下《红字》中的海丝特·白兰的丈夫齐灵渥斯一样阴暗，欲使人产生罪孽感，这个象征性的具体形象可见于《觉醒》中的黑衣女人。

黑衣女人无名无姓、神秘哀伤、表情严肃、有负罪感、总是形影相吊，在《觉醒》中虽然一共只被提到过七次，但无时无刻不如影随形般地跟随着那对陷入热恋中的、同样没名没姓的情人，或跟随着逐渐相爱的爱德娜和罗伯特，

---

① （清）李毓秀：《弟子规》，华艺出版社2010年版，第9页。

这七次提到黑衣女人的场景如下：

那位穿黑衣服的女人在邻近的浴室平台上念早祷文。一对年轻的情人找到一个空着的儿童用的帐篷，正在那下面谈情说爱。①

那对情人刚刚走进公寓的院子。他们紧紧挨在一起，像被海浪拍打的水橡树互相偎依着一样。在他们脚底下没有一粒泥土。他们简直像头朝地脚朝天踏着蓝天在走路似的。那个穿着黑衣服的女人在他们后面慢吞吞跟着，脸色更加灰白，比平时显得更为疲倦。②

那对情人头天晚上已经约好了，现在正漫步向码头走去。穿黑衣服的女人带着绒面金边的祈祷书和礼拜用的银白色念珠，跟在他们后面不远。③

那对情人肩并肩地向前慢慢走着，穿黑衣服的女人急步赶上了他们。④

那对情人仿佛旁若无人，什么也不闻不问。黑衣服女人数着她的念珠已经是第三遍了。⑤

她（爱德娜）起身跨过罗伯特的脚，轻轻地说了声劳驾。法里瓦尔老先生莫名其妙地慌忙站了起来，可是一看见罗伯特跟了出去，就又一屁股坐了下去。他担心地悄悄问问黑衣服的女人，但她既不理睬他，也没有回答，只是一心一意盯住她那些丝绒祈祷书的书页。⑥

在这场关于墨西哥的普遍议论中，得到好处的是那对情人，他们正好喁喁私语一些对其他人毫无兴趣、只与自己直接有关的事。那位黑衣女人曾经收到两串从墨西哥寄来的精巧别致的念珠，它们有着特殊的赦罪作用，但是，她一直不能断定在墨西哥以外的地方它们的赦罪作用是不是还有效。天主教的福什尔神甫向她解释过了，但不能叫她满意，所以她请求罗伯特帮忙，如果有可能的话，请他了解一下，她是否能享受到这种非常稀罕的墨西哥念珠的赦罪作用。⑦

---

① Kate Chopin, *The Awakening*, New York： Bantam Books, 1992, p.19.

② Ibid., pp.26–27.

③ Ibid., p.42.

④ Ibid., p.43.

⑤ Ibid., pp.43–44.

⑥ Ibid., p.46.

⑦ Ibid., p.55.

如此集中七处引文中，"黑衣女人"的象征意义让人一目了然。象征这一术语用在文学批评中是指"甲事物暗示了乙事物，但甲事物本身作为一种表现手段，也要求给予充分的注意"；"一般说来，象征具有暗示性、多义性、不确定性等特征，这也是浪漫主义和象征主义诗人尤其看重象征的原因之一。"①黑衣女人显然具有暗示性，她可以有多种暗示，但又不一定确指。她可以暗示上帝对人原罪的提醒与惩罚，暗示基督宗教对人的思想的压制与禁锢，暗示在宗教思想的束缚下妇女不幸的命运等等，所以黑衣女人本身也该受到足够的关注，她如此念叨着自己的罪与赎罪问题，更能体现出上帝的原罪一说摧残人性。

黑衣女人在蓝天白云之下时隐时现，给《觉醒》增添了浪漫主义色彩，使《觉醒》又多了一份神秘色彩，让人忍不住探询她到底确指什么。其实她很含混、很模糊，并不确指什么，只让人约略感到肖邦的宗教观。正如歌德所说："象征把现象转换成观念，又把观念转换成意象，这个观念始终在意象中保持其无限的活跃性，难以被捕捉到，即使采用各种语言来表达它，也无法表达清楚。"②但正是这种含混、模糊和不确定性，加上作品中大海、鸟儿、门窗等都有象征性，就使得《觉醒》具有了十分旺盛的生机。这正是肖邦所擅长的一种表现手法，也是她与莫泊桑相通的地方："这是生活，不是小说……这不正是我所设想的那种模糊的、不假思索的叙事艺术吗？！"③

19世纪随着达尔文发现生物进化论撼动了上帝造人的说法，让人怀疑上帝的存在；尼采又说"上帝死了"；细胞学说还从微观层面说明生命的构成。那种象征着愚昧、黑暗，提醒人负有原罪，教人每爱之时便有犯罪感、便觉得偷食了禁果的上帝的力量已经很虚弱了，这就像这阳光下的黑衣女人一样，形影相吊、孤单无力，她已无多大力气再管别人的爱。就像那对情人一样，不管黑衣女人在不在场、念不念珠，依然如痴如醉、不分场合地相爱着。爱德娜和罗伯特也是如此，还是演绎了一段浪漫、迷人、凄婉的爱情故事。

凯特·肖邦并不认为人类种族得以延续的爱是有罪的，她也不会选择做修女的人生。她一向不轻易流露自己的道德观，但那一次却记了一篇日记，那是

① 王先霈、王又平主编：《文学批评术语词典》，上海文艺出版社1999年版，第204页。

② 同上书，第205页。

③ Kate Chopin, *The Complete Works of Kate Chopin*, Ed. Per Seyersted, Baton Rouge：Louisiana State University Press, 1969, pp.700–701.

在她写完《丁香花》（*Lilacs*，1894年完成，1896年发表）一些天之后，她去看望以前的校友丽萨（Lisa），自丽萨去做了修女之后，她就一直没有见过她，而《丁香花》讲的故事与修道院有关。在故事中，肖邦没有告诉读者女主人公爱德里安娜（Adrienne）从事的职业是什么，只给人以暗示——她的职业可能是音乐家。她每年在丁香花盛开的时候，都从巴黎赶到美国，带着大束丁香花去一家修道院，都受到修道院院长（Mother Superior）的热情接待，可是接下来的一年，换了位新的修道院院长，这位新修道院院长给了她冷遇，不让她入内，爱德里安娜前额倚着修道院的门伤心地哭了，因为她失去了她内心对天堂寄托的平衡，因为此前她每次朝拜这所修道院时，灵魂都感觉受到了洗涤。哭了一会儿，她离开了，可是她一离开，那懒散的修女就打开门把散落在地上的丁香花扫掉了。在下面的引文中，丽萨与肖邦提到了爱德里安娜的职业问题。

> 我知道她一直记得20多年前我粉红色的面颊、棕色的头发和天真年轻的神情。我不知道她是否知道我有我的所爱、她会怎么看我——我爱的不是神——我们恨着、痛苦并快乐着。毫无疑问，她可以看到一千种事情在我的脸上留下了印记，但是她不能够读懂。她和她的爱人在黑暗中。他没有给她的双眼抹油（anoint）以便使她有完美的视觉。她也不需要——在黑暗中。——当我们离开的时候，我的朋友跟在我身后说："你不给她（爱德里安娜）职业和幸福的生活吗！"在我们的前面有一条长长的人迹罕至的道路……一条小狗匆忙走过……"我宁愿是那条狗！"我回答她。我知道她为此感到反感，并且认为我的回答与她的问题无关，我不想费心解释说这只是生活图景的很小部分，我们留下的确是千变万化的风景。①

由此可见，凯特·肖邦对修道院生活的一种看法，她宁愿自己是条狗，也不愿选择修道院没有爱的生活，她认为那是生活在黑暗中。这也反映了她对上帝的思考：是上帝在禁锢着人们的思想与灵魂、禁锢着人们的身心，认为人们只要爱就是在犯罪，是"带罪的爱"，没爱也有罪，有"原罪"。她再也不愿意相信，她不认为人们的爱是有罪的，不仅如此，她还赋予"爱"以丰富的内容，过了几天，她又在自己的日记中补充了如下内容：

---

① Per Seyersted, *Kate Chopin: A Critical Biography*, New York：Octagon Books, 1980, p.70.

第二章

诗意言说爱

生活中有一些好的事情——虽然不是很多——但是有一些。温柔的、坚定的、磁铁般的、同情的握手就是其中一种。半夜通过安静的街道散步是另外一种。然后，还有许多说再见的方式！①

虽寥寥数句，却足以体现凯特·肖邦关于爱的思想。爱是人与人、人与社会、人与自然的一种和谐相处的关系在情感上的体现，这里没有罪、也没有恶，有的只是符合自然、符合人类本性、超越个体力量的神圣性。

三 凯特·肖邦的爱观

随着科学和人文的发展，上帝造人和主宰人的命运的神圣地位确实已经动摇，上帝在这方面超自然的力量已经不复存在。但"上帝死了"并不是说上帝倡导的"爱人如己"就能抛弃，相反，正因为"上帝死了"，原有的价值体系崩塌，给人们带来极强的不确定感和不安全感。正如陀思妥耶夫斯基（1821—1881）和萨特（1905—1980）也都曾说过，如果上帝死了，那么一切都是可能的。但是人活着总是要有点精神的，就正如林语堂曾经说过："在西方人看来，不借助上帝的力量而又能维系人与人之间的道德关系，几乎是不可思议的。"②

于是，西方一些有识之士开始探寻新的价值体系，凯特·肖邦就是其中一位。她研究达尔文的进化论，采纳爱默生的观点，了解叔本华、尼采等人的思想，但从不照搬照抄，相反，她独立思考，已经具有了她自己思想的独特性。着力体现爱是她的思想的最突出的主题。她所体现的爱——人间的爱，尤其是两性之爱，有时具有强大的冲破一切的力量，具有神性，所以爱与宗教在她的作品中常常是密不可分的。她具有一种现世主义精神（secularist spirituality），就像尼采的入世意志，以及爱默生的个人主义精神一样。爱默生写道："想着活，别告诉我去准备死。我唯一能做的准备就是去实现我目前的责任。加尔文教的弊病在于把来世说得不同于现世，乃至为了来世而丧失了对现世的准备。"③凯特·肖

---

① Per Seyersted, *Kate Chopin: A Critical Biography*, New York: Octagon Books, 1980, p.70.

② 林语堂：《中国人》，浙江人民出版社1988年版，第87页。

③ Ralph Waldo Emerson, *The Journal and Miscellaneous Notebooks*, Vol.4, William H. Gilman et al. Cambridge: The Belknap press of Harvard University Press, 1960–1970, p.330.

邦也非常注重今生，如果说爱默生是从理念上要人们想着活，而凯特·肖邦则用一篇篇佳作启发人们爱着活。

"爱"是凯特·肖邦作品最最重要的主题。爱是基督教的终极价值指向，也是所有宗教的终极关怀，一切本着以爱为目的的宗教彼此之间应该都没有矛盾，同时爱也一直是文学创作古老而永恒的主题。在浓厚的宗教氛围下成长起来的凯特·肖邦对这一古老如生命、永恒如岁月的主题更是情有独钟，"爱"也成了肖邦一生的主旋律。不同作家对爱的理解和表现是不同的，对同一位作家而言，可能他的每一个人生阶段对爱的理解也不尽相同。对凯特·肖邦而言尤其如此，正如前文就已经论及的，她在不断地成长、不断地汲取各国科学和人文思想的精华，不断地思考上上个世纪末困扰着人们的问题，而这些问题当中的许多直到今天依然困扰着人们。基督教最注重人们对上帝的爱，其次要求他们爱邻居、爱每一个人，对"两性之爱"基本持避讳态度。如《天主教哲学》里有："你要爱主和爱你的邻居。""我爱主；同样我也全心全意地爱每一个人。"①"神的律法引导我们要爱上帝；其次要爱邻居。它禁止犯奸淫。"②凯特·肖邦有着广泛的涉猎和深刻的领悟力，尤其赋予了"两性之爱"以自己的思考。

第一，两性之爱是一种本能。在《现代汉语词典》（2000：60）里，本能的意思有两种，一是"人类和动物不学就会的本领，如初生的婴儿会哭会吃奶，蜂酿蜜等都是本能的表现"；二是"有机体对外界刺激不知不觉地、无意识地（作出了反应）"，正如人看到强烈的灯光会不由自主地闭上眼睛一样。"食色，性也。"③性欲和食欲一样乃人类的天性，这是肖邦在作品中所不避讳的，并且她认为"爱"属于人类最不可改变的驱动力（the most immutable drive），当有人对此加以否定，并表明文学艺术作品可以对爱避而不谈时，她写道：

> 他宣称人们在现实生活中不谈论爱。他怎么知道的？我对加兰（Garland，1860—1940）先生的观点深表遗憾……某种程度上他给人的印象好像是一个还没有"生活"过的人。④

① [英]罗素：《西方哲学史》（上卷），商务印书馆2009年版，第407页。
② 同上书，第583页。
③ 《孟子选译》，柏小松译注，人民教育出版社2003年版，第104页。
④ Per Seyersted, *Kate Chopin: A Critical Biography*, New York：Octagon Books, 1980, p.87.

当有人把易卜生当作一个改革者来崇拜，特别是赞扬他的《人们的公敌》（*An Enemy of the People*， 1873），并认为它解决了一个社会的主题而不是爱时，凯特·肖邦评论道：

> 人类的冲动（Human impulse）没有改变，也不可能改变，自从有男人、女人介于这种彼此关系之中、自从我们有了关于他们这种关系的认识开始时就是如此。这就是为什么埃斯库罗斯[①]是对的，莎士比亚在今天还是对的，而易卜生在某个遥远的未来就不一定正确，尽管他或许可代表一时，在当时产生了强大的影响，因为他所探讨的社会主题本质上就是容易改变的。[②]

正因为如此，肖邦在她的作品中讲述了许许多多形色各异但其实出于同一本性的爱的故事。这种爱的产生是自动的，不分地点，不分种族，是现世主义的，非禁欲主义的，也非物质主义或功利主义的，因此也就特别有自然的力量。不止男人会产生这种情感，女人也会，在这一点上，肖邦对达尔文的观点有所修订。比如在《职业和声音》（1902）这部短篇小说中，肖邦向我们讲述的一个吉卜赛女郎和一个大男孩的故事，就说明了这一点。大男孩是孤儿，个子虽高，可是情感还没开窍。他热爱自由和大自然的美丽，有宗教情结，徒步漫游时结识了一对吉卜赛夫妇：苏紫玛（Suzima）和她的丈夫。苏紫玛比男孩大五岁左右，途中他像孩子一样跟着他们生活了一段时间。到有教堂的地方时，男孩开始去做弥撒，就在男孩身穿法衣帮着做弥撒的时候，苏紫玛注意到了男孩："她深深地被男孩吸引住了，因为惊讶和崇拜……他看起来那么高大、那么英俊！"教堂本来是最不该产生婚外情感的神圣地方。但是苏紫玛产生了，这是一种本能，并不受地点的限制，就好比人的饥饿感一样，不会因为一个人置身教堂或上帝的教义说"饿"有罪就不会感到饿一样，这是肖邦的看法。

第二，两性之爱，使人回归自然，与动植物联系紧密。在《职业和声音》中，当男孩的男人情感意识被唤醒后，凯特·肖邦写道：

[①] 埃斯库罗斯（Aeschylus，前525—前458），是古希腊诗人及悲剧作家，此外，莎士比亚的生卒为1564—1616年，易卜生为的生卒为1828—1906年。

[②] Per Seyersted, *Kate Chopin: A Critical Biography*, New York: Octagon Books, 1980, pp.86–87.

他似乎已经被带进了一种同这个世界上所有男人和所有活着的生物的联系当中。他比以往任何时候更加关心蠕动和爬行类生物，因为在每一个角落他都能遇到这些美丽的无声的生命：在天空、在岩石上、在溪水里，在树丛、在草地、在花簇间到处都展现着这些神秘的、必然的存在。①

这段话在很大程度上体现了凯特·肖邦关于爱和自然的观点。也分别有爱默生和达尔文自然观的成分，因为达尔文从科学的、理性的角度出发，认为万物皆同源，源于最简单的生物；而爱默生从超验的、情感的角度，能感到人与世间万物皆有"灵"相通，正如他在《论自然》中写道的："人们从荒野和森林中体会到的最大的快乐暗示了人类和植物之间的一种神秘的联系。我并不是独自一人无人回应的，它们向我点头，我也向它们致意。"②达尔文通过大量的标本、化石、实验等证明人不是由上帝造的，而是由简单的生物经过了数十亿年的慢慢进化过程，才有了现在的样子。万事万物处在一个联系的整体中，有生命的有着共同的祖先，没有生命的其构成物质也都是基本的元素，所以男孩能够感受到自己与万事万物的联系。这一切远古以来就是如此，而男孩如果没有爱默生所主张的那种超越主义精神——人能超越感觉和理性而直接认识真理、认为人类世界的一切都是宇宙的一个缩影——也很难感知这种联系。

第三，两性的纯爱具有神性力量，不为人的意志所控制。同样在《职业和声音》里这一点有所体现。苏紫玛的丈夫喝醉后常常打苏紫玛，有一天被男孩看到，在他意识到自己的行为前，他已经拿着刀子扑了过去，虽然没有构成什么大的伤害，但是他被自己"倾向邪恶的习性"吓坏了。这"对他而言全然不知的潜伏着的魔鬼"，这"他不熟识的令人惊骇的存在，还对他说了：'我是你自己。'"③于是男孩返回到他孩提时代就信仰的宗教，开始向上帝、诸神和圣母玛利亚祈祷，祈求他们解救自己。他进了修道院，尽力过着平静的生活：白天拼命工作直到筋疲力尽，晚上倒在床上就睡着。他人生的唯一目标是给修

① Kate Chopin, "A Vocation and a Voice", *The Complete Works of Kate Chopin,* Ed. ,Per Seyersted. Baton Rouge: Louisiana State University Press, 1969, p.541.

② Ralph Waldo Emerson, *Selected Essays of Emerson,* "Introduction", Ou Yangqian, Beijing: China Renmin University Press, 1998, p.4.

③ Kate Chopin, "A Vocation and a Voice", *The Complete Works of Kate Chopin,* Ed. ,Per Seyersted, Baton Rouge: Louisiana State University Press, 1969, p.542.

第二章 诗意言说爱

道院筑起一道围墙，将其与外界的世界隔开，然后在里面过着宁静的生活，但是在夜晚，他会梦到自己跟着在户外唱歌的美丽女子四处流浪。一天当他又举起石头砌墙的时候，他突然停住了，像一个受了惊吓的动物，因为他听到了一个熟悉的曲调从空中传来，当他停下来专心聆听时，声音近了、更近了，直到他看到了，那就是苏紫玛！他跨过石墙，追随那歌声去了。在这个故事里，男孩从修道院里走出，上帝的召唤力敌不过本能的爱的力量。肖邦认为：

> 很难将神圣的爱与自然和动物的生命区分开来，就好比很难解释我们为什么会爱一样……我倾向于认为爱出自动物的本能，因此，有部分就是神性的。一个人永远也不能决定去爱这个男人、这位女士或这个小孩，然后去执行这个意志，除非这个人感到被一股不可抵制的神秘吸引力所吸引……真的，纯爱是不可控制的情感，无法分析也不能解剖。①

因此，在《觉醒》中她塑造的、已婚并有了两个孩子的爱德娜，却不由自主地与婚外的罗伯特相爱；当雷西小姐跟她说，她如果年轻并爱上一个男人，那个男人将是一个机智的、有崇高理想并有能力达到这种理想、身居要位而且引人注目的时，爱德娜说："现在是你向我扯谎想法儿骗我，雷西小姐；不然就是你从来没谈过恋爱，或是对爱情一无所知。怎么，你以为一个女人知道她为什么要爱情吗？她要选择吗？"②

第四，她关于"两性之爱"的思考，对达尔文进化论的相关观点有所修订。在《职业和声音》中，从男孩不假思索就拿着刀子奋力保护苏紫玛来看，这举动正体现了达尔文自然选择中的生存斗争。达尔文认为任何一种生物在生活过程中都必须为生存而斗争。生存斗争除了生物与无机环境之间的斗争以及生物种群之间的斗争，还有生物种内的斗争，如为食物、配偶和栖息地等的斗争，只有那些适应环境的生物才能生存下来，而那些被淘汰的生物都是不能适应环境的。肖邦运用达尔文的一些科学知识，但是没有让男孩停留在动物的层面。他有动物的血性，或许每个人都有。如果根据达尔文主义，那他就不应是去做修士，而是用刀子把苏紫玛的丈夫赶走，自己留下来，这是他完全可以做

① Kate Chopin, *Kate Chopin's Private Papers*, Ed.,Emily Toth, Per Seyersted, and Cheyenne Bonnell, Bloomington： Indiana UP, 1998, pp.219–220.

② Kate Chopin, *The Awakening,* New York： Bantam Books, 1992, pp.107–108.

到的。因为达尔文认为动物在性选择中，"那或许由性选择行为所预期的有关人种、肤色、头发、体型，等等本性的差异则可以显示出来"。[1]凯特·肖邦审慎地运用了这些观点，提到男孩"个子高"，并且在男孩身穿"法衣"时爱上苏紫玛，这是符合达尔文主义的，因为苏紫玛的丈夫又矮又黑。但是大凡那些对女性有偏见、有歧视的观点，比如，叔本华和尼采的思想里有，达尔文的进化论里也有，这是肖邦所不能接受的，于是她在她的作品中，会根据客观事实，将男女性别的角色反串一下。达尔文认为在性选择过程中，"女性作为动物没有欲望，在性刺激时表现得谦卑、被动。"[2]结果肖邦塑造了苏紫玛这样一个女性形象，其主动性很强。达尔文是承认人种有优劣高下之分的，但在肖邦笔下，爱情不分种族，故事中苏紫玛是黑皮肤的吉普赛人，而男孩是白种人。

第五，凯特·肖邦关于爱的观点与惠特曼颂扬的爱有相似之处：不分男女性别差异，富有生机，具有宗教力量。正如惠特曼为"现代人"而写的那首有关自我的颂歌里说的那样："广袤的生活空间……神圣法律之下"的"男女平等。"（《我歌唱人本身》）和爱默生一样，惠特曼是凯特·肖邦在她的作品中特别提到过的两个超验主义者。在《觉醒》中，肖邦让女主人公读爱默生的书，而在《一位正派女人》里，则直接引用了惠特曼的诗。凯特·肖邦所描写的爱就正如惠特曼所歌唱的爱——富有生机，"是一种比宗教更为深刻的力量。"[3]

> 超越人间一切雄辩的安宁和认识立即在我四周升起并扩散，
> 我知道上帝的手就是我自己的许诺，
> 我知道上帝的精神就是我自己的兄弟，
> 所有世间的男子也都是我的兄弟，所有的女子
> 都是我的姐妹和情侣，
> 造化用来加固龙骨的木料就是爱。[4]

① Charles Darwin, *The Descent of Man and Selection in Relation to Sex*, Vol 1, Princeton: Princeton University Press, 1981, p.250.

② Bert Bender, "Kate Chopin's Quarrel with Darwin before The Awakening", *Journal of American Studies*, Vol. 26, 1992, p.186.

③ 黄宗英：《惠特曼〈我自己的歌〉：一首抒情史诗》，《北京大学学报》（哲学社会科学版）2001年第4期。

④ 惠特曼：《草叶集》，赵萝蕤译，上海译文出版社1991年版，第145页。

惠特曼在这里暗示了一种人世间最根本的爱，大家都是兄弟姐妹，他都会关爱，而他又将自己与上帝等同起来，而且也将上帝与诗人的"兄弟"、"姐妹"等同起来。上帝的灵魂成了"加固龙骨的木料"，是"兄弟"和"姐妹"之间的爱。这样，每个人的精神也就因为爱而凝聚在一起，而这种爱又来自何方呢？

凯特·肖邦歌颂的也是这种爱，只是作为深谙艺术的女性作家，她的风格不是诗人的那种豪迈奔放，而是有些委婉含蓄，但或许更加美妙！请看她已经在诗歌里告诉我们：这种爱不是来自上帝，而是来自每个人的内心，来自与自然的相互感应，甚至爱就是上帝的代名词。

> 哦，我的爱，哦，我的上帝，哦，黑夜来到我的身边！（1890）[①]
> 我曾需要上帝，在天堂和尘世之间寻找，
> 瞧！我发现上帝就在我的内心。（1898）[②]

总之，如果说宗教是"对超自然超人间的力量或神灵的信仰与崇拜"[③]，那么"爱"就是凯特·肖邦所信奉的宗教，因为在她的笔下，爱具有超自然、超人类的力量，她对此深信不疑。她继承了基督教中"爱邻人和爱人如己"的思想（这在以后的章节里将详细论述），对其中的"罪"观，敢于发表自己不同的见解。对上帝的存在与否，她既继承了美国思想的传统，又有所突破。早在1757年，本杰明·富兰克林（Benjamin Franklin,1706—1790）在他的《穷理查德年鉴》（*Poor Richard's Almanac*, 1732—1758）中就指出"自助者、天助之（God helps those help themselves）"。在他的《论自由与必然》一文中，他还明确指出了有关上帝的悖论："一，如果上帝是无所不能的，那么世间就不能存在任何违背他的意志或未经他认可的事物或行为。又因为上帝是善良的，他所认可的一定是美好的，故而邪恶是不存在的。二，如果人是上帝所创造，并依赖于上帝，无自由意志可言，那么人类也就无所谓美德与恶行了。"[④]

如果说在物质条件还不是很丰富的情况下，富兰克林提出的诚实和勤勉，

---

① Per Seyersted, *Kate Chopin：A Critical Biography*, New York： Octagon Books, 1980, p.85.

② Ibid., p.212.

③ 戴康生、彭耀：《宗教社会学》，社会科学文献出版社2000年版，第44页。

④ 钱满素：《爱默生与中国——对个人主义的反思》，生活·读书·新知三联书店1996年版，第13页。

让人从行动中感知到自己自助的力量，那么爱默生则从思想上发起了"一场观念革命"，认为衡量一切的新尺度是"个人的活的灵魂"。①而凯特·肖邦则既有行动又有思想，尤其是在女性话语和女性思想方面，她对他们的思想有所补充，亦有所修订，正如西方学者大卫·维纳（David Zahm Wehner）在他的博士论文中所写的那样。

> 布鲁姆（Harold Bloom）认为爱默生代表了美国宗教的神学，尽管如此，这同样也适用于肖邦。虽然评论家不同意把肖邦划归于哲学家之列，但是她的作品总体表明了对部分成了她宗教观的爱默生的思想进行了再修订。②

---

① 钱满素：《爱默生与中国——对个人主义的反思》，生活·读书·新知三联书店1996年版，第1页。

② David Zahm Wehner, "A Lot Up for Grabs"： *The Conversion Narrative in Modernity in Kate Chopin, Flannery O'Connor, and Toni Morrison,* Ann Arbor： ProQuest Information and Learning Company, 2006, p.66.

第三节　凯特·肖邦的婚恋观

正因为凯特·肖邦认为"爱"属于人类最不可改变的驱动力（the most immutable drive），是人类永恒不变的主题，所以她的小说可以说是关于爱的小说，她探索了各种各样的爱，有未婚的爱、婚内的爱和婚外的爱等等，但总体离不开追求独立、追求身心的自由和内心的和谐，颂扬用理性约束的、具有"中和之美"的婚外情感。

一　"心灵与形体的分裂"：《觉醒》

《觉醒》，这部"有史以来第一部由一位美国女性作家所创作的美学上的成功小说"，[1]运用象征和浪漫主义等手法向我们讲述的实际上是在特定历史时期女子为爱而"心灵与形体的分裂"的故事。

"心灵与形体的分裂"[2]是《庄子哲学》从庄子的作品中析出的一种说法，没有具体的定义。笔者认为这是指在特定的情况下，一个人对自己的心灵和形体可以区别对待、分开考虑。形体可以屈就各种各样的环境，但是思想和心灵却要保持一定的稳定性和坚韧性，就正如庄子本人一样。庄子（约前369—前286）是我国先秦（战国）时期伟大的思想家、哲学家和文学家，他一生淡泊名利，主张修身养性、清静无为，主张精神上的逍遥自在，所以在形体上，他也试图达到一种不需要依赖外力而能成就的一种逍遥自在的境界。楚威王（前339—前329年在位）曾请庄子为相，却遭到拒绝，面对楚王的使者，庄子宁

---

① Elaine Showalter, *Sister's Choice: Tradition and Chance in American Woman's Writing*, Oxford: Clarendon Press, 1991, p.65.

② 王博：《庄子哲学》，北京大学出版社2004年版，第116页。

愿做一头在污泥中打滚的猪，以图个精神自由，也不愿接受楚威王的千金而去做他的宰相！庄子心中真实的生活和形体无关。在还未离开这个世界时，他只能背负着人世间的沉重，承受着人世间的污浊，心却可以轻灵和冰洁，一尘不染（万雪梅，2007：29）。形体常常是无可奈何的，有时不得不遵循人类社会大部分人的游戏规则，离不开尘世的欲望、食色、功名、利禄等等，但是心可以做到无动于衷。如来自他人的毁誉，也是外在的东西，可以"见侮不辱"（《庄子·天下》）。

《觉醒》塑造了三位女子形象。这三位女子可以象征着同一个人在对待婚姻、爱情和事业时所采取的左、中、右三种不同态度的形象化、具体化；反之亦然，一个人也可以糅合这三个人的形象，只是会时常不断地在这三者之间摇摆。如此这般，近看或许模糊，但远看就正如一幅完美的法国印象派绘画（Impressionism）。

印象派绘画是西方绘画史上具有划时代意义的艺术流派，在凯特·肖邦的有生之年，19世纪70、80年代达到了它的鼎盛时期，其影响遍及欧洲，并逐渐传播到世界各地，但在法国取得了最为辉煌的艺术成就。而凯特·肖邦的法国文化艺术学养深厚，她在《觉醒》中描绘的许多场景都让人觉得是一幅幅绘画，这些场景自然、清新、生动，被肖邦看似随意实则准确地抓住，把变幻不定的光色效果形成文字，给我们留下了瞬间的永恒图像，如莫奈（Claude Monet,1840—1926）的《日出·印象》、《干草垛》和《野餐》（*The Picnic*, 1863）等。很难说《觉醒》中的爱德娜的故事没有受到马奈（Edouard Manet, 1832—1883）的绘画《草地上的午餐》（*Luncheon on the Grass*,1863）的影响，这幅画把全裸的女子和衣冠楚楚的两位绅士画在一起，这使得官方学院派难以接受，而他于1865年展出的全裸女子《奥林匹亚》更是遭到了"无耻到了极点"的指责。《觉醒》的故事简单一点说也是一个女人和婚外两个男人的故事，最后女主人公裸身投入大海，这在19世纪的美国，也受到了种种指责与谩骂。其实凯特·肖邦和马奈一样追求的是对传统进行大胆的革新，积极地让艺术创作表现尘世生活，体现一种生机。本书不想在这个问题上深究下去，还是从我国宋代郭熙（约1020—1090）绘画的视角来欣赏《觉醒》的美，并运用我国古代庄子的思想来分析爱德娜心灵与形体的分裂，以探究凯特·肖邦的婚恋观。

《觉醒》中的女主人公爱德娜是19世纪末期美国南部一位富商的妻子，她容貌姣好，擅长绘画，酷爱音乐，喜欢思考；她向往爱情、自由和幸福，厌倦没有爱情的夫妇生活。起初，她朦胧意识到自己是"家中奴隶"，受丈夫甚至孩子的奴役，因而日益憎恨社会强加给她的贵妇和家庭主妇的角色；接着，她又怀着强烈的自我意识，走出家庭，离开丈夫和孩子，搬进自己的小屋——"鸽子窝"，靠绘画为生；最后，她带着喜悦、困惑、恐惧交杂的心情走向波光粼粼、渺茫无际的大海。（万雪梅，2007：28）悲剧的美，常常产生于一个美丽女子的死亡，文中正当妙龄的爱德娜最终将自己裸身投进大海的怀抱，运用"四远"透视法来审视，不仅有言而不尽的美学意蕴，还能很好地展示凯特·肖邦婚恋观的和谐。

　　凯特·肖邦在《觉醒》中描写爱德娜这位新女性形象的同时，还花了很多笔墨同时描绘了另外两位女子形象：一位是雷西小姐，还有一位是拉蒂诺尔夫人（阿黛尔），从象征的效果来看的话，她们实际相当于爱德娜人物性格的两个方面。一方面，她渴求精神上的独立，于是她看到了雷西小姐的影子。雷西小姐是明显的用"高远"透视法才能得到的人物形象。作者凯特·肖邦让我们借助于女主人公爱德娜的视角看到雷西小姐这位钢琴家不算年轻、形象不佳、性情孤傲、离群索居——全然一副让人觉得"高处不胜寒"的形象。起初，爱德娜或许是想冷眼旁观这样的角色的，然而雷西小姐演奏的音乐第一次就撼动了她的心灵，"雷西小姐弹的最初几个和弦就使蓬迪里埃太太的背脊从上到下感到一阵阵颤抖"，"可正是这些情感在她的心灵深处汹涌起来，支配和鞭笞着她的心灵，正如海潮每天袭击她纤细的躯体一样。她颤抖了，啜泣了，眼睛满含泪水。"[1]此后，雷西小姐似乎就成了爱德娜的精神导师，加上罗伯特的陪护和关爱，第一次听雷西小姐弹奏的当晚，爱德娜就在大海边学会了游泳。接着数次拒绝和丈夫一起回房休息，只躺在那张挂在门前的柱子和树干之间的吊床上。后来，当罗伯特离开美国后，雷西小姐就知道爱德娜是很想念他的，而爱德娜每每也会在精神脆弱的时候去找雷西小姐，并从她的音乐中获得情感的宣泄和力量，这是一种仰视的情感。

　　雷西小姐象征着爱德娜精神的自我。她对待爱情的态度也让爱德娜仰视，并且觉得自己不可能做到。雷西小姐说："如果我年轻并且爱上一个男人，他将是一个机智的人；一个有崇高理想并有能力达到这理想的人；一个身居高位能引起他的同胞注目的人。如果我年轻并且谈恋爱，我绝不认为那些芸芸众生

---

　　① Kate Chopin, *The Awakening*, New York： Bantam Books, 1992, p.33.

的男人值得我爱慕。"①而爱德娜却不知道为什么要爱情，没有选择且不由自主地爱上了婚外的未婚青年罗伯特。但是雷西小姐对爱德娜的所思所想了然于胸，是一种居高临下的"俯视"或"低远"透视法所见。

如果像雷西小姐那样虽然精神得以自由，形体形象却让人不敢恭维，也没有爱的滋润，这是爱德娜有些力不胜任、望而却步的；而拉蒂诺尔夫人呢，社会生存空间非常广阔，又有爱的滋润，可是精神心灵上似乎又欠缺了点什么。拉蒂诺尔夫人的形象可由"平远"透视法所得。"平远"是"自近山而望远山"的透视方法，比"高远"更为复杂，因为观察者的确切位置并没有精确标出；他可以在任一平面，或低或高或者甚至在山脉的顶部。运用这种方法，我们不难发现拉蒂诺尔夫人"钟爱孩子，崇敬丈夫，认为抹杀自己个人的存在，并且长出翅膀变成救苦救难的天使，是一种神圣的权利"。②

拉蒂诺尔夫人象征着爱德娜形体的自我。爱德娜喜欢坐着凝视拉蒂诺尔夫人，"好像鉴赏一座白璧无瑕的玛利亚圣母像。"③在西方文化里，玛利亚是上帝耶稣的母亲，是传统女性形象塑造的基本原型，玛利亚式的女子是至善至美的母亲和妻子。拉蒂诺尔夫人就是这样一个女子，她虔诚、贞洁、温顺、持家，不仅具有19世纪美国社会所提倡的真正的女性气质，而且也非常符合传统的中华民族的贤妻良母的形象，体现了儒家的"中和之美"。

拉蒂诺尔夫人的形象绝不给人以"淡而无味"的感觉，相反，她让我们充分领略到了一个跨越东西方的、符合男性社会要求的完美女子形象。她严守社会规范，相夫教子，"乐而不淫，哀而不伤"，婚姻中有爱，彼此忠诚，互相信任；婚外也有爱，但安守分寸，绝不越轨。她"具有一切女性的美德和魅力……她的魅力充分地暴露出来，并无难以捉摸或隐晦之处。她的美丽全露在外面，光耀夺目……"④

前文所述雷西小姐和拉蒂诺尔夫人的美通过我们的"眼睛之视"就能领略，然而爱德娜的美仅仅通过"高远"、"平远"和"低远"透视法，就不能穷尽了。她实际上象征着三个人物的统一体，一方面，她渴望像雷西小姐那样心灵精神自由，另一方面，她又希望拥有拉蒂诺尔夫人的形体生存空间，还有

---

① Kate Chopin, *The Awakening*, New York：Bantam Books, 1992, p.107.

② Ibid., p.10.

③ Ibid., p.13.

④ Ibid., p.10.

一方面，她又要代表她自己，她有自己的独特性。她是个有追求、有思想的新女性，这就使得她的形象非常具有立体效果，难以用一般的透视法穷尽。从外表看，拉蒂诺尔夫人更富有女性庄重的仪表，但是"爱德娜·蓬迪里埃体质的魅力会悄悄地吸引着你"。①爱德娜的美非"深远"透视法不能穷尽，因为整部《觉醒》给人的感觉就是亦真亦幻，尤其是描写爱德娜的部分，给人以非常强烈的如诗如画的境界，渗透着时间节奏，流动着音乐……凯特·肖邦不断用她的"心灵之视"引领我们高低俯仰爱德娜的形象，她聪明貌美、擅长绘画，对雷西小姐所弹奏的乐曲一再共鸣，激发着她浩渺的想象力。

> 琴声变得奇妙、梦幻——时而汹涌、急激，时而凄清错杂，如泣如诉。光线越来越暗了。琴声在房屋里荡漾，琴声飘到外面的夜晚，笼罩着屋顶、弯曲蜿蜒的河流，最后消失在幽深静远的天空。②

爱德娜对情感的体验与诉求亦非一般人所能了悟，她对爱情的体验已达到了中国古代庄子的"心灵与形体的分裂"。在爱德娜走向渺茫无际的大海前，心中唯念罗伯特，但形体上却接受了花花公子阿罗宾的温存与亲吻，而"她深以为憾的是，刚才打动她情怀的一吻并不是出自使她畅饮生命甘泉的爱情的欢欣"。③爱德娜对爱情的诉求，书中或许只有雷西小姐和芒代勒医生能够理解，但雷西小姐对她是一种居高临下的俯视，在爱德娜最终把自己投向大海的深处时，她还想到了雷西小姐该怎么嘲笑她、对她嗤之以鼻；但她不久便想到了芒代勒医生的理解。医生很早就察觉到了女主人公的觉醒，还曾讲了一个故事启迪女主人公的回归：故事说的是一个女人在爱情上消沉，企图通过新的、奇怪的途径寻找出路，但经过动荡不安的岁月后，还是回到了其合法的归宿。可是，这个故事并没有打动爱德娜，相反，她却讲了另外一个故事：一个女人在一个夜晚同情人划独木舟飘荡，此后再也没有回来。这完全出于她的想象，是她的"心灵之视"所见，"但她那洋溢着情感的措辞说得那么逼真，使人们听起来像真事一样。在座的人们好像闻到了南方夜晚炙热的空气，听到了荡漾在闪烁着月光的粼粼水面上的独木舟的桨声和水鸟从芦苇中惊飞起来的展翅声；

---

① Kate Chopin, *The Awakening*, New York：Bantam Books, 1992, p.18.

② Ibid., p.85.

③ Ibid., p.111.

人们好像看到了一对情人的苍白面孔，依偎在一起，在寂静中忘掉了一切，最后消失在苍茫中。"①

"相似的人和批评流派，观念和理论从这个人向那个人，从一情境向另一情境，从此时向彼时旅行。文化和智识生活经常从这种观念流通中得到养分，而且往往因此得以维系。"②我们很难考证精通法语、爱好艺术、学养深厚的凯特·肖邦是否从我国郭熙的画论中直接获得过养分，而通过爱默生的作品或者自己直接阅读翻译家翻译的庄子的作品，从而了解到庄子的"心灵与形体的分裂"，这是可能的。但是她在《觉醒》中向我们展示的擅长绘画的女主人公爱德娜的美确实只有"精神之眼"、"心灵之视"才能领略。在小说的最后部分，爱德娜将自己裸身投向波光粼粼的大海时，肖邦写道：

> 渺茫无际的海水在阳光下粼粼闪烁。大海的呼唤含蓄舒缓，无止无休，时而低吟，时而高亢，凄凄切切，召唤一个灵魂漂泊到寂寞的深渊。在绵长的白色海滩上，举目无人。一只翅膀受挫伤的鸟儿正在展翅向上飞翔，它盘旋着、挣扎着，最后落入水面。③

这一段表明爱德娜的心灵受到自然强大力量的召唤，而形体却受到现实社会的强大力量的桎梏，这就好比现实要将她分裂为二，一个是雷西小姐，另一个是拉蒂诺尔夫人。一方面，她不愿放弃心灵的自我；另一方面，她又深深地知道社会不能接受她保全自己心灵的形体。从家里搬进了自己的"鸽子窝"后，社会生存空间不断缩小，连拉蒂诺尔夫人和雷西小姐都在给她的形体和心灵施加着压力。拉蒂诺尔夫人说："想想孩子们，爱德娜。唉，想想孩子们，记着他们！"④雷西小姐说："要检点些。"⑤

爱德娜起初并不知道她作为一个人在宇宙间的地位，经过数次觉醒后，她终于认清了她自己和她的内心世界以及外在世界的关系。她曾经面对的种种困惑归根到底实际上是一个哲学上的问题：即自我意识（精神、心灵）与身体本能（肉体）及社会现实之间的复杂关系。在她的自我意识里，她强烈地渴望

---

① Kate Chopin, *The Awakening*, New York：Bantam Books, 1992, p.93.

② Edward W. Said, *The World, the Text, and the Critic*, London：Faber and Faber, 1984, p.226.

③ Kate Chopin, *The Awakening*, New York：Bantam Books, 1992, p.151.

④ Ibid., p.145–146.

⑤ Ibid., p.117.

独立、自由和爱情，然而她的生理本能却使她一时失去理性，顺从于花花公子阿罗宾。如果说作为一个有夫之妇爱上婚外的罗伯特，在当时社会已属大逆不道，那么此刻的爱德娜，按当时的社会规范要求，已无生存余地。但是，爱德娜并没有被动地立即选择死亡。大海、罗伯特的爱、雷西小姐的音乐都给予着她无穷的力量。她努力着，并一步步觉醒，从原先的为人妻、为人母的附属角色中挣脱出来，搬进自己的"鸽子窝"，靠绘画独立为生。虽然"她有一种从社会地位上下降的感觉，但同时随之而来的是她感到精神世界上的提高。她为了摆脱应尽的义务而采取的每一个步骤，都给她增添了作为一个人的力量。她开始用她自己的眼光来观察一切，来观望和了解生活的最深处。当她自己的心灵在召唤她时，她已不满足于'人云亦云'。"①

在形体上，与阿罗宾的暧昧关系并没有使爱德娜迷失方向，相反，使她"对事物有了了解。她感到遮住她目光的云雾消散了，使她能看到和了解生活的意义"。②在心灵上，她对罗伯特的思念更加强烈，但不管怎样，"她已下定决心，除了她自己以外，她永远不再属于任何人了。"③至此，我们可以看到爱德娜的性与爱的分离，或者也可以说是心灵与形体的分离。精神可以云游四方，可以坚贞不屈，而形体有时却不得不委屈就范。我们真的不能肯定，凯特·肖邦一定直接或间接读过有关庄子的英文著作，但是却不难发现，她的这一发现与庄子的"心灵与形体的分裂"④竟是如此毫无二致！

庄子心中真实的生活和形体无关。形体上可以背负着人世间的沉重，承受着人世间的污浊，心却可以轻灵和冰洁，一尘不染，逍遥遨游四海。爱德娜在心中所追求的又何尝不是如此！当她发现她日夜思念的罗伯特原来和自己的丈夫一样，不过是个遵循社会规范的人，且再一次逃避对她的爱情时，她完全觉醒了："世界上没有任何可值得她留恋了。"⑤按理说，母爱也是母性的一种本能，但爱德娜当时是这样想的，"孩子们像征服她的对手一样出现在她的眼前，他们击败了她，并使她在她的有生之年陷于奴役中；但她有办法来逃避他们。对所有这一切，当她在走向海边的路上，她都不再想了。"⑥既然不能保全

---

① Kate Chopin, *The Awakening*, New York：Bantam Books, 1992, pp.123–124.

② Ibid., p.111.

③ Ibid., p.106.

④ 王博：《庄子哲学》，北京大学出版社2004年版，第116页。

⑤ Kate Chopin, *The Awakening*, New York：Bantam Books, 1992, p.151.

⑥ Ibid., p.151.

心灵和形体的独立和自由，那只有舍弃形体。

这时的爱德娜所面对的形体的生与死的矛盾已经到了不可调和的地步，身后的社会已没有她想要的半点空间，她的爱情也已随着罗伯特的离去而消失。形体已无立锥之地，她本能的需求又何足挂齿，"今天是阿罗宾，明天又是另一个人，对我来说没什么不同。"①现在她心中只剩下强烈的自我意识与精神上的追求了。面对着大海——自然的呼唤，她那人类社会的旧泳衣仿佛也成了桎梏，她将之脱下来，"生平第一次赤身裸体地暴露在光天化日之下。她沐浴在温煦的阳光和暖暖的海风中；濛濛的大海在召唤着她。"②

赤裸裸地站在蓝天之下，"爱德娜感到自己像是刚出生的一个生命，在她从不了解而又熟悉的世界中睁开了双目……多么意趣盎然！"这时形体与心灵的矛盾实际上已被她完全解构了，她回到了自然——大海的怀抱。在大海的观照下，涓涓细流彼此对大海而言没有矛盾，它都能善纳；大海象征着宇宙，在天的观照下，整个人类与自然都是一个和谐的整体，更不用说个体形体的变迁、转变。此时此刻，爱德娜已经具有某种神性，她如东方的仙子，又如希腊神话中的女神，而神从来都不受形体的束缚，一任自由。此情此景，仿佛庄子《逍遥游》中的藐姑射之山——一个完全不同于世俗世界的、冰清玉洁的世界："藐姑射之山，有神人居焉。肌肤若冰雪，绰约若处子。不食五谷，吸风饮露。乘云气，御飞龙，而游于四海之外。"③此时爱德娜的心灵超越了有形世界所有事物的束缚，达到了庄子《逍遥游》的精神境界。

二　中和之美：《一位正派女人》④

究竟什么样的婚恋人生才是比较和谐完满的？凯特·肖邦在她的作品中一直在探究这个问题。对个体生命而言，区别对待身心、对其进行剥离是不得已，也非一般人所能做到，还未必能得大自在，就像爱德娜一开始那样；而将

①　Kate Chopin, *The Awakening*, New York：Bantam Books, 1992, p.151.

②　Ibid., p.152.

③　王博：《庄子哲学》，北京大学出版社2004年版，第121页。

④　此部分有一些内容参见笔者已经发表的论文《感性的爱 理性的美——解读凯特·肖邦的一位正派女人》，《名作欣赏》2008年第11期。

自己的身心对立起来，为保全身而牺牲心，亦不足取；或者为了确保心灵、精神的自由而抛弃形体生命，按世俗的眼光，则更不可取！因为对浩渺的宇宙而言，生死、形体都包容其间，没什么两样。在《觉醒》发表的5年之前，肖邦先发表了《一位正派女人》（A Respectable Woman, 1894），西方有不少学者认为这是《觉醒》故事发生的前奏，对女主人公已有微词，而笔者则倾向于认为，故事中的女主人公巴罗达太太，战胜了自己的形体本能，杜绝了一场婚外情感的发生，让人从中读到儒家的"中和之美"。

所谓"中和之美"，《中国哲学大辞典》（中国社会科学出版社1994年版）里表述为儒家的审美理想和艺术鉴赏标准。

这是"中庸"哲学思想在美学上的运用和体现。《尚书·尧典》说："八音克谐，无相夺伦，神人以和。"确认中和的乐声可以起和谐天人的巨大作用……《论语·八佾》："《关雎》乐而不淫，哀而不伤。"《论语集解》引孔安国注："乐不至淫，哀不至伤，言其和也。"《礼记·中庸》对"中和"思想作了进一步的发挥，指出"喜怒哀乐之未发谓之中，发而皆中节谓之和"。以"中和"为美的观念，强调美是对立的统一，是"和"而不是"同"。这种和是像天地之和的结果，"乐者天地之和也"（《乐记》）……中和之音的审美特征就在于其音调、节奏在轻重、急缓上符合"中"的原则，通过这种审美感受使人心情宁静，产生庄敬和穆、宽厚仁爱的感情，从而起到从和谐个体到和谐社会的作用。

由此可知，"中和之美"是一种审美标准，可以指和谐的乐音，也可以指道德伦理修养等，使人心情宁静，产生庄敬和穆、宽厚仁爱的感情。而《一位正派女人》正体现了这种美，渗透着凯特·肖邦的和谐婚恋观。这在当今传统的家庭、伦理和道德观等受到前所未有的挑战情况下，非常有助于青年树立正确的婚恋观、人生观、价值观，对于构建和谐社会、和谐地球都具有非常深刻的意义。

《一位正派女人》全文共1457个英语单词，却按照时间顺序，展示了19世纪末的美国，一位已婚的女主人公，面对突然来自家小住的丈夫的大学男同学，以及随后近一年时间内跌宕起伏的情感变化。如果说一百多年前，凯特·肖邦在《觉醒》中以她超前独特的思想和诗一般优美的语言向世人展示了一位美丽、酷爱艺术、已婚并育有两子的女子爱德娜从女性意识的觉醒到最后心灵与形体分裂、投身大海的全过程；那么《一位正派女人》则以简练独到的文字向人们提出了这样一个问题：如何面对婚姻中突然出现的第三者？

《一位正派女人》中的人物不多，仅为三人：巴罗达太太（Mrs. Baroda）和她的丈夫加斯顿·巴罗达（Gaston Baroda），还有巴罗达的朋友古韦尔（Gouvernail），故事的情节按时间顺序展开，并随着女主人公对丈夫朋友态度的变化而跌宕起伏。文章的开始部分，丈夫邀请了他的朋友古韦尔到他们的种植园小住一两周，女主人公对此表示不快，并对他朋友的沉默（她丈夫常说他是个风趣的人）表示困惑和不满，以至于对她丈夫说第二天她将离家进城，住到她姑妈家，等古韦尔走了再告诉她；就在那天晚上，女主人公独坐在一棵橡树下，思绪烦乱。古韦尔拿着男主人托他转交给女主人的围巾坐到了她旁边，随着客人打破这几天来他一贯的沉默，以低沉而迟缓的嗓音，亲切而无拘无束地向她倾诉他昔日的雄心和现实的失意时，她对客人的困惑与不满意渐渐消融，不仅如此，她沉醉在他的声音里，甚至想在夜色里伸出手来触摸他、与他耳鬓厮磨——如果不是个正派女子，她或许已经这么做了。但她终于克制住自己，没有这么做，体面地与之告辞，第二天乘早班车进了城，直到古韦尔离开后才回去。此后，她丈夫还曾提到再请古韦尔来种植园一事，但遭到她的强烈反对。直到快到年底时，她主动提出邀请古韦尔再来，她对丈夫说她一切都已经克服，会对古韦尔很好。

仁者见仁，智者见智。同样，这篇小说，有人看到了巴罗达太太的女性意识的觉醒，也有人看到性别与政治的关系。正如凯特·肖邦的《觉醒》一样，《一位正派女人》也同样非常微妙，而笔者在此看到的是自然而感性的爱，而这种爱又因为有道德规范的约束而显得异常的美，甚至可以说是儒家所倡导的美，在此，东西方有关婚外情感的观念相互交融。

第一，这是一篇关于"爱"的美文。"凡是人，皆需（须）爱。"在古韦尔到种植园之前，巴罗达太太对他是怀着期待的，但她对自己是否能够把握住对古韦尔的情感、自觉抵制住古韦尔对她的吸引显然表现得不太自信。正因为如此，当丈夫邀请古韦尔来种植园小住一两周时，巴罗达太太显得有些气恼，也许太突然了吧，她心理上还没有准备好。等到相处几天，而没有较深的沟通后，巴罗达太太简直就感到困惑与不安了，本来她丈夫还常在她面前说古韦尔是个风趣的人，可眼前的古韦尔沉默寡言，似乎对自己并不在意。如此的心理落差，使她想到第二天一早必须离开这儿。这或许就是人们熟知的心理上的一种现象吧：在众多的爱慕者中，著名的日本影星山口百惠偏偏选择了初次见面似乎对她并不以为然的三浦友和为丈夫；曾经因为妓女的一句对他耳朵的夸奖，就将耳朵割下来以献之的艺术家梵高，短暂一生，穷愁潦倒，不为世人所识，据说他的每一次自杀，都是想引起胞弟提奥的亲情关爱。在古韦尔和巴罗达太太之间就有这类微妙的心理现象。

古韦尔来巴罗达家小住，一改往日风趣的性格，显得生性沉默，他或许是想引起巴罗达太太的格外关注，可是她克制自己不去这么做，故意在大部分时间里让丈夫陪着客人，她一定在期待着古韦尔先打破他们两者之间的隔膜，她或许也是想引起古韦尔的格外关注，结果，显然使她失望，她的在场与否，她感觉古韦尔似乎都不在意。没有办法，作为女主人，她只好先试图打破这种僵局，要陪他散步到磨坊去，可是身心疲惫的古韦尔并没有改变自己的沉默，她的努力没有奏效。在这种思绪纷乱的情况下，她不知所措，晚上独自一人坐在路边橡树下的长凳上，思绪纷飞，想到了第二天的"逃离"……就在这时，古韦尔来了，彬彬有礼，坐在她的身边，嘘寒问暖，柔情体贴，以磁性的嗓音与之倾心交谈……哦，这或许就正是她心中期待的古韦尔？！绝不腼腆，寡言也非天性，正无拘无束地娓娓而谈他内心的感受：昔日的雄心不再，现唯求生存，偶尔才体验到一丝真正的生活气息，就像此刻……当心中的期待与眼前的实体合二为一，当彼此互有爱意的心灵相碰撞时，她不禁有些飘飘然，只陶醉在他的声音里，不知他在具体说些什么，她甚至想在夜色里伸出她的手，用她敏感的指尖去触摸他的脸、他的唇，她甚至想慢慢地移向他，贴近他的面颊，在他的耳边低语……

第二，有道德、守规范的爱更美。有多少浪漫故事其实就发生在这样的夜晚，这样的夜晚又是多么适合发生这样的故事！可就在此时，女主人公想到了她作为巴罗达太太的身份——一个体面正派的女人，要不是如此，她或许已经这么做了。但她没有，越想靠近他，结果却越往后退，接着借故起身告辞，第二天一大早匆匆离家进城，直至古韦尔走了才回来。而作为男性的古韦尔也没有越雷池半步，他似乎也有中国俗语里说的"朋友妻，不可欺"的做人原则。

丈夫加斯顿率真豁达，妻子心中的情感波澜他要不就是全然不知，要不就是对妻子非常信任，他希望妻子与古韦尔之间的关系好一点，甚至想着法子调节他俩的关系，当夜幕降临，妻子独自在外时，他没有亲自给妻子送白色围巾，而是让古韦尔送去。后来那年夏天，他还提到再邀古韦尔来种植园，他很希望这样，但遭到他妻子的强烈反对。

然而，快到年底时，妻子主动提出邀请古韦尔再来。听到妻子的建议，丈夫真是又惊又喜，非常高兴妻子不再讨厌古韦尔，并认为古韦尔真不应该让妻子觉得讨厌。最后，妻子笑着，在丈夫唇上印了长长的温柔的一吻，说她一切都已经克服，这一次她会对古韦尔很好。

这样的结尾是开放式的，可以让人进行无限的遐想与推测。但笔者比较倾向于认为妻子经过将近一年时间的心理调整，终于克制住自己心中对婚外恋的向往，抵制住婚外的诱惑，更加忠于自己的爱人和家庭，以一颗平常友爱的心来对待丈夫的朋友。这是一种深沉的、充满道德美感的爱，它使家庭经受住了女主人公情感上的狂风巨浪而依然爱意融融；这种爱远远胜过了随意放纵的两性之爱，从而使由理智驾驭着的与婚外异性之间的相互吸引、相互关爱更为美好迷人。

第三，《一位正派女人》中的爱体现了儒家的"中和之美"。季羡林先生在他的《公德（二）》一文中曾经写道：

> 到了今天，中国"现代化"了。洋玩意儿不停地涌入……我们中国有一部分人，特别是青年人，一学习外国，就不但是"弟子不必不如师"，而且有出蓝之誉。要证明嘛，远在天边，近在眼前，就在燕园后湖边木椅子上。经常能够看到，在大白天，一对或多对青年男女，坐在椅子上。最初还能规规矩矩，不久就动手动脚，互抱接吻，不是一个，而是一串。然后，一个人躺在另外一个的怀里，仍然是照吻不已。最后则干脆一个人压在另一个的身上。此时，路人侧目，行者咋舌，而当事人则天上天下，唯我独尊，岿然不动，旁若无人。招待所里住的外国专家们大概也会从窗后外窥，自愧不如。[1]

此情此景，让我们赞同季先生所认为的"有伤风化"、"有损公德"，因为通常我们所见到的如猫儿、狗儿之类的动物在交欢之时尚且知道避人耳目，更何况万物之灵长的人？而同样是在长椅上，且有温柔的夜色作为屏幕的情景，却令人想到"中和之美"。

---

[1] 季羡林：《病榻杂记》，新世界出版社2007年版，第157页。

中和是儒家对于礼和乐提出来的要求，也是一种伦理道德规范。《论语》里有："乐而不淫，哀而不伤。"《礼记·中庸》里有："喜、怒、哀、乐之未发，谓之中，发而皆中节，谓之和。中也者，天下之大本也；和也者，天下之达道也。致中和，天地位焉，万物育焉。"《礼记·经解》里也有："温柔敦厚，《诗》教也……其为人也，温柔敦厚而不愚，则深于《诗》者也。"作为对文艺创作的尺度，中和之美的一般含义是抒发感情而又要有所节制，和谐、适度地处理主体（艺术家的情意）与客体（物境、情境）的各种关系。它追求的是艺术作品中主体与客体契合而成的意境。由此观之，《一位正派女人》就充分体现了这样的"中和之美"，爱存在于每一个生命个体中，但表达适度，抒发节制；婚姻中有爱，彼此忠诚，互相信任；婚外也有爱，但安守分寸，绝不越轨。作者对于爱的认识与故事中的物境、情境相契合，从而形成了自然、和谐、美好的意境。

　　第四，《一位正派女人》中的三人之间的关系符合中国传统文化中的伦常大道。很难考证凯特·肖邦曾经受到中国传统文化的影响，但是她的这篇《一位正派女人》确实渗透着中国传统文化中的伦常大道。这里的"道"体现在人与人相处的学问当中，共五伦："君臣、父子、夫妇、兄弟、朋友"，即父慈子孝、君仁臣忠、夫和妻顺、长幼有序、朋友有信。撇开文中没有涉及的君臣、父子、兄弟关系不谈，仅看夫妇、朋友这两伦，我们便不难发现巴罗达夫妇彼此循礼、对朋友古韦尔挚诚宽厚；古韦尔对巴罗达夫妇也是满怀信任。柏拉图说：理性，是灵魂中最高贵的因素。即使巴罗达太太与古韦尔之间真的产生了爱情，但彼此显然都在用理性制约着自己，给人以德性、圣洁、美好的感受，这并不违背凯特·肖邦关于爱的观点。这样的例子在我国并不是没有。中国第一代女建筑学家林徽因（1904—1955）选择梁思成而不选徐志摩，大概就是得益于"爱之以敬，行之以礼"。世人除了吟咏她与徐志摩之间的清新浪漫的诗句外，同样羡慕和感叹她与梁思成、金岳霖之间的"金三角"关系。殊不知这种大美之形的凸显同样靠的是内在情感的节制与自律。早在1932年，林徽因曾对梁思成袒露心曲，说自己同时爱上了两个男人，苦闷极了。梁思成当然痛苦，但表示她是自由的，可以自行抉择，还说如果林徽因选了金岳霖，祝他们幸福。而金岳霖得知后亦感动至极，表示应从这感情的圈圈中退出。如此谦谦尚礼，坦荡君子，真乃俗世罕见。此后他们相处如初，毫无芥蒂。金岳霖还以哲学家的睿智和逻辑学家的严密，不时帮助修改梁、林合写的文章，无论在事业上还是在生活上都对他俩竭尽诚心。他们三人简直成了不可分割的一体（林徽因死后，金岳霖就和林徽因的儿子梁从诚生活在一起，直到去世），难怪萧乾谈起林、梁、金的特别"组合"时说："林徽因坦荡，金岳霖克制，梁思成宽容，三人皆诚信磊落之君，没有见过这样的'三角'。"①

综上所述，《一位正派女人》不仅回答了当下众说纷纭、莫衷一是的问题：如何面对婚姻中突然出现的"第三者"；而且更主要的，文中的女主人公——巴罗达太太，或许是一名虔信基督教的传统妇女，她对待婚外爱情的态度却启迪我们反思我国传统文化中的"中和之美"、伦常大道等。

有必要提一下，古韦尔在凯特·肖邦的另外一部短篇小说《爱森内斯》（*Athénaïse*,1896）再度以婚外单身汉的形象出现，只是与巴罗达太太交换了一下角色，这次是古韦尔对已婚的爱森内斯产生了情感，而不是爱森内斯爱上了古韦尔。爱森内斯虽然已婚，但是还没有从自由任性的单身生活中走出来，不习惯婚姻生活，不能接受丈夫凯佐（Cazeau）的爱，于是在弟弟的帮助下，逃到了新奥尔良，在那儿一个月的时间里，她遇到了"整天与一大堆书打交道"、"温柔、敏锐"的"自由思想家"②、报社工作者古韦尔，并很信赖他。开始古韦尔对她不以为然，可是慢慢地"觉得她简直是他见过的最妩媚动人的女人"③，有一天当爱森内斯因身心不舒服伏在他的肩头哭泣的时候，"一阵撼人的冲动要他把她拥紧，一股燃烧的欲望要他去寻她的唇，但是他没有动"，"这时，他整个身体、整个心灵在为她灼痛，却不露痕迹。"他比她更明白一千倍，此时自己不过是在代替她弟弟做这一切。"要求自己相信这点是非常苦涩的，但他接受了……"④一个月后，也许是因为怀孕了，爱森内斯情感发生了转变，迫不及待地要回到丈夫凯佐的怀抱，古韦尔像哥哥一样把她送走。同样一个感人的、给人以道德伦理美感的"中和之美"的故事，足见凯特·肖邦婚恋观的和谐。

"今天的问题已不是弗洛伊德时代的性压抑，恰恰相反，性的泛滥倒是以

---

① 仆保怡、梁思成：《林徽因抗战居住昆明的日子》，http：//news.beelink. cn/20040831/1667053.shtml.

② [美]凯特·肖邦：《觉醒》，文忠强、贾淑勤等译，漓江出版社1991年版，第200–205页。

③ 同上书，第204页。

④ 同上书，第207—208页。

爱的压抑作为其昂贵的代价。"①在人类社会伦理道德面临前所未有的冲击而出现许多人生活失衡的状态下，应如何"传道、授业、解惑"，如何对价值体系和意义结构进行重建就显得尤为重要。家庭至今依旧是社会的细胞，在社会伦理大而庞杂的结构中，拯救行为从家庭开始应该是切实可行的选择。

　　家庭中的夫妇关系尤为重要，夫妇一正，五伦皆正；"婚姻之礼正，然后品物遂而天命全。"（《诗经·关雎》朱熹注）。由此观之，百年前的凯特·肖邦虽然没有在《一位正派女人》里明确表明自己对待婚外恋的态度，但事实上，故事中那简练独到的语言与情节已向后世之人说明了一切。文中的爱，出于自然，出于关心，它在女主人公的心里掀起了巨大的波澜，但她的理性却让她克制着，时近一年才得以平复，从未失去一位正派女子的优雅与分寸。这与孔子所主张的"乐而不淫"，与《诗经》中的"发乎情，止乎礼"有异曲同工之处，渗透着理性的美，散发着理性的光辉，这样的文章如此精妙，实在不可多得，很值得现在的人们学习深思。

---

① [美]罗洛·梅：《爱与意志》，冯川译，国际文化出版公司1998年版，第156页。

第四节　凯特·肖邦的种族观

　　种族问题是美国社会的基本问题，在美国南方尤其如此，每个人都置身于这个问题的环境之下。虽然现在有着黑人血统的奥巴马（1961— ）已经当选为美国第44任总统，种族问题自林肯解放黑奴（1865）①以来，似乎又有了一次质的飞跃，然而回望这段历史，反思总结那些有利于全世界各民族进一步和谐共处的思想观念，依然不失它的现实意义。

　　"一切价值都由比较而来。"②本节首先简单对照一下凯特·肖邦与马克·吐温（1835—1910）和威廉·福克纳（1897—1962）的种族观，以便于对肖邦种族观的准确把握。和马克·吐温、威廉·福克纳一样，凯特·肖邦来自美国南方，他们的种族观备受人们关注。从中国全文期刊网搜索的有关他们的"种族观"的文章来看，马克·吐温在他的游记中，种族观有个变化过程：在他最初的游记中，显示出了清晰的白人种族主义立场，在后期的游记中，才表现出了明显不同的种族观（吴兰香，2010）。在《哈克贝利·费恩历险记》里，有学者读到了马克·吐温的反对种族歧视的主题（覃承华）。又有观点认为马克·吐温在《傻瓜威尔逊》中表明了"教养决定一切"的种族观（吴兰

----

　　① 俄国亚历山大二世于1861年解放了全部农奴。英国于1833年解放了全部奴隶。林肯于1862年以总统身份向报界直接发表《解放宣言》，宣布从1863年1月1日起，解放尚在反叛州内的所有奴隶，但联邦内蓄奴州的奴隶地位不变，因为这些州并未反叛，他无权结束蓄奴州的奴隶制。虽然如此，《解放宣言》的发表，瓦解了南方同盟军后院，奴隶纷纷投奔北方联邦军。林肯并不满足于《解放宣言》的发表，他知道必须将它写入《宪法》才不会有人怀疑它的合法性。经过多方努力，《解放宣言》的原则于1865年1月被正式作为《宪法》第十三条修正案在国会通过，规定合众国国内不准有奴隶或强迫劳役存在。它于12月被宣布批准，奴隶制最终被合法地埋葬。但是林肯未能看到这一天，1865年3月4日，他发表第二次就职演说，4月14日晚，遭一位南方同盟军的支持者枪杀，15日去世。以上内容参见钱满素《美国文明》，中国社会科学出版社2001年版，第73—74页。

　　② 乐黛云：《朱光潜对中国比较文学的贡献》，《社会科学》2010年第2期。

香，2009）。对于福克纳的种族观，人们基本认同：他有反种族主义的思想，但有时又很留恋传统的南方社会，更容易认同传统的价值标准和道德规范（刘道全，2006；周碧文，2006）。总之，在种族问题上，马克·吐温和福克纳有其进步的一面，但有个发展过程，也很难跳出男性规范话语世界的束缚。

对于凯特·肖邦的种族观，目前研究的人还不多，只有一位学者认为凯特·肖邦"所处的历史时代和她的家庭背景都决定了种族关系问题必然成为其创作的一个重要主题。肖邦在自己的作品中抨击奴隶制度，谴责种族压迫，反对种族偏见，希望建立一种平等、友好的种族关系"。①该文以两页的篇幅分析了凯特·肖邦的四篇短篇小说：《黛丝蕾的婴孩》（*Désirée's Baby*，1893）、《美人儿佐尔阿依德》（*La Belle Zoraide*，1894）、《牛轭湖的那边》（*Beyond the Bayou*，1893）和《奥黛丽错过弥撒》（*Odalie Misses Mass*，1895），从而得出上述结论，还是比较中肯的。本节就想在此基础上，以凯特·肖邦100多篇长篇、短篇小说中所有比较典型地体现她的种族观的10多篇小说为例，进一步细化分析她的种族观。

爱与死是凯特·肖邦作品的两大主题，而平等和谐的种族观是她在爱这个主题中充分展示的一个重要方面。与马克·吐温和威廉·福克纳相比，虽然凯特·肖邦也来自南方，但她与他们的种族观不尽相同。因为马克·吐温和福克纳都是从男性和美国本土视角出发，来展示他们的种族观的，正如前文所提到的一些研究成果表明的那样，他们的种族观难免被打上厚重的社会烙印，有时很难跳出主流社会认同的传统价值标准和道德规范，这就是所谓的"当局者迷"。凯特·肖邦虽然和福克纳一样，出身"贵族"——来自庄园主家庭，她本人和丈夫也都经营过种植园，他们家也曾拥有奴隶，按当时的人口普查记录显示，奴隶虽然不多，仅有四个，但其中一个五十岁的女奴"几乎可以肯定是凯特的保姆"②，然而，肖邦在她的作品中却充分展示了她平等的种族观。

有必要再对比一下凯特·肖邦和林肯的种族观，这样肖邦关于种族的思考就比较明朗了。林肯一辈子就忠于一个真理，那就是"人生而平等"。他说南北战争是"两个原则之间的永恒的斗争……一个是人类的普遍权利，另一个是帝王的神圣权利"。他说："因为我不愿当奴隶，所以我也不愿做奴隶主。"他说："劳动是我们人类的共同负担，而有些人却竭力要把他们分内的负担压

---

① 鹿清霞：《论凯特·肖邦的种族观》，《聊城大学学报》（社会科学版）2005年第3期。

② Emily Toth, *Unveiling Kate Chopin*, Jackson：University Press of Mississippi, 1999.

到别人肩上，这就是造成人类巨大的、连绵不断的灾祸的根源。"①根据林肯的观点，"人类的普遍权利"和"帝王的神圣权利"两个原则之间永恒的斗争，在肖邦的作品中是不存在的。林肯认为有些人竭力要把他们分内的负担压到别人头上，似乎意指奴隶主就是这样的人，可是凯特·肖邦却塑造了一个与奴隶共同劳动的奴隶主形象。《奥泽麦的假日》（*Ozème's Holiday*, 1896）中的奥泽麦（Ozème）就是这样一个种植园主。他总是很忙，总是有事情需要他的关注，一年就休息一周。这一年他好不容易穿戴整齐，计划到红河（the Cane River）附近去休假，并想好了行程。可是，他休假的计划还是落空了，因为当他到达蒂兰迪大妈家时，发现她的手因伤而无法摘棉花，孙子也卧病在床，于是他拿出了自己随身携带的药物，帮大妈摘了几天棉花，这一年的假期对他而言就这样结束了。

在肖邦的作品里，类似奥泽麦这样的种植园主还有许多。他们善待奴隶，关心他们的生老病死，使他们有归属感，因此即使在林肯将他们解放以后，他们还是愿意回到原来的状态。如《佩吉老大妈》（*Old Aunt Peggy*, 1897）向我们讲述的就是这样一个故事。故事中，佩吉老大妈已经被解放、获得了自由。可是在她行将就木的时候，还是想到了去找她原来的主人，主人不仅没有拒绝她，相反很感动。根据她的要求为她在种植园里提供了很好的住处、必备的生活设施，甚至还为她准备了一张摇椅，以便她在不能走路的情况下，还可以坐在摇椅里四处看看。结果大妈一直活得很好、很开心，主人也没有当她是累赘，相反却为她的生命意志感到惊奇，觉得她的存在本身就是个奇迹，因为大妈说她现年125岁，而事实上主人认为她不止这个年龄。

凯特·肖邦的另外一篇短篇小说《本尼特斯家的奴隶》（*The Benitous' Slave*, 1892）也是这样的故事。故事中的奥斯瓦德大叔（Uncle Oswald）已经是自由人了，可是他非要认为他是属于本尼特斯家的人，为此，他到处寻找本尼特斯家，不顾年事已高，非常执著。有一次，他差点淹死在牛轭湖；还有一次，他差点被一台机动车撞死；又有一次，他迷了两天的路，等人们发现他的时候，他已经没有知觉、处于半死状态。事实上，本尼特斯家在这个教区已经没有什么人，除了一个柔弱的小妇人还有她的女儿还在克劳蒂尔维尔（Cloutierville）镇。但别人怎么劝他，他都听不进去，因为他确实曾经是本尼特斯家的奴隶，可那还是50年前的事，后来他又属于过其他一些人，再后来他

---

① 钱满素：《美国文明散论》，东方出版社2010年版，第103—104页。

就自由了。终于天不负苦心人，当有人试图把他送到养老机构的时候，他意外地遇到了本尼特斯家的女儿，然后就跟她回家了，从此他幸福、安心、无偿地为本尼特斯家做了许多力所能及的事。

类似这样的故事，在凯特·肖邦的作品中还有很多，倘若我们因此就断言她在美化奴隶主或奴隶制、与林肯的观点背道而驰的话，那就陷入了奴隶主和奴隶的悖论之中，而肖邦在思想上不存在这样的悖论。因为她的宗教就是爱，那种无差别的、爱人如己的爱。在她这里，没有冲突，没有奴隶主与奴隶的二元对立（binary oppositions），有的只是"一"：和林肯一样，她认为"人生而一律平等"。但具体落实在她的作品中的时候，内容丰富而美好：第一，大家生活在同样的一个环境下，这就是地球，这里的地球是自然的象征。不管哪个种族的人都不能脱离自然而存在，人与自然应该是合一的；第二，生活在这地球上的各个民族的人都是一家人，不管他们是法国人、德国人，还是美国人，都是如此；第三，每个种植园也都是一个小家，在这个家里，大家共同劳动、互相关心、互相爱护、不分肤色、老有所养、病有所医、劳有所得；第四，所有持种族有好坏、优劣和高下之分的人，一律等于自己用自己的谬见囚禁自己，最终自食其果。若要改变这种状况，只有靠自己发自内心的爱才行，如果外界能有什么因素激发出内心本有的爱也可以；第五，那些被世俗认为身份、地位、人格低下的人，相对于那些自以为高贵的人，却往往一律有着高尚的、纯朴自然的、未被世故异化的优良品质。

一 国际视野

关于第一点，所有种族都不能脱离自然而存在，人与自然的合一，将在下一节凯特·肖邦的生态观里详细论述。这里先通过她的短篇小说《事关偏见》（*A Matter of Prejudice*, 1895）来管窥她有关种族观的国际视野。小说叙述的是以自己为法国人的身份而感到无比骄傲的卡拉姆贝尤夫人（Madame Carambeau），她不喜欢美国人和德国人，也不喜欢与她有着不同信仰的人，还不喜欢猫、狗、街头演奏音乐的乞讨者、白种仆人和孩子的噪声等，总之，她不喜欢任何非法国的东西。她住在新奥尔良法国区的一个大房子里，陪伴她的是她孀居的女儿和外孙。她持家很严，一年就同意女儿在家举行一次活动，那就是庆祝外孙的生日，并且，她还会很严厉地让她女儿懂得，她不能受到任何打搅。她有儿子，但是却连话都不跟她讲，并且这已经10年了。因为10年前，她儿子跟一个美国女孩结了婚，这是她无法接受的，她从此也不让儿子、儿媳踏进家门半步。

心灵的倾向比人眼的视角更加本质，卡拉姆贝尤夫人的心灵显然是有偏向的。当我们观察山水的时候，如果能够心怀山水、赋予其价值和意义，那么就能够发现山水的美好、价值和意义。比如，同样一棵路易斯安那州的橡树，在别人眼里看来也就是一棵普普通通的橡树而已，可是在惠特曼看来，就不一样，成了他力量的源泉。因为在他看来，橡树虽然孤独，虽然外表粗鲁，虽然生长环境不佳，但却依然欢快、刚直而健壮地成长。这就是他的心灵倾向，他的"心灵之视"，然后又通过他的"眼睛之视"去相生相应这种景象。同样对于爱也是如此，如果一个人心中有大爱——无偏见的、无局限的爱，那他看什么应该都是可爱的；与此相反，如果一个人心中没有爱，那他看什么都不可爱，甚至会仇恨这个世界；或者他心中的爱很少，有高低、优劣、好坏之分，就像这位卡拉姆贝尤夫人一样，凡是与法国有关的东西，她就觉得高贵，就喜欢，就觉得是好的，而所有与法国无关的东西，她就不喜欢，就觉得低下、不高贵。

这种非此即彼的二元对立的思维模式由来已久，也严重地异化、局限了一些西方人的思想，使他们失去或抑制了本有的、自然无偏见的爱。西方众多学者都惯用二分法，如索绪尔语言学就被认为是建立在二元对立的原则的基础上的，他对语言和言语、能指和所指、共时性和历时性的区分等等，都被看做是这一原则的体现。罗兰·巴特（Roland Barthes, 1915—1980）也用典型的二元对立结构模式来分析法国剧作家拉辛（Jean Racine, 1639—1699）的剧作，他指出拉辛笔下的人物之不同，取决于他们在整体结构中的位置，从而形成父与子、男与女、卑微的人与自由的人等的对立。他指出"拉辛的区分方法完全是二元的，除了发生矛盾和对立之外，绝无其他可能"。[1]现在，卡拉姆贝尤夫人就正处于这种被"二元对立"的思维模式撕裂的痛苦过程中。既然非法国的就不好，于是她就不能接受美国女孩成为她儿媳这样一个事实，她也不喜欢任何一个美国小孩。在我们看来，本来并无差异的种族，到了卡拉姆贝尤夫人眼中

---

① 王先霈、王又平主编：《文学批评术语词典》，上海文艺出版社1999年版，第352页。

就变了样。因为有偏见，她看周围的一切，都有一种敌对的、偏见的情绪在里面。几乎很少有人不喜欢孩子，可是她就是不喜欢他们，嫌他们吵闹。于是就在她外孙生日这天，她就避开他们，来到了她的花园，她态度转变的契机也因此而来临了。在她的身后，有两个孩子在追逐、打闹，然后，其中一个小一点的女孩，躲到了她的膝下。起初她特别反感，觉得孩子们走近她、对她隐私的入侵是一种威胁，不管是他们的脚步声还是尖叫声都是如此。那个小女孩躲到了她的膝下，让她感到双臂一阵痉挛，为此她不仅没有张开双臂迎接她，相反却如惊弓之鸟，气喘吁吁，紧张不安，非常气恼。她挪动了身子，似乎要把那个小女孩推开，并且用法语严厉地斥责孩子的吵闹和粗鲁的行为。可是那个小女孩听不懂法语，因此对她的斥责也没在意，还是靠在她的膝下，小脸蛋倚着她衣服。结果她发现女孩的双颊通红发烫，显然是发烧了。一种救死扶伤的本能在她的内心升起，这对她而言，是不分种族的。她是一位训练有素的、完美的护士，与健康有关的各个方面她都很在行，并且她从来也不会错过任何一次练习的机会。假如大街上那些她非常讨厌的街头演奏音乐的乞讨者，让她知道他们生病了，她也会考虑给予他们悉心的护理。

爱可以消融偏见，可以消除种族歧视的观点。正是这种对护理对象没有分别的态度，使得卡拉姆贝尤夫人爱的心灵慢慢开始敞开了，她对孩子的态度慢慢开始转变。虽然在其他方面仍不乏偏见：对家里黑人女佣说话的口气是命令式的；孩子咿咿呀呀的英语，她也认为可怕；她责怪孩子的父母："唉，这些美国人！他们也配有孩子？""唉，跟我说，天底下还有这样的父母！如此愚蠢，孩子发烧成这样都不知道，但是却一定把孩子打扮得像个猴子一样，让他们在外面玩耍，随着街头拉手风琴的乞讨者的音乐在跳舞。"[①]当孩子的保姆来带孩子回家的时候，她没让她带走，她甚至都没让那位保姆看一眼孩子，因为她发现那位红面颊的保姆是个爱尔兰人，而她对爱尔兰人一样有自己的成见，她认为那些说爱尔兰语的声音会使病者痛苦。于是，她的女儿让那位年轻的保姆带了一封信回去给女孩的父母，告诉他们孩子病了，正在接受护理，等孩子好了，再派人送过去。

对孩子的怜惜与护理，以及孩子给她的热吻和胳膊的触碰，使卡拉姆贝尤夫人冷漠无情的、怀有种族偏见的心开始软化。此前，她从来都没有护理过美

---

① Kate Chopin, "A Matter of Prejudice", *The Complete Works of Kate Chopin*, Ed. Per Seyersted. Baton Rouge: Louisiana State University Press, 1969, p.282.

国小孩，在她看来，美国孩子令人生厌。但麻烦的是，这个小东西走了之后，她反思她真的没觉得她讨厌，除了她偶然的美国出生，她认为这是那个女孩的不幸；还有她认为孩子对法语的无知，但这并不是孩子的过错。

> 但是那女孩爱抚人的胳膊对她的触碰；深夜那软软的小身子压到她身上的感觉；她那说话声音的语调，她把她当成母亲而给她的热吻……所有这一切都深深刻印在夫人带有偏见的内心，到达了她灵魂深处。
>
> 她时常走过长长的走廊，往外看那宽阔雄壮的河流。有时她踏过迷宫式的花园，在那儿孤独几乎就是一个热带丛林。正是在这样的时刻，这粒种子开始在她的内心深处起作用——那一粒由那天真无辜的孩子、用她小小的真诚的双手栽种的种子。[1]

在这里，很显然，凯特·肖邦让她的自然观在卡拉姆贝尤夫人身上发生了作用。这种自然观，有内化的爱默生的自然观的成分，也有从一个女性、一个母亲的视角才有的思想内容。卡拉姆贝尤夫人在一次次灵魂的反省之后，终于走出了自我设置的种族偏见的樊篱。圣诞节的早晨，她让车夫带她到了一家美国教堂。在车夫的印象中，当她还是个小女孩的时候，每个星期天，她去的都是法国的天主教教堂，已经很多年了，她从来都没有去过美国教堂。从教堂出来后，她又让车夫带她去了她儿子那里。在那里，她受到了儿子亨利的热烈欢迎和拥抱。10年了，她没有跟儿子说过一句话，也没有看过一次儿子。儿子住的美国区，她还是第一次来。在这里，母子相见、家人重聚已经不是一个家庭团圆的问题，而是象征了法国民族和美国民族的融合和互相理解、彼此接受，也含有全世界各民族都应该团结成一个幸福的大家庭的深刻寓意。卡拉姆贝尤夫人母子相见、家人重聚的场景富有戏剧效果，但是真切感人。

> 她没有立即流露出一丝脆弱；甚至当她的儿子亨利，走过来、把她拥在怀里、就正如只有热心肠的克里奥尔人才能做到的那样伏在她的脖子上啜泣流泪的时候，她都没有流露。儿子亨利，个子高大、英俊、长相诚实，温柔的棕色眼睛就像他死去的父亲，而坚毅的下巴则像他的母亲。

---

[1] Kate Chopin, "A Matter of Prejudice", *The Complete Works of Kate Chopin*, Ed.,Per Seyersted. Baton Rouge： Louisiana State University Press, 1969, p.285.

年轻的卡拉姆贝尤夫人也过来了，她温柔可爱，因为幸福而精神饱满。手里牵着的是她的小女儿，正是夫人一个月之前曾经悉心护理过的"美国小孩"，她绝对不再怀疑这小东西，对她而言还有什么外人的感觉。①

后来，他们一起到卡拉姆贝尤夫人那所法国区的房子里过了圣诞节。一个家庭，加上女佣、保姆，数个不同的种族，因为爱凝聚成了一个大家庭。凯特·肖邦就是这样用一个真切感人的故事让我们见微知著：只要内心有爱，一个人的种族偏见是可以消除的；只要有爱，一个家庭也可以不分种族地团结成一个大家庭；只要有爱，一个群体、国家与社会等等，种族对立的观点都可以消融。

二 不分肤色的桃花源

以上是从一个来自不同民族的家庭，因偏见而分裂，又因爱消除偏见而融合的故事，来分析凯特·肖邦具有国际视野的种族观的。除此之外，凯特·肖邦还以种植园为单位，为我们构建了一个个人间的桃花源：在这里，人们共同劳动、互相关心、互相爱护、不分肤色、老有所养、病有所医、劳有所得，相亲相爱如一个大家庭。如前文提到的《奥泽麦的假日》中奥泽麦的种植园就是如此。在这个种植园里，作为种植园主的奥泽麦，乐意牺牲自己一年一度的一周假日，带头劳动，给孩子治病，关心蒂兰迪大妈受伤的手，不分肤色，和他们亲如一家人。在《佩吉老大妈》里提到的种植园也是如此。佩吉老大妈已经获得了自由，年长到已完全没有劳动能力，主人完全可以对她置之不理，但是他们夫妇却没有这么做，相反却为大妈的回来行为所感动，并使大妈老有所居、所养、所安，使她活到125岁多，依然健康快乐。在这儿，人人相亲相爱，因为大妈每次坐在摇椅里出去一下、跟大家话别，回来时就是满满一围裙礼物，主人不仅没有嫌弃她，相反却为她的生命力感到惊奇。

---

① Kate Chopin, "A Matter of Prejudice", *The Complete Works of Kate Chopin*, Ed.,Per Seyersted. Baton Rouge： Louisiana State University Press, 1969, p.288.

《奥黛丽错过弥撒》（*Odalie Misses Mass*，1895）里的种植园也是这样的一个人间桃花源。8月15日，大家都忙着去教堂做弥撒，可是白人小女孩奥黛丽没有忘记她的老朋友和她的保护者——黑人皮茵可大妈。她看大妈年纪已经很大了，怕她一个人在家不小心跌倒而伤着自己，于是宁可错过做弥撒，也要留下来陪她、听她说话，她的家人也同意她这么做。于是一老一小、一黑一白、互相依偎，加上当时暖风习习、抚慰人心，户外蜜蜂嗡嗡、黄蜂飞进飞出，小猪、小鸡走来走去……这一切构成了一幅非常美好、和谐的画面。这里不分肤色，老有所居、所安，这种无偏见的种族思想必将通过奥黛丽代代相传。

或许正因为凯特·肖邦儿时得到过女奴的照顾，她对黑人淳朴的品质才那么了解，她对黑人的感情才那么深厚。她笔下的小女孩与女奴之间那亲情般无法割舍的关系，才那么真切感人，非一般人所能描述。《凯特琳尼特大妈》（*Tante Cat'rinette*，1894）里体现的也是这样一种白人女孩和黑人老大妈之间亲人般的关系。当然，在这个故事里还体现了，在桃花源般的种植园里，劳动是有所回报的。比如，黑人凯特琳尼特大妈的房子（楼上楼下各两间）就是因主人对她的感恩所得，因为她护理过他的女儿基蒂（Kitty）。在她的护理下，基蒂获得了健康，于是主人为感谢她，送给了她那所房子。后来已获自由的大妈担心房子会被拆掉，就拿出1000美元作为她的房产抵押，并且她立下遗嘱：她所拥有的一切都归基蒂小姐。

总之，凯特·肖邦为我们塑造了一个个桃花源般的种植园，这里根本没有种族尊卑、贵贱、高下等级之分，这里大家相亲相爱，亲如一家。这与她的亲身经历有关，因为她自己就曾置身于这样的世界。在纳基托什教区的岁月里（1879—1884），她深深感受到那里的人们"还过着一种与基本原理密切相关的生活，对外面的大社会和机构还相对无知"，但是正因为如此，她对他们有一种"自发的爱（love of spontaneity）"，因为所有那些"没有变得世故，而依旧保持本色和自然的人"，她都喜欢，她每去一次纳基托什教区，对"那儿的人们的印象就加深一次"，每次她都"被他们那无拘无束的快乐生活态度、那比较自由自在的情感流露所感染"。[①] 她的这些故事中的很多人物都有原型，所以到了她的笔下，才这么真实感人。这里的种植园主中的绝大多数都没有种族的偏见和世俗的约束，当然，也有极少数例外，而那些有种族歧视观点的人，最终也是自食其果。这样的故事不多，如已经成了凯特·肖邦最有名的短篇小

---

① Per Seyersted, *Kate Chopin*: *A Critical Biography*, New York: Octagon Books, 1980, p.60.

说之一的《黛丝蕾的婴孩》（*Désirée's Baby*， 1893），还有《美人儿佐尔阿依德》（*La Belle Zoraide*， 1894）。

三 种族歧视的哀歌

凯特·肖邦不仅用爱为我们建构了一个不分种族、不分肤色的桃花源，同时也向我们展示了没有爱而完全听任种族歧视观摆布的人物的结局。这一点在《黛丝蕾的婴孩》和《美人儿佐尔阿依德》中得到了充分展示。《黛丝蕾的婴孩》中将两个种植园进行了对比，一个因为种植园主人心中充满着爱，就如桃花源，而另一个因其主人的爱被异化，就如人间地狱，让人感到阴森、恐怖。沃尔蒙德（Valmonde）夫妇就像《佩吉老大妈》中的种植园主夫妇一样，善良而富有爱心。黛丝蕾（Désirée）本来是个弃婴，身份不明，有人认为是小黛丝蕾自己走迷了路，但更多的人认为她是被一群得克萨斯人故意遗弃的。这些得克萨斯人将黛丝蕾遗弃在沃尔蒙德夫妇的家门口，而没有将她遗弃在附近拉布里（L'Abri）种植园奥比格尼（Aubigny）家的所在地。沃尔蒙德夫人膝下无子，她认为这是仁慈的上帝见她没有孩子，才把这个小家伙赐给她当爱女的。他们把她抱回家，给她起了个名字叫"黛丝蕾"，在法语中的意思是"所愿望的"、"想要得到的"。在爱的养育下，黛丝蕾确实如沃尔蒙德夫人所愿，"果然出落得温柔漂亮，长成一个待人真诚、富有爱心的姑娘"。[①]在这充满爱的种植园，也容易激发人产生爱，老奥比格尼的儿子阿曼德·奥比格尼（Armand Aubigny）就在这种植园门口爱上了黛丝蕾。

沃尔蒙德种植园就如人间桃花源，这里不问种族、不管肤色，只是充满爱。而与此形成鲜明对比的是附近的拉布里种植园——奥比格尼家的所在地，这里没有爱的生机、阴森可怖，沃尔蒙德夫人深有体会。

到了拉布里，第一眼看见的一切就使她感到一阵恐惧。每次来这里她都有这种感觉。奥比格尼家宅看上去很瘆人。多少年来就没有一位温柔贤

① [美]凯特·肖邦：《德西雷的儿子》，金莉译，《外国文学》1995年第4期。

惠的主妇料理它了……现在的奥比格尼家宅，房顶又斜又黑，像是修道士的头罩，直伸下来，遮住了环绕黄泥灰房屋的宽阔回廊。房子近旁是苍老的橡树，阴森森的。厚厚的树叶和长长的树枝，如裹棺布一般把房子笼罩起来。小奥比格尼的治家之道就像这所家宅一样阴森可怕。当年老主人宽厚纵容，黑奴们过得挺快活。现在，他们早已忘了什么是欢笑。①

为什么同样的两个种植园，给人的感觉却是天壤之别？这里严重缺乏爱。当年老主人在对待黑奴方面还算有爱心，对他们比较宽容，也能跳出种族歧视的樊篱，跟一位奴隶的后代结婚，生下了阿曼德。但是他们不敢面对种族歧视的美国社会现实，从此远居法国。在凯特·肖邦看来，真正的爱发自本能，力量强大，足以能够冲破社会偏见的束缚。黛丝蕾的养父母的爱就是如此，在他们捡到黛丝蕾的时候，没有考虑她的肤色、种族问题，而是毅然将她抱回家。在孩子降生、阿曼德自认为是黛丝蕾的肤色有问题后，黛丝蕾的母亲立即回信叫她带着孩子回家，没有和阿曼德一般见识。阿曼德的母亲与黛丝蕾的养母对孩子的态度也存在差别。阿曼德的母亲生了孩子，却不能在他面前露面，他8岁时就被带到了种植园，他的母亲一直也没有回来过，母爱的缺失是可以想象的。阿曼德对奴隶非常粗暴，对他们没有爱心。沃尔蒙德夫人却给予了从小被遗弃的黛丝蕾足够的爱，把她也养育成了一个富有爱心的女子。两个母亲都感受到了上帝的仁慈，但是彼此的理由却大相径庭。沃尔蒙德夫人感到上帝的仁慈，是因为上帝赐予了她付出爱心的机会："她觉得，是仁慈的上帝见她没有孩子，才把黛丝蕾恩赐给她当爱女的。"②阿曼德的母亲感谢上帝的原因，可从她的一封信中看出。

母亲在信中说，她感谢上帝，因为丈夫是那么地爱她。"但最重要的是，"她写道，"我每日每夜都在感谢仁慈的上帝，他对我们的生活做了妥善安排，让我们亲爱的阿曼德永远不会知道疼他爱他的母亲属于一个遭人诬视的种族，一个带着奴隶烙印的种族。"③

---

① [美]凯特·肖邦：《德西雷的儿子》，金莉译，《外国文学》1995年第4期。

② 同上书。

③ 同上书。

阿曼德的母亲出于疼爱他，没有让他知道他是混血儿的事实，于是出生身份不明的黛丝蕾的肤色就遭到了质疑。黛丝蕾这位因爱而生的善良女子，怀抱孩子勇敢地离开对她已无爱意的丈夫，将自己投身于湖水之中。总之，拉布里种植园是那种缺乏爱的种植园的典型，因为阿曼德的爱心已经被种族黑白对立的观点异化，他顽固地认为白人就是高贵、富有和地位等的象征，而黑人就是低贱、贫穷和奴仆的象征。

　　凯特·肖邦运用命运反讽的手法，向我们讲述了这个故事，展示了她在种族问题上的超前意识和敏锐而深刻的思考，颠覆了二元对立的种族观念，从而启发人们构建平等的种族观。"命运反讽"又称"宇宙反讽（cosmic irony）"，它表现出生活中每一个人或多或少的是反讽的受害者，而在反讽背后藏着持反讽态度的、反复无常的、性情乖戾的、充满敌意的上帝或命运。人对自己周围的世界、他人及自己的错误认识而遭到命运的捉弄，是造成反讽的根本原因之一。神秘可怕的力量阻挡了人们的视线，使人如犹如瞎子一样在世界上行走，最终落入由自己一手编织的毁灭之网，是命运反讽的根本原因之二（王先需，335）。小说中的黛丝蕾，在充满爱的沃尔蒙德种植园中长大，单纯、柔弱、自尊，根据自己白皙的肤色，她没有怀疑自己白人的身份。而阿曼德是种植园主奥比格尼的儿子，理所当然是种植园的继承人，他现在已经在管理种植园了。他自认为自己出身白人，并为此感到无比傲慢、自负、无礼，对奴隶非常残暴。他爱上皮肤白皙的黛丝蕾，想到的是让黛丝蕾为他生个白小子，将来好继承种植园的财产。孩子刚生下来的时候，他满心欢喜，认为家族将有继承人，对奴隶也稍有宽容。可是一旦发现生出来的孩子的肤色不如他所愿的时候，他就暴露了种族歧视的本性。他的一举一动发生了变化，变得奇怪、可怕，根本不用正眼看黛丝蕾；原来眼里闪动的爱恋也似乎消失；常常不回家，即使在家，也总是避着她和孩子；对黑奴又恢复了残暴，而且像是撒旦的灵魂突然附在了他身上。

　　至此，命运反讽已经初见威力。黛丝蕾本来以为自己肤色白皙，是个白人没有问题，然而在捉弄人的父权制度下，却没有说话的权利，加上自己的出生身份不明，孩子的肤色也不是纯白。她无可奈何，只有抱着孩子从此消失在长满芦苇和柳树的湖水之中，再也没有回来，令人想到莎士比亚笔下的奥菲丽娅，也让人想起他的名言："女人啊，你的名字是弱者。"本来她完全可以像她的养母那样，超越种族歧视的观点，听从她的召唤，带着孩子回家，免受阿曼德的奴役。但是她没有，这说明种族偏见也已经深深地影响了她的思想，规约着她的行为，使她成为不加反抗的牺牲品。而对阿曼德也有了一定的反讽效果，因为起初他并没有怀疑黛丝蕾的肤色。可是此刻，出于他的傲慢、地位、男性身份，他简单粗暴地断定，问题就出在黛丝蕾的身上，而不怀疑是自己这方面的问题。他认为对他不公的是上帝，认为上帝刺伤了他，然后又把这种他认为的上帝对他的刺伤转嫁到黛丝蕾身上，丝毫也不怀疑时下的种族观、家族观和名誉观是否出了问题。悲哀就在这里，反讽的效果就在这里：阿曼德对自己、对黛丝蕾的肤色错误的认识和判断，已初步遭到了命运无情的捉弄。他引以为骄傲的东西：白人妻子、白人儿子、家族荣誉、他的名声，一样都不如他所愿。

阿曼德没有怀疑自己的肤色，依旧在对命运进行着错误的判断，最终逃不出命运对他的反讽。顺便提一下，阿曼德这个名字，具有影射意义，它来源于日耳曼语，含义是"军队＋人"，这烘托了他的残暴："当年老主人宽厚纵容，黑奴们过得挺快活。现在，他们早已忘了什么是欢笑。"[1]西方的二元对立思维模式无孔不入，在此基础上，殖民与后殖民社会的思维模式也得以构建，这样的社会"很容易地将白人和黑人分为善良的对邪恶的、优秀的对低劣的、文明的对野蛮的、智力的对情感的、理性的对感性的、自我的对他者的、主体的对客体的"。[2]阿曼德越是对此深信不疑，越具有反讽效果，因为他不认为自己的血统与他所憎恨的奴隶是一样的。关于他的肤色问题，小说中是有伏笔的。小说中有这样一句话，直接指明他的肤色是黑色的（black）："她（黛丝蕾）对上帝最大的祈求就是让阿曼德有个笑脸。不过，自从阿曼德爱上她的那天起，他那黝黑英俊的面孔上很少出现紧锁的眉头。"[3]后来，黛丝蕾还比较了一下两个人的手，发现她的手比他的白，但是他不仅视而不见，却对她报以嘲讽。

到了小说最后，命运反讽进入高潮。黛丝蕾带着孩子一起自杀这件事没有使阿曼德从种族歧视的偏见中清醒过来，没有使他伤心难过、良心发现，相反，他依然执迷不悟，尽显难逃命运捉弄的邪恶样子。他焚烧黛丝蕾和孩子的遗物，他或许以为这样子就能洗白、还原家族的荣耀与个人的声誉。然而在最

----

① [美]凯特·肖邦：《德西雷的儿子》，金莉译，《外国文学》1995年第4期。

② Janet Goodwyn, "'Dah you is, settin' down, lookin' jis' like w'ite folk!': Ethnicity Enacted in Kate Chopin's Short Fiction", in *The Yearbook of English Studies*, Vol.24, Ethnicity and Representation in American Literature, 1994, p.4.

③ [美]凯特·肖邦：《德西雷的儿子》，金莉译，《外国文学》1995年第4期。

后，他母亲的那封信，却表明了他自己就属于他所认为的要鄙视的种族，一个带有奴隶烙印的种族。这个一直自以为是的、魔鬼撒旦般的人物形象阿曼德，终于得到了最无情的命运反讽，他视二元对立的种族观为理所当然，自以为自己的肤色是白的，并为此而感到无比骄傲，逼死黛丝蕾和婴孩都毫无悔意，几乎完全丧失人性。他不知道"个体依他们的种族、阶级、性别和性特征来分类是灭绝人性的"。①结果，他被这种二元对立划分一切的思维方式阻挡了自己的"心灵之视"，也阻挡了自己的"眼睛之视"。他像瞎子一样，看不见自己黑色的皮肤，还反以为黛丝蕾的白有问题，最终他极为唾弃的、必死的、既不高贵也没有尊严的命运，经过自己的亲手编织，完成了这毁灭之网，还得自己钻进去。

而阿曼德的母亲也没有逃脱命运的反讽，出于她所认为的对儿子的疼爱，不敢公开自己真实的种族身份，为自己如海德格尔所言的那种"异化的、非本真的"②的存在状态，感到了上帝的仁慈。虽然已死，却间接成了隐形杀手，也必将给阿曼德带来灾难性的打击和个人命运的毁灭。阿曼德的父亲也是如此，也受到了一定程度的反讽。虽生为白人，人也善良，只管自己能够在有限范围内接受一个黑人为妻，却不敢面对这个环境，不敢正视这个现实，种族观点也有所异化，他或许也以为世人永远不会知道他妻子的真实身份，但是结果却并非如此，再说，他这样的态度又能解决什么社会问题呢？凯特·肖邦的小说结尾基本都是开放式的，《黛丝蕾的婴孩》的结尾也不例外。根据阿曼德父母的所作所为，我们完全可以猜想：他很可能会步其父母的后尘，把他母亲的那封信烧了，继续维持他的少庄主的地位，残暴地对待自己的同类。他逼死了白人女子黛丝蕾和她的孩子，也不会去承担任何责任，却始终会隐瞒自己的黑人身份。

这样，整个美国当时的种族制度就得到了最无情的反讽和颠覆。原来人们认为理所当然的这样的种族制度：白人统治黑人，白人主宰黑人的命运等，可是现在颠倒了，白人女子和她的孩子却遭到黑人母子的直接或间接的迫害。为此，这种不是出于爱，而是根据人的生理外表特征来人为划分、隔离人的方式，其丑陋和荒诞暴露无遗。萨义德就曾经说过："在我看来帝国主义的历史

---

① Robert J. Corber, "Everybody Knew His Name: Reassessing James Baldwin", in *Contemporary Literature*, Vol .42, 2001, p.167.

② [美]约·多诺万：《女权主义的知识分子传统》，赵育春译，江苏人民出版社2003年版。

和殖民的历史、黑人、巴勒斯坦人、同性恋、女人所体验的被压迫的历史，这一切都是建立在区隔、分离之上。"①这种"区隔"和"分离"现象的背后，是那种违背自然和爱的、非此即彼的、二元对立的思维模式，以及在此基础上建立起来的强权政治和话语统治，等等。

凯特·肖邦深深地感到这种模式存在的种种弊端，最糟糕的是它使得人类异化，使得一些人本有的真纯爱心丧失，于是她让她笔下的人物一个个出场来消解这种中心话语模式，与这种模式抗争，纵使死亡、变傻也在所不惜。黛丝蕾如此，《美人儿佐尔阿依德》（*La Belle Zoraide*，1894）中的佐尔阿依德也是如此。故事的叙事方式极为精妙，故事中有故事，就如话中有话一样。由"低远"所见的皮肤如夜色一般黑的女佣曼纳·鲁鲁讲给"高远"所见的白人女主人黛丽丝尔夫人听，将黑白审美的标准完全颠倒，几乎已经到了以黑为美的地步。但是小说基于这样的前提：只要是自然的、保持本色的就是美的，黑也好，白也罢，都很美，而讽刺了那种其实不是白种人，却又不自信，蓄意模仿白种人的姿态和行为方式的人，更鞭笞了肤色、种族歧视者。

故事围绕着白人女主人德拉丽维耶尔夫人和黑白混血的、被认为是皇家大道上妖媚优雅的绝色美人佐尔阿依德而展开。与黛丝蕾相比，佐尔阿依德一开始也有人爱护，不仅不愁吃穿，甚至还受到了教育。她的女主人同时又是她的教母，甚至还让一个小黑奴专门伺候她。但是后来她精神上的境遇不比黛丝蕾好多少。她因为不同意女主人安排的与她同样是黑白混血的婚姻对象，而不顾一切地和黑人美男子梅佐赫相爱并怀上了他的孩子。结果告诉女主人后，女主人勃然大怒，劝服梅佐赫的男主人将他不知卖到了哪个州，所生的孩子也被女主人从佐尔阿依德身边夺走，并谎称"他死了"。此后不久，美人儿佐尔阿依德就成了傻子佐尔阿依德，日日夜夜守着放在床上或抱在怀里的样子像襁褓中婴儿的破布包，担心"他"被别人夺走。即使女主人良心发现，将她的亲生孩子带回到她身边，她也怀疑这又是个要夺走她孩子（破布包）的阴谋，就这样，她怀里总是抱着那个破布包——她的"小可怜"。②结果这个故事中的故事深深打动了曼纳·鲁鲁的白人女主人黛丽丝尔夫人，唤醒了她平等的种族观。

如果凯特·肖邦没有爱心、没有平等和谐的种族观，曾经身为种植园主的

① [美]薇思瓦纳珊编：《权力、政治与文化——萨义德访谈录》，单德兴译，生活·读书·新知三联书店2006年版。

② [美]凯特·肖邦：《觉醒》，文忠强、贾淑勤等译，漓江出版社1991年版，第166页。

第二章 诗意言说爱

她，怎么可能关注到女子，尤其是黑人女子的婚恋不成、沉默失语、压抑疯狂与不幸死亡？在这篇小说里，凯特·肖邦作为叙述者，虽然没有直接流露出她的叙述声音，但是我们还是能感受到她隐含在作品里的声音。正如和凯特·肖邦同一年诞生的、同样经营过种植园的澳大利亚女作家罗莎·普里德（Rosa Praed，1851—1935）曾经在她的作品中呐喊的那样："但是有谁会在乎这些已经不再活着的野人们的欢乐、悲伤、正确和错误！没有人曾经写过黑人的叙事诗；也没有多少人站在他们的立场为他们说过话；我所写下的只不过是为我的老朋友们所做的一点可怜的小小的诉求。"①凯特·肖邦是在乎他们的态度的，不仅如此，她还为他们唱赞歌。

四 黑人的赞歌

两个不同国度的女作家有着相通的心灵之视，同样具有爱心，同样关注到了黑人的生存状况。黑人沉默无语，黑人压抑疯狂，还有像黛丝蕾那样虽然不是黑人，但被逼迫选择自杀而亡，这绝对不是他们的过错，是种族歧视的话语模式和强权政治等遮蔽了众多人的双眼，禁锢着他们的思想，从而把自己囚禁其中，为自己编造毁灭自己本性的毁灭之网，如此一年年反复不已。如不打破这种模式，便将持续不断地永恒轮回下去。"美国人作为个体，他们不喜欢建栅栏。但是作为群体，我们耗费我们大部分的历史在建造篱笆。在我们被开垦、被分割、又被建筑而开放的土地上，我们的风景特色是栅栏。性别和阶级把性和种族变成障碍，把排斥他们的形式变为积极的社会价值。"②这就是当时主流的美国人，"将自己作为'文明人'，所有其他民族都认作'野蛮人'。"③真正的文明人凯特·肖邦对此不愿苟同，她要为黑人唱赞歌，她要告诉世人：爱人的美德；黑人的爱心、黑人的诚实和黑人无私奉献的精神。而这种

① Rosa Praed, "My Australian Girlhood", Dale Spender Ed., *The Penguin Anthology of Australian Women's Writing,* Australia: Penguin Books Australia, 1988, p.351.

② Shari Benstock, Ed., *The Private Self: Theory and Practice of Women's Autobiographical Writings,* Chapel Hill: The University of North Carolina Press, 1988, p.66.

③ [美]尤金·N. 科恩、爱德华·埃姆斯：《文化人类学基础》，李富强编译，中国民间文艺出版社1987年版，第87页。

淳朴自然的利他主义精神，在那些陈腐世故的"文明人"身上，是很难发现的。

《牛轭湖的那边》（*Beyond the Bayou*，1893），《美国南部的德雷斯顿女士》（*A Dresden Lady in Dixie*，1895）和《克里奥尔黑奴》（*Nég Creol*，1897）等小说中的一个个黑人形象让我们感受到了他们完美的人格、高尚的品德，也让我们通过凯特·肖邦的"眼睛之视"，进入了她的"心灵之视"，领略了她平等、和谐、美好的种族观。《牛轭湖的那边》中的女主人公黑人杰奎琳（Jacqueline）儿时在牛轭湖的那边目睹过暴力的场景，从此心有余悸，不敢走到湖的对岸半步，因此人们都称她为傻子（La Folle），如今她已人到中年，瘦弱憔悴。可是有一天，当她得知一个白人小男孩在牛轭湖的那边因为玩枪而不小心走火，正倒在血泊之中时，她救死扶伤的利他主义精神战胜了自己对危险和死亡的恐惧，勇敢地走到湖的对岸将小男孩救了回来，自己却晕过去了。

《美国南部的德雷斯顿女士》中的瓦尔特娃女士（Madame Valtour）珍爱的德雷斯顿小雕像不见了，当时只有黑人帕·杰夫（Pa-Jeff）和爱格佩（Agapie）在场。瓦尔特娃女士一点也不怀疑帕·杰夫，因为帕·杰夫自孩提时代就是她家忠实可靠的奴仆，而爱格佩每次来她家玩的时候，眼中都流露出对小雕像的喜爱，结果瓦尔特娃女士果然从她的一堆玩具中搜到了小雕像。她跟爱格佩的母亲说，以后不让她到她家玩了，怕她影响自己的孩子。从此，爱格佩脸上的红晕不见了，变得很忧伤。这时，帕·杰夫就开始考虑了，他想他已近百岁，又是个黑人，而爱格佩才12岁，是个白人小女孩，她今后的人生道路还很长。帕·杰夫还想到了爱格佩对他挺关照的，帮他买过肥皂，陪他消磨过时光。于是他主动去找瓦尔特娃女士说是他拿了德雷斯顿小雕像，当他开始感到负罪感时，就把它藏到了爱格佩的玩具堆里。他供认时态度诚恳，而且此后数年不止一次地跟别人讲他这件偷窃的行为，以至于连他自己都相信了。爱格佩长大了，重新获得了瓦尔特娃一家人对她的爱和信任。与以前相比，她对帕·杰夫更善良了，尽管在某种程度上，她不敢正视他的眼神。就这样，出于对一个白人小女孩的爱护，使她今后能有尊严地愉快成长，帕·杰夫顾不上考虑自己用近一个世纪卑微的人生才赢得的忠诚可靠的信誉，宁愿牺牲自己的人格，冒着晚节不保的风险，甘愿担当"小偷"的罪名，其高尚的人格与纯洁无瑕的品德令人感动敬佩。

《克里奥尔黑奴》同样是一个反映黑人利他主义精神的感人故事。希科（Chicot）是一个贫穷、瘦削、瘸腿的年长黑人男子，靠给小贩们打零工，过着朝不保夕的生活，他极少能从他干的活中获得工钱，通常就此换点生活物资。没有人知道他住在哪里，他就像舞台戏剧中跑龙套的，只出现瞬间就消失了，没有人记得或去注意他。在生活中，他就是如此。他，作为一个男人，一个克里奥尔黑奴，住在牛轭湖圣约翰的芦苇和柳树丛里。那主要用柏油纸做的、被人抛弃的鸡窝，就是他的家。他不会对此夸耀，也不会邀请人家去看望他。没有人关心他的存在与否。但是他却无私忘我地关心着另外一个人的死活，一位住在破旧木板房顶层的、75岁的白人老妇人。他与她非亲非故（作品中有隐含她是他以前的主人的意味），但是他每天都将他辛苦所得的有限的食物全部带去跟她分享，每天都得听她抱怨周围的一切和她糟糕的健康。有一天她病得不能抱怨而只能呻吟了。夜晚，希科躺在芦苇丛中的鸡窝里听着她的呻吟声，忍不住想：假如能确信自己投河而死，从而可以使她的状况好转的话，他愿意毫不犹豫地了却这全心希望她过得好一点的残生。于是他更加辛苦地工作，以便挣一点比较有营养的食物给老妇人补补身体。有一天，他确实挣得比往常丰厚，可是当他到达顶层房间的时候，却发现老妇人已在夜间死去，他把他一直用来放食物的旧麻布袋放在地上，像痛苦中的狗一样，低声号哭，浑身颤抖。

这些就是"文明人"眼中所谓的"野蛮人"的行为。《克里奥尔黑奴》令人深思。假如林肯知道他解放黑奴的结果却是这样，一向忧郁的他，或许比我们还要感伤。凯特·肖邦作为白人，作为曾经的种植园主，她不仅从不歧视这些"野蛮人"，相反的，她发自内心地爱他们，为他们唱赞歌，为他们而呐喊。黑人奴隶和白人老妇人之间，这罕见的关爱之情，也象征着白人、黑人亲如一家，尤其是黑人一直在默默地付出。黑人、白人根本没有优劣高下之分：没有老妇人，就几乎没有人知道希科的存在；没有希科，老妇人恐怕也早已经饿死，一样从生下来就走向黄泉路的人种，彼此的关爱非常重要。

总之，凯特·肖邦的《事关偏见》深刻地启示我们，在种族问题上，应该去除种族二元对立的、矛盾冲突的思想。所有种族、民族一律平等，应该和谐地生活在一个共有的地球家园中。二元对立作为传统的把握世界的一个基本模式，运行已久，因此，自柏拉图以来的哲学家都认定善先于恶、肯定先于否定、纯先于不纯。它已经不仅是形而上学的一种，而成为形而上学的迫切之需，成为西方社会最是恒久、最为基本、最具潜力的运转程序。这截然不同于我国的中庸之道，也不可能显示出中和之美。固化这种思维模式的人，比较难以体会整体观和一元论，更难以体会我国古人就已经深切体会到的天人合一的美好感受。《事关偏见》中的卡拉姆贝尤夫人或许有所体悟。正是孩子的触摸与热吻，花园、江河与丛林等大自然的启迪，使她开阔了自己的心胸，抖落了自己对于不同民族和种族的偏见。那个如撒旦般的阿曼德，不知他如何才能跳出他那种颠倒黑白、种族对立的思维模式？

出生于犹太家庭的雅克·德里达（Jacques Derrida,1930—2004）认为二元对立是一个亟待打破的传统模式，因为"在一个传统哲学的二元对立中，唯见一种鲜明的等级关系，而绝无两个对立项的和平共处。一个单项在价值、逻辑等等方面统治着另一个单项，高踞发号施令的地位。"①他认为解构这种二元对立的模式，便是在一个特定时机将这一等级秩序颠倒过来，颠倒二元对立本身不是目的，最终目的是要通过这一步骤来全面置换西方的理性主义的思想传统。这注定是一个艰难的过程。事实上，人们对德里达的思想也一直有很大的争议，认为他破坏了西方文明，认为他的思想与英美主流哲学的分析哲学格格不入，只有黑人运动、女性主义运动和同性恋抗争者才会把他的思想看做福音。这或许也就是凯特·肖邦的作品一直没有得到足够重视、相反却曾经遭受数十年冷落的原因之一。

总而言之，让我们重新审视一下凯特·肖邦的种族观：（1）所有的种族一律平等；（2）不管白人、黑人，只要有双方的爱心、怜悯与宽恕，就可以摈弃成见、消除隔阂、平等对待对方，和谐地与之相处，建立更加美好的家园；（3）这美好的家园不分肤色、不问种族，大家共同劳动、互相关心、互相爱护，劳有所得、住有所居、老有所养、病有所医。

---

① 王先霈、王又平主编：《文学批评术语词典》，上海文艺出版社1999年版，第353页。

第五节　凯特·肖邦的生态观

凯特·肖邦首先是作为一个乡土作家而得到美国文学界认可的，她关于爱的思想不止体现在人与人之间，而且也体现在人与自然之间，体现在把人作为宇宙的一分子而与自然万物和谐相处。她的生态观在她通过对路易斯安那州新奥尔良及其邻近地区以及纳基托什教区靠近红河（the Red River）的地方的自然风情的描写，得以充分展示。有民族特色的，才是国际的。表面看来，凯特·肖邦的许多作品都以南方为背景，主要描写克里奥尔人和阿卡迪亚人，实际上这些作品具有"国际视野（global view）"。[①]笔者认为，她可堪称一位天然的、完美的生态主义作家。正如她的《觉醒》就好比一幅自然清新、透明灿烂的法国印象派绘画一样，她所有以南方自然风情为背景的作品都有言而无尽的清新生动之美，光、音、色和谐、变幻、灵动。这是一个人的心灵完全与自然感应才会产生的天然艺术，任何人为的模仿都无济于事。

曾遭差不多半个世纪埋没的《觉醒》，故事发生的主要场景是格兰德岛（Grand Isle）和谢尼·卡米内达岛（Cheniere Caminada）。作者创作这部小说6年前，这两个岛屿遭飓风袭击，损毁惨重，谢尼·卡米内达岛从此消失。当飓风袭击路易斯安那州南部和密西西比州的时候，"死亡人数约2000人"。[②]凯特·肖邦和她的家人曾在此度假，那里有她熟识的人，飓风的发生一定让她感到很震惊，尽管她没有因此直接说人类要爱护自然、保护环境。19世纪，女权运动已经兴起，女性主义者后来发现他们和孩子一样，更接近自然，可是肖邦从来也没有参加过女权主义运动，连朋友邀约她参加的、由艾略特母亲发起的圣路易斯俱乐部，她都因其活动频繁而不愿再去，但是在她的笔下，我们看到

①　Per Seyersted, *Kate Chopin: A Critical Biography,* New York： Octagon Books, 1980, p.75.

②　Alyssa Harad, "Historical Context of The Awakening and Selected Stories of Kate Chopin", *The Awakening and Selected Stories of Kate Chopin, Kate Chopin,* Cynthia Brantley Johnson, Ed.,New York： Pockets Books, 2004, p.xx.

了她默默构建的人间天堂——谢尼·卡米内达岛和格兰德岛，这两个岛在肖邦的笔下美丽祥和：既如西方文化中的伊甸园，又如东方文化中的桃花源。女主人公爱德娜在此身心得以觉醒，从此焕发勃勃生机；男人和女人在蓝天、白云之下，大地、岛屿之上，亲密无间，真纯相处，与自然水乳交融。这不能不让人想到陶渊明（约365—427）的"桃花源"。

> 夹岸数百步，中无杂树，芳草鲜美，落英缤纷。
> 复行数十步，豁然开朗。土地平旷，屋舍俨然。有良田美池桑竹之属。阡陌交通，鸡犬相闻。其中往来种作，男女衣着，悉如外人。黄发垂髫，并怡然自乐。①

在凯特·肖邦的笔下，自然是美丽的、神秘的，既与人类有着爱默生在《论自然》中论及的那种不可分割的哲学联系，又有惠特曼笔下自然的那种勃勃生气；还有梭罗笔下自然的那种静美与古老东方"天人合一"的意境。"那些19世纪早期的名人，《觉醒》的文本鼓励我们给美国本土的爱默生以一席之地，他们已经开始对知识分子的思想做一个传统的审视，这些也是肖邦能并驾齐驱的。"②确实，当爱默生对自然做出思考的时候，肖邦也在做着同样的努力。总结凯特·肖邦的生态观，有如下几个方面：

第一，凯特·肖邦的自然观与爱默生的自然观是相通的，具有哲学乃至宗教的高度。爱默生的自然观是挣脱了宗教束缚的自然观，是整体主义自然观，是人和自然互相亲近、互相感应的自然观，因此人也就与万事万物有着神秘的联系，给人以超自然的力量。关于这一点，在《觉醒》中的爱德娜身上就可略见一斑。在一个本该参加长老会礼拜的星期天，当时年纪还很小的爱德娜就溜掉了，没有祷告，也没参加礼拜，而是把自己投进了大自然的怀抱。

> 我只是斜着穿过一大片田野。我的遮阳帽挡住了视线，我只能看见前面那块碧绿。我觉得我简直可以永远走下去，也不会走到尽头的。我记不

---

① 《陶渊明集全译》，郭维森、包景诚译注，贵州人民出版社2008年版，第245页。

② Patricia L. Bradley, "The Birth of Tragedy and The Awakening: Influences and Intertextualities", *Southern Literary Journal*, Vol. Spring, 2005, pp.44-45.

得那时我到底是害怕还是高兴，不过我一定觉得非常有趣。①

多少年后，爱德娜已经是两个孩子的母亲，当她和拉蒂诺尔夫人一起坐在格兰德岛的海滩上看着大海时，她想到了这种联系。

首先，看见海水伸展到那么遥远，那些帆船在蓝天衬托下似乎纹风不动，就构成了一幅美妙的图画，正是我坐在那里想看到的，热风吹拂着我的脸，使我想起——我也说不出有什么联系——在肯塔基州的一个夏天。在一片大海一般大的草地上，一个很小的小女孩穿过齐腰深的草走着。她伸出双臂，边走边拍打那高高的草，像游泳时拍水一样。嗯，现在我找出其中的联系了。②

这种联系就正如爱默生在《论自然》中所描写的那样。这种与自然的神秘联系使人富有力量，荡涤人的灵魂，使人淡定、宁静、高尚。

人们从田野和树林中体会到的最大的快乐暗示了人类和植物之间的一种神秘的联系。我并不是独自一人无人回应的。它们向我点头，我也向他们致意。风雨中树枝的摇曳对我来说既陌生又熟悉，它使我感到惊奇，但却并不是从未见过，那感觉就像当我认为我的思想公正或行为正确时，我的心中产生了一个更高尚的想法或一种更优秀的情感。③

爱默生认为"从哲学角度来考虑，宇宙是由自然和灵魂组成的"④，还说："老实讲，能够看见自然的成年人很少。人们大都看不见太阳。即使看见，他们的印象也很肤浅。太阳只会照亮成人的眼睛，却能照进孩子的眼睛和心灵。爱自然的人是内外的感觉还真实地互相调节的人，是把幼年时代的精神

---

① [美]凯特·肖邦：《觉醒》，文忠强、贾淑勤等译，漓江出版社1991年版，第20页。

② 同上书。

③ Ralph Waldo Emerson, "Nature", *Lectures,* Trans. Sun Yixue, Beijing: China Renmin University Press, 2003, pp.220–221.

④ Ibid., p.217.

甚至保留到成年时代的人。他和天地的交感变成了其每日食粮的一部分。"①

而现在的生态女性主义者会补充说女性和孩子一样对自然有一种特殊的亲近互动感，其实这一点早已经在肖邦的作品中随处可见。比如在《觉醒》中，大海对爱德娜的召唤；在《爱森内斯》中，爱森内斯离家出走后对家乡的思念，"她特别想看一看家乡的棉田，闻一闻新犁的泥土的气息，还有神秘昏暗的森林，以及在'好上帝'那儿的那个破旧的摇摇欲坠的家。"②

如果说爱是人类成长发展的驱动力，而自然就是这种驱动力永不枯竭的力量源泉。现实生活中的凯特·肖邦喜欢户外活动，喜欢与自然交感。骑马、深夜散步等活动对绝大多数19世纪的淑女而言是不可思议的，但只要有可能，这就是她的日常行为。《觉醒》中至少有22处提到或直接描写大海（the sea），大海——作为自然的象征每每给予爱德娜以神秘力量的召唤，现摘取部分如下。

夕阳西下，微风从南边慵倦地轻拂过来，带着海水诱人的气息。③

大海的波涛声是那么迷人；时而悄悄低语，时而叫嚣喧闹，时而喃喃低吟，无止无休，吸引人的心灵徘徊于孤独的深渊之中；消失在内心期待的迷津里。

大海的波涛扣人心弦。大海的触摸使人沉醉，它把人的躯体纳入了它的柔和、亲切的怀抱中。④

渺茫无际的海水在阳光下粼粼闪烁。大海的呼唤含蓄舒缓，无止无休，时而低吟，时而高亢，凄凄切切，召唤一个灵魂漂泊到寂寞的深渊。在绵长的白色海滩上，举目无人。⑤

海水浸漫着她，像是大海温柔而又热烈地拥抱着她，给她带来一种快感。⑥

---

① Ralph Waldo Emerson, "Nature", *Lectures,* Trans. Sun Yixue, Beijing: China Renmin University Press, 2003,p.219.

② Kate Chopin, "Athénaise", *The Complete Works of Kate Chopin*, Ed. Per Seyersted, Baton Rouge: Louisiana State University Press, 1969, p.446. "好上帝"指爱森内斯的家乡地名。

③ [美]凯特·肖邦：《觉醒》，文忠强、贾淑勤等译，漓江出版社1991年版，第15页。

④ 同上书，第17页。

⑤ 同上书，第151页。

⑥ 同上书，第152页。

第二，凯特·肖邦的自然观具有惠特曼自然观的活力与勃勃生机。作为诗人的惠特曼，他的诗亦凝聚着他的生态思想，而这些思想也是凯特·肖邦所具有的：自然让一切生命各得其所、生生不息；自然——忘乎所以者眼中的物欲对象、被征服者，却依然永恒地向人类展示着生命气息、精神韵致和神性内涵，抚慰着人的心灵，这让诗人怎能不为此而歌唱？诗人歌唱自然、歌唱生命、歌唱自我——自然中的一分子，自我在自然的怀抱中勃发生机。橡树——路易斯安那州的橡树之于惠特曼就好比凯特·肖邦笔下的大海，是他力量的源泉。

　　　　看见一株活橡树在成长，
　　　　它孤独地站立着，
　　　　苔藓从它的枝上往下垂，
　　　　那里没有一个伙伴，它独自生长，
　　　　而它的相貌是粗鲁、刚直而健壮的，令我想到我自己，
　　　　但是我惊异它怎能独自站在那里吐着欢乐的叶子。①

　　诗人曾经是孤独的，歌唱生命却无人回应，《草叶集》屡遭冷落和抨击，后来被其研究专家艾伦教授称为"孤独的歌者"；在他孤独茫然的时候，他想到了1848年他曾在路易斯安那州看见一株活橡树在成长。橡树是常绿乔木，生长在美国南部，耐活，砍伐或受损伤后会萌发更多枝条，供人遮阳。孤独的活橡树给诗人以力量，也成了他的象征。凯特·肖邦和诗人一样是孤独的，曾给《觉醒》起名为《孤独的灵魂》。《觉醒》中的爱德娜喜欢的曲子也是《孤独曲》。或许肖邦在灵魂上比诗人还要孤独，因为诗人终究在生前还得到了一些世人的认可，还受到过爱默生的鼓励，可是凯特·肖邦生前得到的认可很有限。不管怎样，他们的心灵是相通的，在同时代的美国作家中，凯特·肖邦在作品中引用其作品的极少，但是惠特曼除外。在《觉醒》中7次提到橡树（oak）；在《一位正派女人》中，一个夏天的夜晚，她让女主人公独自坐在一棵橡树下，思绪烦乱，这时古韦尔来了，古韦尔可不是一个"专门研究《圣经》的团体"中的成员，而是一个可以"像夜晚那样和我交谈的人——夏天的

────────────
① 李野光：《惠特曼名作欣赏》，中国和平出版社1995年版，第26页。

夜晚。像爱抚风的群星"①，是位富有魅力的单身汉的代表。他拿着男主人托他转交给女主人的白纱围巾坐到了她旁边，以低沉而迟缓的嗓音亲切而无拘无束地向她倾诉心声，同时还吟诵了惠特曼《草叶集》（1855）"自我的颂歌"第21首诗里的句子。

> 南风习习的夜啊——月朗稀疏的夜！
> 静静召唤我的夜啊——②

这里，凯特·肖邦虽然隐去了显得有些直白的前句和下文中的其中两句："疯狂赤裸的夏天的夜啊（Still nodding night——mad naked summer night）"以及"微笑吧，[大地]，因为你的爱人来了（Smile, for your lover comes）"，但就是这"犹抱琵琶半遮面"的羞涩又使她视野下的自然增添了女性的妩媚和丰饶色彩。

第三，凯特·肖邦的自然观具有梭罗（Thoreau, 1817—1862）《瓦尔登湖》的静美和古老东方"天人合一"的意境。梭罗和爱默生一样，是美国历史上非常重要的文学家和哲学家。通常人们会将他的思想与中国的老庄哲学相比，如果说爱默生的思想在美国代表了像中国孔子一样的入世精神，而梭罗代表的则是一种中国庄子的出世精神。他的作品以人对自然的沉思为主题，充满了对自然景物的细腻的描写，相对于惠特曼笔下的自然的勃勃生机，梭罗笔下的自然自有一种宁静之美。梭罗不是因为提出关于人与自然的生态理论来影响后世之人的，而是通过身体力行热爱和尊重大自然。凯特·肖邦也在做着同样的事，并且不需要刻意像梭罗那样住在瓦尔登湖湖畔，她有户外散步的习惯，她随夫君以及后来独立经营农场之时，无时不生活在自然的怀抱，她是自然的女儿，她与自然似有神通，并且她笔下的自然，比梭罗笔下的还多了些人间烟火。

> 人们三三两两向海滩走去，一路上谈谈笑笑；有的还唱着歌。克雷恩旅馆那边有支乐队正在演奏，隐约能听到乐曲的旋律远远传来，非常柔

127

---

① Kate Chopin, "A Respectable Woman", *The Complete Works of Kate Chopin*, Ed.,Per Seyersted. Baton Rouge: Louisiana State University Press, 1969, p.366.

② Kate Chopin, "A Respectable Woman", *The Awakening*, New York: Bantam Books, 1992, p.186.

和。屋外有些奇特稀有的气味——夹杂着海水、水草和湿润的新翻泥土的气息，它们和附近一大片开着白花的田野散发出的浓香混合了起来。黑夜静悄悄地覆盖在海面和大地上。夜色并不浓重，也没有任何阴影。洁白的月光倾泻在大地上，像睡梦一样神秘，像睡梦一样轻柔。①

大道至简。"归纳起来，梭罗的观点是：自然界哺育了人类，人是自然界不可分割的组成部分。人应当尊重自然、热爱自然，与自然亲密无间、和睦相处。"②这与我国古代的"天人合一"观相通。所谓"天人合一"则更简，《中国哲学大辞典》（1994）里有："关于天与人、天道与人道、自然与人为相统一的学说。""天人合一思想是中国古代哲学探讨的中心问题之一。与之对立的有'天人相分'说、'天人不相与'说等。"已有学者研究成果表明"酷爱东方哲学的梭罗深受《庄子》道家思想的影响，《庄子》哲学思想成为梭罗思想的源泉和文学创作的题材"。③程爱民也论证了美国超验主义作家梭罗的自然观中的"天人合一"思想（程爱民，62）。

凯特·肖邦与梭罗的自然观、与"天人合一"观的相通，不止体现在人与自然的关系方面，也体现在人与社会的关系方面，他们都是行动者，尽管行动的方式会有所不同。西方有很多抽象理论、法规制度等等，别的不论，就只看生态方面的理论，其中所含智慧很少有超出古老东方的"天人合一"观的，有的只是新瓶装旧酒，或者人为地将男女、天地等"合一"的关系"二元"对立起来，在这个基础上做着语言的游戏，实在是一种广义上的生态浪费，而且他们的思想一旦占据话语权、让天下人以之为准绳的时候，是为恶也！梭罗就不会这样，他不理会人类社会的一些他认为不合理的准绳，宁可为此被绳之以法、牢狱监禁，也无所谓。在梭罗的有生之年（1817—1862），林肯还没有解放黑奴，在他死后，奴隶才获得自由（1863），但是他曾帮助黑人逃避追捕。他宁愿坐牢也不愿缴纳马萨诸塞州的人头税，为的是表明自己对社会不公正现象的抗议，不支持墨西哥战争及延长奴隶制。总之，梭罗是保护生态的力行者，在瓦尔登湖湖边，他与自然融为一体，感觉人与自然和谐共存是人生的至高真理："我几乎已经和万物的本体化为一体，这一生中我还没有过这样的体

---

① [美]凯特·肖邦：《觉醒》，文忠强、贾淑勤等译，漓江出版社1991年版，第34—35页。

② 陈凯：《绿色的视野——谈梭罗的自然观》，《外国文学研究》2004第4期。

③ 何颖：《梭罗对〈庄子〉的吸收与融通》，《甘肃社会科学》2010第3期。

验。"①在人类社会，他也是真的保护生态的勇士，不乏惊人之举。

凯特·肖邦在处理人与社会的关系问题上也可见其宁静、韧性之美，足见其和谐的生态观。虽然曾生活在保守的南方，但她性格开明，对在种植园工作的法国亚凯底亚人、克里奥尔人和黑白混血的佃户以及她家里的黑人女佣没有半点歧视，相反却对他们有着特别的兴趣：她学他们的语言，与他们愉快相处，并常常把他们写进书里。一篇《黛丝蕾的婴孩》（*Désirée's Baby*，1893）就足以表明她对种族制度的批判虽然隐而不露，但却起到了发自灵魂、振聋发聩、令人觉醒的哀诉效果——这是她纯熟的叙事艺术技巧使然，除此之外，这方面的小说还有《美人儿佐尔阿依德》和《美国南部的德雷斯顿夫人》等等。

凯特·肖邦不仅将她美好的精神产品留给后世之人，还以她的爱心、"高贵的性格"②和"神秘的吸引力"③影响着她的孩子们和周围的每一个人。和《觉醒》中的爱德娜不同，她爱孩子，喜欢与年轻人交往，从来也不把他们拒之门外，总是不遗余力、不求回报地帮助他们，她"以某种无法理解的方式吸引着年轻人"，她孩子的朋友们都喜欢围绕在她的周围，她特别善解人意，善于倾听，善于帮助他们释疑解惑，"她有一种罕见的能力使人吐露情感，因此她的来访者也愿意向她吐露从来都不愿意向其他人吐露的心声。"④肖邦经历过美国南北战争及战后南方的重建；接着美国便开始了工业化、城市化进程；爱迪生发明了电灯、贝尔发明了电话等，这一切给美国社会带来了很大的变化。但是她的父亲和亲哥哥可以说都过早死于现代工业发展的进程当中：父亲死于火车事故，哥哥死于机动车事故，所以她从不鼓励她的儿子们参加工业工作，而是尽力帮助他们，给他们营造一个欢乐而富有生机的家，为此，孩子们也很感恩她的理解，觉得母亲为他们付出了一切而更加崇拜她——她就像中华传统文化中典型的好母亲，是落实"至要不如教子"的典范。

上善若水。凯特·肖邦总是随时把自己放在一边。她用于写作的时间并不多，平均一周只有一个到两个上午，但是却舍得花时间给需要她帮助的人，同时她也喜欢与年轻人交往，这些年轻人中有哲学家、诗人和无业者。还有她对她曾经生活过的纳基托什教区的人以及她笔下所描写的其他具有当地风情的人

① [美]梭罗：《瓦尔登湖》，徐迟译，吉林人民出版社1997年版，第209页。

② Per Seyersted, *Kate Chopin: A Critical Biography*, New York: Octagon Books, 1980, p.62.

③ Ibid., p.61.

④ Ibid., p.60.

第二章 诗意言说爱

有一种自发的爱。她认为他们不仅不陈腐世故，相反却保留着自发的、原初的人情味。她说：

> 我们永远也不会知道我们的理想是什么，直到我们已经失去了这些理想的时候。但它们依然属于富有朝气的人，它们是诗歌、是哲学、是流浪生活，是一切令人愉快的东西。它们会一直延续到人类和世界、生命和机构的最后一瞬，并始终与之相伴——但却如此优雅！①

所以，尽管凯特·肖邦经受了太多的人生磨难，但是她从来都没有沉湎于悲哀之中，相反，她总是保持着积极向上的乐观精神，在文学方面具有雄心，也表明了她的社会生态观的部分内容。虽然她的一生把大部分时间都给了孩子和周围的每一个人，但是她始终没有忘记给自己留一方独立的精神领地，来完成自己肩负的神圣使命。作为一名富有爱心的、高贵的、善解人意的智慧女性，她在丈夫奥斯卡去世后，追求者众多，但是她一直过着独身的生活，有人认为这是因为她太爱丈夫奥斯卡；也有人认为她已经了悟了生活的真谛、知道了另一种爱的神秘和吸引力，人们的爱无法触动她的内心；还有，她的儿媳妇们认为她为写作而活，这已经是足够的理由。三种说法都有道理，但是我们最不能忽视的还是她对美国文学所肩负的责任感。1894年6月，在印第安纳州开完西部作家协会（the Western Association of Writers）会议后，她对年轻人的文学热情表示赞赏，同时也为他们因为传统和守旧妨碍了他们吸收世界的新思想而感到遗憾，她写道：

> 在他们的伊甸园，知识之树令人不安的果实依然还在悬挂着，未被摘下。垂死世纪的哭喊还没有触及工人这个群体，它也没被理解。毫无疑问，在他们的灵魂里，没有不安；很显然，只有对上帝的持久的信仰，正如他在教区的教堂里表露的那样。
> 有一个很大、很大的世界，不只整个印第安纳北部，也不只是除它之外的其他地区。而是指人类的存在——微妙的、复杂的、富有真意的、剥夺了因伦理和传统标准而遮蔽的面纱的存在。当西部作家协会发展成为真

---

① Per Seyersted, *Kate Chopin: A Critical Biography,* New York： Octagon Books, 1980, p.60.

正生活和真正艺术的研究者的群体时，谁知道它将来不能产生现在美国还不知道的天才？①

　　笔者认为，凯特·肖邦本人就是这样一个天才，只是人们还没有完全发现，虽然西方学者艾米丽·托特（Emily Toth）发表《揭开凯特·肖邦的面纱》（*Unveiling Kate Chopin*，1999）已有些年了。前文只是通过对方的方法，将凯特·肖邦的生态思想与她同时代的、一般被认为是美国浪漫主义时期的代表人物：爱默生、惠特曼和梭罗的作品和思想对比，发现她与他们的思考与才能是并驾齐驱的。其实除此之外，凯特·肖邦作为一名女性，还有她的独特视角与心理洞察力的过人之处，这充分体现在她抓住了人与自然关系的本质和对谢尼岛——这个人间伊甸园的构建上。

　　如果说西方女性主义者发现凯特·肖邦是他们的开山之人的话，那么同样的，在美国生态女性主义文学方面，肖邦也应该占有很重要的一席之地。"女性、自然、艺术三者之间似乎有着天然的同一性。""女人，大地母亲盖娅，文艺女神缪斯，神圣的女性三位一体，这是我们生存天地中至为重要的另一极，忽略了这一极的存在，任何'生态平衡'都将无从谈起。"②"在20世纪环境运动兴起之后，梭罗关于自然的思想被赋予了丰富的生态意义，成了非人类中心环境伦理的象征和标志，他的《瓦尔登湖》成了一本纯正的生态读本，影响着越来越多的人投入到生态保护运动之中。尽管梭罗并没有直接提出一种关于人与自然的道德关系的生态伦理学，但他被认为是美国环境主义的第一位圣徒。"③凯特·肖邦也有这种圣徒精神，如果不是一个个亲人们先她而去，如果不是独自一人要抚养6个孩子，"小隐于野"她是完全能够做到的，难得的是她"大隐于市"，是她作为女性对于自然天性的亲近和她观察人、自然和社会独具的慧眼。

　　凯特·肖邦不仅热爱大自然，而且也非常能融入社会生活。而人类社会是生态的一部分。根据"读秀学术词条"，所谓生态观，是指人类对生态问题的总的认识和观点，它建立在人们对生态系统结构的认识基础之上，不同的认识就会产生不同的生态观。一般对生态结构的认识有三种：广义生态系统观、基

---

① Per Seyersted, *Kate Chopi: A Critical Biography*, New York：Octagon Books, 1980, p.84.
② 鲁枢元：《生态文艺学》，陕西人民教育出版社2000年版，第90—95页。
③ 朱新福：《美国文学中的生态思想研究》，苏州大学出版社2006年版，第90页。

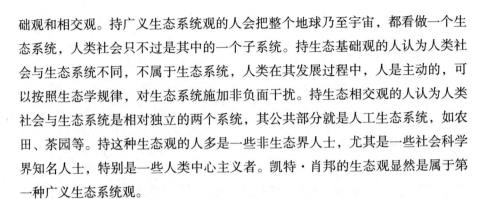

础观和相交观。持广义生态系统观的人会把整个地球乃至宇宙，都看做一个生态系统，人类社会只不过是其中的一个子系统。持生态基础观的人认为人类社会与生态系统不同，不属于生态系统，人类在其发展过程中，人是主动的，可以按照生态学规律，对生态系统施加非负面干扰。持生态相交观的人认为人类社会与生态系统是相对独立的两个系统，其公共部分就是人工生态系统，如农田、茶园等。持这种生态观的人多是一些非生态界人士，尤其是一些社会科学界知名人士，特别是一些人类中心主义者。凯特·肖邦的生态观显然是属于第一种广义生态系统观。

整个宇宙都在凯特·肖邦和谐相处和思考的范围之内。她觉得人和自然万物一样都有生有灭。在《觉醒》中，爱德娜一旦离开了大自然，回到城市生活，心情就容易沮丧。

> 有些日子，她（爱德娜）非常愁苦，也说不出是为什么——看来，不论是欢乐或忧愁，生或死，都毫无价值，生命对她似乎是荒唐无聊，乌烟瘴气，人像虫子一样盲目地挣扎着走向不可避免的毁灭。①

在生死苦乐的观照下，人不过像虫子一样，由此可见凯特·肖邦的生态视野，她并不认为人类有多么值得骄傲，不过和小小的虫子一样，也有生死存亡，正如林肯最心爱的诗篇《噢，人类何必骄傲呢？》所写的那样。

> 是啊！希望和灰心，欢乐和痛苦，
> 在阳光和雨水中交织；
> 笑与泪，甜歌与挽歌，
> 仍相继而来，像后浪接前浪。
> 健康的红晕转成死亡的惨白，
> 金色的沙龙变成棺木和尸衣。
> 只在一眨眼，一吐纳之间——
> 噢，人类何必骄傲呢？②

① Kate Chopin, *The Awakening,* New York：Bantam Books, 1992, p.77.
② 万雪梅：《忧郁的总统：林肯》，《中学历史教学参考》2003年第7期。

同样认为人类不值得骄傲，但是凯特·肖邦又少了很多林肯的忧郁与悲壮。当然，如果我们把梭罗的生态观与肖邦和林肯的生态观相提并论的话，梭罗一个人在瓦尔登湖的生活，多少有点逃遁的意味。如果林肯也像梭罗那样的话，人们是否可以追问，那400万名奴隶的解放不知是在何时？归根到底，人类社会相对于自然界实际上是一个更为复杂的生态子系统，自然界里的山河大地、蚊虫飞鸟没有人的存在就能各得其所，相反有了自以为是的人类的参与，原有的天然秩序反而容易遭到破坏。至于人类社会，因为人有其能动性就显得非常复杂。凯特·肖邦早就料到了这一点。正如前文所提到的，当有人赞扬易卜生的社会剧而认为人类的爱与之相比不那么重要的时候，她认为："易卜生在某个遥远的未来就不一定正确，尽管他或许可代表一时，在当时产生了强大的影响，因为他所探讨的社会主题本质上就是容易改变的。"[1]如果从人与自然相生相应这个角度来看的话，肖邦这么说是可以理解的，确实过分注重社会的发展使生态受到了多少破坏，而从另一个角度讲，易卜生过分渲染社会主题，正好从反面启发人们深思一些问题，从生态学的角度来看待他们的作品时，他们实际上在做着同样的努力，同样有助于启发人们增强生态保护意识，要考虑自然和社会两个方面：人类社会发展到现在，科技高度发达，人借助于科技手段对于各个领域的认识，不可同日而语，然而，人认识自身的总体智慧是否提升，人处理男人与女人、人与自然之间关系的能力是否增强了呢？

根据爱因斯坦的相对论，如果有一种载体，它的速度超过了光速，我们人类坐在里面就可以回到从前甚至远古，就可以回到任何一个我们想去看看、想去生活、想去与前人比较的时代，然而遗憾的是，这种容器至今还没有被发明出来。因此，我们只能根据我们现有的能力和有关历史的知识进行推断。太久远的，比如人或许本该和许多动物一样都具有感应能力等，且不去多谈，且看今日计算器的诞生，人的心算能力是否明显降低了？随着电脑输入文字的普及，人用手书写的文字，总体而言，是否越来越不那么好看了？人认识自身的总体智慧，人处理男人与女人、人与自然之间关系的能力或许也是如此，有待质疑、有待提高、有待加强。所有这些时至今日还在困扰着我们的问题，其实凯特·肖邦早已经开始思考，正如前文所提到的，她认为："有一个很大、很大的世界，不只整个印第安纳北部，也不只是除它之外的其他地区。而是指人

---

① Per Seyersted, *Kate Chopin: A Critical Biography*, New York: Octagon Books, 1980, pp.86–87.

类的存在——微妙的、复杂的、富有真意的、剥夺了因伦理和传统标准而遮蔽的面纱的存在。"①这样的视野和心胸其实远远超出了女性主义的视野，但是也只有这样的心胸，才能够透视问题的本质。

20世纪60、70年代兴起，到90年代如火如荼的美国生态女性主义运动所关注的问题也都是凯特·肖邦早已思考、并在其作品中有所体现的问题。如果说美国妇女与其他国家的妇女有什么不同之处的话，就是从一开始乘"五月花号"登上美洲大陆的那一刻，她们当中有许多人就得和男人们一样置身于大自然，为开拓边疆、建立新国家而奋斗，所以身心比较解放。而法国文化给予了她们不少文化和智识上的养分，正如法国雕塑家巴托尔迪的杰作自由女神却成了美国的象征一样。而凯特·肖邦则汲取了至少两国妇女的精华，一方面，作为美国妇女，她亲自经营过农场，直接接触大自然，与种植园里各色各样的人打交道；另一方面，她又通过自身努力从母亲、外祖母、曾外祖母身上汲取了丰富的法国文化的素养，所以在她的作品中所体现的生态女性主义思想，同样是超前的。

根据"读秀学术词条"，生态女性主义（ecofeminism, ecological feminism）相信对女人的压迫与自然的退化之间存在着某种关系。生态女性主义理论者考虑性别歧视、对自然的控制、种族歧视、物种至上主义（speciesism）与其他各种社会不平等之间的交互关联性。生态女性主义的基本论断是："那种认可性别压迫的意识形态同样也认可了对于自然的压迫。生态女性主义号召结束一切形式的压迫，认为如果没有解放自然的斗争，任何解放女性或其他受压迫群体的努力都是无济于事的。"②美国生态主义批评家佩珀指出：

> 生态女性主义者团结在这样一个中心信仰周围：妇女和自然之间存在着某些本质上是共同的特征。也就是说，第一，女性的生物学构造使得她们与自然的生殖和养育功能之间的联系比男人更为紧密。第二，在被男人剥削、在经济和政治上被置于边缘地位、且被客观化方面，妇女与自然有着共同的命运。③

---

① Per Seyersted, *Kate Chopin: A Critical Biography,* New York: Octagon Books, 1980, p.84.

② 金莉：《生态女权主义》，《外国文学》2004年第5期。

③ D. Pepper, *Modern Environmentalism: An Introduction*, New York: Routledge, 1996, p.106.

生态女性主义这个名称还比较新，根据《美国文学中的生态思想研究》（2006），生态女性主义首先出现于法国作家弗朗西丝娃·德奥博纳（Francoise d'Euabonne）发表于20世纪70年代的两部作品：《女权主义或死亡》（*Le Feminisme ou la Mort*, 1974）和《生态女权主义：革命或变化》（*Ecoligie Feminisme: Revolution ou Mutation*, 1978）。美国生态女性主义具有下列一些基本观点和特征：第一，美国生态女性主义的首要内容是女性与自然的认同，它认为对妇女的统治与对自然的统治之间存在着密切的内在联系。第二，美国生态女性主义者们普遍认为，人类对于自然的侵略等同于男性对于女性肉体的侵略。第三，美国生态女性主义要求对西方现代科学观进行反思和批判。第四，美国生态女性主义对现当代工业和经济发展的沉重代价持强烈的批判态度。第五，生态女性主义认为宇宙万物是没有等级制度的，地球上所有生命都是一个相互联系的网，没有什么等级制度（朱新福，193—196）。也就是说，随着西方现代科学的日趋发展，下列被认为理所当然的现象都值得质疑反思：人类对自然的依赖不如从前，世上万事万物可分为不同的等级；人类利益高于非人类利益，万物都按照一定的顺序排列：人类优于动物，文明优于自然；即使在人类群体之中，也存在同样的次序：男人优于女人、白人优于黑人、富人优于穷人、第一世界优于第三世界等。

凯特·肖邦在她的作品中对于上述这一系列等级和次序中的很多都已经提前加以否定。比如人类优于动物，而在肖邦看来，人不过和虫子一样，"盲目地挣扎着走向不可避免的毁灭"。[①]至少在生死的观照下，人类并不优于动物多少；比如在性别歧视方面，她虽然熟谙尼采、叔本华哲学和达尔文进化论，但是对于他们思想中贬抑女性的部分，她在创作时一概不加采纳，她所塑造的、尼采会认为是超人的形象基本上个个都是女性，男性的形象在她的作品中总体力量较弱，像《觉醒》中的罗伯特、爱德娜的丈夫和拉蒂诺尔夫人的丈夫等个个都是受着社会规范制约的人，正因为与自然少了份亲近，因而也就缺少了某种力量，这一点在罗伯特身上表现得特别明显。当他接触大自然时，还有勇气爱上爱德娜，一旦回到社会中，他连见爱德娜的勇气都没有。再比如白人优于黑人、富人优于穷人方面，《美人儿佐尔阿依德》中的佐尔阿依德就是不听养母要她嫁给肤色相对较白的安布罗依斯先生的命令，而是只想嫁给肤色如乌木、闪着油亮光泽的黑奴——她认为的美男子梅佐赫，宁死不屈。总之，"诗

[①] Kate Chopin, *The Awakening*, New York: Bantam Books, 1992, p.77.

与艺术是扎根于自然的土壤之内、开花于精神天空之中的植物。女人比男人更接近自然，也更接近艺术；穷人比富人更接近自然，也更接近艺术；所谓落后的民族较之那些进步发达的民族更接近自然和艺术。种族歧视、性别歧视、嫌贫爱富都是违背生态原则的。"①

对于构成社会的细胞家庭的模式，凯特·肖邦很可能比现代生态女性主义者思考得更多、更为全面客观自然。比如家庭的发展模式究竟应该是怎样的，在家庭中丈夫（男人）和妻子（女人）之间的关系又应该是怎样的？这是一个直到现在都依然困扰着人们的问题。这还只是社会这个生态子系统中的一个问题。挪威戏剧大师亨利克·易卜生（1826—1906）在《玩偶之家》（1879）里，为我们塑造了一个愤然离家出走的娜拉形象，因为不堪忍受丈夫看重名利并视她为私有财产，可是离家之后又怎样呢，这个鲁迅当年也思考过的问题，现在一定依然还困扰着许多人。凯特·肖邦思考得更多，《觉醒》中的爱德娜离家了，结果投入了大海的怀抱。《爱森内斯》中的爱森内斯离家出走了，结果一个月不到就因为内心本能的为人妻、为人母的冲动，开始思念丈夫凯佐，也思念家乡。《懊悔》（Regret， 1895）中的玛穆泽尔·奥里莉（Mamzelle Aurélie）非常独立，从来不曾想过结婚的事。20岁时有人向她求过婚，被她拒绝了，直到她年已五旬，从来没有懊悔过。可是有一天邻居有急事要离家几天，请她帮着照看一下4个孩子，数天后，当邻居回来、孩子们欢快离去、留下她一个人的时候，她看着屋里凄凉的混乱，看着自己孤独的身影，她懊悔地哭了起来，"并不像平常女人那样抽抽噎噎。她倒像个男子汉那样失声痛哭，只哭得撕心裂肺。"②陪伴在她身边的只有那条名叫庞托（Ponto）的狗，此刻正舔着她的手呢。

现代生态女性主义者把尊重自然的前现代（pre-modern）世界观中的古老智慧当作宝贵的理论资源，因为前现代世界观把自然看为整全的（holistic）有机体（organism），承认自然的内在价值（immanence value），相信人与其他物种、大地的价值是平等的，而且组成一个不可分割的有机整体。笔者以为，凯特·肖邦的作品中富含与古老智慧相通的内容，她的思想就是很好的理论来源，她的作品是生态主义文学的极好范本。

理论往往是枯燥的，因为持有某个观点而反驳与此相对应的二元对立的观

---

① 鲁枢元：《生态文艺学》，陕西人民教育出版社2000年版，第387页。

② [闯]凯特·肖邦：《觉醒》，文忠强、贾淑勤等译，漓江出版社1991年版，第171页。

点，试图反驳成功是不可能的，因为这反驳的过程往往就是二元对立的过程，这里含有悖论。所以智慧的凯特·肖邦几乎从不驳斥别人的观点，她的生态观也没有任何二元对立，她只认准"一"：一切从爱出发去思考问题，而同时又很清楚，社会现象是包罗万象的，但只要有爱，一切就是美好的、令人愉快的。这让人想到老子的"道生一，一生二，二生三，三生万物。万物负阴而抱阳，中气以为和。"①还是让我们来看看凯特·肖邦构建的伊甸园吧，正如艾米丽·托特在《揭开凯特·肖邦的面纱》中所评论的那样。

> 对于像凯特·肖邦这样年轻的母亲们而言，格兰德岛是有益健康的：没有下水管道和蓄水池，没有带致命病菌的蚊子威胁着孩子和成人的健康。人们有户而不闭。这儿是热带的伊甸园，有高高的棕榈树、绿色的藤蔓、橙色的桔子和柠檬树、数英亩的黄色甘菊。这儿没有街道——只有草地的绿色和含沙的小道。这儿诱惑着人们的想象力，想想那只失事，还有那从巴拉塔利亚海湾——海盗吉恩·拉菲特（Jean Lafitte）②的幽灵出没的地方盗窃而来的黄金故事吧。③

《觉醒》中的爱德娜初次觉醒是在8月28日晚，当她初次学会游泳的时候。她感到有很多思绪超出了她的理解范围。而过了很多年后的2005年8月29日，这里又遭到了被认为也许是有史以来袭击美国、给美国造成损失最大的自然灾害——新奥尔良卡特里娜飓风的袭击。一滴水就是一个宇宙，这里是否含有某种玄妙契机？令人探寻、令人深思……

> "今晚我的思绪千千万万，非常激动，而我自己连它的一半也理解不了……我想知道世上任何一个晚上会不会再像今天晚上这样。今天晚上像是一个梦似的。在我周围的人有点怪模怪样，似人非人。今晚肯定有鬼魂在外面游荡。"
>
> "肯定有，"罗伯特低声说，"你难道忘了，今天是八月二十八日呀？"

---

① 《老子》，梁海明译注，山西古籍出版社1999年版，第77页。

② 一直有谣传认为拉菲特（1776—1823）将拿破仑（1769—1821）从流放地救了出来，后来两个人都死在路易斯安那州。可见http://en.wikipedia.org/wiki/Jean_Lafitte。

③ Emily Toth, *Unveiling Kate Chopin,* Jackson： UP of Mississippi, 1999, p.269.

"是八月二十八日吗？"

"对。在八月二十八日午夜时，假使有月光的话——一定得有月光——有一个很久很久以来就经常出没在海岸上的鬼魂，就会从海湾中升起。它凭着敏锐的视觉寻找某个它值得陪伴它的人，某个值得升华到半神的领域中去度过几个小时的人。迄今为止，它一直没有找到这样的人，于是，它总是沮丧的，又沉回海中。但是，今晚它找到了蓬迪里埃太太。可能这次它再也不会完全解除在她身上施的魔力了，也许她永远不会再让一个可怜的不值得留恋的凡夫俗子，跟在她圣洁的身形后面了吧。"①

帕特里夏·布拉德利（Patricia L. Bradley）感慨道："爱德娜不是一位艺术家，却证明了没有人可以想象或阐释她的世界；相反，凯特·肖邦本人就是一件艺术品，依然原封不动在那，带着社会和哲学的预知结论。"②

第二天，爱德娜和罗伯特在谢尼·卡米内达岛，度过了夏娃和亚当的一天。这儿景色优美、安静祥和、物产丰饶、人们热情。这是一个阳光灿烂的夏天的海岛世界：绿叶葱葱、橙色鲜亮，给表面看来无止境的墨西哥湾镶上了好看的彩边。这是个星期天的早晨，罗伯特提出陪爱德娜到村子顶头安托万太太家休息一下。安托万太太以非常好客的乡土热情接待他们，"像开门迎接阳光一样"，罗伯特，就正如他的名字一样，总是给人以阳光的感觉，令人想到太阳神阿波罗。

这儿多么安静呀！只听见海水透过咸水坑里长的芦苇发出沙沙的响声。一排排灰色的饱经风霜的小房子坐落在桔子树丛中，爱德娜想，在这低洼宁静的小岛上，一定天天都是安息日吧。③

这里的水沁人心脾，这里的房屋干净整洁。爱德娜在岛上找了点水，"这水喝起来不凉，可是用来湿润那发热的脸倒很清凉，能使她恢复精神，感觉舒适。"④安托万太太家的小屋一尘不染。爱德娜脱下衣裙，洗了脸、脖子和手

---

① [美]凯特·肖邦：《觉醒》，文忠强、贾淑勤等译，漓江出版社1991年版，第37-38页。

② Patricia L. Bradley, "The Birth of Tragedy and The Awakening: Influences and Intertextualities", *Southern Literary Journal*, Vol. Spring, 2005, p.61.

③ Kate Chopin, *The Awakening*, New York: Bantam Books, 1992, p.47.

④ Ibid..

臂，脱掉鞋袜，伸直手脚，躺在洁白的大床中间。"躺在如此奇特古雅的床上，闻见一股香甜的'月桂'①的乡土气味在床单或床垫上徘徊不散，这是多么美妙的享受啊！"②门外，安托万太太在忙着准备午饭，爱德娜恍惚听得见罗伯特和托尼的谈话声，托尼的缓慢的阿卡迪亚③人的乡土话，罗伯特的轻快、柔和、流畅的法语掺杂着别的低沉、懒洋洋的声响催她静静入睡……

爱德娜睡了很久，睡得很熟。阳光已经倾斜，已是午后很晚了。"罗伯特还在外边小棚下，他坐在荫处，靠着翻过来的小船的龙骨，正在读一本书。"④这里的"龙骨"又让人想起惠特曼的诗。

> 所有世间的男子也都是我的兄弟，
> 所有的女子都是我的姐妹和情侣，
> 造化用来加固龙骨的木料就是爱。⑤

爱德娜醒了，容光焕发，梳妆完毕，吃了点面包，喝了点葡萄酒，"后来她轻轻走到门外，从压得很低的树枝上摘下了一只桔子朝罗伯特扔去。"这桔子让人想到伊甸园里的智慧果。罗伯特一看见爱德娜，高兴得满脸放出光彩，立即走到桔子树下："你这一觉整整睡了一百年。我留在人间是为了护卫你的睡眠。我在棚下读书也读了一百年。""太阳缓缓地降落下去，西边天空变成火铜和金黄色。这个时刻待在桔子树下是非常愉快的。"⑥接着，爱德娜和罗伯特两人都坐在地上，听安托万太太在给他们讲故事。她对他们讲了多少故事

---

① 这里的"月桂"令人想起月桂女神达芙妮与太阳神阿波罗的爱情故事。而下文提到的"龙骨"又增强了至纯、至真、至美、至善的爱的气氛。

② Kate Chopin, *The Awakening,* New York：Bantam Books, 1992, p.48.

③ 阿卡迪亚也叫乌托邦，是传说中世界的中心位置。是一个风景优美、地理位置优越、靠近莱纳堡和贝祖山的地方，是一个真实存在的地理位置。传说当人们的互相压迫、剥削消失时，这里将再次变成人间天堂。尼古拉斯·普桑和索尼埃在此发现一个秘密：一座墓碑上写着一句死神说的话："Et in Arcadia Ego!（我也在阿卡迪亚！）"这更加使阿卡迪亚之谜扑朔迷离。美国路易斯安那州西南部有一个县叫阿卡迪亚县（Acadia Parish, Louisiana），面积1703平方公里。根据美国2000年人口普查，共有人口58861人。本县成立于1888年6月30日，因殖民者来自加拿大的阿卡迪亚而得名。参见http://baike.baidu.com/view/416917.htm。

④ Kate Chopin, *The Awakening,* New York：Bantam Books, 1992, p.48.

⑤ [美]惠特曼：《草叶集》，赵萝蕤译，上海译文出版社1991年版，第145页。

⑥ Kate Chopin, *The Awakening*, New York：Bantam Books, 1992, p.48.

呀！一直讲到夜色来临、月亮升起，讲到爱德娜似乎能听到死者的耳语和海盗藏金发出的哗啦声，讲到托尼的船要载着爱德娜和罗伯特回去。

当尼采在《强力意志》（*The Will to Power*,1901）中写道："如果人过去征服了上帝，他现在对这没有了上帝的宇宙的无序将是多么高兴，这是一个世故的世界，恐怖至极、含混至极，诱人有归属感。"[1]但是，凯特·肖邦的"桃花源"显然超越了尼采的世界，这里有尼采的高兴——没有上帝，可是却没有尼采说的恐怖、含混与无序，没有人被局限在抽象的哲学概念里。相反，这是一个天人合一的世界，空气里到处弥漫着宁静与祥和的气氛，这里人和美、物丰饶。这是一个井然有序的世界，因为有大自然，因为有人们纯真完美的爱，这是人间的伊甸园，也是人间的桃花源。

最后提一下，凯特·肖邦的两部长篇小说《过错》和《觉醒》其实都不长，有人还专门写文章说它们不能算长篇，但是爱是这两部小说的主旋律：《过错》中直接提到"爱"有62次，《觉醒》中有58次；两部小说中的男人和女人都生活在自然的怀抱里，都真诚相待、真纯相处。

---

① B. J. Leggett, *Early Stevens: The Nietzschean*, Intertext, Durham, NC: Duke UP, 1992, p.116.

第三章
诗意言说死

　　有谁没有经历过亲人的溘然长逝？人们又怎样对待亲人的不幸离世？东西方有太多的关于直面死亡、漠视死亡的理论，然而当自己的亲人离去时，恐怕这些理论都未必能直接派上用场，每个人难免悲伤感怀，根据他/她自己的方式。

不要以为死去的人死了，

只要活人还活着，

死去的人总还是活着。

————梵高（《盛开的桃花·题诗》）①

　　有谁没有经历过亲人的溘然长逝？人们又怎样对待亲人的不幸离世？东西方有太多的关于直面死亡、漠视死亡的理论，然而当自己的亲人离去时，恐怕这些理论都未必能直接派上用场，每个人难免悲伤感怀，以他/她自己的方式。本节分三部分：亲人之死、爱人之死和他人之死，分别探讨凯特·肖邦的死亡观，这里的"亲人"指与自己有血缘关系的直系亲属或旁系亲属如祖父母、外祖父母、父母和兄弟等；这里的"爱人"有两个意思，一是指丈夫或妻子，二是指恋爱中男女的一方；这里的"他人"指除亲人、爱人之外的别人，包括拟人化的动物。

第一节　亲人之死

　　凯特·肖邦过早地经历了数位亲人的相继离世，对于生死问题有着深刻的思考。虽然她有自己的为人准则和创作原则，她不愿把眼泪和痛苦展示给世人看，因为这个世界很多人都已经活得很痛苦，她要与人分享的是建立在智慧基础上的淡定与洞明人生真相的精神享受；她希望自己的作品留给世人的感受是"令人愉快的（delightful）"和"仁慈雅致的（gracious）"。②因此她纯粹写亲

---

① 陆扬：《死亡美学》，北京大学出版社2006年版，第227页。

② Per Seyersted, *Kate Chopin: A Critical Biography*, New York: Octagon Books, 1980, p.60.

人死亡的作品不多，即使提到也不直接，而是采用了"留白"的手法。也许是因为爱亲人太深，不忍直接描摹亲人离去的场景；也许正因为爱亲人太深，根本就没有觉得亲人已经离去，至少在精神上，亲人是与她同在的，正如荷兰后印象派画家文森特·威廉·梵高（Vincent Willem van Gogh， 1853—1890）在他《盛开的桃花》（1888）的题诗里所表达的，"只要活人还活着，死去的人总还是活着。"①这幅画是为纪念他去世的表兄也是他的老师莫夫而画。世人皆以为疯子的人，没有遵循人情物化的社会规范，随便说出一句质朴的话来，竟是生命的真谛所在。总之，正因为凯特·肖邦的这种"留白"，这种建立在"大痛"基础上的优雅，给予了我们无尽的解读空间。

凯特·肖邦对于亲人死亡的"留白"，吸引我们细读她的作品，她对于亲人离去的思考可以从她撰写的第一部短篇小说《智胜神明》（*Wiser Than a God*， 1889）中略见一斑。"留白"本是绘画用词，是中国画的一种表现手法，指在绘画作品中留下相应的空白，不是忘记画了，而是一种表现技法。艺术大师往往都是"留白"的大师，如南宋杰出画家马远（1190—1279）的《寒江独钓图》，整幅画就一只小舟、一个渔翁在垂钓，没画一滴水，却让人感到烟波浩渺、满幅皆水，以无胜有，给人以无限的想象空间，正所谓"此处无物胜有物"。"留白"的技法不仅仅局限在绘画中，在音乐作品中，人们也会使用这种方法，从而起到我国唐代大诗人白居易（772—846）听人弹奏琵琶时所体会到的"此时无声胜有声"的高深意境。"留白"的技法不仅仅局限于艺术作品中，文学作品中也是随处可见。如凯特·肖邦欣赏的法国作家、世界短篇小说巨匠莫泊桑（1850—1893）在他的短篇小说《项链》（1884）里就有很好的留白。小说描写了爱慕虚荣的玛蒂尔德，为参加舞会跟一位贵妇人借项链，接着提到她丢失项链、和丈夫一起找项链、借高利贷赔项链、辛苦10年还高利贷，10年后的一天，玛蒂尔德在街上偶遇那位贵妇人，闲谈中贵妇人告知她当年借的那条项链是假的，根本不值他们花了10年才还清的那价钱，小说到这里戛然而止，留下空白让我们去想象：当玛蒂尔德得知所借项链是假的以后，她的命运又会怎样？有什么改变？项链的主人，那位贵妇人是否会把那条他们为此付出10年辛苦代价的真项链还给她？作者为什么要写这篇小说，是否仅仅就是想告诉人们虚荣让玛蒂尔德所付出的代价？同样是人，为什么玛蒂尔德和她的那位朋友、一位贵妇人之间的命运差异就这么大？玛蒂尔德和那位贵妇人谁

---

① 陆扬：《死亡美学》，北京大学出版社2006年版，第227页。

更诚实、谁更勤劳、谁更务实？为什么贵妇人没有在一开始的时候就告诉玛蒂尔德那串项链是假的？所有这些作者都没有写，而是给我们留下了广阔的思维空间。总之，"留白"并非作者的疏漏，恰恰是作者的高明之处，它给人们留下了回味思考的余地。正如司空图所说的"不著一字，尽得风流"（《诗品·含蓄》）。①

凯特·肖邦是运用"留白"的高手，她惯于将对痛失亲人的思考运用留白的手法让我们去探索，即使偶尔触及亲人的离世，她又会运用"留白"，"不著一字"。词人写思、写悲、写苦，虽有留白，但总还是有泪的，如柳永（约987—约1053）的"执手相看泪眼，竟无语凝噎"（《雨霖铃》）以及苏轼（1037—1101）的"相顾无言，唯有泪千行"（《江城子》），她的伤痛没有泪，但有悲怆的效果，更有理性的思考与探究。这是一种与大痛相抗衡的艺术张力，诚如毛泽东的狂草之于心系全国人民的命运，梵高《盛开的桃花》（1888）之于倾注了全部心血的"近1700件作品"②无人问津、面对恩师亲人离世的那种巨痛〔1890年才卖出生前卖出的唯一一幅油画《红色葡萄园》（1888）〕。凯特·肖邦的《智胜神明》就蕴涵这种艺术张力，这是她痛失包括父亲、母亲、丈夫在内的近10位亲人之后创作的第一部短篇小说，肖邦在小说中给波拉父亲的去世留了白，给母亲的去世不仅留了白，而且运用了反衬和烘托的方法，这就更加增强了她想表达的艺术张力的效果。

《智胜神明》表面读来好像主要讲述的是女主人公波拉·旺·司陶兹（Paula von Stolz）的爱情故事，实际上波拉父亲、母亲死亡的故事也在其中，这都是留了白的。故事共分三部分构成，第一部分具有音乐才华的波拉接受了邀请，打算参加为欢迎大学生乔治·布瑞纳德回来而举行的家庭聚会。波拉生病的母亲对此不太高兴，她担心波拉会勉强接受这种职业，这种为富人家庭聚会演奏的职业。而这种职业远远不如她和她已故的丈夫对波拉所期望的那样，也远远不能使波拉发挥自己的能力。波拉说她会盯准一种更为崇高的目标，为使母亲更为安心，她弹起了肖邦的《摇篮曲》，这首曲子让旺·司陶兹夫人勾起了她关于家庭的珍贵回忆，她感觉波拉给了她梦想不到的快乐。波拉的弹奏如从过往岁月发出的幽雅之音，使她生命垂危的母亲陶醉在奇妙的旋律中，让

---

① 张少康、刘三富：《中国文学理论批评发展史》（上），北京大学出版社1995年版，第451页。

② 陆扬：《死亡美学》，北京大学出版社2006年版，第240页。

她的精神进入了甜蜜回忆中的恬静状态，让她感觉它治好了她的病。波拉安心离家去布瑞纳德家那座华丽大厦的时候，母亲嘱咐她不要回来得太晚。第二部分虽然讲述了布瑞纳德家庭聚会的整个过程，对波拉母亲的状况只字未提，但是整场聚会的欢快与热闹气氛却反衬出波拉家的冷清与凄凉，其实母亲就在波拉的才华尽现与吸引了乔治对她的注意与爱慕的过程中已悄然离世。第三部分，已经是母亲去世数月后，波拉从失去母亲的悲伤中挺了过来，并没有答应嫁给自己其实也很爱的乔治，因为她深知乔治的爱与自己的音乐事业是不能两全的。于是逃避了这场爱情，以顽强的毅力，通过数年的努力，成为全国著名的钢琴家。她有可能与天才的作曲家、她的声学老师麦克思·康兹拉教授结为伉俪，因为康兹拉教授虽曾遭到她的拒绝，但对她的爱却丝毫不曾减弱和动摇，而"顽强的意志、坚强的耐心往往最终会获得胜利"。[1]

　　故事虽然好像有个喜剧性的结尾，而且第一、第二部分弥漫着动人的音乐，但是第二部分对母亲的悄然离世只字未提，却起到了"此时无声胜有声"的悲怆效果，让人从中解读出多重意味。首先，它让人想到了父辈对子辈的无私的爱，这种爱恒常地存在于生物界，常常与父辈的死亡联系在一起，惊天地，泣鬼神。生物界的父辈对子辈的爱常常与自己的衰老与死亡不可分割地联系在一起。从遗传学和分子生物学的角度来看，有研究表明"衰老的原因在于不能及时替补损伤细胞"。[2]由于地球上绝大多数生物所过的绝大部分日子都没有剩余食物，于是就有了生存竞争，竞争的结果是把一些细胞的替补关熄。凡是在连续发生于自然界的激烈竞争中生存下来而活到现在的那些生物，就是不曾因从事于不必要的活动而浪费有限食物供应的家系。为了活到传宗接代的时候，我们的祖先把遗传上的指示列入身体之内，这些指示把一切非绝对必需的制造活动全部关熄，只容许为种族的生存所绝对必需的活动。如此看来，人类的进化史是多么凄凉："为了确保种族的生存，种族倾注全力于产生大量有活力的子代的种类，而不管父代的晚期状态如何。"[3]

　　人类的死亡也是如此，是种族进化付出的代价。种族的利益总是靠牺牲个体的利益来开辟自己的道路；物种的延续和代的更迭主要不是表现在个体生命的延长，而是表现在个体的衰老和死亡。"死亡是为了获得能长期生存的高一

145

　　① [美]凯特·肖邦：《觉醒》，文忠强、贾淑勤等译，漓江出版社1991年版，第249页。
　　② 吴兴勇：《论死生》，湖北长江出版集团、湖北人民出版社2006年版，第290页。
　　③ 同上书，第291页。

第三章

诗意言说死

级个体而付出的代价……因而，个体的生存在时间上永远是有限的。即使不是死亡，也有别的原因导致个体的损失。"①因此，我们所见到的自然界，每种生物都有它自己的寿命，而一些生物交配即亡，如蜉蝣、一些交配过程中的雄螳螂和生殖中的鲑鱼等。性和死是生物界的永恒主题。遗憾的是我们没法通晓动物的世界和语言，不知道它们是否有意识，不能肯定它们是有目的地为子代而献身，但是我们也没有必要就像人类中心主义者那样，自以为是地认为人比这些生物高级多少。在生死的观照下，人与其他生物的命运是一样的。正如前文已经提到过凯特·肖邦在《觉醒》中曾经写道："人像虫子一样盲目地挣扎着走向不可避免的毁灭。"②想想人类历史上同样在艰难情况下，偶尔会发生的"易子而食之"（《公羊传·宣公十五年》）的行为，不能不让人对这些为了子代的存活而不惜牺牲自己生命的生物肃然起敬。

《智胜神明》关于波拉小时候的内容不多，但可以读出父母在她身上倾注的爱与心血。在波拉弹奏的肖邦的《摇篮曲》的乐曲声中，病危的母亲的灵魂好似离开了她的身体，用她的回忆将我们带到了波拉小时候的一个夜晚，当时他们住在世界著名音乐之城——德国莱比锡一间舒适的房间里，和煦的空气伴着月光从窗口而入，投在发光的打蜡的地板上，波拉躺在母亲的怀里，胖乎乎的小身子紧紧依偎着母亲，父亲坐在钢琴前弹奏着《摇篮曲》，当时的小波拉就表现出了对音乐的感悟力，她忽然扳着母亲的脑袋悄悄说道："多么美妙啊，妈妈！"③于是我们可以想象这对年轻的夫妇从此在女儿身上倾注了培养的心血，而女儿也完全理解父母的含辛茹苦，母亲会心疼女儿太用功，而父亲则对波拉寄予厚望，"我要波拉将来名列前茅呢。"④不久，父亲便离开了人世，这里肖邦留了更大的白，关于父亲的死起初只字未提，但人们读了小说就知道，波拉的父亲已经不在人世，这给母女俩一定造成了很大的打击，培养女儿的重担落在了母亲一个人身上，而母亲不胜重负和伤痛，很快就病倒了，家庭经济窘迫。但是母亲并没有因此降低对女儿的要求，女儿为了贴补家用，愿意去家庭聚会演出，而母亲则担心女儿会把她的天才用在"平庸的苦差事"⑤上。

波拉母亲的悄然离世还让我们反思到波拉父母为人的气节，那种在生存

① 吴兴勇：《论死生》，湖北长江出版集团、湖北人民出版社2006年版，第246页。

② [美]凯特·肖邦：《觉醒》，文忠强、贾淑勤等译，漓江出版社1991年版，第77页。

③ 同上书，第241页。

④ 同上书，第238页。

⑤ 同上书，第239页。

与死亡面前不屈的生命意志。奥地利心理学家、精神病学家维克多·弗兰克（Viktor Emil Frankl,1905—1997）拥有维也纳大学医学和哲学双博士学位，作为一个犹太人，第二次世界大战期间四年多的集中营生活使他认识到，生命意义对于每一个生命个体的重要性。"在生死交关的极限境况，维系生存的真正要素不是体力的强弱，而是精神力量的盈亏或消长。因为他发现，体力原本很强的狱囚，由于内在精神的颓落而无力抵制死神的挑激或诱惑，而体力原本很弱的狱囚，却因有高度的精神力量（如无我无私的人类之爱或坚实的宗教信仰），对于生死真谛有其深刻的心性体认，反能面对死亡而勇敢地生存下去。"①也就是说，一个人生命力的强大与否不在于他的四肢发达与否，而在于他对人生意义的省悟和对幸福真谛的把握。小说《智胜神明》中虽然没有提及波拉的父亲是怎么去世的，波拉的母亲提到他时只说是"可怜的"②，还有第三部分的开头有一句："自从那可怕的夜晚，死亡终于剥夺了波拉的可爱的双亲，已经又过去几个月了。"③也许波拉的父亲和肖邦的父亲一样死于一场意外的火车交通事故，也许波拉的父亲和她的母亲一样死于生活的重负所引起的疾病，总之，我们无从知晓波拉的父亲如何身处艰难困境，又是如何体现自己的生命意志的。虽然如此，根据他对波拉的期待和希望，我们却可以推断他的生命所在的层面。根据弗兰克的人性理论，我们人类的生命应当有四个层面：一是身体层面，二是心理层面，三是精神或意义探索层面，四是神学层面，这四个层面的模型是他创立的"意义治疗学"的基础。弗兰克并不排除西格蒙德·弗洛伊德（Sigmund Freud， 1856—1939）和阿尔弗雷德·阿德勒（Alfred Adler， 1870—1937）曾过分强调的身心两个层面的作用，而他强调的是精神层面和神学层面的意义，他认为身心的作用是隶属于精神层面和神学层面的下层部分，"从而把人的生命的身心层面同人的生命的个体实存、终极关怀和终极实在关联起来，同人的形上探索和宗教情绪关联起来，不仅使他的意义治疗理论获得了形上学性质，而且也同宗教学衔接了起来。"④

常常有父母为自己的子女设计未来的人生蓝图，而他们为子女设计的蓝图首先就折射了他们对于人生思考所在的层面。如我国的熟语"龙生龙，凤生

---

① 段德智：《西方死亡哲学》，北京大学出版社2006年版，第269页。
② [美]凯特·肖邦：《觉醒》，文忠强、贾淑勤等译，漓江出版社1991年版，第238页。
③ 同上书，第245页。
④ 段德智：《西方死亡哲学》，北京大学出版社2006年版，第269页。

凤，老鼠的儿子会打洞"以及"虎父无犬子"等，除了反映同种生物繁殖和遗传的特征外，用于赞扬人时也隐含了父辈对子辈的教育要求和家庭熏陶的意义。波拉的父母也不例外，小说的一开始就告诉我们波拉的父亲已经为波拉设计好了前途，而这也是波拉的母亲所认可的。当波拉答应为布瑞纳德家的家庭聚会演奏的时候，波拉的母亲希望波拉对这种事情可以表示点儿厌烦，并且提醒波拉这可不是她那可怜的爸爸为她设计的前途。她爸爸为她设计的前途与物质上暂时的满足、身体的舒适、心理的安逸没有直接关系，而是至少体现了一种弗兰克所认为的精神层面的追求与生命意义的定位，他们要她名列前茅，显然是在音乐艺术领域。难得的是，当时波拉的母亲正处于贫病交加之时，连波拉都想到了"在没找到理想的工作以前，不管怎么着，生活总是要维持的"①，但是她在富有而浅薄的人面前保持了一种人格和艺术方面的尊严，她对波拉说："我不明白，把你的天才用在这种平庸的苦差事上，会有什么好处。可是，那都是些什么人啊？"波拉用略带讽刺的口吻说布瑞纳德家"了不起"、"阔气"，可形容老恩费拉德尔说话的态度时却用了"粗暴"两个字，因为他说布瑞纳德家的女儿去音乐学校训练嗓子，是半途而归，还抱怨学校不能创造奇迹。接着波拉就弹起了舞曲，波拉的母亲"凝视着（壁炉的）火光，轻松的音乐似乎反而加深了她原有的忧伤"。②接着，在波拉的话语和她弹奏的肖邦的《摇篮曲》的宽慰下，母亲的精神进入了恬静状态，她苍白的脸上紧闭的眼睑下还有泪珠。这里我们能够感受到一种爱、一种黑格尔在《美学》里所认为的爱，"爱就是单纯的精神的美"，"神就是爱"。③波拉母亲对波拉的母爱，就如基督教范围里圣母玛利亚的爱。

这种母爱是最真实的，最富于人性的，同时也完全是精神性的，它不带利害计较和欲念，既不是感性的而又是现在目前的：它是绝对得到满足的沐神福的亲热情感。它是一种无所希求的爱……这种母爱之中当然也夹杂着痛苦……由于外来的不公平和苦刑或是由于自己和罪孽的无止境的冲突以及内心中的苦痛。在现在这个阶段里，这种亲热情感就是精神的美，就是理想，就是人间的人与神、精神和真实的统一：一种纯粹的忘我，一

① [美]凯特·肖邦：《觉醒》，文忠强、贾淑勤等译，漓江出版社1991年版，第239页。

② 同上。

③ [德]黑格尔：《美学》（第二卷），朱光潜译，商务印书馆1979年版，第302页。

种完全的舍我，而我在这种遗忘中却从一开始就和我所沉浸到里面去的那个对象处于一体，就是这种统一产生了沐神福的喜悦。①

由上可知，波拉父母的生命层面绝对不止在身心层面，已经达到了精神和意义乃至"神学"的层面。如果他们对波拉的要求只停留在身心层面的话，他们完全可以像许许多多普通的父母那样趋炎附势，鼓励波拉嫁给既"了不起"又"阔气"的布瑞纳德家的儿子——"从耶鲁还是哈佛或者其他什么地方回来"②的学子；如果他们对波拉的要求只停留在身心层面的话，波拉的父母不会那么重视对波拉择业的高要求。海德格尔有句名言："以什么为职业，在根本意义上，就是以什么为生命意义之寄托。"波拉的父母都注重对波拉在音乐方面的要求，而贝多芬说"音乐当使人类精神爆出火花"。

波拉对音乐事业的执著与取得的成功既超越了自己的死亡，也完成了其父母对死亡的超越。前文已经论述，就目前人们的认识而言，人是一种生物，生物有生必有死，任何人都不能从肉体上超越死亡、达到不朽，但是人们却可以把追求不朽当作一种人生的目的、意义和信仰，在思想灵魂上超越死亡，所有关于死亡的哲学、美学、宗教无不因此而来。每个人都可以不朽，如果这个人有子孙的话，他至少可以活在自己的子孙心中；如果他还成就了一番社会事业，后世之人也会记住他，而在这中间我们不难发现"爱"对于超越死亡的意义。长辈之所以长期活在晚辈的心中，是由于他们对子女忘我的爱与无私的付出。《智胜神明》中的波拉的母亲爱波拉，在临终的时候都没有想着疾病给她带来的痛楚，心中念念不忘的是波拉今后高尚的事业与幸福，把波拉的一切看得比自己还重要，这时候波拉的母亲即使肉体生命已经不在，但是她的死并不是一切的终了。她的形象、她的灵魂与精神将永远活在波拉的心里，正如梵高所说的："不要以为死去的人死了，只要活人还活着，死去的人总还是活着。"③绝大多数人就这样一代又一代地活在自己子孙的心里，人们修族谱、建祠堂、清明祭祖也都是为了纪念祖先，感恩祖先对于晚辈的爱。所以日本小说家武者小路实笃（1885—1976）说：只有爱能克服死，只有爱具有将人从死亡中解放出来的力量，而自私的人其最后下场是绝灭。

① [德]黑格尔：《美学》（第二卷），朱光潜译，商务印书馆1979年版，第303页。
② [美]凯特·肖邦：《觉醒》，文忠强、贾淑勤等译，漓江出版社1991年版，第239页。
③ 陆扬：《死亡美学》，北京大学出版社2006年版，第227页。

波拉的母亲的死虽然如秋叶，悄然而逝，但是自有一种静美。对于死亡她没有恐惧，听着波拉弹奏的幽雅之音，她和蔼的面孔上现出了一丝愉快，眼睛也明亮得像健康人一样，她"生也柔弱，死也坚强"。①她的生虽然柔弱，但是她用她自己对艺术的追求、对波拉在艺术上的期待与希望使自己的人生具有深刻的意义，故而死得很坚强。对凯特·肖邦思想有一定影响的德国哲学家亚瑟·叔本华（Arthur Schopenhauer, 1788—1860）对人生持悲观主义态度，认为人生就是痛苦和无聊："人生是在痛苦和无聊之间像钟摆一样的来回摆动着。"②他认为人生就是一场悲剧："如果我们对人生作整体的考察，如果我们只强调它的最基本的方面，那它实际上总是一场悲剧，只有在细节上才有喜剧的意味。"③肖邦承认叔本华的思想有一定的合理性，但是她更加注重他提出的减轻和避免人生的痛苦的方法，特别是艺术的解脱之途。叔本华认为要减轻和避免人生的痛苦的方法、成为自由和有道德的人，"根本办法是抑制人的欲望，否定人的生命意志。他提出的主要途径是研究哲学、进行艺术直觉以致达到佛教所说的涅槃。"④也就是说，人们应当抛弃世俗物质利益的追求和社会道德规范的约束，进入无欲无我之境，"无欲是（人生的）最后目的，是的，它是一切美德和神圣性的最内在本质，也是从尘世得到解脱。"⑤无欲的超脱表象世界而进入自在之物即意志世界的境界，当然是令一些人神往的，即使不能一下子进入这种境界，平常偶尔放下私欲和对名闻利养的贪求，便可以有"无欲则刚"的体会。

凯特·肖邦塑造的波拉·旺·司陶兹来自音乐之家，父母都是音乐人，她秉承父母天赋，同时刻苦努力，完成父母的夙愿，最后成为一名著名钢琴家。"对叔本华而言，艺术也许是最好的超越意志的物质，音乐是艺术的最高形

---

① 参见老子《道德经》第七十六章："人之生也柔弱，其死也坚强。草木之生也柔脆，其死也枯槁。故坚强者死之徒，柔弱者生之徒。是以兵强则灭，木强则折。强大处下，柔弱处上。"

② [德]叔本华：《作为意志和表象的世界》，石冲白译，杨一之校，商务印书馆1982年版，第427页。

③ Arthur Schopenhauer, *Schopenhauer Selections*, Ed.,DeWitt H. Parker, New York：Charles Scribner's Sons, 1928, p.239.

④ 刘放桐等编著：《新编现代西方哲学》，人民出版社2000年版，第41页。

⑤ [德]叔本华：《作为意志和表象的世界》，石冲白译，杨一之校，商务印书馆1982年版，第220页。

式，因为它直接揭示着意志的本质，以便确保一个人从表象的世界中挣脱出来。"①旺·司陶兹夫妇虽然形体生命已去，但是他们一方面用自己在音乐上的追求使自己的生命富有意义，在艺术精神上超越了死亡，另一方面波拉在音乐上的努力与成就使得这种超越得以延续与进一步完善。当然，叔本华还强调过，绝大多数人即普通的人，是很难通过艺术达到对人生的痛苦和死亡的超越的，因为普通人往往满足于表象世界的生活，又没有艺术的直觉能力，只好听任自己的欲望摆布自己，在痛苦和无聊中度完一生。而只有少数天才和哲人有着艺术的直觉能力和感悟力，然后用它们来识破表象世界的虚妄，揭示宇宙和人生的真相，放下个人的名闻利养，能得无欲的宁静与怡悦。这样的天才人物实在是寥若星辰、屈指可数，但波拉和她的母亲可算是天才人物。富有寓意的德国姓名给女主人公的爱情和职业的选择以目的和张力的意味，因为我们首次从小说中了解波拉是通过她的母亲"旺·司陶兹夫人"。我们立即就知道这是一个具有德国姓名味道的名字，波拉出身"高贵"。②母女之间的交谈揭示了女儿已经通过勤奋学习获得了一个伟大艺术家的技术技能，并且她看不起那些雇佣她去为之表演的跳舞的成员："布瑞纳德家，了不起的人物，可阔气啦。他家的女儿就是那次我告诉你的曾经去音乐学校训练嗓子的那个女孩，老恩费拉德尔粗暴地说，他们教学方法不等于是创造奇迹，后来就打发她回家了。"③从这里，我们再一次知道了，肖邦通过一个有意义的名字——"恩费拉德尔"，字面意思是"狭隘的接球手"④——加以衬托对比，就暗示了波拉的艺术才能，而排除了恩费拉德尔一家。

尼采继承了叔本华的唯意志主义。和叔本华一样，尼采用非理性的意志来解释世界和人生，激烈抨击以理性主义为代表的传统形而上学，但似乎更为推崇音乐艺术对于超越死亡的意义。尼采认为有两种途径可以克服对死亡的恐惧，一为罗马式的纵欲主义，一为印度佛教式的苦修主义。在两个极端的中间有古希腊人，他们在悲剧这一艺术形式中宣泄和释放了生死的苦痛和疑惑。酒

---

① Gregg Camfield, "Kate Chopin—hauer: Or, Can Metaphysics Be Feminized?" *Southern Literary Journal*, Vol. Spring, 1995, p.13.

② Ibid., p. 9.

③ [美]凯特·肖邦：《觉醒》，文忠强、贾淑勤等译，漓江出版社1991年版，第239页。

④ Gregg Camfield, "Kate Chopin—hauer: Or, Can Metaphysics Be Feminized?" *Southern Literary Journal*, Vol. Spring, 1995, p.9.

神冲动作为悲剧诞生的原动力，尼采认为它最淋漓尽致地表现了音乐的精神，"在一切艺术中尼采最为推崇的即是音乐"①。对此他说："没有音乐的帮助，语言和形象决不可能获得这样的意义。尤其是凭借音乐，悲剧观众会一下子真切地预感到一种通过毁灭和否定达到的最高快乐，以致他觉得自己听到万物的至深奥秘分明在向他娓娓倾诉。"②《智胜神明》中如果没有音乐，就不成其为小说；如果没有音乐，旺·司陶兹夫人的死亡不会具有如此悲剧艺术的效果。在聚会上，波拉·旺·司陶兹小姐首先弹奏了鼓舞人心的圆舞曲，旋律美妙，音调激动人心，感染了舞会上的每一个人；接着她应布瑞纳德小姐的邀请，又从现代古典乐曲中选了一首弹了起来。她训练有素，即使有名望的音乐家都会公认她是有技巧的女能手，与她的能力相比，她的听众的欣赏能力就跟不上了。"而且她除了掌握技巧之外，还有艺术家的风格和理解；听她的演奏，即或是无知的化身也会对她的天才给予静默的激情的敬意。"③波拉演奏的音乐让人陶醉，也让她自己暂时忘记了生病的母亲的痛苦。波拉吸引了年轻的乔治·布瑞纳德，他试图追求波拉、主动提出送她回家，这是一个世俗认为的好的开始，但当走到波拉家的时候，那两个年轻人知道旺·司陶兹夫人已经离开人世。亲人的死亡常常会使子女更为觉醒，更加深刻地领悟到亲人在世时所有教诲的深刻意义，从而付诸实践。波拉与乔治爱情的浪漫生涯才刚刚开始，就看到了最后的终结。因此，即使波拉也爱年轻的布瑞纳德，但几个月以后，她还是拒绝了他。

> "你怎么能了解我生活……你怎么可能猜得到呢？对你来说音乐不过是懒懒散散的取乐，你能体会到它在我的动脉中是和我的血同流的吗？你能体会到它比生活，比财富，甚至比爱情更为珍贵吗？"她说着，伴随着痛苦的颤抖。

> "你能去修道院要求一个曾经宣誓忠于上帝的修女来做你的妻子吗？"④

---

① 陆扬：《死亡美学》，北京大学出版社2006年版，第93页。
② [德]尼采：《悲剧的诞生》，周国平译，生活·读书·新知三联书店1986年版，第91页。
③ [美]凯特·肖邦：《觉醒》，文忠强、贾淑勤等译，漓江出版社1991年版，第244页。
④ 同上书，第248页。

纵然人生确实是一场悲剧，但是我们跟随波拉的意志，还是领略到了战胜世俗爱情的艺术张力，而这种张力一方面赋予了她父母的人生以更加完满的意义，也使得她的人生具有悲剧艺术效果。当我们欣赏这篇小说时，我们实际上也就暂时摆脱了对人生痛苦和无聊的感受，而只沉浸在它的艺术美的境界中。乔治原以为波拉属于含蓄的美国妇女的类型，他不曾看到她父亲在她身上留下的情感上、性格上的东西。波拉继承了父母在音乐艺术上的意志，这使得父母的悲剧人生又赋予了子代相传的艺术意义，时空的拓展也就在其中。波拉将自己对艺术的执著比作修女对上帝的虔诚，这就使得她的执著具有神性。"原始悲剧的真正题旨是神性的东西，这里指的不是单纯宗教意识中那种神性的东西，而是在尘世间个别人物行动上体现出来的那种神性的东西。"①波拉凭着这种力量，按照她的个性把自己和真纯的生活与音乐紧密结合成为一体，而且负责维护它。在这样一个高度上，她直接的（原始自然的）个性中纯粹的偶然性都已消失，我们只发现她活在自己自由的意志里。

总而言之，尽管每个人的人生在生死的观照下都是一场悲剧，但在这悲苦的过程中，我们还是可以赋予人生以种种意义，从中寻求到悲剧的力量，以超越不可避免的死亡。黑格尔认为："形成悲剧动作情节的真正内容意蕴，即决定悲剧人物去追求什么目的出发点，是在人类意志领域中具有实体性的本身就有理由的一系列的力量：首先是夫妻，父母，儿女，兄弟姊妹之间的亲属爱；其次是国家政治生活，公民的爱国心以及统治者的意志；第三是宗教生活，不过这里指的不是不肯行动的虔诚，也不是人类胸中仿佛根据神旨的判别善恶的意识，而是对现实生活的利益和关系的积极参与和推进。真正的悲剧人物性格就要有这种优良品质。"②也就是说，亲情、爱情的力量，为国家、为社会立功、立德、立言的决心，以及崇高的信仰和艺术精神的追求足以使我们的人生绚烂壮美，从而在思想上、心灵上、精神上永远超越死亡。正如尼采所说："当你们死，你们的精神和道德当辉灿着，如落霞之环照耀着世界；否则你们的死是失败的。"③

———————

① [德]黑格尔：《美学》（第三卷下册），朱光潜译，商务印书馆1981年版，1997年第10次印刷，第285页。

② 同上书，第284页。

③ Friedrich Nietzsche. "Of Voluntary Death"，*Thus Spoke Zarathustra*, Trans. R. J. Hollingdale, Baltimore：Penguin Classics, 1969, p.99.

如前文所述，波拉的母亲的死就给人以落霞的感受，只要波拉活着，她的母亲就不会死。就正如只要梵高还活着，他的表兄也是他的老师莫夫就不会死。波拉用她的音乐表达了对逝者的追思，也给自己的人生赋予了意义，就正如梵高用他那幅《盛开的桃花》表达的已不仅仅是对莫夫的纪念，他表达的是一种永恒——一种足以抗拒时间流逝与形体不再的永恒，流动着波拉的音乐，绽放自己的色彩。《盛开的桃花》整幅画面以蓝天和白云衬托粉红色的勃勃生机，光彩鲜明，绚烂盎然，春天的气息扑面而来。画面中央主体是两株怒放的桃树，大的在前，小的在后，枝叶相缠，难分彼此，生动、自然、唯美，给人以心灵的震撼。没有人感受不到梵高那如火般地热爱生活、崇尚生命的内在狂热，那喷薄而出的激情和积极向上的乐观精神，与此形成巨大反差的是他内心深处面对亲人、面对恩师时最真切的哀痛：学不成名，近1700幅作品还未卖出一幅，生活无着，极少有人关爱。世界给他以大痛，他却回报以爱、以美、以欢欣，"只要活人还活着，死去的人总还是会活着"。[①]对梵高而言，没有什么能够比他这样更好地纪念亲人、感恩老师的了。凯特·肖邦也是如此，死神过早地夺去了她的双亲、丈夫、哥哥、妹妹等几乎所有的亲人，留下她一个人带着6个孩子，本该是整日以泪洗面的弱女子，却留给了世人一篇篇仁慈雅致、令人愉悦的绝美佳作，对她而言，这也是她最好的缅怀亲人、使亲人的死亡得以超越的方式了。

---

① 陆扬：《死亡美学》，北京大学出版社2006年版，第227页。

第二节　爱人之死

　　凯特·肖邦作品中关于死亡的故事，丰富而多彩，除了体现亲人之死和他人之死的小说外，还有表现爱人不幸去世的。"爱人"在《现代汉语词典》（商务印书馆2000年版）里有两个意思：一是丈夫或妻子，二是指恋爱中男女的一方。也就是说，"爱人"除了表示"丈夫或妻子"外，将"恋人"也包含其中了，因为"恋人"就是指"恋爱中男女的一方"。[①]而"恋爱中的男女"其身份就不再单一，可以是未婚的，也可以是已婚的。也就是说，恋爱的发生与婚姻已经没有必然的互为因果的关系。凯特·肖邦的《觉醒》被认为是"美国女权文学中最早的代表性作品"[②]，这与她较早反映女性的觉醒、不顾婚姻的束缚、发生婚外恋有直接的关系。确实，凯特·肖邦的作品中爱的内容丰富多彩，因为在她看来，一个人爱上另一个人是不需要理由的，是自发的、本能的流露，但这并不意味着对爱没有管制。人们从肖邦的《觉醒》和《暴风雨》中可以读到那种不顾伦理和社会规范的爱，但也可以读到伦理和社会规范所颂扬的爱，这种爱没有随着爱人的死亡而消失，相反，活着的人终其一生依然独身，始终如一地爱着亡故者，其凝固时间、穿越生死两界的忠贞就超越了死亡。凯特·肖邦本人如此，她的母亲、外祖母以及曾外祖母都如此，没有随着她们的丈夫们的离去，就转移了她们的爱，相反，她们终生都保持着对他们的爱，直到她们自己也死亡。凯特·肖邦对这种超越了生死两界的爱在她的一些作品中也有充分的展示。

　　爱与死的关系密不可分，论及死，实在离不开爱。而弗洛伊德更是突出了这两者的关系，将它们看做人的二元对立的两种本能。1932年，弗洛伊德在给爱因斯坦的公开信中写道："根据我们的假设仅有两种可能：一种力图生

---

　　① 中国社会科学院语言研究所词典编辑室编：《现代汉语词典》，商务印书馆2000年版，第787页。

　　② 钱满素：《我，生为女人》，河北教育出版社1995年版，第51页。

存和联合；另一种是力求破坏和杀害。后一种本能我们称之为侵略和破坏本能。""在我看来，无疑战争是一种完全自然的事情，因为它有着稳固的生物学基础，它几乎是不可避免的。"①弗洛伊德的从自然科学的视角来分析爱和死亡的思想，一定是凯特·肖邦所不愿意苟同的，因为他的这种思想是建立在第一次世界大战这个现象基础上的，而第一次世界大战的爆发，又离不开非此即彼的、统治与被统治的、消灭与被消灭的二元对立的思维模式，而这种思维模式，肖邦是不愿拥有的。在凯特·肖邦看来，爱固然会不受婚姻的约束而产生，也会导致占有的想法，而让被爱者有不自由和压抑感，但总的来说，爱是一种真、善、美的行为，爱是付出，爱是给予，不求回报，也不管结果。而那些占有式的爱，却是她极力反对的，所以在她的笔下，凡是想通过婚姻的名义作为控制对方的自由、占有对方的情感的人，结局都不太好。而那些被控制的、想要控制人的人都不幸福。有时感到被婚姻束缚了自由的那一方，宁可一死，也要保存自己的自由不受侵犯，如《觉醒》中的爱德娜就是如此。也有想要控制对方，而对方已经死亡，只好追随对方而亡的，如《她的信件》中的那没有名字的妻子的丈夫。

东西方都有殉情的故事，如我国的《梁山伯与祝英台》和莎士比亚的《罗密欧和朱丽叶》。在这两个故事里，随着爱情中其中一方的死去，另一方也追随而去。凯特·肖邦的小说中也有表现被爱的一方不幸死亡的故事，但是她不同意通过自杀而殉情，就正如她自己，虽然她深深爱着她的丈夫奥斯卡，但在他不幸过早病逝后，她没有随他而去。这是因为，她和叔本华一样，不主张自杀。

> 自杀否认的仅仅是个体，而不是物种。我们已经看到生命总是确保意志的存在，正如悲痛与生命不可分割一样，自杀，个体现象存在的意志毁灭，是徒劳的和愚蠢的行为，因为物种本身仍然不会因此受到任何影响。②

自杀，在叔本华看来，是因为个体陷于由意志发出的幻想中，以保持个体服务于它的需求，而不是意志本身的要求。这样对肖邦而言，除了孩子们还

---

① 段德智：《西方死亡哲学》，北京大学出版社2006年版，第233页。

② Arthur Schopenhauer, *The World as Will and Idea*, 3rd ed. Vol. I, Trans. R. B. Haldane and J. Kemp, 1896, New York：AMS Press, 1977, pp.515–516.

在，失去所有她至爱的亲人的痛苦确实使她心神烦乱、忧心如焚。丈夫去世后，她也有随他而去的想法，但是，叔本华的哲学给她提供了慰藉，因为叔本华的哲学认为痛苦是人生必须的部分，通过理解这个必须性，个体可以超越个体欲望，或者通过艺术审美、或者通过禁欲（ascetic renunciation），她本人在这两方面都有所体验。这种禁欲的体验，也体现在她笔下的人物身上。但不像叔本华的哲学那样具有无可奈何的悲观主义色彩，而是散发着"柏拉图式的爱"的精神光辉。

凯特·肖邦的《牛轭湖圣约翰女士》（*A Lady of Bayou St. John,* 1893）、《感伤的灵魂》（*A Sentimental Soul,* 1895）和《在谢尼·卡米内达岛》（*At Cheniere Caminada,* 1894）都表达了同样的主题，即虽然对方已经不幸死亡，而幸存的这一方对对方的爱不变。他们的爱纯粹是精神上的，没有肉欲的因素，是对于道德、美善和智慧的追求，是对死者灵魂犹在的信念。这种爱和信念可以使《牛轭湖圣约翰女士》中的德莱尔夫人在她丈夫逝去后，能保持孑然一身，直到年老；也是这种爱和信念让《感伤的灵魂》中的弗勒莱特小姐迷狂地爱上一个即将去世的有妇之夫，而随着他的亡故，她的爱则更加强烈；也正是这种爱和信念使《在谢尼·卡米内达岛》里的托尼的爱得到了精神上的升华，使亡者美丽和智慧的形象永远活在自己的心中，并从中获得生的力量。

《牛轭湖圣约翰女士》中的德莱尔夫人年轻、美丽、孤独，因为她的丈夫古斯塔夫（Gustave）在弗吉尼亚州随美国联邦将领博勒加德（Beauregard，1818—1893）参战。她很天真稚气，根本"不能认识到悬而未决的文明世界的悲剧展开的意义"。[①]她沉浸在自己无忧无虑的世界里，晚上没有黑奴曼纳·鲁鲁（Manna—Loulou）坐在床边给她讲故事，她就睡不着。一个没有参战的邻居，法国男子赛平考得（Sepincourt）慢慢走进她的生活，并爱上了她，她也没有防备。丈夫的形象在她心中渐渐模糊起来，可是有一天当赛平考得提出带她私奔，远离这个令人伤心的、战火纷飞的国度时，她吓坏了，吓得跑到屋里。那晚，她不想听曼纳·鲁鲁给她讲故事，只想一个人待着，因痛苦而哭泣。第二天早上，她的泪流干了，她还是不想见赛平考得。后来赛平考得就给她写信，信写得情意绵绵，她动摇了，答应跟他走。但就在那个夜晚，突然传来了她丈夫去世的消息，她因此没有走成。几个月后，当那位邻居登门再次向

① Kate Chopin, "A Lady of Bayou St. John", *The Complete Works of Kate Chopin*, Ed., Per Seyersted, Baton Rouge： Louisiana State University Press, 1969, p.298.

她求爱，并要娶她为妻时，她却断然拒绝了，因为她的全部感情已倾注到亡夫的身上。

"我丈夫对我来说从来没有像现在这样活生生的。我身边的每件物品都在提示他的存在。我朝沼泽地那边张望时，会看到他正在朝我走来，打猎打累了，身上弄脏了。我现在又看到他坐在这张或那张椅子上，听到他熟悉的声音，听到走廊里他的脚步声。我们又并肩在木兰树下散步。夜里在梦中，我感到他就在那里，在那里，在我的身边。这怎么能改变呢？啊！我有记忆，哪怕我活一百岁，这些记忆也会填满我的生活！"[①]

其实，不用她说这些，赛平考得已经从她穿着最悲痛的丧服和欢迎他时把他当坏蛋（curé）一样的态度，他就能确信他在她心中已经没有任何位置了。他伤心至极，自不必说。然而，更让我们感动的却是德莱尔夫人对亡夫的思念与超越死亡的爱。让我们想到哈姆雷特对奥菲丽娅的誓言："尽管怀疑星星本是火焰，尽管怀疑太阳不曾移动，尽管怀疑真理本是行言，但是不要怀疑我的情衷。"[②]奥菲丽娅溺水而亡，像一朵纯洁的睡莲花，死得静美；而古斯塔夫作为男人，战死在疆场，死得壮美。他们虽然死了，但是爱他们的人还在爱着他们，这就使得他们的死亡具有生的意义。只要活人还活着，只要活着的人对他们的爱依旧，死去的人就永远都还活着，活在生者的心中、生者的灵魂里。

故事的结尾宁静安详、庄重圣洁：多少年以后，德莱尔夫人还住在圣约翰，她成了"一位非常标致的老太太，守寡多年，从未受过任何责备。对丈夫古斯塔夫的记忆依然充满了她的生活，她感到心满意足。一年一次，她从未间断，为古斯塔夫的灵魂安眠举行一次隆重的高规格的弥撒"。[③]这年复一年的操守与坚贞，令人想到了神性，这也就是凯特·肖邦所颂扬的爱。她和她的曾外祖母、外祖母和母亲，无一不在力行这种爱，犹如中国一些有名的家族的家

① Kate Chopin, "A Lady of Bayou St. John", *Trans. Shen Dan, The Complete Works of Kate Chopin*, Ed. ,Per Seyersted, Baton Rouge： Louisiana State University Press, 1969, p.302.

② 英文原文为"Doubt thou the stars are fire; Doubt that the sun doth move; Doubt truth to be a liar; But never doubt I love."引自《哈姆雷特》第二幕第二场，译文引自陆扬《死亡美学》，北京大学出版社2006年版，第88页。

③ Kate Chopin, "A Lady of Bayou St.John," *The Complete Works of Kate Chopin*, Ed.,Per Seyersted, Baton Rouge： Louisiana State University Press, 1969, p.302.

风一样，世代相传。这种爱使得被爱的人的死，得以超越普通人的死亡，爱人的死也彰显出他们如"柏拉图式的爱（Platonic love）"中的神性。"柏拉图式的爱的精神包含三个方面的含义，即超越性（爱的迷狂）、人格性和善（美）的目的性，爱的本质在柏拉图那里其实就是生命或精神。"①可见"柏拉图式的爱"的第一要点就是"超越性"。"正是爱情才使恋爱者处于人和神之间。在生灭流转的人生中，人之所以会萌生爱心，是因为这些可朽者在尽力地追求不朽，是因为这些脱于凡胎的生命在以神格来为自己立法，以期从短暂超升永恒。"②在柏拉图的《会饮篇》里，深通爱情真谛的女祭司第俄提玛，向苏格拉底描绘了这样一位爱神——爱若斯，"他是贫乏神和富足神的儿子，因此，他在贫乏中向往丰富，努力追求着一切美与善，勇往直前，百折不回。"③"在本质上，他既不是一个凡人，也不是一个神。"④总之，《牛轭湖圣约翰女士》中的德莱尔夫人的爱是一种柏拉图式的爱，年复一年，百折不回，富有力量，圣洁美丽。

《感伤的灵魂》中的女主人公的爱不仅要超越爱人的死亡，而且要考虑社会习俗和规范的束缚，因此比德莱尔夫人爱得更加艰难也更具有神性。弗勒莱特小姐（Mamzelle Fleurette）在锁匠店的对面开了小店，每天晚上锁匠拉可达尔（Lacodie）都从她那儿买份报纸，有一天晚上，拉可达尔没来，她很不安和痛苦，第二天早上她意识到她已经爱上了他。可是在世俗面前，这又能怎么样呢？因为拉可达尔已经结婚。"弗勒莱特小姐知道爱上一个有妇之夫是当时最严重的罪行之一；算谋杀罪也许重了点，但是她不确定。"⑤为此她只能去教堂忏悔，恳求万能的上帝和神甫原谅她，恳求圣徒和神圣的处女去除她灵魂里的这种甜甜的、微妙的、使她感到年轻的爱情这"毒物"⑥，而事实上她比拉可达尔年轻很多。几天后，拉可达尔因病去世，这使她爱得更加迷狂。为此她不得不一次次去教堂忏悔，神甫也只是要她一定要忘掉拉可达尔，她只好把放

① 吴雁飞：《"柏拉图式的爱"之真谛》，《重庆科技学院学报》（社会科学版）2009年第3期。

② 刘东：《浮世绘》，辽宁教育出版社1996年版，第97页。

③ 同上书。

④ [古希腊]柏拉图：《柏拉图文艺对话集》，朱光潜译，人民文学出版社1981年版，第107页。

⑤ Kate Chopin, "A Sentimental Soul", *The Complete Works of Kate Chopin*, Ed.,Per Seyersted. Baton Rouge： Louisiana State University Press, 1969, p.388.

⑥ Ibid..

在祈祷书里的拉可达尔的照片收起来，但是她还是抑制不住对他的爱，继续去神父那儿忏悔，后来神甫都嫌她烦了，觉得她太傻。拉可达尔死了不到一年，他的妻子就改嫁了。这一回，弗勒莱特小姐去了一家新教堂，向一位新牧师进行忏悔，永远不再提及拉可达尔和她对他的爱。回家后，她找出他的照片，放在一个镜框里，挂在耶稣被钉在十字架上的苦像和法国皇后尤金妮亚〔Empress Eugènie，1826—1920，为皇后时间（1853—1871）〕的画像之间，她不再在意是否有人看到，哪怕拉可达尔的妻子看到也无所谓。

弗勒莱特小姐把拉可达尔的照片放在耶稣像和人像之间，极富寓意。不管历史上是否确有耶稣其人，但耶稣的死亡及其复活对基督教，尤其是对基督教的死亡观，都是一个至关紧要的事件。如果说苏格拉底的死唤起了柏拉图、马可·奥勒留等对死亡的回答，那么耶稣的死便内在地规定了基督教对死亡的一般回答，对许许多多西方人的死亡观念产生了深广的影响。同耶稣死亡紧密相关的复活概念构成了基督教死亡观的本质特征，不仅使基督教的死亡观与古代赫拉克利特、德谟克利特等朴素唯物主义死亡观完全不同，而且同毕达哥拉斯、柏拉图、塞涅尔和马可·奥勒留的唯心主义死亡观也有区别。这是因为，无论是毕达哥拉斯、柏拉图，还是塞涅尔和马可·奥勒留，都信仰灵魂不死说，他们虽然强调身体的可卑、有罪与可朽性，但却十分强调灵魂的圣洁、高贵与不朽性。而基督教在给人以罪恶感的同时，却进一步给人以希望，因为它认为，在世界末日，人的复活不只是人的灵魂的复活，而且也是人的身体的复活。

当然不管这些哲学或宗教有关死亡的观点如何，对受之影响的生命个体而言，他们从中汲取的主要是爱的力量、是希望。如果不相信灵魂不灭，如果不相信基督教，那么爱人的死亡对爱者来说则是更加惨烈的事：摆在弗勒莱特小姐面前的是，她爱的人死了，这比起他是另外一个女人的丈夫要使她痛苦得多。因为只要拉可达尔没病、没死，即便他是别人的丈夫，他还是每天会到她那里买报纸，发表一些智慧的、让她敬仰的言论，那她就能够每天都看到他、听他说话。虽然她知道她爱他，根据基督教的教义是有罪的行为，但是她可以通过忏悔请求罪行的宽恕。如果弗勒莱特小姐的死亡观，像古代的赫拉克利特、德谟克利特等为代表的朴素唯物主义死亡观的话，那她会认为人死了，就死了，就变成无机物了，没有灵魂，也绝对不可能复活，"死亡是自然之身的解体"，那她活着还有什么爱与希望？但是她有希望，凯特·肖邦的"心灵之视"赋予她惊人的超越死亡的希望。

　　凯特·肖邦后来不再相信上帝本身的存在，但是她一定相信灵魂与精神的存在。她的《觉醒》最初就是以《孤独的灵魂》（*A Solitary Soul*）为题的，而这个故事则以《感伤的灵魂》为题。综观她所有的作品，都不难发现其中荡漾着的古希腊文化的精神，如果说她从叔本华、尼采的哲学和美学思想里汲取了什么，也基本上是那些与古希腊文化一脉相承的思想。她不再相信上帝，只是不再相信那束缚人性、禁锢思想的内容，而那给人以希望、教人去爱的思想，她力行得很好。苏格拉底的"灵魂不灭说"、柏拉图的"死亡是灵魂从身体的开释"一定给了她很多希望和爱的力量。柏拉图确信"当人死了之后灵魂依然存在，还有力量和理智"，当人死的时候，永恒的不死的灵魂摆脱肉体束缚而重新获得自由：灵魂本身是永恒的、不死的和有神性的；尘世行善未必有善报，作恶未必有恶报，则美德的酬报就应求诸灵魂的永生，灵魂是不能被某种恶的东西消灭的。①

　　著名现代过程哲学家怀特海曾经感叹道："两千五百年的西方哲学只不过是柏拉图哲学的一系列脚注而已。"②确实，柏拉图的灵魂说，柏拉图关于爱情的思想，时至今日都在散发着光辉。柏拉图认为"死亡是灵魂从身体的开释"，而灵魂从身体开释之后到哪儿去了呢？他认为死亡是不死的、自动自由的灵魂"离开肉体监狱而获得释放重新进入理念世界"，一旦取得"人的形式"，就又降落到有生灭的事物世界。"人的形式"的灵魂由两部分构成：理性部分和非理性部分。所谓理性部分是指人的灵魂的神圣纯洁和永恒不死的部分，而非理性部分，即所谓灵魂的激情和欲望部分，则是人的灵魂中同肉体感官相关联的、滋生人的卑劣和不义行径的、有生有灭的部分。当人死时，由于灵魂的非理性部分随身体的毁灭而毁灭，则人的灵魂自然也就因此而成了单一的、神圣的和永恒不死的灵魂。如此看来，《牛轭湖圣约翰女士》中的古斯塔夫和《感伤的灵魂》中的拉可达尔，不仅没有因肉体的死亡而消失，相反，他们的灵魂却成了单一的、神圣的和永恒不死的了。死亡使他们的灵魂得到解放和拯救，死亡也使他们的灵魂恢复了自由本性。这样一来，他们的死亡如何才

---

　　① 北京大学哲学系外国哲学教研室编译：《古希腊罗马哲学》，商务印书馆1982年版，第182—213页。

　　② [美]威廉·巴雷特：《非理性的人》，段德智译，陈修斋校，上海译文出版社1992年版，第82页。

能不被人们认为是对生的一次超越呢？他们的灵魂又如何才能不让生者爱呢？而作为生者如此年复一年、日复一日地爱着肉体已经不在的亡灵，怎能不让我们感到无限怜悯，感到她们的圣洁与高贵，并因此而感到自己的灵魂也被净化了呢？

只有爱才能超越死，而要超越被爱者已经既成事实的肉体的死亡，则需要非同凡响的爱才能做到，而"柏拉图式的爱"就具有强大的力量，这在《牛轭湖圣约翰女士》和《感伤的灵魂》中都有所体现。和柏拉图的死亡观一样，"柏拉图式的爱"注重精神的力量、道德的提升和美善的追求。所谓"柏拉图式的爱"，是指"古希腊哲学家柏拉图关于爱情的观点。柏拉图认为，爱情是一种欲望，即希望永恒占有美的东西的欲望。真正的美是永恒的精神的东西，而不是有形的物质或肉体的东西，真正的爱情也应该是精神的而不是物质的。据此，后人就把男女之间精神性的爱恋称为柏拉图式的爱或'精神恋爱'"。①在《会饮篇》里，正是由于爱若斯是富足神与贫乏神所生，所以他的一生出于自然（本性），但在不断地追求智慧、追求能够达到他的父亲富足神那样；另一方面，他由于天生的贫乏，又注定了一无所有，所以在他身上不断地追求又不断地流失，再不断地追求。再说，神由于拥有了智慧就不会再需要去追求智慧了；不明事理的人，由于容易自足，也不求智慧。只有爱若斯这个介于人与神之间的精灵才不断地追求。在此，第俄提玛否认了爱若斯是一个神，尽管在苏格拉底之前的人都将爱若斯看做一个神，而且是既美丽又善良的神。由于爱若斯一生都在追求最美好的东西，而智慧乃是最美好的东西之一，爱若斯又终生追求智慧，所以说爱若斯就是对美的爱欲、对智慧的追求，而不是对个别事物或人的物质层面占有式的爱，而是爱一个完整的对象，爱其中的美、善和智慧。这注定了处在爱情中的人总是沉浸在一种"迷狂"式超越的境界中，"爱情并不是上苍为了爱者和被爱者双方的利益而恩赐的。我们要证明的正好相反，这种'迷狂'是诸神的馈赠，是上苍给人的最高恩赐。"②在《感伤的灵魂》里，弗勒莱特小姐这种"迷狂"式的爱表现得特别明显，拉可达尔已经死了，但是她还是爱着他，她在向神甫忏悔时说："我情不自禁，神甫，我努力不去爱他，但我就是情不自禁。爱他就像呼吸一样；我不知道如何才能不呼吸。我祈祷、再祈祷，依然于事无益，有一半是为了他灵魂的安眠。为了他灵

---

① 《简明哲学百科辞典》编写组编：《简明哲学百科辞典》，现代出版社1990年版，第34页。

② ［古希腊］柏拉图：《柏拉图全集》（第2卷），王晓朝译，人民出版社2003年版，第140页。

魂的安眠，这肯定不是一个罪，对吗？"①"迷狂"不是神甫给弗勒莱特小姐所认定的"愚蠢（stupidities）"②，也不是失去理智的疯狂，因为"迷狂"有着纯洁高尚的美和善的目的，它是一种没有掺杂一丝尘俗的纯粹的付出爱的灵魂状态，而弗勒莱特小姐的爱就是纯粹来自灵魂深处的没有掺杂一丝尘俗的美善的爱。

对于爱情，柏拉图认为："一种是旨在追求快乐的天生的欲望；另一种是旨在追求至善的后天获得的判断力……当我们在判断力的理性指导下追求至善时，我们有了一种指导，称作节制；但当欲望拉着我们不合理地趋向快乐并统治我们时，这种统治的名称就是奢侈。"③只有至善是爱的目的时，爱欲的力量才会最强。与此相对应的是，只有善或美的东西才能增进自身的力量。《法律篇》中，柏拉图进一步把爱区分为肉欲的爱、情欲的爱（前者并非总能看到互惠性，后者始终具有互惠性），第三种爱是"作为一个注重贞洁、勇敢、伟大、智慧的人，一个敬畏与崇拜神的人，他会追求一种在身体和灵魂两方面都始终纯洁的生活。"④由此可见，《感伤的灵魂》中的弗勒莱特小姐和《牛轭湖圣约翰女士》中的德莱尔夫人对她们所爱的人的爱，显然是第三种爱：贞洁、勇敢、伟大、智慧，在身体和灵魂两方面都始终保持着纯洁的生活。正因为她们这种介于人与神之间的迷狂般的爱，才使得她们的爱永恒超越了亡者的死亡，只要她们还活着，她们所爱的人就总还是活着。

《在谢尼·卡米内达岛》中，男主人公对女主人公的死亡的超越，更是非常明显地体现了一种"柏拉图式的爱"的精神。托尼（Tonie）是个出色的年轻渔民，和他的母亲一起生活在谢尼·卡米内达岛上。有一个星期天，教堂美丽圣洁的音乐声吸引了他。已经有好几个月没人弹奏音乐了，会是谁呢？于是他发现了那是位年轻、美丽、可爱的姑娘，有着一双清亮的大蓝眼睛，从此他就爱上了她。托尼虽是个渔民，外表显得笨拙，但是他对自己作为渔民具有的技能很自信，他对那位姑娘的爱也体现了他对美、对善、对智慧的追求，这就是柏拉图《会饮篇》里"爱若斯"的精神。后来，托尼知道那位姑娘名叫克莱尔·杜维纳（Claire Duvigne），他跟她说只要她需要，她随时可以乘他的船。

163

① Kate Chopin, "A Sentimental Soul", *The Complete Works of Kate Chopin*, Ed. ,Per Seyersted. Baton Rouge: Louisiana State University Press, 1969, p.393.

② Ibid..

③ [古希腊柏拉图：《柏拉图全集》（第2卷），王晓朝译，人民出版社2003年版，第149页。

④ 同上书，第596页。

她乘过两次，都是和别人一起来的。第三次，她是一个人，托尼的神情让杜维纳小姐知道了他对她的爱，而她的内心有自得、有温柔，但又有同情与怜悯，因为她对他的情感表示遗憾。

> 她不能设想他爱的全部力量，也不能设想他热恋的程度。她做梦也不会去想，在她眼前的这个男人的粗鲁和平静的外表下，一颗男人的心正色情地跳跃着，他的理性屈从于野蛮的血性。①

如此看来，克莱尔·杜维纳追求的也是柏拉图式的爱，这种爱鄙视肉欲、粗鲁、野蛮和血性。此时尽管他们有着同样的爱的追求，但却不在同一个起跑线上，他们之间存在着巨大的差异，先天的种族、肤色和出生地点环境的差异、后天的教育与文化素养的差异等等。而随着克莱尔的消失，托尼痛苦异常。他向他的母亲吐露了他的心思，那种置他于死地的爱的烦恼，那种他认为只有死亡来临，才会使他安静、平和下来的心碎。但直到有一天，当他知道克莱尔已经于3个星期前病逝的时候，他的思想发生了巨大的变化。他的母亲对托尼的平静觉得很奇怪，其实她早知道克莱尔已经去世了，但是不敢告诉他，怕他也会随她而去，而自己从此就会失去这个儿子。托尼的回答不再让我们觉得他是一个粗鲁的人，而是一个有思想、懂得达尔文进化论、懂得柏拉图式的爱的、会安慰母亲的人。他说如果克莱尔还活着的话，他永远也看不到希望，失望对他而言就是全部，因为总是有其他男人围着她转，然而她会从中挑一个和他结婚，这种想法使他因嫉妒而痛苦，感觉自己像个恶魔。他的话语表明他好像读过莎士比亚的诗句"活着，还是死去，这是个难题"。他说他知道克莱尔死去的那一夜，他觉醒了，他补充道："克莱尔的死去并不如此糟糕；最糟糕的是睡去，因为我梦到了我认为是真实的一切。"他的话与莎士比亚的诗句相呼应：

> 死，就是睡眠——
> 仅此而已；如果说睡去能结束
> 心灵的创痛和肉体所承受的

---

① Kate Chopin, "At Cheniere Caminada", *The Complete Works of Kate Chopin*, Ed.,Per Seyersted, Baton Rouge: Louisiana State University Press, 1969, p.314.

千万种痛苦，那倒是完美的结局，
我正求之不得！死，就是睡眠——
睡去，也许会做梦，唉，这就糟了！
当我们摆脱了尘世的羁绊，
在死亡的长眠中还会梦到什么？
这不能不有所顾忌……①

托尼觉醒了，因为他在梦中见到的、他以为是真实的一切比现实还要可怕。在梦里他看到的，就如假设克莱尔还活着一样，她与别人结婚、生子，然后每个夏天带着孩子来格兰德岛度假，而他不能告诉母亲这情景使他感觉自己快疯了。但是现在：

她还在那，在她该在的地方；那儿没有什么不同的事情发生；坏蛋的存在启发我们男人与男人之间没多大区别。区别就在于我与她拥有彼此靠近的灵魂。然后，她就会知道谁最爱她。这就是为什么我如此知足的原因。谁知道在那会发生什么呢？②

一个年轻的渔民，就这样用自己追求美、善与智慧的爱，超越了恋人的死亡。他克服了自己尘俗的欲望，留下的全是对克莱尔的精神的爱，一种超越了克莱尔的死亡的爱。他迷狂的爱有了纯洁高尚的美和善的目的，从此他变得勇敢、智慧、富有力量，他的爱纯洁而具有神性。灵魂不灭，以及上帝死了还能复活的基督教一定给了他无穷的希望，相信他们彼此的灵魂可以相遇，正如，我们不怀疑，他们的故事也将随着这在飓风中永远消失的谢尼·卡米内达岛一样，永远存活在我们的记忆里。

165

---

① 译文参见钱志富《中外诗歌研究》，人民文学出版社2007年版，第804—806页；陈才宇：《英美诗歌名篇选读》，浙江大学出版社2007年版，第57—58页。部分地方笔者根据英文原文作了重译。

② Kate Chopin, "A Sentimental Soul", *The Complete Works of Kate Chopin,* Ed.,Per Seyersted, Baton Rouge: Louisiana State University Press, 1969, p.397.

第三节　他人之死

　　爱和死是文学作品的永恒主题，两者难以分割。而凯特·肖邦善于用自己独特的艺术才能表现爱和死亡。在《智胜神明》里，她用音乐艺术、亲情之爱让我们感受到了死亡的根本不足惧和艺术精神的永恒。除此之外，她还在多部作品中写到了死亡，这些死亡内容丰富、内涵深刻，有的具有反讽意味，有的则充满象征性的意象。这些亡故者，不局限于人，还有像人一样有感情的动物，如《一匹马的故事》（*A Horse Story*, 1991）；那些不幸离世的人，有男有女，有已婚的，也有未婚的，有因病而逝的，也有因意外而亡的；有自杀，也有他杀；既有生理分析、心理透视，又有伦理、哲学、美学、宗教的观照。这些反映了肖邦对死亡问题深刻的了悟与洞明人生真相的智慧。

　　既然死亡无常地过早夺去了凯特·肖邦的数位亲人，那么她也常常在作品中体现死亡的无常。意外的死亡最能体现无常，然而就算是意外的死亡，到了肖邦的笔下，是否具有避免意外、超越死亡的可能？她一直在探索，所以也给人以深思、启发、希望。《盲人》（*The Blind Man*, 1897）中的盲人似乎是最没有生存条件的，随时都有可能饿死、渴死、病死或被车撞死。他双目失明、没有职业、无食果腹、衣衫褴褛，因人施舍，才有了一盒铅笔，于是走街串巷、挨家挨户叫卖。烈日当空，他不知道何处可以庇荫；饥肠辘辘，没人给他饭吃；焦渴难当，没人给他水喝。过了半天，没见他卖出一支铅笔，有时是因为他摸不着人家的门铃；有时按响了人家的门铃，人家家里没人；有时就算人家家里有人，也懒得给他开门，去向他买一支铅笔。他就这样蹒跚地走着，时不时还有小孩想从他的盒子里拿走一些铅笔，更有警察看他不小心走到路中央，粗暴地抓住他的衣领，猛地将他拖到路边，欲用警棍打他。

　　而那些开着豪华轿车、拥有多所房屋的富人衣食无忧，有着富裕的生存条件。可是在《盲人》中，这样的人命运又怎样呢？过了一会儿，盲人无意走到了一条大街上，那儿车水马龙，庞大的电动汽车（electric cars）来来往往，轰隆隆的响声和疯狂的喇叭声震得他脚下的地都在抖动。接着有什么可怕的事情发生了——可怕得使妇女晕倒，使最强壮的男人感到心烦头昏。司机（motorman）的双唇和他的脸一样灰白，他摇摇晃晃地使出非凡的力气停下了他的车。人群迅速拥挤，人们认出了其中一位死者是本城最富有的、影响力最大的人之一，他向来因谨慎和远见而出名。但今天他从办公室出来，急赶着回家，一两个小时后他要和家人一起，到大西洋海岸的另一个家去消夏。他是如此匆忙，根本没有察觉迎面过来的另一辆车。常见的恼人的车祸就是这样发生的。当这一切发生的时候，盲人浑然不觉，依然磕磕碰碰地叫卖他的铅笔。

不难看出，凯特·肖邦在《盲人》这篇小说里，运用了反讽（irony），这也是她善于运用的一种创作艺术。反讽源于希腊文"eironeia"。古希腊文学中这个术语有三个意思：第一，表示"佯装"：佯装无知，而事实并非如此。第二，苏格拉底式的反讽：在辩论中佯装不知，渴望得到启发，让对方的观点在他的一再追问下证明是毫无根据甚至是荒谬的。第三，罗马式反讽：字面意义同实指意义不符或相反。后来德国浪漫主义批评家施莱格尔兄弟（Friedrich von Schlegel,1772—1829）认为反讽是"对于世界在本质上即为矛盾，唯有模棱两可的态度方可把握其矛盾整体的事实的认可"；"反讽就是矛盾的形态"，"矛盾是反讽的绝对必要条件，是它的灵魂、来源和原则。"①它由以下五种因素构成：（1）无知或自信而又无知的因素。这种态度在反讽者方面是佯装的，在受嘲弄者方面是真实的。（2）事实与表象的对照。反讽要求表象与事实相对立；在其他因素相同的情况下，对照越强烈，反讽越鲜明。（3）喜剧因素。我们所关心的某人某事被残忍地戏弄着，我们观看可笑的事，却被它刺伤了感情。（4）超然因素。这一因素隐含在佯装的概念里，因为反讽者的佯装能力表明他能控制比较直接的反应。它也隐含在反讽观察者的概念里，因为观察者在反讽情境面前所产生的典型感觉是：居高临下感、超脱感和愉悦感。总之，它无所不包、清澈见底而又安然自得，是艺术本身的一瞥，超脱、冷静、不受任何说教干扰。（5）美学因素。打动人的反讽并不放弃依靠组织材料、选择时机和变化语调等手法；也可以有意选取生活本身所呈现的展示艺术作品的平衡、简洁和精确特点的反讽事件和反讽情境；还可再加工，以增强对照效果，使非和谐因素构成比较密切的关联，或者强化反讽受嘲弄者那种过分自信的无知无

① 王先霈、王又平主编：《文学批评术语词典》，上海文艺出版社1999年版，第207页。

觉状态。①

　　诚然，这个世界充满了各种各样的矛盾，而生死与贫富、盲人与明眼人、聪明与愚蠢等就是互相矛盾的，这就构成了反讽的必要条件。《盲人》中的盲人没名没姓，他贫穷、眼瞎、饥渴、虚弱、愚蠢：酷热难当，他都不知道把破烂的衣服脱下一些拿在手中，更不知道到阴凉的地方去庇荫。凯特·肖邦以超然的姿态带着我们居高临下地、超脱地跟随着盲人的脚步磕磕碰碰地向前，每时每刻都让人担心他会出什么意外，因为由生而死对他来说真的是瞬间的事情。而那开着电动汽车的人很富有：有自己的商业机构，有家，还有别墅，有影响力，对社会有价值，按常理死神怎么会过早地降临到他头上？况且小说中还提到他以智慧谨慎（prudence）和深谋远虑（foresight）而出名。盲人与富人形成了多么鲜明的对比。肖邦就这样佯装不知结果地冷静地展示着这一切，甚至引领我们进入盲人的视角，那就是什么也看不见，只能通过听觉和触觉感受这个世界："他步履蹒跚、漫无目的地行走着，不觉进入了一条街道，那儿如怪物般的电动汽车来来往往，带着骇人的推动力，发出雷鸣般的轰隆声，还有疯狂的汽车喇叭声，这一切真的使得他脚下的地面都在发抖。"②并且他就这样开始横穿马路，人们真的以为这下他必死无疑了。果然有车祸发生，果然有人死亡，但是死亡的不是这位盲人，却是那位富人。有喜剧因素，我们所关心的富人、盲人被残忍的现实戏弄着，我们观看着他们，觉得这有些荒谬可笑，但是如果我们真笑的话，我们却发现被他们刺伤了情感。盲人生不如死，却死不了；富人死不如生，却活不成。这里的情感互相冲突，这里的反讽既带有感情又带有理性，要想理解它，人们必须保持超然而冷静的态度；要想觉察它，人们必须为出了偏差的人物或理想而感到痛苦。微笑发了出来，但又不得不凝固在唇上。

　　凯特·肖邦为什么要在《盲人》这篇小说中运用反讽的艺术手法？小说中的反讽又是怎么构成的？既然生活中矛盾无处不在，这构成了反讽的必要条件，而如果叙述者同"作者的声音"不一致，读者的理解同叙述者或小说中的人物有差异，就可以进一步构成反讽。那么在《盲人》这篇小说里，故事

---

　　① 王先霈、王又平主编：《文学批评术语词典》，上海文艺出版社1999年版，第207—208页。

　　② Kate Chopin, "The Blind Man", *The Complete Works of Kate Chopin,* Ed.,Per Seyersted, Baton Rouge： Louisiana State University Press, 1969, p.518.

叙述者是谁？"作者的声音"又是什么？一般认为，凯特·肖邦让一位"不知名的叙述者（an unnamed narrator）"①给我们讲述了这个故事，笔者以为她实际上运用了"无人称叙述（impersonal narrative）"或"客观叙述（objective narrative）"，通过这些，我们可以来探究"作者的声音"。"无人称叙述"又称"形象叙述"，这种叙述方式是指"小说中的某一人物在感受和思索他置身的世界，但这一人物却又不像第一人称叙述者那样说话"。②小说《盲人》摈弃了传统小说中的一些标准要素，如人物刻画、心理状态描写和人物对白等引导我们理解的评价基准，它向我们提供的只是大部分用视觉或听觉表现出来的内容，这些内容的合情合理性取决于我们的理解能力和想象力。故事的情节也不完整，没有按照因果逻辑关系组织一系列事件体现盲人和富人之间的行为有什么矛盾冲突，这几乎是两个毫不相干的人。故事不长，看不出有序幕、开端、发展、高潮、结局和尾声的完整情节变化，而是带着我们跟随盲人的步伐，感受他置身的世界，他没有说一句话。故事直奔主题，很快就进入了高潮，接着戛然而止。

同样，我们还可以认为凯特·肖邦运用了"客观叙述"的手法，而这可以说是肖邦在她所有的小说创作中用得最多的叙事策略。"客观叙述"是指"作者只是直述他臆造出来的场景或虚构的人物，以及他们的思想、感情和行为，似乎作者本人保持不介入的姿态，从不明确地显示自己的见解。""自契诃夫、福楼拜、莫泊桑、詹姆斯以来，客观叙述广为现代小说家采用"，"本世纪占主导地位的要求依然是某种客观性"，即"意味着一种对所有价值的中立态度，一种无偏见地报道一切善恶的企图。"③凯特·肖邦熟谙法国文学，深受莫泊桑、福楼拜的影响，熟练运用客观叙述手法。在《盲人》里，就像凯特·肖邦的其他小说一样，我们感受不到肖邦的态度，她保持清醒，不介入故事，不对盲人、富人、警察、医生、小孩等那些她构想出来的场景中的人物做任何评判，她只是一个旁观者，没有任何偏见；不解决任何问题，她只是客观地展示当时所发生的一切，让我们读者自己去评判。但是她一定感到她有责任、有必要写这篇小说，不然我们就读不到这篇小说，可是她认为的她的责任

① Robert C. Evans, ed., *Kate Chopin's Short Fiction: A Critical Companion*, West Cornwall, CT: Locust Hill, 2001, p.53.

② 王先霈、王又平主编：《文学批评术语词典》，上海文艺出版社1999年版，第334页。

③ 同上书，第335页。

究竟是什么，也就是说她到底想要发出什么样的声音呢？

为此我们不能不探究一下她当时写这篇小说的社会历史文化背景和家庭背景。"不管有多少种途径和方法——不管是注重历史，还是注重心理，不管是强调结构，还是强调文本，文学的讨论总是牵连着社会、文化、道德、宗教，也总是与家庭、种族、阶级、性别有着千丝万缕的关联。"[1]凯特·肖邦经历过美国内战及战后南方的重建。"南方的重建从1865年开始到1877年结束"[2]，在这12年间，北方力图按照自己的意愿去重建南方，而旧南方则比较被动，曾以各种方式加以对抗，以维持其原先的社会格局和地位。但是后来，随着资本主义的迅速发展，爱迪生发明了电灯（于1880年获得电灯发明专利权），贝尔发明了电话（1876年，美国专利局批准他的电话专利；1885年，贝尔公司作为一家美国电报电话公司成立），1891年，美国芝加哥研制出第一辆电动汽车等等，南方人的观念开始改变，他们认识到了工业的优越性，开始发展煤矿、冶金和棉纺等工业，铁路线也开始延长。然而工业的发展、城市化进程的加速也带来了种种问题。且不用说外在环境的变化，如大量移民涌入城市，城市人口迅速膨胀，城市管理相对滞后，贫富差距急剧拉大；交通拥挤，交通事故时有发生；房地产商为牟取利润乘机建造大批简易公寓房子，采光通风、卫生设备都极差，都市贫民窟由此而生，暴力、谋杀也有了，而且人们的心理也发生了很大的变化，人情变得冷漠，战争给人留下的心理创伤还没有愈合，工业文明对人的异化已经开始进行。

在很大程度上，可以说战争夺去了凯特·肖邦同父异母的哥哥乔治年轻的生命，而工业化的发展又夺去了她父亲和亲哥哥的生命。作为南方战前的富人，在南北战争中，凯特·肖邦一家倾向于支持南方，乔治是代表南部联盟参战的，战败被俘，被关在监狱并患病，后来虽然被保释出来，但不久便去世，年仅23岁。当时十一二岁的肖邦也许是出于对哥哥的挚爱与支持，也许是出于对家族政治立场的维护，总之她扯破了一面美联邦国旗，被认为是"小叛逆者"，差点招致不幸，而这面国旗，她后来一直保存着，直到临终，当然这并不代表她维护奴隶制，恰恰相反，她的两篇小说就足以表明她对奴隶制的痛斥，一是《黛丝蕾的婴孩》，二是《美人儿佐尔阿依德》。凯特·肖邦的父亲托马斯·奥弗莱厄蒂（Thomas O'Flaherty,1805—1855）可以说是火车工业的

① 虞建华等：《美国文学的第二次繁荣》，上海外语教育出版社2004年版，前言第4页。
② 钱满素：《美国文明》，中国社会科学出版社2001年版，第77页。

牺牲品。那是一次火车首次通车，途中有座桥，当火车经过那座桥时，桥毁人亡，肖邦的父亲是29个丧生者之一。所以我们不必奇怪在《一小时的故事》里，她何以给马拉德夫人的丈夫创造了一起火车事故。一次次经历亲人或他人的死亡，她一定感到了人生的无常，生死不过是瞬息间的事，一个小时足以让人窥见死亡无常的面目。而凯特·肖邦的亲哥哥小托马斯（Thomas O'Flaherty，1848—1873）则死于机动车事故（a buggy accident），时年25岁。不管是在肖邦的作品中，还是在她的日记和书信中，我们都无法找到她直接表明对工业文明的态度话语，尽管如此，我们还是可以从《盲人》等这样的小说中，感受到她对工业文明所带来的贫富悬殊、人情冷漠、环境喧嚣和交通事故时有发生的反讽与哀叹。在工业社会里，人们或许以为有某种力量在主宰人的命运，肖邦也故意按照人们的正常思维，把上帝、命运或宇宙运转描绘成好像是在操纵事态的发展，事故发生后，她写道：

> 这么多人突然之间从哪儿来的，像（有谁）施了魔法？男孩子们在奔跑，男人、女人猛刹住他们的车、站起来、走上前去看那令人作呕的事故场景：坐在小机动车里的医生们已冲上前来，这一切的发生好像有天意（Providence）在操控。①

在《盲人》这篇小说里，凯特·肖邦实际上完成了一个"命运反讽（irony of fate）"。"命运反讽"又称"宇宙反讽（cosmic irony）"，它表现出生活中每一个人或多或少是反讽的受害者，而在反讽背后藏着持反讽态度的、反复无常、性情乖戾、充满敌意的上帝或命运。人对自己周围的世界、他人及自己的错误认识而遭到命运的捉弄，是造成反讽的根本原因之一。神秘可怕的力量阻挡了人们的视线，使人犹如瞎子一样在世界上行走，最终落入由自己一手编织的毁灭之网，是命运反讽的根本原因之二。②是什么原因使得盲人眼睛看不见，活得那么艰难，无法掌控自己的命运，却又能得到命运的护佑，免于暂时的一死？而那富人虽有眼睛，是否因为被物欲阻挡了视线，虽有双眼，却连瞎子也不如地在世界上行走，最终落入由自己一手编织的毁灭之网？如果过分地强调

---

① Kate Chopin, "The Blind Man", *The Complete Works of Kate Chopin*, Ed.,Per Seyersted, Baton Rouge：Louisiana State University Press, 1969, p.519.

② 参见王先霈、王又平主编《文学批评术语词典》，上海文艺出版社1999年版，第335页。

工业和科技的发展，是否整个人类也会落得如此下场？凯特·肖邦虽然没有这么说，但是我们还是可以感受到有一个"隐含的作者（implied author）"似乎欲对着我们呐喊，不能这样发展下去。当她在创作《盲人》这样的作品时，她实际上也就创造了一个比她更为优越的替身，这个替身比她本人更智慧、更富有情感、更能洞察诸事的缘起。

她的声音，她关于城市化问题的思考，在她的另一篇小说《谢瓦利埃医生的谎言》（Doctor Chevalier's Lie，1893）里同样得到充分的体现。初看题目，千万不要以为谢瓦利埃医生是个什么坏蛋，不然就中了凯特·肖邦又一个反讽的圈套。她实在是太擅长使用反讽了，就好比罗兰·巴特（Roland Barthes，1915—1980）在《S/Z》里指出反讽永远不确定，而不确定性是诸多卓绝的行文的标志，他举了福楼拜的例子，而笔者认为凯特·肖邦驾驭反讽的能力不亚于福楼拜。巴特论及福楼拜时，指出他能驾驭一种充满不确定性的反讽，将一种不无裨益的不稳定感带入写作中：他不停顿地运转符码，或仅是局部中断，结果人们绝不知晓他是不是造成作品如此面目的原因（不知晓他的语言背后是否有个主体），也就是说，读者永远别想知道他对他所写的一切真正的态度究竟是什么。①这或许就是巴特说作者已死的一个原因，不同的人可以根据自己不同的视角去阐释，他并不认为写作一定要回答什么问题。尽管如此，我们现在发现作者实际上已经开始复活了，而且也应该复活，因为"语言是人类存在的家园"②。肖邦必须活在自己的思想里，而要还原其思想，必须联系当时当地的社会文化家庭环境。这就如法国艺术哲学家丹纳所说："要了解一件艺术品，一个艺术家，一群艺术家，必须正确设想他们所属的时代的精神和风俗概况。这就是艺术品最后的解释，也是决定一切的基本原因。"③而如果很多人无视真实的肖邦的思想，总是想方设法地用女权主义的视角去误读她的作品，实在好比是杀害作者的思想，也就否定了作者的存在，这就正如巴特说的作者已经死了，但事实是，人们发现凯特·肖邦和她的作品，还有她作品中的人物，越来越有生命力。

《谢瓦利埃医生的谎言》同样充满了反讽的不确定性，表面看来是写谢瓦利埃医生，是关于他的谎言，但实际上这也是一个关于死亡的故事。透过刚才

① 参见[法]罗兰·巴特：《S/Z》，屠友祥译，上海人民出版社2000年版，第118、239页。

② Martin Heideggar, *Poetry, Language, Thought,* New York：Harper and Row, 1971.

③ 虞建华等：《美国文学的第二次繁荣》，上海外语教育出版社2004年版，前言第4页。

分析的历史文化背景因素，我们可以听到凯特·肖邦的声音，可以发现隐含在故事背后、作者真正所要表达的思想内容。故事虽然不长，加上题目只有388个单词，但是就如海明威所描绘的冰山一样，冰山运动之所以雄伟壮观，是因为它只有1/8在水面上。凯特·肖邦的小说也是如此，她给予我们的文字是所谓的1/8，而她那真正的情感和思想的7/8，则靠我们去领悟。故事的主要内容是这样的：午夜时分，又传来一声枪响，谢瓦利埃医生还在他的诊所看书，对此类枪声，在这城市一角，他已经不感到奇怪，接下来通常还有尖叫，但是这一次没有。他合上书，等着来人叫他过去。当他到达事发地点，谢瓦利埃医生照样无法对一再发生的此类事情的细节视而不见。同样的快步过去，同样的看到一位死了的女孩躺在地面上，那些受了惊吓的、穿着廉价而艳俗的衣服的女人们有的弯着腰，扶着楼梯的扶手，情绪异常激动，发出歇斯底里般的声音；有的过来是出于病态的好奇；也有的在流着同情的泪。然而这一次也有不一样的地方，很显然，女孩死了：在她的太阳穴有个洞，那是她用子弹射穿的，但还有不同的地方，那就是其余死者的面孔对他来说是不熟悉的，而这个女孩，不一样，他认识她。再看女孩的面孔，谢瓦利埃医生回想到不到一年前，当他和他的一位朋友去阿肯色州打猎探险时，曾得到她父母的食宿招待。依稀记得她还有一两个妹妹，当时她的因为长年辛劳腰已佝偻的父母，对这位漂亮的长女感到非常骄傲，把她当作大天使一样，认为她太聪明而不适宜待在阿肯色州的小木屋，支持她去大城市寻找发展的机会。

谢瓦利埃医生宣布女孩已经死亡，并自己出资给女孩以体面的安葬。第二天，他还写了封信给女孩的父母，一方面表达自己的悲哀，同时也不给她的父母带去羞愧。他说女孩因病而死，并附上女孩的一缕头发和死前对家人温柔关切的话语。毫无疑问，谢瓦利埃医生关心一个名誉值得怀疑的（doubtful repute）女子这件事就传开了，有人对此表示冷淡，有人想编造点花边新闻。但是，人们终究没有，这件事像一阵风一样过去了。

和《盲人》一样，《谢瓦利埃医生的谎言》同样具有强烈的反讽效果。凯特·肖邦以佯装不知事件发生原因的态度，超脱、冷静、客观地叙述着故事。通过宇宙反讽表现出故事中的每一个人或多或少是反讽的受害者。人们对自己周围世界的错误认识而遭到了不同程度的命运的捉弄。某种神秘可怕的力量阻挡了故事中女孩的父母和女孩的视线，使女孩走向了城市，结果不到一年的时间内，她却用枪结束了自己年轻美丽的生命。谢瓦利埃医生作为一个城里人，想到的是到远离城市的地方探险打猎；而女孩的父母却对大城市充满向往，支持女儿去城市寻找发展的机会。可是城市是一个什么样的地方呢？从人们廉价的衣服来看，更多的人并不富有；从人们的好奇都是病态的，可以看出人性的异化、人情的冷漠；而对谢瓦利埃医生而言已习以为常的枪声，说明城市暴力、自杀、他杀事件时有发生。谢瓦利埃医生和朋友到远离城市的落后地方，得到的是贫苦人家热情的食宿接待，可是城市给予了女孩什么？这里凯特·肖邦又留了白，只字未提女孩来到城市之后的遭遇。但是我们至少可以想象到如下几点：（1）女孩是独立的。假如她不独立，她完全可以在生前去寻求谢瓦利埃医生的帮助；（2）女孩是纯洁善良的。小说中提到她清秀（handsome），父母视她为大天使（archangel）。假如她不纯洁，禁不住城市物质的诱惑，她完全可以像德莱赛笔下的嘉莉妹妹一样，出卖自己；假如她的本性不善，她完全可以随顺海淫海盗的拜金主义的美国城市生活现实苟活下去，而不是结束自己年轻的生命。（3）女孩是敢于直面人生的。加缪有一句名言："只有一个真正严肃的哲学问题，那就是自杀。"[①]如果女孩没有对生死问题经过一番斗争和思考，她不至于轻易举枪自杀。海明威也死于自己的枪杀，当初他曾对自己自杀的父亲表示不理解："我父亲是自杀的。我年轻的时候还以为他是个懦夫。但后来我也学会了正视死亡。死亡自有一种美，一种安宁，一种不会使我恐惧的变形。"[②]人们对海明威的死亡赋予了很多思考和哲学价值，而小说中女孩的死，周围的人似乎无动于衷，医生出于感恩或者良知帮她撒了谎，却招致他们的非议或冷淡的态度。但是总的来说，人们还是麻木的，因为小说的最后写道：这件事很快就被人们遗忘了。

　　凯特·肖邦以超然的姿态，运用客观叙述的策略向我们讲述这个故事的时候，实际上可以引发我们更深刻的思考。死亡不仅具有个体生命的意义，而且拥有群体生命的意义；对个体生命而言，女孩为什么自杀，这是一个值得深思的问题；对群体生命而言，能够从女孩的死亡中获得些什么警示，这是一个非常重要的社会问题。首先让我们来分析女孩为什么自杀。乐生恶死几乎是所有生命的本能，当人类发现死亡的终极性和不可避免时，就敏锐地意识到死亡的可怖性。电影《特洛伊》（*Troy*，2004）让我们从视觉上深刻感受到了《荷马史诗》（*Homer's epic poem*）中的英雄阿基里斯（Achilles）活着时的光辉与勇

---

　　① 加缪：《加缪文集》，郭宏安等译，译林出版社1999年版，第624页。

　　② 罗明洲：《论海明威的死亡情结》，《外国文学研究》1999年第2期。

猛，然而他宁愿在世间为奴，也不愿在冥界为王。在史诗中，阿基里斯的幽灵苦苦力劝奥德赛："不要津津乐道地谈死，我哀求你，啊，著名的奥德赛，依然呆在世上吧！即使为奴仆也比到脱离形体的幽灵王国里称王好得多！"①然而，为什么《谢瓦利埃医生的谎言》中清秀、独立、善良的女孩却具有如此的勇气举枪对着自己的太阳穴？叔本华认为当一个人对生存的恐惧大于对死亡的恐惧时，他就会选择自杀。这里的生存恐惧显然是绝望，是一个人对现状或未来彻底失去生存勇气的绝望，是理想幻灭后的绝望。当女孩带着自己的梦想和家人的期待，踏上城市之途时，她构想中的城市或许有她一份理想中的工作，她可以施展她的聪明才智，她的劳动价值可以得到社会的承认，她也会因此得到一些财富上的回报，城市里的人或许都和她的父母一样善良好客，等等，然而事实却完全相反……她感到了幻灭，但她又绝对不愿违背自己纯朴善良的本性，走上堕落之路；于是对生的恐惧与绝望，战胜了对死亡的恐惧，她不惜结束自己年轻的生命。

这样的个体死亡事件时有发生，本该有警醒世人、让周围人反思自己的个体和社会生存状态、从而努力加以改善的作用，然而人们已经麻木了。当人们带着病态的好奇去看死去的女孩时，当人们对医生尚存的良知感到反常时，或者很快，当他们连病态的好奇与非议的兴趣都没有了、而表现出了对一个个逝去的生命的冷漠态度时，他们或许认为女孩的死与自己的死亡无关，觉得丧钟是为她而鸣，其实正如海明威所说，丧钟是为每一个人而鸣。凯特·肖邦智慧的宇宙反讽提醒着每一个人：当人类在大肆发展科技、发展工业文明、严重破坏自然、加速城市化进程的时候，人们未尝不是在给自己编织加速自己灭亡的毁灭之网？当人们视金钱为上帝的时候，人们虽有眼却如盲人一样已经视而不见了。于是在世界上盲目地行走行事：人们远离自然，为自己建造城市，纷纷投向庞大拥挤的城市，以为能通过城市生活彰显自己的个人价值，结果个人的价值更加微不足道。人们自己建造城市声色开放场所，以为纵情其中，或许可以忘记死亡的恐惧，享受人生的快乐，结果得到的却是更大的痛苦、空虚与无聊，总之，"都市是人类自己营造的一个巨大的怪物，它的种种问题都是这一社会组织形式所固有的。"②在城市里，人不再是一个自然的，充满生机、

---

① 段德智：《西方死亡哲学》，北京大学出版社2006年版，第52页。

② 戴从容：《从德莱赛的〈嘉莉妹妹〉看都市生活的含义》，《英美文学研究论丛》（第11辑），上海外语教育出版社2009年版，第193页。

生动鲜明的人，绝大多数人的个人价值和社会价值都在日益贬值，人们彼此之间互不相识、互不关心，"人与人之间在意的已经不是对方的人格，而是福柯（Michel Foucault，1926—1984）所说的位置，或者说对方在都市生活中担当的功能"。绝大多数人也没有自己的话语，因为他们没有权力，而福柯认为：话语是权力的一种运作过程，话语的使用过程本身就是一种表达权力的方式，话语即权力。总之城市商品琳琅满目，人群拥挤，车水马龙，如今已高楼林立，然而却没有谁会想到该辟一片心灵的空地去装载世界的纯真。美国的一面镜子——马克·吐温（Mark Twain,1835—1910）为我们塑造的生活在大自然下的汤姆·索亚多么天真、纯洁、顽皮、勇敢、机智，而他后来也深切地感受到，美国人的理想中缺少了一种成分。他说："我们只消偶尔地躺下来好好放松休息一下，保持锋棱利角，我们将有可能成为一个多么朝气蓬勃的民族，一个多么富有思想的民族啊！"[1]是的，美国人多多少少被物化的美国梦遮蔽了双眼，不那么有思想，缺少美感，即使生活中有美，也很难懂得去欣赏，更为遗憾的是那些以美国为蓝图的人，他们的双眼已经被虚幻的假象所蒙蔽。在美国，往往那些拒绝完全被物化的人，那些身处社会边缘、生前怀才不遇的人，却比那些商业大亨、跨国公司巨头或许更懂得美，更懂得人生，随便说句话，便让人感到荡气回肠。比如爱伦·坡（Edgar Allan Poe,1809—1849）在他著名的文学评论《创作原理》中，就曾经说道："人世间最伤感的莫过于死亡，而美丽的年轻女子的死亡更让人痛彻心骨。"[2]

《谢瓦利埃医生的谎言》中的人们没有从女孩自杀事件中获得警示，更不指望他们能像爱伦·坡那样，哀怜并感伤一个年轻美丽的女子的死亡，所以他们听不见凯特·肖邦的那位隐形的作者在作品中的呐喊，他们对肖邦的作品宁愿视而不见，因此他们不知道在死亡面前，他们有的或许连凯特·肖邦《一匹马的故事》中的那匹马都不如。这匹马名叫梯·德默（Ti Demon），来自印第安民族，他的女主人埃米尼娅（Herminia）骑着它给当地一个种植园主送鸡蛋和蔬菜，她对这匹马还算善良，看到它脚痛，就自己下来走路，但是对埃米尼娅有好感的苏里斯坦（Solistan）看这匹马年纪大了，脚又受了伤，就建议埃米尼娅用枪杀了它，而改用自己的母马，埃米尼娅一听感到非常震惊，她说她宁

① Noel Grove, "Mark Twain: Mirror of America", *National Geographic,* 1975.

② 高迎慧：《赏析爱德加·爱伦·坡的〈安娜贝尔丽〉》，《山西高等学校社会科学学报》2004年第4期。

愿用枪射击路人，也不愿射击她的这匹忠实的老马，再说她养不起两匹马。于是苏里斯坦请求埃米尼娅嫁给他，他会养活她和她的马，埃米尼娅对苏里斯坦描绘的婚姻前景感到好笑，说以后再谈这件事。但自从梯·德默听了苏里斯坦对自己不好的评价后，它便失去了欢乐感。第二年秋天，当苏里斯坦和埃米尼娅结婚的时候，它只能考虑自己的命运。它决定由自己来主宰自己的命运，并以坚定的步伐向印第安民族走去。冬天的一个夜晚，苏里斯坦告诉埃米尼娅劳尔（Raul）驱赶他的牛群进入德克萨斯州的时候，看到梯·德默死在路上。埃米尼娅惊叹它是一匹好的忠实的马，苏里斯坦对此也表示同意，但是他又说也许它的死是出于好意。

人作为生物体，在死亡面前是平等的。谁自觉地走向死亡，谁就是自由的。只有自由地死，才能赋予存在以至上的目标，唯有自觉地走向死亡，人才真正获得了在死亡面前的自由。人本尘土，还归于尘土。一匹印第安的老马尚且知道选择自由的死，何况我们人啊！它的死，符合它的本性、也符合自然之道，让人联想到杰克·伦敦笔下《荒野的呼唤》（1903）中的那条狗——巴克。巴克要回到它的同类中去，德默的目的也很明确，它要回归到它的印第安民族去，它的思想、它的语言一直都没有改变，始终是它在年轻时学会的"印第安语言"①。德默和巴克有着共同的地方，那就是它们都要抖落了人类社会文明的枷锁和尘埃，回归淳朴美好的大自然，启迪日益被异化的人类有所觉醒。

在死亡面前，我们或许以为我们人类比动物高明多少，未必如此，甚至还不如动物。达尔文认为人和其他动物之间在智力上的差别虽然很大，但这种差别无疑仅仅是程度上的差别，并非性质上的差别；人与其他动物的区别和一种动物与另一种动物的区别并无二致。他写道："我们已看到，人所引以为自豪的理智和直觉，以及诸如爱情、记忆、好奇、模仿、推理，等等，各种情绪和官能，都可以在低等动物身上找到，它们以一种萌芽的状态，有时甚至是充分发展的状态出现。"②根据人们的日常生活经验，也不难发现这一点。比如，喂过猪的人或许和笔者一样，已经发现，当主人决定要杀它的时候，它在被杀前3天几乎就不再愿意进多少食，眼睛里满含着痛苦的泪水。人们通常对地震充满恐惧，觉得它难以预料，会危及人的生命，损毁人的财产，然而很多动物在地

---

① Kate Chopin, "A Horse Story," Or "Ti Demon," *The Complete Works of Kate Chopin*, Ed. Per Seyersted, Baton Rouge： Louisiana State University Press, 1969, p.626.

② 吴兴勇：《论死生》，湖北长江出版集团、湖北人民出版社2006年版，第238页。

震前却有反常的行为，人们没有理由否认这些动物对地震有预测性，就正如人们不否认根据蚂蚁搬家和蜻蜓低飞就知道很可能要下雨了一样。

凯特·肖邦的《一匹马的故事》表面看来是给孩子们写的童话故事，实际上这里面蕴涵着深刻的生命哲思。这是建立在科学基础上的人文思考。凯特·肖邦擅长骑马，在她留给后世之人为数不多的几张照片中，有一张就是穿着骑马服。她用拟人的手法将梯·德默这匹马写活了，这说明她对于马的习性非常了解。如果将她的《谢瓦利埃医生的谎言》（写于1891，首次发表于1893）、《盲人》（写于1896，首次发表于1897）和《一匹马的故事》（写于1898，首次发表于1901）这3篇小说放在一起、对其中死亡的故事加以对比的话，就不难发现凯特·肖邦对于死亡的思考与她思想的超前和智慧。《谢瓦利埃医生的谎言》中的女孩的死虽然是自己的选择，但是那等于是对工业文明和城市化所带来的一系列负面作用的控诉，她死得很无奈，也很凄惨，她可以说是工业文明和城市化的牺牲品，她是无辜的，因为她并没有参与工业革命和科技的发展；而直接参与城市化发展、对城市发展大有作为的《盲人》中的富人，命运不比女孩好，因为女孩在死亡面前还是自由的——死亡是她自己的选择；而富人连死亡都不自由，如果让他在生与死之间做出选择的话，他绝对不会选择死亡，但是他事实上就死于他们这类人一手编造的毁灭之网。他们一味追求物质的享受，追求财富和生存空间的掠夺，无视盲人和女孩这样的人的死活，更不用说爱护像马这样的动物了，结果等于为自己提前造好了一个个坟墓：车子、一所所房子都可看做他们的坟墓。

唯有马死得最自然，虽然也有一份无奈，因为害怕苏里斯坦和埃米尼娅会用枪打死它，更有可能是不愿成为埃米尼娅的累赘，结果它选择了离开，不管自己年老体弱，它有一种利他主义的精神。凯特·肖邦很多小说中的人物都有利他主义精神，她特别注重颂扬各种各样的无私的爱。只有爱最能克服对死亡的恐惧，或许人和动物的本能就是如此，而这些已有科学实验在证明。伊丽莎白·库伯斯·罗斯博士在1960年调查过1000个进入弥留、死而复生的人，他们从此悟出的是爱与服务乃生命中最重要的事情。濒死研究者也发现：狗的心脏停止跳动的时刻，它体内就释放大量的内啡肽。内啡肽是一种激素，它会消除疼痛感，也会引起某种迷离恍惚的感觉，它使狗突然产生的幸福和爱的感觉就类似麻醉剂成瘾者注射麻醉剂后的感觉一样。随便提一下，人在长时间运动后、肌肉内的糖原用尽、只剩下氧气时，大脑也会分泌适量内啡肽，使运动者有愉悦感；还有，在内啡肽的激发下，人的身心处于轻松愉悦的状态中，免疫系统实力得以强化，并能安然入梦。所以，内啡肽也被称为"快感荷尔蒙"或者"年轻荷尔蒙"，意味着这种荷尔蒙可以帮助人保持年轻快乐的状态。1975年，著名哲学家、医学博士雷蒙德·穆迪发表的《生命后的生命》（*Life after Life*）记录了许多"濒死体验"。濒死体验（Near Death Experience）也就是濒临死亡的体验，是指由某些遭受严重创伤或疾病但意外地获得恢复的人，和处于潜在毁灭性境遇中预感即将死亡而又侥幸脱险的人所叙述的他们在死亡威胁时刻的主观体验。它和人们临终过程的心理一样，是人类走向死亡时的精神活动。根据我们现在的想象和猜测，人在弥留之际一定非常恐惧死亡、非常痛苦，然而几乎所有的濒死者都告诉我们："爱"是他们共同的体验，面对死亡，他们心中只感到安宁、和睦和无限的爱，这种爱是难以形容的，他们希望把爱给予周围的每一个人。如果是这样内心充满爱的话，死亡的恐惧何惧之有？更何况不少人还有飞升、穿过同情、温柔和理解的暖流和见到死去的亲人、上帝和奇特的爱的光线等精神体验。

凯特·肖邦本人就是一个非常有爱心的人，她接近大自然，了解自然，与自然息息相通，因此更容易看清生命的本质。人很大程度上不过是个动物，人如果脱去种种伪饰，也是和马、狗和鹰等一样由DNA决定的生物体。人类发展到现在也不外乎是由下列两大因素共同作用的结果：一是生物性；二是社会性。一方面，人是自然产生出来的一种生物体，这与其他动物也没有多少本质的区别；另一方面，人发现人有改造自然的能力，人有社会性，这是人自以为与动物不同的地方。人的本质问题由于社会化的存在而变得复杂了。很多问题也就出在人自认为有很大的改造自然的能力，可以对自然为所欲为，结果，地球——多美丽的人类家园，现在被糟蹋成这样。凯特·肖邦后来虽然不再相信上帝的存在，但是她还是有宗教信仰的，她本质上就正如海明威一样，是个天主教徒。"尽管不甚虔诚，海明威在本质上仍是一名天主教徒，宗教文化在他心底留下了不可磨灭的烙印，宗教是他死亡意识中不可或缺的一个重要因素"。[①]笔者以为天主教文化同样对凯特·肖邦的影响非常大，她的家庭宗教氛围、她所接受的8年天主教圣心学院的教育都决定了这一点。这一点在她的人生态度和家庭教育上有所体现。西方思想家马克斯·韦伯在其名著《基督教新教思想和资本主义精神》中认为：天主教和基督教新教有很大的差别，天主教代表罗马帝国农

---

① 曹明伦：《海明威死亡意识中的宗教因素》，《国外文学》2004年第3期。

179

第三章　诗意言说死

村的悠闲生活。人们宁可玩耍，也不愿意去赚钱。基督教新教的思想则鼓励人们积极进取，生活俭朴，艰苦奋斗。而这种思想的代表人物是17世纪乘坐"五月花"号来新大陆的清教徒，清教徒是造就美国资本主义的先驱。这里姑且不论现在的美国人到底还有多少清教徒的生活俭朴、艰苦奋斗的精神。但是，笔者从凯特·肖邦的作品中，确实能读到大量的农村的悠闲生活，读到田园风光的描写以及天人合一的胜景。她并不怎么欣赏城市，这在《盲人》和《谢瓦利埃医生的谎言》中有所体现，《觉醒》中也有对城市的描写，但那基本上是爱德娜丈夫的世界，而爱德娜一旦离开大海、岛屿等自然地带回到城市后，就容易感到心烦，也容易失去自我，还发生了不贞事件。

在凯特·肖邦的笔下，人与人相处和谐，没有等级贵贱之分，生活在悠闲的田园之中，让人乐以忘忧，死亡就如睡眠那么自然安逸，不仅不让人感到恐惧，而且给人以乐观诙谐、庄重美好的感受，简直令人神往。人们或许会问，当时在美国南方难道不存在种族问题了吗？何来的没有等级贵贱之分、人与人和谐相处？确实，凯特·肖邦的《黛丝蕾的婴孩》和《美人儿佐尔阿依德》就和斯陀夫人（1811—1896）的《汤姆叔叔的小屋》（*Uncle Tom's Cabin*，1852）一样，让人不由得深感奴隶制和种族歧视的可恶，人们在种族歧视的压迫下过着生不如死的生活，但任何事情都不是绝对的，作家和艺术家的职责应该客观地反映现实，而肖邦的难能可贵之处就在于此。且不多论在《本尼特斯家的奴隶》（*The Benitous' Slave*，1892）这篇小说里，肖邦向我们描绘了一个已获自由的奴隶奥斯瓦德大叔（Uncle Oswald）不顾年事已高，费尽千难万险，就是为了找到以前的主人本尼特斯家，重新给他们无偿地做砍柴、担水、搬运包裹，甚至制作咖啡等之类的事情。他心甘情愿地做着这一切，感到无比的幸福、安宁，并有忠实感。在《凯特琳尼特大妈》（*Tante Cat'rinette*，1894）这篇小说里，已获得自由的凯特琳尼特大妈，却拿出1000美元作为她的房产抵押，并且她将立下遗嘱：她所拥有的一切都归基蒂小姐（Miss Kitty）。而基蒂是她原主人的女儿，儿时在她的护理下获得健康，主人为感谢她，给了她现在的那所房屋。

在《奥黛丽错过弥撒》（*Odalie Misses Mass*，1895）这篇小说里，皮茵可大妈（Aunt Pinky）到底是睡着了，还是死了？即使读了小说，都很难知道，然而这又有什么关系呢？凯特·肖邦或许就是想通过这篇小说告诉我们：在田园里安闲度日，直到活到天年，这就是对死亡最好的超越。不管她是白人还是黑人，曾经是奴隶主，还是奴隶，都能愉快地享尽天年，一直活，直到发白了、牙掉光了、腰佝偻了、远路走不动了、说话声音发抖了，然后由身边可爱的孩子陪护，依然重复讲述那些孩子百听不厌的老故事，于恍恍惚惚中念及过去的朋友亲人，然后孩子累了，老人也累了，老人和孩子就在紧挨在一起的、各自的摇椅中安然睡去；过一会儿孩子醒了，可是老人呢，是睡着了，还是永远的睡着了？不知道。《奥黛丽错过弥撒》中奥黛丽和皮茵可大妈就是如此。奥黛丽是白人小孩，8月15那天穿着整齐，和家人一起去做弥撒，可是经过黑人皮茵可大妈门口，她坚持停下来进去让皮茵可大妈看看自己的穿着。皮茵可大妈年纪已经很大了，整个人都已经皱缩，奥黛丽把她看作自己的老朋友和被保护者（protégée）。似乎所有的人都去做弥撒了，连大妈家的哈巴狗帕咯（Pug）也去了。奥黛丽担心大妈一个人在家会跌倒、伤着自己，就让家人先走，她留下来陪大妈。她坐在大妈膝边的摇椅上，大妈抚摸着她的头发和双肩，两个人就开始聊起来了。大妈问奥黛丽是否记得很久以前的事，聊着聊着，她就把她当作了波莱特（Paulette）小姐——一个在她那过去的苦难岁月里，似乎给了她很多慰藉的挚友。奥黛丽已经习惯了大妈想象力的飞翔，也喜欢迎合她，然后就快速地习惯性地扮演起波莱特小姐来了，不时地给她以鼓励和安慰。此刻，暖风习习，抚慰人心。户外蜜蜂嗡嗡，忙碌的泥黄蜂飞进飞出。一些小鸡漫无目的地走到了门槛边，小猪小心翼翼地近前。奥黛丽困了，很快就睡着了，皮茵可大妈也睡了。奥黛丽的母亲做完弥撒来把她弄醒、带她回家时，她讲话声音极低，轻手轻脚地从大妈身边过去，就好像一个灵魂高尚的夫人……请看小说的英文结尾：

> Odalie awoke with a start. Her mother was standing over her arousing her from sleep. She sprang up and rubbed her eyes. "Oh, I been asleep!" she exclaimed. The cart was standing in the road waiting. "An' Aunt Pinky, she's asleep, too."
>
> "Yes, chérie, Aunt Pinky is asleep." replied her mother, leading Odalie away. But she spoke low and trod softly as gentle—souled women do, in the presence of the dead. [①]

① Kate Chopin, "Odalie Misses Mass", *The Complete Works of Kate Chopin*, Ed. Per Seyersted, Baton Rouge: Louisiana State University Press, 1969, p.409.

再请看罗伯特·埃文斯主编的《凯特·肖邦短篇小说评论指南》里关于这段结尾的概要：

The two spend the time reminiscing until Odalie is awakened by her mother. Odalie tells her mother that she fell asleep and that so did Aunt Pinky. Her mother replies that yes. Aunt Pinky is asleep. She walks quietly out of the cabin and out of the presence of the dead. [1]

皮茵可大妈是睡着了，还是死了？实在不得而知，但是这似乎已不那么重要了，重要的是她在天人合一的、自然和谐的环境下活到了天年，作为一个黑人老大妈，陪伴她、保护她的有纯真可爱的白人小孩奥黛丽。梦幻和现实交织，生和死不过像梦一样，多么富有诗情画意，全然没有莎士比亚笔下哈姆雷特的优柔寡断与爱恨情愁。生存还是死亡，做梦与否，还要做一番决断，实在活得生也不能、死也不能；醒也痛苦、梦也痛苦。

> 活着，还是死去，这是个难题：
> 哪一种选择更为高贵，是甘心
> 忍受残暴命运的飞箭流石，
> 还是奋起搏击无边的苦海、
> 通过反抗了结一切？死，就是睡眠——
> 仅此而已；如果说睡去能结束
> 心灵的创痛和肉体所承受的
> 千万种痛苦，那倒是完美的结局，
> 我正求之不得！死，就是睡眠——
> 睡去，也许会做梦，唉，这就糟了！
> 当我们摆脱了尘世的羁绊，
> 在死亡的长眠中还会梦到什么？
> 这不能不有所顾忌——正是这一点

---

[1] Robert C. Evans, ed. *Kate Chopin's Short Fiction: A Critical Companion*, West Cornwall, CT: Locust Hill, 2001, p.218.

才使得不幸如此长命。①

　　莎士比亚的言语、莎士比亚的心理洞察力和莎士比亚的人文主义思想实在令人惊叹，然而他所揭示的哈姆雷特的生存状况，却一定让人退避三舍。凯特·肖邦非常欣赏莎士比亚，认为他所创作内容的主题是人类永恒的话题。发现问题，不等于能解决问题。假如哈姆雷特对于生存与否的困惑就是莎士比亚的困惑的话，那么凯特·肖邦在《奥黛丽错过弥撒》里就等于做了最好的回答。莎士比亚也有名言："世上本无善恶，思想使然。"②如此拓展开来看，万物本无高下，人种本无优劣，生死本无矛盾，天人本合为一，等等。然而，不知从什么时候起，就有人用善恶对立、黑白分明、统治与被统治等二元对立的思想，来看待一切、规约一切。尽管并非所有人会认同这些观点，但那些持这种想法的人给竞争、为恶赋以美名。他们创造权力、拥有权力、占据话语权，那些持不同意见者会受到打击压制。如此这般的结果，人与人之间竞争、斗争乃是常事；在人与自然的关系上，想到的也是征服自然。于是，战争得以爆发，自然遭到无情的掠夺与戕害。战争，对个体而言，一条人命而已；对群体，常常伏尸百万，其前提是双方都有一个思想的宗旨，都认为自己是正确的，遗憾的是，伏尸百万者当中更多的是无辜者。破坏自然，必将遭到自然的报应。大自然，好比养育人类的父母，而人类不仅不感恩、爱护大自然，相反却恩将仇报的话，那人类离自己的最终灭亡也不是很遥远的事了，现在人类生存的状况较以前相比，已有很大的恶化。这就是人相对于生物性而表现出的社会性的一面，如果社会性不是表现得像蚂蚁、蜜蜂等还知道互相关爱的话，这个社会性只能离自己的本性、自然性越来越远，这是一个多么简单而又复杂的问题。智者认为它简单，因为问题本来就这么简单，而愚者往往自认为自己是智者，思虑太多，赋予人生以太多贪求的意义，那一切虚空的东西倒成了实在，结果障碍了他们实际认知的能力。凯特·肖邦一篇篇小说诗意地启发我们不必如此，昔日的奴隶们常常活到天年，或许是因为他们已经习惯于没有贪

　　① 译文参见钱志富《中外诗歌研究》，人民文学出版社2007年版，第804—806页；参见陈才宇《英美诗歌名篇选读》，浙江大学出版社2007年版，第57—58页，部分地方笔者根据英文原文作了重译。

　　② 英文原句是：There is nothing either good or bad, but thinking makes it so. Hamlet Act 2, scene 2, pp. 239—251, 参见2011 eNotes.com, Inc. http：//www.enotes.com/shakespeare—quotes：Shakespeare Quotes： Nothing either good or bad, but thinking makes it so。

求，天人合一是他们不需刻意努力就能达到的。

最后，再让我们简要地看一下凯特·肖邦在《佩吉老大妈》（*Old Aunt Peggy*, 1897）是如何向我们展示一个年长的黑人女奴愉快诙谐地面对自己必将到来的死亡的，她还未尽天年，但绝对令我们振奋。南北战争后，佩吉老大妈又来到了她以前的主人家，说她年老虚弱，来日不多，不想在自己的地方悲伤地度完余生，只想回到种植园来。她要的不多，只要在他的种植园一块很小的地方，她可以坐下来，平静地等她最后一天的来临。她的爱和忠诚在好心体面的主人夫妇那得到了和谐的响应。他们为她提供了她必须的一切：一个生活设施配备齐全的很好的小木屋，甚至还为她提供了一张摇椅，正如她所说的，她可以坐在里面等她的临终。佩吉老大妈一直坐在摇椅里面已经很长时间了。大约每隔两年，她都摇出房屋、做一个常规告别讲话。她说她要最后看一眼每一个人。她要看主人和夫人，看大孩子、小孩子，看图画、照片和钢琴。总之，在石土将她掩埋之前，她要将每一样东西再看一次。然后，照例，她会收到满满一围裙的礼物。主人宽宏大量，很久以前在供养安闲度日的大妈这个问题上就没有犹豫过，不仅如此，他已经感到大妈是个奇迹——当她决定活下去的时候，在年长的黑人女子中，她已经活到了超前的高龄。为什么？她说她现年125岁。尽管如此，这也许并非属实，她可能更大。

由此可见，爱对超越死亡是多么重要。在爱面前，种族没有歧视，没有矛盾。爱，也能唤醒别人同样的爱。几乎人人都乐生恶死，但是在死亡面前，人作为生物体，和动物一样，彼此没什么区别，终有一死；但是，正因为人有社会性，使得人生万象。人类社会的社会性如何建构，如何发展，这是个很重要的、很值得深思的问题，不等于存在即合理，也不等于过去的历史就是真理，因为今后的日子还没有来临，假如发现问题，还可以向良性发展。如何发展，至少佩吉老大妈的故事可以给我们一些启示。在发展人的社会性方面，爱始终应该作为根本。没有爱，只强调竞争，终会给人类带来各种各样的矛盾冲突，乃至一次次战争。竞争也使得家庭——社会的细胞，永不和谐，女人讲女权，男人讲大男子主义，彼此要求对方，永无餍足，结果，家庭即战场，家庭即爱情的坟墓，这简直是在作孽。正如凯特·肖邦在她的《一小时的故事》中写道："世上的男人女人认为他们有权把自己的意愿强加于他人……无论是出于善意，还是出于恶意，这种把自己的意志强加于他人的做法是犯罪。"①

　　每个人其实都可以像佩吉老大妈那样，愉快地活到天年，诗意地超越死亡。可是，曾几何时，为什么这样的生活，这样的死法，竟是那么令人神往羡慕？在纳粹的集中营里，人们的灵魂似乎早已不存在了，人像木头一样地活着。莫勒尔在《一个纳粹营中的幸存者》中写道："你们是幸福的，病了你们会有人照顾，你们也可以去照顾别人。你们是幸福的，你们是多么幸福啊！你们就像生活一样平凡地消逝，在医院的床上或者自己的家里。你们所有人都是幸福的，千千万万的人羡慕你们。"②他们的羡慕反衬了我们生活的美好，他们的牺牲令我们反思社会潜在的危机和这种危机的根源，而且必须尽一切可能杜绝这种危机，仅仅从各个角度去解释这种危机产生的原因是不能解决问题的。上帝死了，人类由自然选择而来。达尔文自然选择学说内容主要有四点：（1）过度繁殖；（2）生存斗争（也叫生存竞争）；（3）遗传和变异；（4）适者生存。粗略来看，这些说法就为那些杀害同类者找到了合理的依据。关于达尔文理论的合理性，凯特·肖邦早已有多篇小说提出质疑，这里不再详述。这里想指出的是，人类更应该给爱、给道德、给人类以生生不息活到天年的种种因素以深入的关注和本质的探求，而不是给彼此激烈地竞争、甚至互相残杀寻找理由。笔者以为，社会的一切活动都应该围绕着爱、真、善、美而展开，并不断探求合理的道德、伦理标准，彼此自觉地遵守，以使得地球成为万物和谐共处的、更加美好的家园。现在已有许多社会生物学家认为，今日道德观的根源就是动物的利他主义。他们认为人类和其他生物的社会行为的基本形式有性行为、利他主义行为和利己主义行为等。他们高度重视利他主义，并认为这是构成社会的基本要素。他们认为达尔文所说的自然选择并非意味着一切动物刚出世就必须无一例外地投入到与同类搏斗的战场，动物之间有互助合作，这样的互助合作对进化带来的好处比生物竞争还要多，这就是生物学里的"利他主义（altruism）"。自然选择能够在生物体之间孕育出利他主义的关系，社会生物学家已建立了两个模式对此加以说明：（1）血缘选择（kin selection）；（2）相互利他主义。关于血缘选择，其概念比较抽象，故引用如下：

　　① Kate Chopin, "The Story of an Hour", *The Complete Works of Kate Chopin*, Ed. Per Seyersted, Baton Rouge: Louisiana State University Press, 1969, p.556.

　　② 吴兴勇：《论死生》，湖北人民出版社2006年版，第159—160页。

设想在一个群体内，存在着由具有血缘关系的个体组成的连在一起的网络。这些血缘个体，作为一个总体，以增加网（类群）内成员平均适合度的方式，彼此合作或彼此给予利他主义恩惠，甚至当这一行为要减少类群内某些成员的个体适合度时仍会这样做。这一类群的成员可以生活在一起或遍及群体各部。其基本条件是，作为总体他们要以有利于类群的方式而采取联合行动，并且其成员要保持相对紧密的接触。在群体中这种"血缘——网络"繁荣的增强作用称为血缘选择（Kin Selection）。[①]

概念是抽象的，但是如果我们想象一下蜜蜂群体中工蜂的行为就不难理解。工蜂自我牺牲的、利他主义行为实际上是血缘选择的直接功能和最有效的维持家族的方法。"类群选择理论多数源自于利他主义的好意愿。当把利他主义想象为DNA通过血缘网络复制自身的机制时，其精神支柱正好又是达尔文提出的理论。其自然选择的理论仍然可进一步延伸到如罗伯特·L.特里维斯（Robert L. Trivers，1971）所称的相互利他主义（reciprocal altruism）的一套复杂的关系中。由特里维斯提供的一个范例是人类的慈善行为。"[②]

凯特·肖邦对生物进化、对物种学有着浓厚的兴趣，她说人不过像虫子一样并非出自偶然，假如我们人类能够进一步彰显小小蜜蜂都具有的利他主义，我们的人类社会将会变得更加和谐美好，已经发生的第一次、第二次世界大战，以及凯特·肖邦经历过的美国南北战争或许就不会发生。在凯特·肖邦100多篇长短篇小说中，几乎没有一篇直接触及战争，但是她从根本上探究避免战争、超越死亡、构建和谐社会的因素，其思想超越时空，意义深刻。她在她的众多小说中都写到利他主义，如前文提到的《一匹马的故事》中的那匹马、《谢瓦利埃医生的谎言》中的谢瓦利埃医生、《本尼特斯家的奴隶》中的奥斯瓦德大叔、《凯特琳尼特大妈》中的凯特琳尼特大妈、《奥黛丽错过弥撒》中的奥黛丽，以及《佩吉老大妈》中提到的几乎所有的人都有利他主义精神。总之，凯特·肖邦为我们构建了一个个多么美好的超越死亡的、充满爱的和谐世界啊！

[①] 爱德华·O. 威尔逊：《社会生物学——新的综合》（*Sociobiology: The New Synthesis*），毛盛贤等译，北京理工大学出版社2008年版，第108—109页。

[②] 同上书，第111页。

第四章
美在爱和死

　　美在什么地方？在我必须以全意志去意欲的地方；在我愿意爱和死、使意象不再是意象的地方。爱和死：永久相伴。求爱的意志，这也是求死的意愿。

> 美在什么地方？在我必须以全意志去意欲的地方；在我愿意爱和死、使意象不再是意象的地方。爱和死：永久相伴。求爱的意志，这也是求死的意愿。
>
> ——尼采《查拉图斯特拉如是说》[1]

尼采，这位"诗人哲学家"虽然也曾借查拉图斯特拉之口，呐喊过"我爱人类"，然而却没有"上帝死了"那么振聋发聩。至于后来，他意欲表达的爱人类的思想又如何与纳粹的暴行扯起边来，这实在是一个令人不得不反思的问题，但却不是本文的论题。本文只想探究凯特·肖邦作品的思想。她的思想，如果用一个字来表达的话，那就是"美"，而这种美，在她的作品中，又重点体现在"爱"和"死"这两个方面。

第一节　美在爱

凯特·肖邦的作品给人的第一感觉是美，通读全部作品后，全部的感觉还是美。这种美固然离不开肖邦高超的小说创作技能，从而使得她的《一小时的故事》和《黛丝蕾的婴孩》成为世界一流的短篇小说，与福楼拜、契诃夫、莫泊桑和欧·亨利等人的作品一起，为人永远欣赏。不仅如此，她的作品还有她的特色，总体而言，给人以法国印象派绘画的感觉，弥漫的是纯真的气息，这是因为作者心中有大爱。

基督宗教提倡爱上帝和爱人如己，而肖邦也曾需要并寻找上帝。在外部世

---

[1] 周国平：《尼采——在世纪的转折点上》，上海人民出版社1986年版，第274页。

界，她没有找到，结果却在自己的内心找到了。

> 我曾需要上帝，在天堂和尘世之间寻找，
> 瞧！我发现上帝就在我的内心。（1898）①
> 哦，我的爱，哦，我的上帝，哦，黑夜来到我的身边！（1890）②

上帝在她这里实际上是爱的同名词，而她的爱是自爱，是善，是同情、真诚和利他等等。这最后一句诗与尼采的话相呼应："夜的时候，现在爱者的一切歌才醒来。我的灵魂也是一个爱者的歌。"③但比较这两句话，虽然爱都离不开黑夜的启迪，都是夜晚才来临，但是尼采的有愤世嫉俗的意味，而肖邦的则恬然自得。

凯特·肖邦的作品美，首先美在她的自爱。当人们笃信上帝的时候，常常寄希望于来世，而松懈了今生的努力。为什么？因为基督认为人生而有罪，但死后可以复活。复活就在天堂里了，这怎能不叫人神往？但是这个上帝，她没有找到，她死去的亲人们，个个都是虔诚的天主教徒，可是一个也没有复活。上帝没有救她的亲人们，也没有救她，但是她自救自爱。自爱使她不辍努力，在音乐、诗歌、绘画等方面素养深厚。正是因为有这方面的素养，所以她才能塑造出像《智胜神明》中的波拉这样，最后成了全国著名的女钢琴演奏家的形象；她也才能够塑造出像《觉醒》中的爱德娜这样，在19世纪能够靠自己的绘画独立为生的女性。总之，自爱使她自己先成了一名艺术家、作家。"对现代读者，不管怎样，肖邦本人似乎就是从她小说中消失的完美的女性艺术家形象。"④

正因为如此，凯特·肖邦的爱实际上是艺术家的爱，她对人的同情是艺术家的同情，她的生活是艺术的生活，她的人生是艺术的人生。我国现代美学、文艺学、艺术学的奠基人之一宗白华先生写道：

---

① Per Seyersted, *Kate Chopin：A Critical Biography*, New York：Octagon Books, 1980, p.212.

② Ibid., p.85.

③ 转引自周国平《尼采——在世纪的转折点上》，上海人民出版社1986年版，2003年第11次印刷，第246页。

④ K. J. Weatherford, "Courageous Souls：Kate Chopin's Women Artists", *American Studies in Scandinavia*, Vol. 26, 1994, p.112.

艺术的生活就是同情的生活呀！无限的同情对于自然，无限的同情对于人生，无限的同情对于星天云月，鸟语泉鸣，无限的同情对于死生离合，喜笑悲啼。这就是艺术感觉的发生，这也是艺术创造的目的！①

确实，如果宇宙世界、没有"光"、没有"热"，那将是一个纯粹物质的世界，冰冷、黑暗、森寒；如果民族社会，没有人与人之间彼此的关爱与同情，那将是多么冷漠，毫无生趣。同情，有别于怜悯。同情，指"人同此心"。同情出于爱心，有生物学、遗传学上的依据。一滴水，都知道生命的答案（江本胜，2009）。同情是社会形成的基础，同情是社会进化的必须，同情是解放狭隘自我的第一步。

凯特·肖邦在她的作品中对人倾注了全部同情与爱。这种出于爱的同情，就是宗白华先生笔下的"同情"，就是叔本华认为的真正的道德行为的"同情"，就是尼采所说的"我爱人类"的情感，但是到了肖邦这里，这种爱，就不是占有，不是狂言，不是为了体现统治者的权力意志，而是表达对人深切的同情之心，具有实实在在的行为，体现了作品的思想。哲学家孜孜以求的是发现人类见解思想的一致，革命家渴求的是一呼百应、振臂云集，宗教家和伦理学家希望的是人类意志行为的一致。而真正能结合人类比较持久情绪感觉的，却常常是艺术作品。一曲悲歌，千人泪下；一个画境，行者驻足。人们因为同感而流泪、而驻足，人们又因为美感的被唤起，而忘记了彼此小我的存在与己有思想的束缚。于是当人们读一首感人的小诗的时候，不由得设身处地、直感那诗中的境界，如临其境、神游其中。

凯特·肖邦的作品就是这种感人的如诗如画的境界。她同情别人，公正、仁爱，对他人的痛苦感同身受，将他人与自己视为一体。她笔下具有同情心的人，公正，不能忍受他人的痛苦，约束自己不去伤害他人。例如，在她的短篇小说《老纳基托什内外》（*In and Out of Old Natchitoches*，1893）里，新来的种植园主阿方斯（Alphonse）就是这样一个有着公正、仁爱的同情心的人，连臭名昭著的赌徒赫克托（Hector）都有同情心，都不愿看到别人受到自己不好行为的影响。在故事中，阿方斯无视种族隔离制度，将黑白混血的姬丝丁（Giestin）一家住在按规定不可以住的种植园的房子里，还为他们的子女上学

---

① 宗白华：《天光云影》，北京大学出版社2005年1月版，第20页。

问题而奔走，因为老纳基托什教区的学校不接受有色人种的孩子上学。教师苏珊妮（Suzanne）因为他的行为不愿与他讲话，后来就离开纳基托什教区，到新奥尔良投奔她的远亲和朋友赫克托（Hector）去了，但是阿方斯赶到新奥尔良提醒苏珊妮，要她不要与赫克托有任何瓜葛，并随时准备保护她。当苏珊妮问赫克托有什么理由有人会因此提醒她不要与他交往时，赫克托承认有很多理由。后来她无意从路人那儿知道了，赫克托是新奥尔良最臭名昭著的赌徒。这里阿方斯对姬丝丁一家的痛苦能够感同身受，希望他们一家不被种族隔离，希望他们的孩子能够像白人的孩子一样受到教育。虽然苏珊妮因为自己的接受习俗和社会规范的偏见，而不愿与他讲话，但是他同样对她的处境感同身受，不愿她受到城市生活的负面因素的影响，不愿她受到品德不好的人的牵连。而赌徒赫克托，虽然臭名昭著，但也有看透他人和自我间的无差异性的能力，认识到自己与别人不同，有很多因素。这样，每个人对他人的处境与遭遇都能感同身受，都能迫使自己不仅不去伤害他人，相反还不能忍受他人的痛苦，并设法去帮助别人，道德、美德就因此而建立。这就展示了叔本华的伦理学大致的逻辑关系：万物间无差异——→人、我之间无差异——→对他人痛苦的感同身受——→同情心的油然而生——→公正和仁爱思想的建立——→道德的建立。

在《克里奥尔黑奴》里，凯特·肖邦对黑奴的处境感同身受，而黑奴对那位年长的白人老妇人的痛苦也感同身受，他恨不能用死来减轻她的痛苦，假如问题可以这样解决的话，他真的非常愿意。黑奴的行为激起了我们无限的同情心，不知不觉间灵魂有一种被洗涤的感觉，同情心、仁爱油然而生。肖邦描写的黑奴希科，栩栩如生。虽然贫穷、瘸腿、年长瘦削，常常食不果腹、衣不蔽体，被人抛弃的鸡窝就是他的栖身之处，芦苇荡和柳树丛就是他的大花园，却年复一年，日复一日，和一位比他还年长的、已丧失劳动能力、贫穷得"像教堂里的老鼠"[1]的老人分享他的食物。当老人去世时，他哭得像一条狗，我们的同情也因此更加深入；同时，我们不能不感到他为人的魅力：直感到一个"爱"字在散发着光华，这就是美感。同样，在《黛丝蕾的婴孩》里，黛丝蕾，一个纯洁、善良、无辜的白人女性，在和丈夫生了个混血儿子后，那肤色黝黑、对黑奴粗暴凶残的丈夫却偏要说是黛丝蕾的原因，只是因为他是老庄园主的儿子，正行使治理庄园的权利。于是黛丝蕾只好抱着孩子，在夕阳西下的

---

① Kate Chopin, "NégCreol", *The Complete Works of Kate Chopin*, Ed. Per Seyersted, Baton Rouge：Louisiana State University Press, 1969, p.509.

时候，穿过一片荒凉的土地，消失在杂柳、芦苇夹岸的湖水之中。此情此景，令人扼腕，倍感黛丝蕾之死的凄美，如溺水的奥菲丽娅，悲剧的美也因此而产生。这种震撼，使人如临其境，原有的婚恋和初生孩子时的和谐被彻底否定，丈夫阿曼德不能让她与之共存，两人互相对立，双方都各自以自己那一方的理由为自己申辩，同时每一方拿来作为申辩的理由却只能把同样有辩护理由的对方否定掉或破坏掉。因此，"双方都在维护伦理理想之中而且通过实现这种伦理理想而陷入罪过中。"[①]结果，阿曼德逼死了黛丝蕾，而黛丝蕾又带着孩子溺水而亡，根据基督宗教，都陷入程度不等的罪过中，都犯下了不该犯的罪行。令人不禁要控诉真正的罪魁祸首——奴隶制的大罪恶。一个社会，如果彼此的感情完全不一致，有完全对立的大群体存在，这意味着这样的社会存在大危机。"因为'同情'本是维系社会最重要的工具。同情消灭，则社会解体。"[②]所以，南北战争爆发，美国奴隶制消亡是理所当然的。

凯特·肖邦的作品融社会感觉情绪于一致，关注全社会的和谐，以尼采所谓的"合唱"为基础。在尼采看来，合唱实际上是自然精灵的再现。紧裹在文明罩衣里的希腊文明人把自己装扮成自然精灵，从而忘却了自己本来的身份："国家和社会，总之，人与人之间的一切鸿沟让位于一种超自然统一情感，它将人引导回自然的心房。"[③]文明人这时候变成了自然人，与自然融为一体，进入酒神情状，从而感受到自然那无穷无尽的生殖力，于是他得到一种形而上学的安慰：无论现象界里万物变迁，生老病死，但生命力却是永恒的，不可摧毁的。个体可以毁灭，但主宰着芸芸众生的生命力却长存不朽。合唱不存在观众与合唱之间的区别，合唱不是表演给人看的，而是希腊人的自身需要。萨提儿（Satyr）目睹了酒神被痛苦撕裂的情景，却把它化作歌唱的对象，使人忘却现实世界，在迷醉状态中直达自然之底蕴。此后，合唱的职能扩大，增加了日神因素，即情节、舞台形象、对白、置景。酒神与日神第一次融合，去感染更多的人，使更多的人去体验酒神情状。总之，尼采所谓的合唱，本质上"是一种不可遏止的非理性冲动，企求把握世界的神秘统一性"[④]。在《职业和声

① 黑格尔：《美学》（第三卷下册），朱光潜译，商务印书馆1981年版，第286页。

② 宗白华：《天光云影》，北京大学出版社2005年1月版，第20页。

③ 胡经之主编：《西方文艺理论名著教程》，北京大学出版社1989年版，第60页。

④ 胡经之主编：《西方文艺理论名著教程》，北京大学出版社1989年版，第62页。

音》里，凯特·肖邦很明显地展示了尼采所谓的"合唱"的力量。尽管人们职业有所区别，发出的声音也有大小，但是都有合唱的潜能，一旦被激发，就不会考虑职业的束缚，而一律参与合唱的行为中。在故事里，男孩还没有职业，但有宗教情结。苏紫玛是吉普赛人，和丈夫一起靠卖药流浪为生。相对而言，男孩更加接近文明社会，可是在苏紫玛的带动下，男孩的酒神情感被开启。即使后来迫于文明道德的自责与压力，他到修道院当了修士，但修道院的高墙依然挡不住苏紫玛歌声的呼唤，循着歌声他追随苏紫玛去了，这与尼采认为的在合唱中酒神占主导地位是一致的。总之，如果每个人都像希腊人那样自动需要合唱，群体就能显示出强大生命力的迷醉状态，社会就显得特别生气勃勃，尽管个人会死亡，但是整个人类的生命力却长存不朽。这是尼采所谓合唱和永恒轮回的观点，肖邦承认并表示赞同，并将这种观点用小说艺术的形式呈现给读者，而有关这方面的内容，常常会被人误以为是色情的。其实肖邦只不过想表现一下人类的合唱需要，体现以下人类种族繁衍与延续的本能需要。既然上帝已经死了，人们的爱其实并不带原罪、也是无罪的，那么合唱为何不可以呢？并且，在凯特·肖邦这里，合唱远远不是目的，而只不过是表达生机的基础，她的思想有大美，是"同情"与和谐的统一。

凯特·肖邦借助尼采的"合唱"观，揭示了人类本能情感的一致性和生命力，而又利用叔本华的伦理观，进一步表明自己对人类社会的同情；对美国社会种族对立的各方，她都能用同情予以结合，使之和谐相处。美国是个移民国家，既有殖民者，又有老移民，还有新移民，民族融合问题是个很重要的社会问题。一般认为1776年美国建国前去的移民被称为殖民者，这批移民中90%以上是英国人，他们创建了殖民地，也制定了殖民地的制度，后来的移民不得不去适应他们的制度立法和文化风尚。在19世纪90年代边疆封闭前（1776—1890）来的移民习惯上称为老移民，他们主要来自西欧和北欧。从边疆关闭后至20世纪30年代（1890—1930）来的移民被称为新移民，他们主要来自东欧和南欧。[①]凯特·肖邦的祖先属于老移民，她的作品主要就体现她的祖先到她的有生之年那个时期内的美国南方社会的种种情况。她笔下的人物丰富多彩，有本土白种美国人、白种法国和德国移民或他们的后裔，也有混血者，还有种植园的那些黑人。她描写他们，不带任何偏见，只注重发现人类社会共有的爱心、同

① 参见钱满素《美国文明》，中国社会科学出版社2001年版，第201—204页。

情心，只让他们全部参与"合唱"，发出自己的声音。例如《事关偏见》中卡拉姆贝尤夫人，本来以自己身为法国人的身份感到骄傲，不喜欢美国人、德国人。因为儿子娶了美国女孩为妻，从此断绝与他们往来，不让他们走进家门，已有10年。但是她是有同情心的，因为她对所有病人的痛苦感同身受，不管他们的种族如何，国籍怎样，她都乐意给予护理。正是这种想法使她在护理了一位美国小女孩时（后来证明那小女孩就是她的孙女），产生了仁爱之心，最后，终于意识到自己的偏见。本来因为她的种族偏见，一分为二的家庭，现在终于和谐成一个幸福的大家庭。

正因为有同情、仁爱的基调，人人都有道德，凯特·肖邦笔下的种植园，就如一个个小社会，这里没有种族偏见，就如人间桃花源那样和谐美好。凯特·肖邦认为黑人与白人之间是没有差异的，除了她对黑人有一种自发的爱的情感，因为她觉得黑人更加淳朴，更加接近自然本色，没有像文明人那样变得陈腐世故。所以她对他们的处境感同身受，她希望他们老有所养、病有所医、劳有所得、住有所居，所以她就为他们构筑了一所所桃花源，唤起了我们无限的社会美感与对自然美景的神往。《奥黛丽错过弥撒》中，白人小孩对黑人老大妈的身体状况感同身受，宁可错过弥撒也不愿看到皮茵可大妈没人陪护，结果就是因为她的陪护，才使得大妈能够在睡眠中安详地离开了（很可能如此）。《凯特琳尼特大妈》中凯特琳尼特大妈劳有所得、老有所居。她因为帮助护理了原主人的女儿，主人出于感恩，送她一幢楼上楼下各两间的房屋。《佩吉老大妈》生活的种植园也是充满了仁爱与彼此的关心，主人没有嫌弃她年老而无劳动能力，依然将她安顿得很好。她每次出去，跟大家说说问候告别的话，都能收到很多礼物。这里人人都有爱与同情，每个人都能跳出自己的小我，对年长者如同身受，所以年长者就能活到超过125岁的天年。

凯特·肖邦的同情并不局限于人类社会，而已扩充到普遍的自然界。她与自然界中的树木花草、马、狗、猫、鸟的情绪感觉息息相通。她能感觉到它们的生命意志，感觉它们的有情和它们的梦想。大片的黄色甘菊、高大挺拔的路易斯安那州的橡树、挣脱了牢笼束缚的鸟，以及不顾年长体弱，依然昂头寻找印第安故里的老马都在她"心灵之视"和"眼睛之视"的范围之内。凯特·肖邦，作为诗人、作家、艺术家，置身于这样的境界中，出于对自然、对人生极深厚的同情和深藏心中的冲动，将这个宝爱的自然，宝爱的人生，由自己的能力再实现一遍，展示在我们面前。

> 这时候，我们拿社会同情的眼光，运用到全宇宙里，觉得全宇宙就是一个大同情的社会组织，什么星呀、月呀、云呀、水呀、禽兽呀、草木呀，都是一个同情社会中间的眷属。这时候，不发生极高的美感么？这个大同情的自然，不就是一个纯洁的高尚的美术世界么？[1]

例如，在《职业与声音》里，凯特·肖邦感同身受男孩的体验，又从男孩的视角与自然万物交感。这种体验有她女性更加亲近自然的特色，没有出现宗白华先生提及的社会一词。

> 他似乎已经被带进了一种同这个世界上所有男人和所有活着的生物的联系当中。他比以往任何时候更加关心蠕动和爬行类生物，因为在每一个角落他都能遇到这些美丽的无声的生命：在天空中，在岩石上，在溪水里，在树丛、在草地、在花簇间到处都展现着这些神秘的、必然的存生。（541）[2]

本质上，凯特·肖邦与宗白华先生的观点本质并无多大差异，都表达了天人合一的自然观，都是一个同情的大世界，推己及人，推己及物。也涵盖了强调个人的爱默生的自然观。例如爱默生在《论自然》中写道："人们从荒野和森林中体会到的最大的快乐暗示了人类和植物之间的一种神秘的联系。我并不是独自一人无人回应的，它们向我点头，我也向他们致意。"[3]

凯特·肖邦的作品美，不仅美在爱的同情，还美在爱的灵动，如音乐一般，深透心理，扣着心弦，放歌一曲，即得共鸣。一个学术思想，很难得到全社会的接受与赞同，因为它的理性而离大多数人的生活太远，大众也无意去考察这个思想的合理与否。一件事业举动，如果不是出于慈善，也难得到全社会

---

① 宗白华：《天光云影》，北京大学出版社2005年1月版，第22页。

② Kate Chopin, "A Vocation and a Voice" *The Complete Works of Kate Chopin,* Ed. Per Seyersted. Baton Rouge：Louisiana State University Press, 1969, p.541.

③ Ralph Waldo Emerson, *Selected Essays of Emerson,* "Introduction"，Ou Yangqian, Beijing: China Renmin University Press, 1998, p.4.

的同情，即使有人口头声称出于慈善，人们根据现在社会的实际经验，对此也会加以怀疑。而一曲来自心底大爱的音乐和文艺作品，人们直觉就能明辨自决。不管人们此前的情绪是高兴与否、甘苦与否，都会被音乐而协同一致（concerted）。所以我国《孝经》里有"移风易俗，莫善于乐"，中国的古圣先贤都非常看重音乐中的美和善，把它们看作养成道德、理性人格的手段。《论语》里有："子曰，知之者，不如好之者；好之者，不如乐（读洛）之者。"（《雍也》）①人仅仅知道道的可贵，未必即肯去追求道；能"好之"，才会积极去追求。仅仅因为好道而加以追求，自己犹与道为二，有时会因懈怠而与道相离。到了以道为乐，则道才在人身上生根稳固，此时人与道成为一体，而无一丝一毫的间隔。"因为乐（读洛）是通过感官而来的快感。通过感官以道为乐，则感官的生理作用，不仅不会与心志所追求的道，发生摩擦；并且感官的生理作用，已完全与道相隔，转而成为支持道的具体力量。此时的人格世界，是安和而充实、发扬的世界。"②《论语》里又有："子谓韶，尽美矣，又尽善矣。"（《八佾》）这"又尽善"指仁的精神，因此孔子所要求于乐的，是美与仁的统一；是仁中有乐，乐中有仁，因而得艺术的尽美。尽美尽善的"韶"，可以使他三月不知肉味："子在其闻韶，三月不知肉味，曰，不图为乐之至于斯也。"（《述而》）尽善的音乐，具有中和之美："子曰，《关雎》乐而不淫，哀而不伤。"（《八佾》）

老子和庄子，也都认为美的效果必是乐；"由大美、至美所产生的乐，庄子称之为'至乐'；所以《田子方》引老聃曰：'夫得是，至美至乐也。得至美而游乎至乐者，谓之至人。'"③至乐是出于道本身，因为道的本身即是大美。孟子也说："故君子无日不忧，亦无日不乐。"可见为国为民为家的仁义之责任感，使得忧乐共存。而庄子之道，则要超越忧乐之道——带责任感的仁义之乐，得至乐天乐，这显示了庄子的艺术精神。

凯特·肖邦最后的艺术境界，仅就人的生命在此领域中能得到自由解放这一点而言，与庄子的艺术精神息息相通。《觉醒》中，爱德娜脱掉了象征着人类社会规范与习俗的桎梏的旧泳衣，赤裸裸地站在蓝天下，感觉自己像是一个初生的婴儿，在从不了解而又熟悉的世界中睁开了双目，怀着意趣盎然的喜悦

---

① 徐复观：《中国艺术精神》，华东师范大学出版社2001年版，2002年第2次印刷，第8页。

② 同上。

③ 同上书，第35页。

心情走向波光粼粼、渺茫无际的大海……此情此景，不正体现了庄子逍遥游的精神吗？而爱德娜不就正如庄子心中理想的人物吗？

> 藐姑射之山，有神人居焉。肌肤若冰雪，绰约若处子。不食五谷，吸风饮露。乘云气，御飞龙，而游于四海之外。其神凝，使物不疵疠而年谷熟。①

凯特·肖邦的艺术境界灵动的是音乐，这音乐与庄子（约前369—前286）的至乐和谐，也与希腊数学家、哲学家毕达哥拉斯（Pythagoras，约前572—约前497）发现的至美的音乐和谐。毕达哥拉斯学派的两个主要观点，就体现在下面两个简短的问答中："什么是最智慧的？——数"；"什么是最美的？——和谐。"②艺术有艺术的"形式"结构，如数量的比例之于建筑艺术，色彩的和谐之于绘画，音律的节奏之于音乐，正是这些结构，使平凡的现实有了美境。但这"形式"里面蕴含的和谐的美，同时也深深地启发了精神的意义、生命的境界、心灵的幽韵。"艺术家往往倾向于以'形式'为艺术的基本，因为他们的使命是将生命表现于形式之中。而哲学家则往往静观领略艺术品里心灵的启示，以精神与生命的表现为艺术的价值。"因此，"希腊艺术理论的开始就分这两派不同的倾向。"③但是，毕达哥拉斯却能贯通两者，发现宇宙的奥秘，宇宙（Cosmos）在希腊文里就包含着"和谐、数量、秩序"等意义。作为数学家，毕达哥拉斯发现宇宙以"数"为原理；作为哲学家，他静观世界的和谐、体悟世界的美。而贯通两者的事实是：音乐上谐音的"性质"和"关系"是由数学上的"数"构成的，例如当铁锤打在铁砧上的时候，音调的高低随铁锤的轻重而变化；张着的琴弦因粗细长短不同而发出不同的声音。

> 当他发现音之高低与弦之长度成为整齐的比例时，他将何等地惊奇感动，觉得宇宙的秘密已在他面前呈露：一面是"数"的永久定律，一面即是至美和谐的音乐。弦上的节奏即是那横贯全部宇宙之和谐的象征！美即

① 徐复观：《中国艺术精神》，华东师范大学出版社2001年版，第28页。
② [法]莱昂·罗斑：《希腊思想和科学精神的起源》，陈修斋译，段德智修订，广西师范大学出版社2003年版，第57页。
③ 宗白华：《美学散步》，上海人民出版社1981年版，第231页。

是数，数即是宇宙的中心结构，艺术家是探手于宇宙的秘密的！①

就像爱因斯坦曾试图寻找出能够将万有引力与电磁波统一起来的引力波（gravitational wave）一样，我们是否也可以探究人类心灵的律动与宇宙天体万物的运行，是否也存在着某种谐和的天机？这或许就是老子所谓的"道"的境界，也是一切艺术和美的最高境界——"大音希声，大象无形"？"最美的声音就是没有声音，最美的形象就是没有形象。"②我们人眼所见光波和音波的波段范围实在很窄，而我们因听不到就以为没有声音的、看不到就以为不存在的物体实际上也在和谐地波动，这大美的境界竟至于无穷无尽。而音乐却像桥梁一样，将人类心灵的律动与宇宙的秩序定律与万物生命之流动演进、沟通起来，共振和谐。

在《智胜神明》中，女主人公波拉弹奏的一首波兰音乐家肖邦的《摇篮曲》如从过往岁月发出的幽雅之音，使她生命垂危的母亲陶醉在奇妙的旋律中，让她的精神进入了甜蜜回忆中的恬静状态。

"我的孩子，你给了我你梦想不到的快乐，我一点也不痛苦。你的乐曲对我来说做到了法拉奈利当初为可怜的西班牙国王菲利浦歌唱时的作用；它治好了我的病。"

在那和蔼的面孔上现出了一丝愉快，眼睛也明亮得像健康人一样了。"波拉，我听你弹时，我的灵魂已离开了我的身体，回到了很久以前的一个夜晚。我们是在莱比锡一间舒适的房间里。和煦的空气伴着月光从窗口而入，在发光的打蜡地板上形成了颤悠悠的浮雕图形。你躺在我怀里，你那热乎乎的小胖身子紧紧依偎着我。你爸爸坐在钢琴前弹《摇篮曲》，你忽然扳着我的脑袋悄悄说道：'多么美妙啊，妈妈！'……"③

① 宗白华：《美学散步》，上海人民出版社1981年版，2006年第17次印刷，第232页。

② 张少康、刘三富：《中国文学理论批评发展史》（上），北京大学出版社1995年版，2003年第7次印刷，第59页。

③ Kate Chopin, "Wiser Than a God", *The Complete Works of Kate Chopin*, Ed. Per Seyersted, Baton Rouge: Louisiana State University Press, 1969, p.44–45.

凯特·肖邦，"音乐天才非同寻常"①，对音乐的感悟力也超越时代，在她看来，音乐触及人心灵最深处的情调与律动，将所有与此和谐的记忆、行为场景、想象境界全部灵动起来，不受时空的束缚。音乐可以治病、音乐可以激发人的想象力，而这在现代医学那里，都已经得到了证明。二战时，医生们发现有音乐听的伤兵比没有音乐听的恢复快。于是他们通过研究发现，人在听音乐的时候，人的生理有很多变化，除了心率减慢、肌肉放松等容易观察测量的变化外，人的内分泌也发生了变化，如"脑垂体会分泌一种物质'内啡肽'，是类似于吗啡的一种物质。这种物质的含量在血液中明显升高，而人们在心情愉悦、欢欣状态时人的血液中内啡肽的含量一定是升高的，也就是说音乐能在机理上给人心情上愉悦的感觉"②。毒品实际上是类内啡肽的一种东西，这种东西进入血液以后，会带来很强的欢欣感，使人飘飘欲仙，但毒品进入人的血液后，降低了自身脑垂体分泌内啡肽的能力，使人产生外援性依赖，如果不能及时补充，就浑身难受、四肢无力。而古典浪漫的音乐却在机理上刺激人的脑垂体，既让它分泌内啡肽，又不使人产生外援性依赖，给人以最直接的、最强烈的美感，从而有助于人的身心健康，带来心灵的丰富。

上述音乐在医学、心理学上的功效，其实也还是可以从毕达哥拉斯学派那儿找到发轫。毕达哥拉斯学派大半都是数学家，他们认为万物最基本的元素是数，数的原则统治着宇宙中的一切现象。前文已经间接提到，这是他们的第一个主要的观点。这个观点至今仍有影响，科学家们在寻找外星人的时候，就运用到这个原则，这里因与本书主题关系不大，不作论述。他们的第二个主要观点是，他们认为美就是和谐，这一点意义非常重大。他们不仅发现了音乐的基本原则在数量的关系，音乐节奏的和谐是由高低长短轻重各种不同的音调，按照一定数量上的比例所组成的，而且还能够衍生下去，推而广之到人体、人类社会的每一个角落，乃至于浩渺宇宙。首先，从音乐的数量关系的研究中，毕达哥拉斯学派找到了一个辩证的原则，这个原则由他的门徒加以转述道："毕达哥拉斯学派说（柏拉图往往采用这派的话），音乐是对立因素的和谐的统一，把杂多导致统一，把不协调导致协调。"因此，朱光潜先生认为："这是希腊辩证思想的最早的萌芽，也是文艺思想中'寓整齐于变化'原则的最早的

---

① Per Seyersted, Kate Chopin—A Critical Biography, New York：Octagon Books, 1980, p.18.

② 文池主编：《在北大听讲座》（第18辑），新世界出版社2008年版，第223页。

萌芽。"①其次，毕达哥拉斯学派还把音乐中和谐的道理推广到建筑、雕刻等其他艺术。第三，这派学者还把数与和谐的原则应用于天文学的研究，因而形成所谓的"诸天音乐"或"宇宙和谐"的概念，认为天上诸星体在遵照一定轨道运动之中，也产生一种和谐的音乐。这一点非常有魅力，很值得进一步探究，与老子的"大音希声"有异曲同工之处。"音乐和谐的概念原只是对一种艺术领域研究的结果，毕达哥拉斯学派把它推广到全体宇宙中去……因此，连天文学即宇宙学在这派看来，也具有美学性质。"②第四，毕达哥拉斯学派还注意到艺术对人的影响。他们提出两点，一个是"小宇宙"（人）类似"大宇宙"的说法（近似中国道家"小周天"的观点）。他们认为人体就像天体，都由数与和谐的原则统辖着。人有内在的和谐，碰到外在的和谐，"同声相应"，所以欣然契合。因此，人才能爱美和欣赏艺术。二是认为人体的内在的和谐可以受到外在的和谐的影响。这观点应用到医学上，类似中国医学里阴阳五行说的结论。不但在身体方面，就是在心理方面，内在和谐也可以受到外在和谐的影响。③这就体现了前文提到的音乐的身心治疗作用。

上述第三、第四点表明宇宙是美的、和谐的；人体、人的内在，是美的、和谐的；人的内在的和谐与外在的和谐是可以同声相应、欣然契合的；即使不能立即契合，但身心的和谐也会受到外在和谐的影响。如前文提到的《智胜神明》中波拉的母亲就是如此，虽然生命已经垂危，但是波拉弹奏的音乐使她感觉自己已经好了，可见外在和谐的音乐对她身心的和谐影响很大。这些观点，在凯特·肖邦的《觉醒》中得到了更充分的例证。《觉醒》中的爱德娜对音乐特别有感应力，"凡是演奏得好的乐曲就像一幅幅图画唤起她心中的回忆。"④并且不同的曲子会引起她不同的富有美感画面的联想，这说明爱德娜自身艺术素养比较高，有比较强的美感，因此也才能与外界的美好与和谐相互相应。比如，当她听雷西小姐的"孤独曲"时，"在她的想象中就展现出一个人影，站在海滩上一块荒凉的礁石旁边。他全身赤裸，面带无可奈何的绝望神态，看着一只

---

① 朱光潜：《西方美学史》（上卷），人民文学出版社1979年版，2001年第29次印刷，第33页。

② 同上。

③ 此段内容参见朱光潜《西方美学史》（上卷），人民文学出版社1979年版，2001年第29次印刷，第32—34页。

④ 凯特·肖邦：《觉醒》，文忠强、贾淑勤等译，漓江出版社1991年版，第32页。

远方的鸟儿展翅离他而去。"①爱德娜的内心是孤独的，雷西小姐也是孤独的，所以音乐给她孤独的感受和孤独的意象，也影射了后来，她自己裸身投进了大海的怀抱。因为这句话中用的人称是"他"，而不是"她"，或许也怀着一种想象与希冀，在她永远与大海融为一体、告别人类社会后，深爱他、却又没有及时冲破社会规范束缚的罗伯特，将是怎样的追悔莫及！但悔之晚矣，爱德娜已如鸟儿一样展翅离他而去。多么凄美、感人的一幅画面，令人荡气回肠，犹如王勃的诗句："落霞与孤鹜齐飞，秋水共长天一色。"（《滕王阁序》）。

其实这音乐另有曲名，可是爱德娜却称它为"孤独曲"。再比如，"另一支曲子使她想起一位穿着帝国时期长袍的年轻秀丽的妇女，以慢条斯理的舞蹈步伐，沿着一条夹在两排树篱中间的长长的林荫道走来"②。"帝国时期"、"长袍"、"两排树篱"和"长长的林荫道"，这分明还是爱德娜内心孤独和压抑的写照，"眼睛之视"储存的信息，在音乐的作用下，通过"心灵之视"的加工，又以"眼睛之视"能见的方式表达出来。

总之，在爱德娜的内心，音乐的和谐已经推广到绘画、舞蹈等艺术，还推广到了自然、宇宙中的万物，因此，当音乐响起的时候，所有这些都会谐和成一幅幅画面，出现在她脑海中，同时外在的音乐的和谐以及音乐相声相应的宇宙万物的和谐，又对她自身内心的和谐起影响，所以她的两次重大觉醒都是在听完音乐以后。第一次重大觉醒前，雷西小姐弹的最初几个和弦就使她的背脊从上到下感到一阵阵颤抖。这不是她第一次听艺术家演奏，但这是她第一次心里有了准备，她整个的生命存在就像一架已经调好了音的钢琴，来应和那永恒的真理的节律。她视音乐为永恒的真相所在（the abiding truth），她对这反应可真强烈。

　　她期待所有这些引人深思的图画在她想象中形成并且发出耀眼的光芒，但是她白白等待了好久。她没有看见任何孤独、希望、期待或绝望的图画。可正是这些情感在她心灵深处汹涌起来，支配和鞭笞着她的心灵，正如海潮每天袭击她纤细的躯体一样。她颤抖了，啜泣了，眼睛满含泪水。③

---

① 凯特·肖邦：《觉醒》，文忠强、贾淑勤等译，漓江出版社1991年版，第32页。

② 同上书，第32–33页。

③ 同上书，第33页。

她的身心原是独立的一体，有着自己的节律与和谐，那孤独曲、那帝国时期的女子就是她心灵之曲的写照，她期望这些能够得到自然、宇宙节律的应和，但是自然没有应和她，她白白等待了很久。大海、宇宙星体有自己的运行轨道，产生自己和谐的大音。爱德娜是智慧的，她做好了心理准备，不去执著于自己的小音，而以开放的心灵来接受大音的洗礼。结果她感应到了海潮的汹涌，她为此激动战栗。也就在那个美丽的晚上，爱德娜第一次学会了游泳。她"欣喜若狂，好像得到了一股特殊的外来力量，使她能够控制她身心的活动"，"她陶醉于刚刚获得的力量，独自一人向海里游去"，"只见远处那一片汪洋大海和月光下的天空融合在一起，使她在激动的幻想之中感到空旷和孤独。她游呀，游呀，似乎想达到那无际的天边而消失在那里。"后来，她因恐惧而游回，她无法理解自己的很多思绪，无法理解音乐给她带来的奇妙效果。

> 今晚我的思绪千千万万，非常激动，而我自己连它的一半也理解不了。别管我讲些什么吧，我只是想出声来了。我很想知道假如以后再听雷西小姐演奏，是不是会像这次那样受感动。我想知道世上任何一个晚上会不会再像今天晚上这样。今天晚上像是一个梦似的。[1]

这个晚上确实值得总结。这个晚上在尼采看来，或许是他心中最完美的"合唱"，但是他无法企及凯特·肖邦身心智的和谐，无法挣脱自己对社会的愤世嫉俗，无法能够像凯特·肖邦真实地感应自然、大海、人的心灵的永恒和谐的律动，并且还能够用诗性的、音乐般的纯真语言表达出来。这个晚上天人合一，确实美不胜收，一切人、事、物都因和谐而构成了一个整体。首先，爱德娜与大海合一的前奏就很和谐、很美。

> 人们三三两两向海滩走去，一路上谈谈笑笑；有的还唱着歌。克雷恩旅馆那边有支乐队正在演奏，隐约能听到乐曲的旋律远远传来，非常柔和。屋外有些奇特稀有的气味——夹杂着海水、水草和湿润的新翻泥土的气息，它们和附近一大片开着白花的田野散发出的浓香混合了起来。黑夜静悄悄地覆盖在海面和大地上。夜色并不浓重，也没有任何阴影。洁白的

① 凯特·肖邦：《觉醒》，文忠强、贾淑勤等译，漓江出版社1991年版，第35—37页。

月光倾泻在大地上，像睡梦一样神秘，像睡梦一样轻柔。①

　　接着，在这样天人合一的和谐前奏下，爱德娜身心的活动与大海的波动和谐一致，从而使得她仿佛得到了一股特殊的外来力量，学会了游泳。凯特·肖邦似乎学过物理学，因为根据物理学，和谐共振的乐音比单声响亮，和谐的力量比单股力量强。而这强于自身的力量和思想却是爱德娜所试图去理解的，"似乎她的思想已经飞到别的地方——远远离开了她的躯体，而她正在尽力追上它们。"②最后，在天人合一的和谐背景下，爱德娜的身心情感又与罗伯特的相谐共振。寂静的下半夜，爱德娜睡在那张挂在门前的柱子和树干之间的吊床上，罗伯特坐在外边的台阶上，用手抓着门柱上系吊床的绳子，陪护她，等着蓬迪里埃先生回来，彼此不再讲话，"默默无语比任何语言更为情深意长。"③又是一种"大音希声"！正因为感应了自然的大音，感应了与自然、宇宙和谐的律动，她从此就不能接受她的丈夫——蓬迪里埃先生，那认为自己有权把自己的意志强加于她头上的人。这是她第一次比较大的觉醒。

　　第二次觉醒还是与音乐有关。初次觉醒后的爱德娜，与自然的律动相生相应，而慢慢开始对抗人类社会一些规范的束缚，不愿接受丈夫强加于她头上的意志，她践踏结婚戒指、摔碎玻璃花瓶，完全放弃了每星期二的家庭接待活动，对所有来访的人，也不回访。她丈夫以为她渐渐有点不正常，也就是说，蓬迪里埃先生可以清楚看出她不像她本人，"他根本看不出，她正在逐渐恢复她的本来面貌，并且逐渐抛弃那个虚假的自我。这种虚假的自我，我们一般是像外衣一样穿上，好出现在世人面前的。"④她的丈夫只好让她独自一人安静一下，自己就到办公室去了。她开始绘画，让保姆、女仆来做模特。回忆第一次觉醒使她很激动，这时候的她就像"日神式的梦境艺术家"和"酒神式的迷醉艺术家"的合二为一，集二者为一身，一个尼采笔下的希腊艺术家的情怀跃然纸上。

　　她仿佛又听到那海浪的起伏声，帆篷的鼓动声。她似乎看见皎洁的月

---

　　① 凯特·肖邦：《觉醒》，文忠强、贾淑勤等译，漓江出版社1991年版，第34—35页。

　　② 同上书，第38页。

　　③ 同上书，第39页。

　　④ 同上书，第76页。

第四章

美在爱和死

光在海湾上闪烁，觉得一股灼热的南风柔和地阵阵吹拂过来。一股微妙的欲望像热流穿过她的肉体，使她无力执起画笔，使她的目光炽烈燃烧。①

希腊艺术魅力无穷，一代又一代能够感悟希腊艺术之美的哲学家、美学家、艺术家，都在向我们诠释它的美，而他们的诠释又成了后人诠释的对象。我国宗白华先生透过希腊哲学家的视角看到了希腊艺术音乐般的和谐；看到了真、善、美居于一处的原始美；看到了希腊艺术家对于人生对于宇宙有着最虔诚的"爱"与"敬"；看到了亚里士多德的"执中"、"中庸"之美的道路："一种不偏不倚的毅力、综合的意志，力求取法乎上，圆满地实现个性中的一切而得和谐"②等等。而尼采在他的《悲剧的诞生》中，则通过希腊的两个艺术神——日神和酒神之间的辩证关系来向我们展示世界有形艺术（由日神所派生）和无形艺术（由酒神所派生）之间巨大的矛盾，并指出古希腊人处在两个极端之间，"他们在悲剧这一艺术形式中宣泄和释放了生死的苦痛和疑惑。"在克服对死亡恐惧的途径方面，尼采承接叔本华，因为叔本华认为的两种途径也存在着巨大的矛盾，"一为罗马式的纵欲主义，一为印度佛教式的苦修主义。"③尼采把日神比作梦境，把酒神比作迷醉。在梦境中人们暂时忘却了现实世界的苦难，可以随心所欲地去编织美丽的环境，为自己创造出一个远离现实苦难的美妙世界。在这里，每个人都有自己和谐安宁的天地。梦境世界是躲避现实痛苦的庇护所，这里是个体的天堂，人人都有自己丰富多彩的世界。《觉醒》中的爱德娜特别爱做梦，在自己的脑海中编织了很多美丽的世界。日神的力量，梦境的世界，使她解脱人生的痛苦。

> 有些日子她非常快活，而说不出是为了什么。仿佛她整个的人和某个美好的南方日子里的阳光、色彩、香味和令人沉醉的温暖成了一体。她为活着感到愉快。她这时喜欢在那些奇特、陌生的地方独自漫游。她发现了许多充满阳光的寂静而适于幻想的角落，她觉得在这里做着梦，自由自在，不受干扰，是非常愉快的。④

---

① 凯特·肖邦：《觉醒》，文忠强、贾淑勤等译，漓江出版社1991年版，第77页。
② 宗白华：《美学散步》，上海人民出版社1981年版，2006年第17次印刷，第231—241页。
③ 陆扬：《死亡美学》，北京大学出版社2006年版，2007年第2次印刷，第83页。
④ 凯特·肖邦：《觉醒》，文忠强、贾淑勤等译，漓江出版社1991年版，第77页。

但是梦毕竟是幻想，是虚假的，它是想象的产物。人们一旦从梦境中苏醒过来，就必须面对真实的世界，把握世界真实的本质，就会从梦境状态进入迷醉状态。在这种状态中，人与人的界限冰消瓦解，"日神式"的自我主体消失了，人完全处于一种忘我境界之中，个体化原则遭到彻底破坏，人失去了自主意识，理智也不复存在。

> 有些日子，她非常愁苦，也说不出是为什么——看来，不论是欢乐或忧愁，生或死，都毫无价值，生命对她似乎是荒唐无聊，乌烟瘴气，人像虫子一样盲目地挣扎着走向无可避免的毁灭。她没法在这样的日子里工作，也没法编造一些幻想来使生命再度活跃起来。[1]

这种个体毁灭的痛苦如何才能消除？那就需要感知酒神的力量。酒神感知的方式是什么呢？在尼采看来，它不是以美见长的"日神式"雕塑或史诗，而是音乐。尼采和叔本华一样，把音乐看成是最高的艺术形式。叔本华认为"音乐乃是全部意志的直接客体化和写照"，[2]他还说："作曲家在他的理性所不懂的语言中启示着世界最内在的本质。"[3]叔本华还根据意志客体化的不同级别，对艺术进行了分类，认为建筑、造型艺术、文学和音乐，级别从低向高。

> 音乐之所以最高，在于它已不是意志客体化的某一级别，而是超越一切客体化的级别，与理念同一层次。此前的艺术都能间接地凭借理念把意志客体化，音乐却能跳过理念，完全与现象世界无关，成为意志的直接客体化，直接表现着形而上学的自在之物。[4]

尼采承接叔本华，在一切艺术中他最为推崇的也是音乐，对他而言："没有音乐的帮助，语言和形象绝不可能获得这样的意义。尤其是凭借音乐，悲剧

---

① 凯特·肖邦：《觉醒》，文忠强、贾淑勤等译，漓江出版社1991年版，第77页。

② 叔本华：《作为意志和表象的世界》，石冲白译，杨一之校，商务印书馆1982年版，第357页。

③ 同上书，第306页。

④ 单世联：《西方美学初步》，广东人民出版社1999年版，第407页。

观众会一下子真切地预感到一种通过毁灭和否定达到的最高快乐，以至于他觉得自己听到万物的至深奥秘分明在向他娓娓倾诉。"①

于是，爱德娜就是在这种感觉人不过像虫子一样、走向不可避免的毁灭的千愁万绪的心境下去寻找雷西小姐的。而雷西小姐弹奏的音乐再一次使她进入酒神的迷醉状态，忘记个体必将毁灭的痛苦，将自己汇入群体之中，与神秘的大自然融为一体，感知大自然神秘的统一性，感受到自然那永恒的生命力，从而获得一种不可言状的激动感。

> 爱德娜不知道即兴曲什么时候开始和结束的。她在暗淡的灯光下坐在沙发的一角读着罗伯特的来信。雷西小姐已从肖邦的即兴曲转弹到伊索尔德歌曲中悱恻缠绵的恋歌，然后又弹回即兴曲，抒发了它那深沉而热烈的渴望情感。
>
> 小屋的光线暗淡了。琴声变得奇妙、梦幻——时而汹涌、急激，时而凄清错杂，如泣如诉。光线越来越暗了。琴声在房屋里荡漾，琴声飘到外面的夜晚，笼罩着屋顶、弯曲蜿蜒的河流，最后消失在幽深静远的天空。
>
> 爱德娜在啜泣，就像她在格兰德岛的一个午夜被一种新的奇妙声音唤醒后那样的哽咽着。她有些激动地站起来准备告辞，她倚在门上问道："我可以再来吗，小姐？"②

第一次觉醒时，在音乐的作用下，进入酒神迷醉状态的爱德娜对罗伯特的情感被激发，而此刻，更是沉迷其中。雷西小姐弹奏到伊索尔德悱恻缠绵的恋歌，让人更加确信凯特·肖邦对尼采思想的了解。德国作曲家瓦格纳（Wilhelm Richard Wagner，1813—1883）的作品中就有音乐剧《特里斯坦与伊索尔德》（1965），尼采为此极为倾倒，瓦格纳也认为此剧充满最强烈的生命力，他情愿把自己裹在结局飘扬的黑暗中死去。《特里斯坦与伊索尔德》是西方家喻户晓的爱情悲剧，故事中伊索尔德是位忠贞的女子，在自由生存与忠贞死亡之间，她选择了后者。当她心爱的特里斯坦满怀内心的喜悦，死在她温柔的怀抱后，伊索尔德心驰神摇、满怀情死的欣悦与激情，在特里斯坦旁边唱尽一曲《爱之死》，终了，倒在特里斯坦的怀里，沉入到永恒的黑暗之中，也沉入到

① 尼采：《悲剧的诞生》，周国平译，生活·读书·新知三联书店1986年版，第91页。

② 凯特·肖邦：《觉醒》，文忠强、贾淑勤等译，漓江出版社1991年版，第85页。

永恒的爱之夜中。雷西小姐的琴声从当前的恋情，飘到古老的殉情，又回到当前，飘进自然，让人预感到爱德娜个人的不幸，也能得到一种形而上学永恒轮回的安慰：无论现象界里万物变迁，生老病死，但生命力却是永恒的，不可摧毁的。个体可以毁灭，但主宰着芸芸众生的生命力却长存不朽。此后，爱德娜进一步觉醒，实际是进一步迷醉，奔赴当时社会情况下个体不可避免的毁灭，又自有其言说不尽的美。

第四章

美在爱和死

第二节　美在死

凯特·肖邦的作品美，不仅美在爱，还美在死。如果我们把爱看做一条永恒和谐的生命之线的话，那么死，尤其是那么高贵而美丽的死，就如镶嵌在这生命之线上的闪光珍珠。"死亡是此在的最本己的可能性。这种可能性存在，就为此在开展出它的最本己的能在，而在这种能在中，一切都为的是此在的存在。"①死亡是每一个人自己的事，一个人对待死亡的态度，是区别于他人最本质的可能性。凯特·肖邦用诗性的语言，为我们描绘了一个个区别于他人的、能够表明自己的本质的死亡。如《谢瓦利埃医生的谎言》中那个美丽纯朴的女孩的举枪自杀，《智胜神明》中波拉的母亲在音乐激发的回想中悄然而逝，《黛丝蕾的婴孩》中的黛丝蕾怀抱孩子的投湖而亡，还有《觉醒》中的爱德娜的裸身投海而去等等。

很少有人注意到这些女子的存在，更不用说去描写她们的死亡。当她们死后，又有谁会在乎这些不再活着的边缘人的欢乐和悲伤？有多少人能站在她们的立场为她们说过话？人们总是把她们的名字与弱者相连，人们会讴歌海明威的举枪自杀，可是这无名女孩的举枪自杀，难道不更体现了一种壮美与悲怆？让我们再次回顾一下，爱伦·坡在他的《创作原理》中曾经说过的话："人世间最伤感的莫过于死亡，而美丽的年轻女子的死亡更让人痛彻心骨。"②尼采也说："最高贵的美是那种渐渐渗透的美，人几乎不知不觉把它带走，一度在梦中与它重逢，可是在它悄悄久留我们心中之后，它就完全占有了我们，使我们的眼睛饱含泪水，使我们的心灵充满憧憬。——在观照美时我们渴望什么？渴望自己也成为美的：我们以为必定有许多幸福与此相连。——但这是一

---

① 海德格尔：《存在与时间》，陈嘉映、王庆节译，生活·读书·新知三联书店1987年版，第315页。

② 高迎慧：《赏析爱德加·爱伦·坡的〈安娜贝尔丽〉》，《山西高等学校社会科学学报》2004年第4期。

种误会。"①

逝者离去的方式，常常反衬生者活着的价值有无、美感的存在与否，这似乎是一个沉重的话题，也是一个不能不面对的问题。上述提到的4位女子的死亡，让我们反思自己的人生。在现实生活中，人们对本属于自己的死亡常常采取逃避的态度。一个人如果在世俗的生活中丧失了个性，他往往意识不到自己的存在。他会忘记自己是一个必死的生物，一直等到临死时才恍然大悟。可是《谢瓦利埃医生的谎言》中那个无名的女子却不是这样的，她有着与海明威一样的直面惨淡人生的豪情，也如莎士比亚一样洞明生死的真相："说实话，我一点也不在乎：人只能死一回，咱们都欠上帝一条命；不管怎么样，反正今年死了，明年就不会再死。"所以她积极面对死亡，以一种超然的态度去迎接它，"把死亡当作一种美的事物来接受"②。也留给了我们以高贵震撼的美感——"质本洁来还洁去"。她的死让我们饱含泪水，让我们的心灵充满憧憬，希望我们的存在是美的，希望我们的死亡也会是美的。"人不是为了忍受失败而被打造的。一个人可以被毁灭，但是不能被打败。"③18、19世纪的西方世界，科技迅猛发展，不仅改变了人的生存方式，使人的思维方式也发生了深刻的变化。世界变得冰冷，人变得物化。资产阶级的科学文明虽然带来了巨大的物质财富，但却造成了人的心灵的枯竭，吹散了人生诗意的芬芳。正如尼采所说："这种无人性的齿轮机和机械以及劳动者的'无个性'和'劳动分工'的虚假经济性使生命成为病态。"④来自诗意芬芳的乡村的淳朴女孩，不愿让自己的生命成为病态，不愿接受科学文明带给人的异化，宁可举枪自杀。人本尘土，还归于尘土，质本洁来还洁去。

当你们死，你们的精神和道德当辉灿着，如落霞之环照耀着世界：否则你们的死是失败的。

以此方式，我要死我自己的死，那么，你们，我的朋友也许会因为我的缘故更爱这地球；我会归于尘土，在那生我的地方，我也许会获得宁静

---

① 尼采：《悲剧的诞生》，周国平译，生活·读书·新知三联书店1986年版，第175页。

② 罗明洲：《论海明威的死亡情结》，《外国文学研究》1999年第2期。

③ Ernest Hemingway, *The Old Man and the Sea*, Nanjing: Yilin Press, 2006, p.99.

④ 胡经之主编：《西方文艺理论名著教程》，北京大学出版社1989年版，2000年第15次印刷，第75页。

平和。①

这样，纵使阳光逝去，暮色深沉，人们离开了本源故土，在世界上漂泊漫游，像无根的转蓬，不知所终，而无名的美丽的女孩已经归入故土。她的死，悲怆而凄迷。人从一朵野花中可以窥见永恒的美，从无名女孩的死中更可获得恒久的启示。我们终归一死的生命，当它原原本本融于大自然之后，便与天地齐一而有了长存不朽的意义。一旦贯通大道，不以生喜，不以死悲，身存环中，超然物外，这终还是在精神层面上超越死亡而达的一种审美至境。

《智胜神明》中波拉的母亲的死，如典雅的音乐，消失黑夜的星空下，自有一种静美。她是爱音乐、爱美、爱智慧、爱和谐的。柏拉图在《斐德若》篇里把人分为九等，九等之中第一等人就是"爱智慧者，爱美者，诗神和爱神的顶礼者"。②而凯特·肖邦的可贵之处就在于她对柏拉图的以男性为中心的性别话语进行了颠覆。所有男性能够达到的至美境界，女性也一样可以：她修养最高，并无须艺术创作；她所爱的美，也不仅仅是艺术美，而是思想美、哲学美、智慧美。她所达到的境界是这样的：

> 这时他凭临美的汪洋大海，凝神观照，心中起无限欣喜，于是孕育无数量的优美崇高的思想语言，得到丰富的哲学收获。如此精力的弥满之后，他终于一旦豁然贯通唯一的涵盖一切的学问，以美为对象的学问。
>
> ——《会饮》篇
>
> 那时隆重的入教典礼所揭示开给我们看的那些景象是完整的，单纯的，静穆的，欢喜的，沉浸在最纯洁的光辉之中让我们凝视。
>
> ——《斐德若》篇③

波拉的母亲临终前"凝神观照"音乐，带着"无限欣喜"，到达人生最高的美的境界，不是艺术创作的境界，而是思想的境界，她智胜神明，具有柏

---

① Friedrich Nietzsche, "Of Voluntary Death", *Thus Spoke Zarathustra*, Trans. R. J. Hollingdale, Baltimore: Penguin Classics, 1969, p.99.

② 朱光潜：《西方美学史》（上卷），人民文学出版社1979年版，2001年第29次印刷，第47页。

③ 同上书，第47—49页。

拉图所认为的"神仙福分"。根据柏拉图死亡的观点,她的死亡是灵魂从身体的开释,她的灵魂必定是永恒的、不死的和有神性的,这是她美德的酬报。总之,凯特·肖邦通过塑造波拉的母亲形象,一方面颠覆了以男性为中心的"他"的形象,另一方面,也让她的死亡给予了我们以理性不死的希望,她将永远活在她的理性世界里,也将永远活在波拉的理性世界里,也给我们的理性世界以无限的美感的启示。

《觉醒》中的爱德娜的死同样具有言而不尽的美的意蕴。《觉醒》(1899)"发表已超过百年,今日已经是美国大中学校的教材,但有趣的是,几乎没有一个学生写的情节梗概和其他人一样,可见这部小说非常微妙。"[1] 《觉醒》是微妙的,可是最微妙的却是它的结尾——有关爱德娜的裸身投海而亡,作品发表已经一百多年过去,几乎没有一个人写的评论与其他人一样,美的感悟更是因人而异。子曰:"视其所以,观其所由。"[2]凯特·肖邦是美国女性主义者在70年代被重新"挖掘"出来的,在她生前,她只是一位受欢迎的美国南方乡土作家,并且由于小说《觉醒》的出版,评论家和公众对于她在书中对不贞事件所采取的坦白并认为无罪的态度感到愤慨,这就是老子所谓的"天下皆知美之为美,斯恶已"。当所谓"美"达到"天下皆知"的极端和约束人的规范时,就是"恶"了。这就是为什么写出《我为美而死》的艾米莉·狄金森(Emily Dickinson, 1830—1886),生前也同样得不到承认的原因。真正追求真、追求美的人,就这样生前默默无闻,死时悄然而去,死后,毗连墓中低语,像兄弟一样,一任青苔爬上双唇。但是她们定能因她们作品的不朽而不朽。

从不同的视角,我们可以欣赏到不同的关于《觉醒》中女主人公爱德娜死亡的美。联系尼采《悲剧的诞生》中有关日神和酒神的观点,我们不难发现爱德娜她起初并不知道她作为一个人在宇宙间的地位,更倾向于身处梦境,受日神精神的牵制。她喜欢随心所欲地编织自己美丽的梦,幻化出一个远离现实的美妙世界,然后沉浸其中,暂时忘记现实世界的痛苦与烦恼。这个世界总是有青年未婚男子罗伯特在场。"罗伯特"这个名字,就如尼采笔下的"阿波罗"一样,有着相近的意义:"阿波罗……是一切造型力量之神……他是'发光

---

① 刘海平、王守仁主编:《新编美国文学史》(第二卷),上海外语教育出版社2002年版,第436页。

② 孔子:《论语》,辽宁民族出版社1996年版,第14页。

者',是光明之神,也支配着内心幻想世界的美丽外观。"①罗伯特好比阿波罗的兄弟,具有与光亮的太阳、绝妙的幻想和造型艺术同样的特性。当爱德娜的丈夫莱昂斯·蓬迪里埃(Leonce Pontellier)粗鲁地责备爱德娜"已经被太阳晒黑得叫人认不出来了"②的时候,他不仅揭示了自己把妻子当作私有财产的态度,同时也预示着爱德娜即将到来的对罗伯特的着迷,对爱德娜而言,罗伯特才符合太阳神阿波罗的形象。而当罗伯特突然离开去墨西哥,没有留在蓬迪里埃一家度夏常去的格兰德岛(Grand Isle)时,爱德娜思念他,"就像一个人在太阳当空时没注意太阳,而在阴云密布时突然想到它一样。"③"罗伯特的离去在一定程度上使所有的东西失去了光辉、色彩和意义。她的生活状况没有改变,可是她的整个生活却变得单调无味了,像一件褪色的外衣,没有再穿的价值。"④

　　爱德娜自我意识的增强,以和罗伯特离开礼拜弥撒场所、在安托万太太的小屋度过一段田园时光为特征,这使人联想到尼采笔下日神的梦幻状态。在教堂做礼拜时,爱德娜无法克服"烦闷和昏昏欲睡的感觉",⑤于是在安托万太太的小屋,爱德娜亲身体会到了"带着同样的喜悦、体验梦的必要性……希腊人在他们的日神身上也表达了这样体验梦的愉快的必要性。"⑥接着,罗伯特提出陪爱德娜到村子顶头安托万太太家休息一下。安托万太太以非常好客的乡土热情接待他们,"像开门迎接阳光一样。"⑦日神精神的张扬自我的满足感以及对罗伯特的爱使得爱德娜仿佛变了一个人,这使她的丈夫怀疑她的精神出了问题,而智慧远超过他医技的芒代勒医生双目留神观察女主人时,却注意到她身上有一种微妙的变化。

　　　　她所熟知的这个倦怠的女人现在似乎闪烁着生命的火花。她言谈时显

---

　　① Friedrich Wilhelm Nietzsche, *The Birth of Tragedy out of the Spirit of Music*, Trans. Shaun Whiteside, New York: Penguin Books, 1993, p.16.

　　② Kate Chopin, *The Awakening*, New York: Bantam Books, 1992, p.3.

　　③ Ibid., p.35.

　　④ Ibid., p.60.

　　⑤ Ibid., p.46.

　　⑥ Friedrich Wilhelm Nietzsche, *The Birth of Tragedy out of the Spirit of Music,* Trans. Shaun Whiteside, New York: Penguin Books, 1993, p.16.

　　⑦ Kate Chopin, *The Awakening,* New York: Bantam Books, 1992, p.47.

得热情洋溢和精神饱满。她的眼睛和举止中没有压抑感。她使医生联想到一只美丽、柔媚的动物在阳光下苏醒。①

　　爱德娜沉浸于她日神精神的梦幻中，也可由她从事绘画、想要成为一名艺术家来证明。绘画，尼采给之一个术语为造型艺术。很显然，她的天分被"阿波罗"所掌控，然后又受对罗伯特的爱所牵制，因为在某种心情灰暗的情况下，她在她阁楼的画室里，她就不能工作。前文也已论述，凯特·肖邦强调日神和酒神心境对爱德娜艺术努力的交互影响。当日神力量占主导地位时，她快活，对阳光、色彩、香味感知力特别强，可以自由自在地做着梦；当酒神力量占主导地位时，她愁苦、悲观，对虚无感知力特别强，在这样的日子，她无法工作。

　　日神和酒神是互相矛盾的。日神原则强调个体价值和理性艺术地静观这个世界的能力。而酒神，相对而言，则代表着骚动、不稳定和混乱，当遭到酒神袭击的时候，日神就发现个体被世界的压力作为一个骚乱的整体所淹没，自己高尚的目标遭到精于世故的绝望的威胁。尼采持有这两种根本不同的概念，两种生活原则，其中一方彰显个体价值，而另一个则要求和现实具有超越自我的统一意识——这两者必须融合、必须达到平衡。在《觉醒》中，爱德娜的经历重复着这种艰难却必须的尼采式的日神和酒神精神的融合，凯特·肖邦将这些充分体现在罗伯特和他的兄弟维克托（Victor）两人之间，就好比蕾西小姐和阿黛尔象征着爱德娜性格的两个方面一样。引人注目的是，在《悲剧的诞生》里有数次，尼采本人象征性地预想："悲剧中的日神因素和酒神因素的复杂关系，可以用两位神灵的兄弟联盟来象征：酒神说着日神的语言，而日神最终说起酒神的语言来。这样一来，悲剧以及一般来说艺术的最高目的就达到了。"②

　　随着夜幕降临，爱德娜受酒神意识的影响就越来越明显了。她似乎有将曲调可视化的天性，她在过去已经习惯于在音乐中把扰乱她情绪的因素转化为日神意象："凡是演奏得好的乐曲就像一幅幅图画唤起她心中的回忆。"③她就像尼采笔下的抒情诗人那样，"到此刻，她用图画理解音乐，她躺在日神冥想

---

① Kate Chopin, *The Awakening*, New York：Bantam Books, 1992, p.92.

② Friedrich Wilhelm Nietzsche, *The Birth of Tragedy out of the Spirit of Music*, Trans. Shaun Whiteside, New York：Penguin Books, 1993, p.104.

③ Kate Chopin, *The Awakening*, New York：Bantam Books, 1992, p.32.

的、宁静平和的波浪上。"①尽管如此,在这种情况下,爱德娜却陷入这样一种"非视觉化的、酒神音乐艺术"②魔力的掌控之下。酒神的特殊领域,通过肖邦使用的大海的意象呈现在爱德娜面前。当她聆听雷西小姐在钢琴旁一流艺术家般的演奏时,她没有看见引人深思的图画"在她的想象中形成并且发出耀眼的光芒"。取而代之的是,"可正是这些情感在她心灵深处汹涌起来,支配和鞭笞着她的心灵,正如海潮每天袭击她纤细的躯体一样。"③

就在这个夜晚,她学会了游泳,代表了她的灵魂进一步感受酒神的召唤。同样具有意义的是,罗伯特忙了一整个夏天,想帮她在不熟悉的大海里游泳时达到舒适的程度,但没有看到预期的效果。这意味着罗伯特的日神领域的有限和象征着自然的酒神领域的无限。这样,在那个晚上,正如爱德娜所跨出的那一步那样,无力,但又没有使之停止,她不由自主地往大海深处游去。她是进入了酒神的领地,这个领地是适合像维克托这样的人的,维克托就正如法里瓦尔老先生后来带着让人不安的预知所断言的那样:"应该在维克托很小的时候把他带到大洋当中淹死掉。"④大海需要爱德娜用酒神的迷醉来换取日神的梦,用"无限的、失去自我的"酒神意识来明白日神领域的界定,用酒神的"死亡视觉"来换取日神不死的幻觉。确实,在《悲剧的诞生》里,尼采还击了日神对不死的诉求,他借希腊神话中的森林之神西勒诺斯(Silenus)—— 酒神的伙伴之口对这表示反击,相应地就用酒神的态度。

> 可怜的浮生呵,无常与苦难之子,你为什么逼我说出你最好不要听到的话呢?那最好的东西是你根本得不到的,这就是不要降生,不要存在,成为虚无。不过对于你还有次好的东西——立刻就死。⑤

《觉醒》的最后,当爱德娜裸身走向大海的时候,凯特·肖邦没有让她立刻去死,而是回应了尼采永恒轮回的观点:"爱德娜感到自己像是刚出生的

① Friedrich Wilhelm Nietzsche, *The Birth of Tragedy out of the Spirit of Music*, Trans. Shaun Whiteside, New York: Penguin Books, 1993, p.35.

② Ibid., p.14.

③ Kate Chopin, *The Awakening*, New York: Bantam Books, 1992, p.33.

④ Ibid., p.54.

⑤ Friedrich Wilhelm Nietzsche, *The Birth of Tragedy out of the Spirit of Music*, Trans. Shaun Whiteside, New York: Penguin Books, 1993, p.22.

一个生命，在她从不了解而又熟悉的世界中睁开了双目。"①当尼采在《强力意志》（*The Will to Power*）中写道："如果人过去征服了上帝，他现在对这没有了上帝的宇宙的无序将是多么高兴，这是一个事故的世界，恐怖至极、含混至极，诱人有归属感。"②而爱德娜不仅否定了上帝，而且同样否定了尼采话语中全能的父权制。爱德娜把自己从人类社会、男权的规范下解放出来，还带着否定了上帝的欢欣。

> 她凝眸远望，去夏那样的恐惧又涌现心头，但消失在刹那间，爱德娜听到父亲的声音，还有玛格丽特姐姐的声音。她听到拴在梧桐树上一只老狗的吠声；那个穿钉着马刺皮靴的骑兵军官穿过门廊的铿锵脚步声。在蜜蜂嗡嗡叫声中，空气里飘来石竹花的清香味儿。③

以上是《觉醒》的最后一段。在这里，凯特·肖邦向我们描述了一个引人入胜的世界：这是一个尼采或许会为之高兴的世界，因为没有上帝，但是又远远超越了尼采的世界，取消了所有的父权制。这是一个花儿散发着清香、人和动物一起合唱、一起发出声响的自然世界。这儿无限生机，死亡不仅根本不足惧，而且非常美好，令人神往。

以上主要从尼采的酒神和日神的观点来分析爱德娜死亡的美学意义。其实，《觉醒》中爱德娜死亡的美远非一种视角所能穷尽。凯特·肖邦的叙述语言有着含混的、道不明的魔力，强烈地吸引读者本能地回归文本、不由自主地思索由爱德娜的生死所引发的哲学的一些本质问题。爱德娜曾经面对的种种困惑，归根到底实际上是一个哲学上的问题：即自我意识（精神）与身体本能（肉体）及社会现实之间的复杂关系。在她的自我意识里，她强烈地渴望独立、自由和爱情，然而她的生理本能却使她一时失去理性，顺从于花花公子阿罗宾。如果说作为一个有夫之妇爱上婚外的罗伯特，在当时社会已属大逆不道，那么此刻的爱德娜，按当时的社会规范要求，已无生存余地。但是，爱德娜并没有被动地立即选择死亡。大海、罗伯特的爱、雷西小姐的音乐都给予着她无穷的力量。她努力着、一步步觉醒，从原先的为人妻、为人母的附属角色

---

① Kate Chopin, *The Awakening*, New York：Bantam Books, 1992, p.152.

② B. J. Leggett, *Early Stevens：The Nietzschean Intertext*, Durham, NC：Duke UP, 1992, p.116.

③ Kate Chopin, *The Awakening*, New York：Bantam Books, 1992, p.153.

中挣脱出来，搬进自己的"鸽子窝"，靠绘画独立为生。虽然"她有一种从社会地位上下降的感觉，但同时随之而来的是她感到精神世界上的提高。她为了摆脱应尽的义务而采取的每一个步骤，都给她增添了作为一个人的力量。她开始用她自己的眼光来观察一切，来观望和了解生活的最深处。当她自己的心灵在召唤她时，她已不满足于'人云亦云'。"①

爱德娜的死亡还体现了海德格尔"向死而生"的哲学观点。"人之生也，与忧俱生。"（《至乐》）"在世的存在状态——烦。"②爱德娜的自由、个性受到社会现实的压抑，她对这种境况又缺乏正确深刻的认识，更未找到摆脱这种境况的正确道路。"有些日子，她非常愁苦，也说不出是为什么——看来，不论是欢乐或忧愁，生或死，都毫无价值，生命对她似乎是荒唐无聊，乌烟瘴气，人像虫子一样盲目地挣扎着走向不可避免的毁灭。"③但爱德娜并没有甘心轻易地毁灭自己，她一定追问过自己的存在。根据弗洛伊德的观点，阿黛尔好比是她的本我，雷西小姐好比是她的超我。结果她发现她的好友阿黛尔完全失去自我，听命于丈夫、顺从于孩子，这是她所不愿的；雷西小姐的音乐，虽然让她激动，给她勇气，然而她的不修边幅、性情孤傲、离群索居，又并非她所欣赏。可是，真正理想的存在又在何方？海德格尔说："存在在思维中形成语言。语言是存在的家。"④作为一名绘画爱好者，绘画也可算是爱德娜的一种言语了。然而，起初她并不是一位一流的艺术家，比如，她为拉蒂诺尔夫人的像画好了，不大像她本人，拉蒂诺尔夫人"看了非常失望"。爱德娜"在非常仔细审察这幅素描后，她拿起笔来，用颜料在面上涂抹了宽宽的一道，然后把画揉作一团。"⑤后来，她不停地努力，迅速进步到以此为生的地步，还计划下一步到巴黎学习。

爱德娜不愿变成"人们"，不愿让此在"沉沦"。不管是谁，"死亡总是自己的死亡"，它无法替代，与别人也毫不关联，因而是一种最本己的存在。当她发现她日夜思念的罗伯特原来和自己的丈夫一样，不过是个遵循社会规范的人，再一次逃避对她的爱情。她完全觉醒了："世界上没有任何可值得她留

① 凯特·肖邦：《觉醒》，文忠强、贾淑勤等译，漓江出版社1991年版，第123—124页。

② 刘放桐等编：《新编现代西方哲学》，人民出版社2000年版，第346页。

③ Kate Chopin, *The Awakening*, New York: Bantam Books, 1992, p.77.

④ 刘放桐等编：《新编现代西方哲学》，人民出版社2000年版，第355页。

⑤ Kate Chopin, *The Awakening*, New York: Bantam Books, 1992, p.15.

恋了"①，"她已下定决心，除了她自己以外，她永远不再属于任何人了。"②身后的社会已没有她想要的半点空间，她的爱情也已随着罗伯特的离去而消失。形体已无立锥之地，她本能的需求又何足挂齿，"今天是阿罗宾，明天又是另一个人，对我来说没什么不同。"③按理说，母爱也是母性的一种本能，但爱德娜当时是这样想的，"孩子们像征服她的对手一样出现在她的眼前，他们击败了她，并使她在她的有生之年陷于奴役中；但她有办法来逃避他们。对所有这一切，当她在走向海边的路上，她都不再想了。"④这时的爱德娜，正如海德格尔所说，"'先行到死中去'、'为死而在'就是把人投入死的境界，并由此超越一切存在者，从而显示出此在的本真的存在。"⑤

死亡是此在之不可能的可能性，只有死亡才可以把此在之存在的本真性与整体性从生存论上带到明处。现在的爱德娜心中只剩下强烈的自我意识与精神上的追求，她的"向死而生"是多么富有诗情画意！面对着大海——自然的呼唤，她那人类社会的旧泳衣仿佛也成了桎梏，她将之脱下来，"生平第一次赤身裸体地暴露在光天化日之下。她沐浴在温煦的阳光和暖暖的海风中；濛濛的大海在召唤着她。"⑥赤裸裸地站在蓝天之下，"爱德娜感到自己像是刚出生的一个生命，在她从不了解而又熟悉的世界中睁开了双目"，"多么意趣盎然！"这时的生死二元对立的矛盾已被她完全解构了，她回到了自然——大海的怀抱，这令我们想到爱默生论及的自然。

> 在那儿，我感觉到生命中不会遇到什么事——没有自然不能修复的耻辱和灾难（把我的眼睛留给我）。站在光光的地面上——我的头沐浴在快活的空气里，伸向无限的空间——一切都意味着自我主义消失了。我变成了一个透明的眼球；我是虚无；我看见一切；宇宙本体之流在我体内循环；我是神的一部分或一片段……我是无所不包的不朽的美的恋爱者。⑦

① Kate Chopin, *The Awakening,* New York：Bantam Books, 1992, p.151.

② Ibid., p.106.

③ Ibid., p.151.

④ Ibid..

⑤ 刘放桐等编著：《新编现代西方哲学》，人民出版社2000年版，第349页。

⑥ Kate Chopin, *The Awakening,* New York：Bantam Books, 1992, p.152.

⑦ Ralph Waldo Emerson, *Ralph Walda Emerson：Lectures*, Beijing：China Renmin University Press, 2003, p.220.

217

第四章

美在爱和死

凯特·肖邦吸收了爱默生关于自然、关于宗教的观点，但又有所修订。两人同样都是美的恋爱者，都热爱自然，但是爱默生宣扬个人主义，宇宙本体只是"在我体内循环"，而凯特·肖邦则让爱德娜投进自然的怀抱，与自然万物融为一体，个体死亡也是无所不包的美的一部分，因为自然万物的群体永远生机勃勃。凯特·肖邦对爱默生的思想的超越就正如西方有学者所言："布鲁姆（Harold Bloom）认为爱默生代表了美国宗教的神学，尽管如此，这同样也适用于肖邦。虽然评论家不同意把肖邦划归于哲学家之列，但是她的作品总体表明了对部分成了她宗教观的爱默生的思想进行了再修订。"①

　　爱德娜的死不仅具有尼采的悲剧意义、海德格尔的存在主义的哲学精神，也不仅体现了凯特·肖邦吸收并修订了爱默生的宗教观，而且穿越古今、跨越时空，体现了我国古代庄子的哲学思想，具有东西方共通的自然美、生态美。何谓生，何谓死？老子和孔子一样回避死的问题。孔子是以"不知生，焉知死"为理由认为应该知生才能知死而拒绝回答死的问题，而老子则以圣人不死为据而对死的问题漠然置之。庄子则不然，他认清了死是必然，从而寻求对死的超越。在认清人必死这一点上，海德格尔的哲学，与庄子哲学有异曲同工之处，只是提的生路不同罢了。在通向死亡的道路上，爱德娜首先经历了性与爱的分离，与庄子的"心灵与形体的分裂"相通，接着开始了精神的云游，形体有时不得不委屈就范、承受着人世间的污浊，而精神却可以坚贞不屈、轻灵冰洁、一尘不染。

　　何谓生，何谓死？庄子认为"方生方死，方死方生"——此事物的生在彼事物看来就是死，此事物的死在彼事物看来就是生。在天的观照下，彼此是非之间的对立消失于无形，取而代之的是一个没有分别的世界。"天地与我并生，而万物与我为一。"②（庄子《齐物论》）《逍遥游》中的藐姑射之山就好比庄子心中至美的境界——一个完全不同于世俗世界的另一个世界，一个冰清玉洁的世界，而爱德娜进入的仿佛就是这样一个"天人合一"的世界，她将自己融入宇宙大化之中。在这里，死生存亡连成一体，是死，也是生，是永

　　① David Zahm Wehner, "A lot up for grabs"： *The conversion narrative in modernity in Kate Chopin*, Flannery O'Connor, and Toni Morrison. Ann Arbor： ProQuest Information and Learning Company, 2006, p.66.

　　② 王博：《庄子哲学》，北京大学出版社2004年版，第79页。

生！她，同样仿佛也成了庄子心中理想的人物："藐姑射之山，有神人居焉。肌肤若冰雪，绰约若处子。不食五谷，吸风饮露。乘云气，御飞龙，而游于四海之外。"①

"美，在其最博大、最深远的意义上，是对宇宙的一种表现。""一切自然行动都是优美的。"②爱德娜是自然的女儿，从一开始，就鲜活在蓝天、白云之下，大地、岛屿之上，与大海水乳交融。她与丈夫——蓬迪里埃先生生活的世界可以说是泾渭分明：蓬迪里埃先生，整日忙于经商赚钱，偶有闲暇，也是在旅馆打台球、玩槌球，或到俱乐部去消磨时光，深夜才回来。爱德娜拒绝与他一起进城；宁愿独自漫步，也不愿像以前那样每周二接待宾客。她本能地固守着她心中的那一份自然的领地，活得真切而逍遥。爱德娜在自然的环境下爱上阳光青年罗伯特，当罗伯特屈从于社会规范的束缚后，她把自己还投进大自然的怀抱。"人类的高贵的需要，是由自然，亦即由对美的爱来满足的。"③爱德娜回到了自然的怀抱，虽死一定而无憾，散发着自然的光辉、自然的美。而让人们遗憾的是：福楼拜笔下的《包法利夫人》、托尔斯泰的《安娜·卡列尼娜》，甚至曹雪芹的《红楼梦》等，这些书中出自男性手笔下的女主人公的死，无一例外地被打上了厚重的社会烙印，她们至死都没有体悟到自然之道。是书中人物的错，还是作者思想的局限？比如，包法利夫人的服毒，安娜的卧轨，以及黛玉的抑郁，没有一个人的死与自然和谐相通，也很难让人感受到与自然和谐的美。"一片树叶，一线阳光，一道风景，大都会在心灵上造成类似的印象。它们之间共通的东西——完整与和谐——就是美。美的标准是自然形式的完整的循环，也就是自然的全体；任何单个的东西都不是特别的美，只有在完整中才有美。"④

凯特·肖邦笔下爱德娜死亡的美，不仅美在自然，美在反映自然，并与之构成一个和谐的完整的整体，还在于它给人以美好的、跨越时空的启示。正如"西方人研究哲学不能绕过中国"⑤一样，西方人研究生态伦理也不能绕过

---

① 王博：《庄子哲学》，北京大学出版社2004年版，第121页。

② Ralph Waldo Emerson, *Ralph Walda Emerson： Lectures*, Beijing： China Renmin University Press, 2003/10, p.227—230.

③ Ibid., p.223.

④ Ibid., p.229—230.

⑤ 叶舒宪：《再论20世纪西方思想的"东方转向"》，《文艺理论与批评》2003年第3期。

220

东方，比如，若要探究深层生态学的思想来源，海德格尔算是源泉之一。"海德格尔对自柏拉图以来的西方哲学提出批评。他指出西方哲学是人类中心主义的，它为统治自然的技术决定论思想铺平了道路。他提出人类应该'诗意般的居住'在大地球上，其本质在于爱护和营造一个空间，使存在物完全展现，成为它自己。"①殊不知，许多研究者已经发现海德格尔之思与中国天道、东方的禅，早已有过直接或间接的对话，无怪乎深层生态学还在东方传统中找到了它的理论依据。"他们十分推崇中国的佛教、道教。中国古代传统中的'天人合一'的自然观明确地表达了一种整体论思想。"②此外，东方传统中的崇尚自然与尊重生命在西方的少数人传统（minority tradition）中也能找到。"在美国，这运动被惠特曼、库伯和超验主义者爱默生、梭罗、麦尔维尔以及缪尔所继承。他们的思想对深层生态运动产生了深刻的影响。"③然而，我们发现这串名单中似乎少了一个人——这便是凯特·肖邦。她《觉醒》中的女主人公爱德娜是用生命来回答了生态女性主义者所认为的"女人与自然的特殊关系"。④

总之，爱德娜的死，无论是从直觉、情感，还是从理性、理智方面来看，都给人以无穷的美感。在此，古老中国的老庄思想与西方爱默生的自然观、尼采的意志主义哲学和海德格尔的存在主义哲学直接对话，而又对时下人们关注较多的深层生态学、生态女性主义等提供深刻的启示。这样，东西方的哲思交汇融合于此，共同构建了一个超越时空而又归于自然的恒美世界。

① 雷毅：《深层生态学：一种激进的环境主义》，《自然辩证法研究》1999年第2期。

② 同上。

③ 同上。

④ 吴小英：《女性主义的后现代转向》，《青年研究》1996年第12期。

结　语

　　凯特·肖邦是爱与美的思想者。20世纪70年代，她的作品重获评价。随着对她研究的不断深入，人们越来越发觉她当之无愧地跻身美国一流作家的行列。人们认可她的成就主要从女性主义的视角，她的《觉醒》被认为是女性文学的开山之作，而本书挖掘的是闪烁在她作品中爱与美的思想光华。肖邦的作品给人的直觉就是美，这是因为她心中有爱，有美的追求、美的素养和思想。她是一位跨时代的智者，在文学、艺术方面成果斐然。在文学方面，她创作的短篇小说《一个小时的故事》、《黛丝蕾的婴孩》和《一位正派女人》等都达到了世界一流水平，人们将其与莫泊桑、福楼拜和契诃夫等人的短篇小说相提并论；她的长篇小说《觉醒》更是被认为是言而无尽的佳作。她的作品除了小说以外，还有诗歌、儿童故事和文学评论。在艺术方面，她有很高的素养，发表过音乐作品，这使得她对美有敏锐的感知力；她在绘画艺术方面，也有很强的鉴赏力。

　　她的思想有着丰富的源泉。一次次痛失亲人，使得她深刻地了悟人生，用对爱和美的思想的追求来抚慰永恒的伤痛。家庭熏陶和基督教会学校的教育，使得她熟练掌握英法双语，很小的时候，就开始博览群书。欧洲各国的文学、哲学、美学和心理学等作品，她几乎均有所涉猎。法国文化、以爱默生为代表的美国超验主义者的思想和德国哲学对她都有一定的影响，她还对英国达尔文和斯宾塞的进化论有相当的研究。她的出生地，也是她生活时间最长的地方——圣路易斯，地处要道，文化气氛活跃，为她接触各种思想提供了基础。圣路易斯原是法国的领地，她母亲一边的亲人也都来自法国，这就使得法国文化对她影响较大。从她的作品中，可以读到莫泊桑、福楼拜等人的小说创作手法和模糊、含混、不假思索的叙事艺术，她的作品有被无限解读的可能性。但这不是出于她模仿，而是相似的文化和智识生活孕育而成，她感慨莫泊桑的叙事艺术就是她所设想的，同时没有忘记自己在美国文学方面的雄心。

法国文化的熏陶使得她的作品如一幅幅印象派绘画一样自然、生动、美丽，这是她作品最鲜明的特点。她在修订基础上吸收采纳的爱默生有关"自然"和"超灵"的思想，使得她的作品富有灵性和力量；惠特曼的诗歌也烘托了她作品中的爱的生机和激情；叔本华的哲学使得她从事创作，用艺术方面的追求战胜失去亲人的痛苦，同时将这种爱与美的精神体现在她的作品中，但是她舍弃了叔本华哲学的悲观主义色彩和厌女症（misogyny）；尼采的"日神"和"酒神"使得她的作品既具有梦幻色彩，又具有迷醉色彩，但是她将尼采颂扬的"超人"和具有"强力意志的人"的角色反串了一下。尼采讴歌的这些人是以男性为代表，而肖邦所展示的这样的人物则以女性为代表；她吸收达尔文主义时，也是如此，采取的是扬弃的态度。达尔文进化论和尼采的哲学动摇了她对习俗意义上的上帝的信仰，使她背离了正统的天主教，但是她没有采纳达尔文主义中那些低估女性的部分，也不赞成将自然界的进化理论直接用于人类社会，而强调人们必须对自由意志和伦理负有责任。

　　她的作品美，美在她有爱的思想。通过比较西方叙事视角和东方"四远"（我国宋代郭熙"三远"）法，发现凯特·肖邦思想与中国艺术在探索无尽时空时共同的精神、共通的美。这些美由"心灵之视"贯通，集中体现在她作品中关于爱与死的思想。而她关于爱的思想，又充分体现在她的宗教观、婚恋观、种族观和生态观等四个方面。她对基督宗教观进行了扬弃，汲取了其中博爱的精神，而对习俗意义的上帝表示没有找到，对教会神职人员能否代表上帝说话也表示怀疑。她不认为人类的爱带有原罪，两性自然相爱若有违社会规范，她能理解，并不以为他们是在故意与社会规范背道而驰。对她而言，爱成了上帝的代名词，爱在每个人的内心。爱是一种本能，遵循进化论的一些原则，符合科学，又具有人的意志所无法左右的神性力量。她具有和谐的婚恋观。《觉醒》中的爱德娜迫于社会压力，心灵和形体不能两全，肖邦赋予她以我国古代庄子逍遥游的精神——心灵与形体进行了分裂。形体可以委曲就范，但是精神却保持高洁，哪怕用形体的死亡来捍卫。《一位正派女人》以百年前发生在美国南方种植园的小故事，向世人展示了女主人公巴罗达太太和丈夫的大学男同学古韦尔之间自然微妙而跌宕起伏的情感。向我们展示了一种婚外的爱，这种爱是感性的，但是巴罗达太太用理性进行了控制，古韦尔也安守分寸。这样的爱体现了我国传统文化中的"中和之美"和"伦常大道"，"发乎情，止乎礼"，渗透着理性的美。

凯特·肖邦有着平等的种族观。她颂扬那些关心园工，使他们老有所安、住有所居、病有所医的种植园主。如《奥泽麦的假日》中的奥泽麦，牺牲自己一年一次的假日，和他的园工一起劳动，关心他们的疾苦，给他们生病的后代送去药物。《本尼特斯家的奴隶》中已经成为自由人的奥斯瓦德锲而不舍，不顾年事已高到处寻找原来的主人。《佩吉老大妈》中的大妈虽已获自由，但是她想在原主人的种植园里终了余生，结果受到了主人的欢迎和善待，活到125岁时依然健康快乐。这从另一个角度体现了具有爱心的种植园主给人带去的温馨归属感。《事关偏见》让人在种族问题上见微知著。卡拉姆贝尤夫人一家就是一个多种族社会的缩影，她的种族偏见的消除，一家人重新团聚，象征着无偏见的爱可以消除一切种族歧视的鸿沟。《奥黛丽错过弥撒》向我们展示了一个不分肤色的桃花源。《黛丝蕾的婴孩》和《美人儿佐尔阿依德》则通过两位女主人公分别自杀和变傻的不幸命运控诉了种族歧视和奴隶制的罪恶。

　　肖邦在本质情感上倾向于黑人。她对种植园里的园工有自发的爱，她认为他们淳朴善良，不像一些文明人那样陈腐世故。《牛轭湖的那边》、《美国南部的德累斯顿女士》和《克里奥尔黑奴》是一组颂扬黑人利他主义精神的赞歌。《牛轭湖的那边》中女主人公克服自己一生中最大的恐惧，将一位白人小男孩从血泊中救回家。《美国南部的德雷斯顿女士》中年近百岁的黑人帕·杰夫一辈子为人忠诚可靠，但为了一个白人小女孩的健康成长，不惜替她背负偷拿主人家的德雷斯顿女神像的罪名。《克里奥尔黑奴》中的希科，身有残疾、年长瘦削、衣不蔽体，自己时常食不果腹，但是却忘我无私，每天与一位比他更为年长的病弱老人，分享他所能挣到的全部食物。

　　凯特·肖邦的生态观以爱为基调，与爱默生的自然观相通，具有惠特曼自然观的生机与活力，与梭罗的《瓦尔登湖》的静美和古老东方"天人合一"的意境相生相应。她的生态观是广义的，整个宇宙都在她的考虑范围之内，人类社会只是其中的一个子系统。她认为在死亡面前，人不比其他生物，比如虫子，更值得骄傲。她的生态思想是超前的，堪为美国现代生态女性主义者的先驱。她不认为宇宙万物可以用等级来划分，比如男人优于女人、白人优于黑人等。她认为女人比男人更接近自然，黑人比白人更接近自然，女人和黑人更符合生态原则。关于女性是否独身或选择结婚生子，她也有所思考，她倾向于自然的两性相爱、结婚生子的生活。《爱森内斯》中爱森内斯虽然已婚，却怀念自由任性的单身生活，离家出走一段时间后，婚姻和母性情感开窍，对丈夫、对家乡的思念使她迫不及待地回到丈夫的怀抱。《懊悔》中的奥里莉年轻的时候曾经有过追求者，但是她没有接受这份情感。现在年已半百，还孑然一身，她没有为此后悔过。但一个偶然的机会，邻居请她带了几天孩子，等几个孩子被邻居带回家后，她哭了，感到了深深的懊悔。《觉醒》中爱德娜和罗伯特在谢尼·卡米内达岛上一天的生活能充分体现肖邦的生态观。谢尼·卡米内达岛本来是一个在1893年遭遇飓风袭击、从此消失的岛屿，但是肖邦将之描写成了人间桃花源。这里芳草鲜美、物产丰饶、宁静祥和，人们淳朴善良、热情待人，男女主人公纯真相爱。总之，爱是肖邦作品的主旋律，例如她的长篇小说《觉醒》和《过错》中的"爱（love）"出现的次数都超过半百。

凯特·肖邦的作品美，还美在她用诗性的语言来言说死亡，使死亡具有超越性。她主要言说了亲人之死、爱人之死和他人之死这三大类情况。小说《智胜神明》用留白的手法、以音乐为背景向我们展示了波拉的父母的死亡，具有强烈的艺术效果。而波拉继承父母的遗志，成为一名全国著名的钢琴演奏家，也使得她父母的艺术精神得以在她身上延续、长存不死。《牛轭湖圣约翰女士》、《感伤的灵魂》和《在谢尼·卡米内达岛》中主人公爱的人虽然都不幸离开了人世，但他们依然深爱着这些亡故者，不仅体现了"柏拉图式的爱"的精神，也用他们的爱跨越了生死两界的鸿沟，与死者的亡灵相互依恋、共生共存。《盲人》、《谢瓦利埃医生的谎言》和《一匹马的故事》中富人、无名女孩和那匹马既非某个人的亲人、也非某个人的爱人，但是他们的死同样具有深刻的意义。肖邦用宇宙反讽的手法、冷静的客观叙述，言说他们的死亡，启发人们思考城市化和工业化对自然的破坏，对男人、女人和动物身心的伤害。与此相对照，未受工业化侵害的种植园里，人们则可以颐养天年，死亡就像睡眠一样自然。《奥黛丽错过弥撒》中的年迈的黑人皮茵可大妈在白人小女孩奥黛丽的陪伴下，究竟是睡着了还是死了，作者的态度模糊、含混。但是她向我们表明：只要有爱相伴，死亡并不令人恐惧，可以像睡眠一样自然。《佩吉老大妈》中老大妈据她自己说是125岁，而她的主人认为她还不止这么大，实可谓真正活到了天年。

总之，凯特·肖邦的作品美在爱和死。这种爱是自爱，是我国现代美学家宗白华认为的"同情"，即对他人的痛苦感同身受，将他人与自己视为一体。如《老纳基托什内外》中的男主人就是这样的人。肖邦不仅"同情"个人，而且关注社会的和谐，以尼采的"合唱"为原则。如《职业和声音》就体现了这种原则。肖邦还将她的"同情"扩展到整个自然界。这种同情的爱是美的，美在它的灵动。如音乐一样，与古代中国的孔子、老子和庄子关于音乐与美的思想相通。孔子听尽善尽美的"韶"，三月不知肉味；老子和庄子都认为美的效果必是乐；古希腊数学家和哲学家毕达哥拉斯认为最美的是音乐的和谐；尼采和叔本华也一样认为音乐是最高的艺术形式。而《觉醒》中使爱德娜觉醒的音乐正体现了上述东西方智者所认为的音乐的效果。肖邦所言说的死，具有尼采认为的悲剧效果，与庄子的思想和海德格尔的存在主义哲学有相通之处，对时下人们关注较多的深层生态学、生态女性主义等不无启示。总之，东西方的哲思交汇融合于此，共同构建了一个超越时空而又归于自然的恒美世界，启示我们真正诗意地栖居在大地上。

参考文献

Anonymity. "William Schuyler Dies". *The New York Times*, July 9, 1914.

Bauer, Margaret Donovan. *The Fiction of Ellen Gilchrist*. Gainesville： University Press of Florida, 1999.

Beauvoir, Simone De. *A History of Sex*. London： Paperback, 1961.

Bender, Bert. "Kate Chopin's Quarrel with Darwin before The Awakening". *Journal of American Studies*, Vol. 26, 1992, pp.185—204.

Benstock, Shari, ed. *The Private Self： Theory and Practice of Women's Autobiographical Writings*. Chapel Hill： The University of North Carolina Press, 1988.

Bingshan, Liu. *A Short History of English Literature*. Zhengzhou： Henan People's Publishing House, 1992.

Bloom, Harold, ed. *Modern Critical Views： Kate Chopin*. New York： Chelsea House Publishers, 1987.

Bloom, Harold, *Kate Chopin,* New York： Chelsea House Publishers, 1987.

Bradley, Patricia L. "The Birth of Tragedy and The Awakening： Influences and Intertextualities". *Southern Literary Journal*, Vol. Spring, 2005, pp.40—61.

Camfield, Gregg. "Kate Chopin—hauer： Or, Can Metaphysics Be Feminized?" *Southern Literary Journal,* Vol. Spring, 1995, pp.3—22.

Camus, Albert. *A Study of Franz Kafka's Role in Existential Literature.*

Carey, Kay, ed. *Cliffs Notes on Chopin's The Awakening. Lincoln*： Cliffs Notes, Inc., 1980.

Chaudhary, Angraj. *Comparative Aesthetics： East and West, Delhi （India）*： Eastern Book Linkers, 1991.

Cheng, David Hong. *On LaoTzu. USA*： Wadsworth/Thomson Learning, Inc., 2000.

Chopin, Kate. "A Horse Story". Or "Ti Demon." *The Complete Works of Kate Chopin*. Ed. Seyersted, Per. Baton Rouge: Louisiana State University Press, 1969.

——. "A Lady of Bayou St. John". *The Complete Works of Kate Chopin*. Ed. Seyersted, Per. Baton Rouge: Louisiana State University Press, 1969.

——. *A Pair of Silk Stockings and Other Stories.* New York: Dover Publications, Inc., 1996.

——. "A Respectable Woman". *The Complete Works of Kate Chopin*. Ed. Seyersted, Per. Baton Rouge: Louisiana State University Press, 1969.

——. "A Sentimental Soul". *The Complete Works of Kate Chopin*. Ed. Seyersted, Per. Baton Rouge: Louisiana State University Press, 1969.

——. "A Vocation and a Voice". *The Complete Works of Kate Chopin*. Ed. Seyersted, Per. Baton Rouge: Louisiana State University Press, 1969.

——. "At Cheniere Caminada". *The Complete Works of Kate Chopin*. Ed. Seyersted, Per. Baton Rouge: Louisiana State University Press, 1969.

——. "Ath é naise". *The Complete Works of Kate Chopin. Ed. Seyersted*, Per. Baton Rouge: Louisiana State University Press, 1969.

——. "N é g Creol". *The Complete Works of Kate Chopin*. Ed. Seyersted, Per. Baton Rouge: Louisiana State University Press, 1969.

——. "Odalie Misses Mass". *The Complete Works of Kate Chopin*. Ed. Seyersted, Per. Baton Rouge: Louisiana State University Press, 1969.

——. "The Blind Man". *The Complete Works of Kate Chopin*. Ed. Seyersted, Per. Baton Rouge: Louisiana State University Press, 1969.

——. "Wiser Than a God". *The Complete Works of Kate Chopin*. Ed. Seyersted, Per. Baton Rouge: Louisiana State University Press, 1969.

——. *The Awakening and Selected Stories of Kate Chopin*. Introduction. Simon & Schuster. Ed. Cynthia Brantley Johnson.New York: Pocket Books, 2004.

——. *The Awakening*. New York: Bantam Books, 1992.

——. *The Complete Works of Kate Chopin*, Ed. Per Seyersted. Baton Rough: Louisiana State University Press, 1969.

Current, Richard N., et al., eds. *American History: A Survey*. New York: Alfred.A.Knopf, 1971.

参考文献

Durkheim, Emile. *The Elementary Forms of the Religious Life*. Trans. Joseph Ward Swain. New York: The Free Press, 1965

Emerson, Ralph Waldo. *Emerson Modern Anthology*. Ed. Alfred Kazin and Daniel Aaron. New York: Dell Publishing Co., Inc., 1958.

—. "Nature". *Lectures*.Trans. Sun Yixue. Beijing: China Renmin University Press, 2003.

—. *Ralph Walda Emerson: Lectures*. Beijing: China Renmin University Press, 2003.

—. *Selected Essays of Emerson*. Introduction. Ou Yangqian. Beijing: China Renmin University Press, 1998.

—. *Selected Writing of Ralph Waldo Emerson*. Ed. William H. Gilman. New York: A Signet Classic, 1965.

—. *Essays*. New York: Vintage Books/The Library of America, 1990.

—. *Selected Essay of Emerson*. Introduction. Ou Yangqian. Beijing: China Renmin University Press, 1998.

—. *The Journal and Miscellaneous Notebooks*, vol.4. William H. Gilman et al. Cambridge: The Belknap press of Harvard University Press, 1960—1970.

Evans, Robert C. ed. *Kate Chopin's Short Fiction: A Critical Companion*. West Cornwall, CT: Locust Hill, 2001.

Forster, E. M. *Aspects of the Novel*. Ed. Stallybrass, Oliver. New York: Penguin Books, 1974.

Fowler, Roger. Linguistics and the Novel. London: Methuen Co. Ltd, 1977.

Gang, Zhu. *Twentieth Century Western Critical Theories*. Shanghai: Shanghai Foreign Language Education Press, 2001.

Gaudet. "Gaudet 1986". Evans, Robert C. ed. Kate Chopin's Short Fiction: A Critical Companion. West Cornwall, CT: Locust Hill, 2001.

Geertz, Clifford. "Religion as a Cultural System". *Anthropological Approaches to the Study of Religion*. Ed. Michael Banton. *ASA Monographs*, 3. London: Tavistock Publications, 1966.

Gilbert, Sandra M. and Suan Gubar, eds. *The Norton Anthology of Literature by Women*. New York: W. W. Norton &Company, 1985.

美
在
爱
和
死

Gilbert, Sandra M. and Suan Gubar, eds. *The Norton Anthology of Literature by Women.* New York: W. W. Norton &Company, 1985.

Gotshack, Richard. *The Beginnings of Philosophy in China.* Boston: University Press of American, Inc., 1999.

Grove, Noel. "Mark Twain—Mirror of America". *National Geographic*, 9 (1975).

Guerber, H. A. *The Myths of Greece and Rome: Their Stories, Significance and Origin.* London: CRW Publishing Limited, 2004.

H., J. B. "Kate Chopin and Her Creole Stories (Book Review)". *America Literature.* Mar (1933): 6—7.

Hahn, Stephen. *On Thoreau.* USA: Wadsworth/Thomson Learning, Inc., 2002.

Hall, Sharon K. ed. *Twentieth—Century Criticism,* vol. 5. USA: Gale Research Company, 1981.

Harad, Alyssa. "Historical Context of *The Awakening and Selected Stories of Kate Chopin*". *The Awakening and Selected Stories of Kate Chopin.* Kate Chopin. Cynthia Brantley Johnson. Ed. New York: Pockets Books, 2004.

Heidegger, Martin. *Being and Time.* Trans. John Macquarrie & Edward Robinson. Beijing: China Social Sciences Publishing House, 1999.

Heideggar, Martin. *Poetry, Language, Thought.* New York: Harper and Row, 1971.

—. *The Essence of Truth.* Trans. Ted Sadler. London: Continuum, 2002.

Hemingway, Ernest. *The Old Man and the Sea.* Nanjing: Yilin Press, 2001 (2006).

Ho, Wai—Kam. "The Literary Concepts of 'Picture—like' and 'Picture—Idea' in the Relationship between Poetry and Painting". Ed. Alfreda Murk and Fong Wen. *Words and Images: Chinese Poetry, Calligraphy and Painting.* New York: The Metropolitan Museum of Art, Princeton University Press, 1991.

Höchsman, Hyun. *On Chuang Tzu.* USA: Wadsworth/Thomson Learning, Inc., 2001.

Hu—Sterk, Florence. "Tang Landscape Poetry and the 'Three Distances' of Guo Xi". *Recarving the Dragon—Understanding Chinese Poetics.* Ed. Olga Lomov á.

参
考
文
献

Prague: Charles University, The Karolinum Press, 2003.

Janet Goodwyn. " 'Dah you is, settin' down, lookin' jis' like w' ite folk!' : Ethnicity Enacted in Kate Chopin' s Short Fiction," in The Yearbook of English Studies , Vol . 24, *Ethnicity and Representation in American Literature* (1994).

Johnson, Patricia Altenbernd. *On Heidegger*. USA: Wadsworth/Thomson Learning, Inc., 2000.

Jung, Yonjae. "The New Americanist Intervention into the Canon" . *American Studies International*. June—October (2004): 213—225.

K., P. "Kate Chopin and Her Creole Stories (Book Review)" . *America*. 3 (1933): 1—4.

Keli, Fang, ed. *Chinese Philosophy and the Trends of the 21st Century Civilization*. Beijing: Business Publishing House, 2003.

Kohn, Robert E. "Edna Pontellier Floats into the Twenty—First Century" . *The Journal of Popular Culture,* 1 (2010) : 137—155.

Krashen, S. *Principles and Practice in Second Language Acquisition*. Oxford: Pergamon, 1982.

Krashen, S. *Principles and Practice in Second Language Acquisition.* Hertfordshire: Prentice Hall International (UK) Ltd, 1987.

Kroeber, Karl. *Ecological Literary Criticism*. New York: Columbia University Press, 1994.

Lamb, Sydney. *Pathways of the Brain*. Netherlands: John Benjamins, 1999.

Lebeaux, Rochard. *Young Man Thoreau*. New York: Happer Colophon Books, 1975.

Marquand, Jane Le. "Kate Chopin as Feminist: Subverting the French Androcentric Influence" . *Deep South v.2,* Spring (1996).

Martin, Wendy, ed. New Essays on *The Awakening*.Cambridge: Cambridge University Press, 1988.

Michael, J. A. "Modern Culture Knowledge Translation" . *American Psychologist* (41) .1988.

Nietzsche, Friedrich Wilhelm. The Birth of Tragedy and The Genealogy of *Morals*.

Trans. Francis Golffing. New York: Doubleday & Company, Inc., 1956.

—. *The Birth of Tragedy out of the Spirit of Music*. Trans. Shaun Whiteside. New York: Penguin Books, 1993.

—. *The Complete Works of Friedrich Nietzsche*. Trans. Gary Handwerk. USA: Standford University Press, 1997.

—. "Of Voluntary Death." Thus Spoke *Zarathustra*.Trans. R. J. Hollingdale. Baltimore: Penguin Classics, 1961 (1969) .

—. *Thus Spoke Zarathustra*.Trans. R. J. Hollingdale. Baltimore: Penguin Classics, 1969.

Nigro, Kathleen. "Mr. Emerson Comes to St. Louis: 'Inspiration' and Kate Chopin." *Concord Saunterer*, 14 (2006) : 90—103.

Paris, Bernard J. *Imagined Human Beings: A psychological Approach to Character and Conflict in literature*. New York: New York University Press, 1997.

Pease, Donald E. "New Americanists: Revisionist Interventions into the Canon." *Boundary* 2, Spring (1990) : 1—37.

Pepper, D. *Modern Environmentalism: An Introduction*. New York: Routledge, 1996: 106.

Pizer, Donald and Earl N. Harbert, eds. *Dictionary of Literary Biography, Vol. 12*. USA: Gale Research Company, 1982.

Pochmann, Henry A. *New England Transcendentalism and St. Louis Hegelianism: Phases in the History of American Idealism*. Philadelphia: Carl Schurz Memorial Foundation, 1948.

Poupard, Dennis and Jr. James E. Person, eds. *Twentieth—Century Criticism, vol. 14*. USA: Gale Research Company, 1984.

Praed, Rosa. "My Australian Girlhood." Dale Spender. *The Penguin Anthology of Australian Women's Writing*. Australia: Penguin Books Australia, 1988.

Rankin, Daniel S. *Kate Chopin and Her Creole Stories*, Pennsylvania: Philadelphia, 1932.

Reilly, J. Joseph. *Of Books and Men*. New York: Julian Messner, 1942.

Ringe, Donald A. "Romantic Imagery in Kate Chopin's The Awakening." American *Literature* 43 (1972) : 580—88.

Robert J. Corber, "Everybody Knew His Name: Reassessing James Baldwin". *Contemporary Literature*, Vol .42, No. 1 (Spring) 2001.

Said, Edward W. *The World, the Text, and the Critic*. London: Faber and Faber, 1984.

Schneider, Patricia. "The Genetics and Evolution of Human Skin Color—The Case of Desiree's Baby". *Journal of College Science Teaching*. 10 (2004): 20—24.

Schopenhauer, Arthur. *Schopenhauer Selections*. Ed. DeWitt H. Parker. New York: Charles Scribner's Sons, 1928.

Schopenhauer, Arthur. *The World as Will and Idea*. 3rd ed. Vol. I. Trans. R. B. Haldane and J. Kemp. 1896. New York: AMS Press, 1977.

Selden, Raman, ed. *The Theory of Criticism: from Plato to the Present*. London and New York: Longman, 1988.

Seyersted, Per. *Kate Chopin—A Critical Biography*. New York: Octagon Books, 1980.

Showalter, *Elaine. Sister's Choice: Tradition and Chance in American Woman's Writing*. Oxford: Clarendon Press, 1991.

Skaggs, Peggy. *Kate Chopin*, Ed. David J. Nordloh. Boston: Twayne Publishers, 1985.

Smith, Susan Harris and Dawson, Melaine, eds. *The American 1890s*. Durham: Duke University Press, 2000.

Snider, Denton J. *The St. Louis Movement in Philosophy, Literature, Education, Psychology, with Chapters of Autobiography*. St. Louis: Sigma Publishing Co., 1920.

Soothill, W. E., and M.A., F.R.G.S. *The Three Religions of China*. London: Hodder and Stoughton, 1913.

Susan Harris Smith and Melanie Dawson, *The American 1890s—A Cultural Reader*, Duke University Press, 2000.

Thoreau, Henry David. *Walden*. Ed. Sandy Lesberg. New York: Peebles Press International, Inc., 1989.

Toth, Emily. *Kate Chopin*. New York: William Morrow and Company, 1990.

—. *Unveiling Kate Chopin*. Jackson, MS.: University Press of Mississippi, 1999.

Tzvetan Todorov. *Introduction to Poetics*. Minneapolis: The University of Minnesota Press, 1981.

Walker, Alice. *The Color Purple*. New York: Pocket Books, 1982.

Walker, Nancy A., ed. *Kate Chopin, The Awakening: complete, authoritative text with biographical and historical contexts, critical history, and essays from contemporary critical perspectives*. Boston: Bedford books of St. Martin's Press, 1993.

Wallace, Robinett Betty. *Teaching English to Speakers of Other Languages*, Minneapolis: University of Minnesota Press and New York: McGraw—Hill International Book Company, 1978.

Weatherford, K. J. "Courageous Souls: Kate Chopin's Women Artists". *American Studies in Scandinavia*, Vol. 26, 1994.

Wehner, David Zahm. *"A lot up for grabs": The conversion narrative in modernity in Kate Chopin, Flannery O'Connor, and Toni Morrison*. Ann Arbor: ProQuest Information and Learning Company, 2006.

Welch, Holmes and Anna Seidel, eds. *Facets of Taoism: Essays in Chinese Religion*. New Haven and London: Yale University Press, 1979.

Whitman, Walt. *The Complete Poems*. New York: Penguin Books, 1977.

Wolff, Cynthia Griffin. "Thanatos and Eros: Kate Chopin's The Awakening". *American Quarterly* 10 （1973）: 449—471.

Xin, Chen, ed. *A Collection of Best British and American Essays, Classical and Modern*. Nanjing: Nanjing Normal University Press, 1989.

Yaoxin, Chang. *A Survey of American Literature*. Tianjing: Nankai University, 1990.

Yao—yu, Wu. *The Taoist Tradition in Chinese Thought*. Los Angeles: Ethnographics Press, 1991.

Ye Lang and Zhu Liangzhi. *Insight into Chinese Chinese Culture*. Trans. Zhang Siying and Chen Haiyan. Beijing: Foreign Language Teaching and Research Press, 2008.

Yinger, J. Milton. *The Scientific Study of Religion*. New York: Macmillan, 1970.

Ziff, Larzer. *The American 1890s: Life and Times of a LostGeneration*. New York: Viking, 1966.

参
考
文
献

爱德华·O.威尔逊：《社会生物学——新的综合》（*Sociobiology: The New Synthesis*），毛盛贤等译，北京理工大学出版社2008年版。

爱德华·W.赛义德：《赛义德自选集》，谢少波、韩刚等译，中国社会科学出版社1999年版。

爱默生：《爱默生集》，范圣宇主编，花城出版社2008年版。

奥斯特洛夫斯基：《钢铁是怎样炼成的》，人民文学出版社1976年版。

柏拉图：《柏拉图全集》（第2卷），王晓朝译，人民出版社2003年版。

柏拉图：《柏拉图文艺对话集》，朱光潜译，人民文学出版社1981年版。

北京大学哲学系外国哲学教研室编译：《古希腊罗马哲学》，商务印书馆1982年版。

曹南燕、刘兵：《生态女性主义及其意义》，《哲学研究》1996年第5期。

陈才宇：《英美诗歌名篇选读》，浙江大学出版社2007年版。

陈厚诚、王宁：《西方当代文学批评在中国》，百花文艺出版社2000年版。

陈凯：《绿色的视野——谈梭罗的自然观》，《外国文学研究》2004年第4期。

陈清：《中国哲学史》，北京语言文化大学2000年版。

程爱民：《论梭罗自然观中"天人合一"思想》，《外国文学研究》2009年第2期。

仇兆鳌注：《杜诗详注》（第二册），中华书局1979年版。

戴从容：《从德莱赛的〈嘉莉妹妹〉看都市生活的含义》，《英美文学研究论丛》（第11辑），上海外语教育出版社2009年版。

戴康生、彭耀主编：《宗教社会学》，社会科学文献出版社2000年版。

单世联：《西方美学初步》，广东人民出版社1999年版。

蒂里希：《文化神学》，工人出版社1988年版。

段德智：《西方死亡哲学》，北京大学出版社2006年版。

鄂孟迪等著：《人类思想》，东北大学出版社2009年版。

恩格斯等著：《马克思恩格斯选集》第3卷，人民出版社1960年版。

方克立：《中国哲学和21世纪文明走向》，商务印书馆2003年版。

方克立编：《中国哲学大辞典》，中国社会科学出版社1994年版。

方洲：《世界文学名著速读手册》，中国青年出版社1999年版。

冯友兰：《中国哲学史》（上、下册），华东师范大学出版社2003年版。

高秀昌、龚力：《哲人的智慧：〈老子〉与中国文化》，河南大学出版社

1995年版。

高迎慧：《赏析爱德加·爱伦·坡的〈安娜贝尔丽〉》，《山西高等学校社会科学学报》2004年第4期。

顾明栋：《原创的焦虑——语言、文学、文化研究的多元途径》，南京大学出版社2009年版。

郭绍虞：《中国历代文论选》（第2册），上海古籍出版社1979年版。

海德格尔：《存在与时间》，陈嘉映、王庆节译，生活·读书·新知三联书店1987年版。

何颖：《梭罗对〈庄子〉的吸收与融通》，《甘肃社会科学》2010年第3期。

黑格尔：《美学》第2卷，朱光潜译，商务印书馆1997年版。

黑格尔：《美学》第3卷下册，朱光潜译，商务印书馆1997年版。

胡经之主编：《西方文艺理论名著教程》，北京大学出版社，2000年版。

黄宗英：《惠特曼〈我自己的歌〉：一首抒情史诗》，《北京大学学报》（哲学社会科学版），2001年第4期。

惠特曼：《草叶集》，赵萝蕤译，上海译文出版社1991年版。

纪荷：《居里夫人——寂寞而骄傲的一生》，尹萍译，九州出版社2004年版。

季羡林：《病榻杂记》，新世界出版社2007年版。

加布理尔·施瓦布：《理论的旅行和全球化的力量》，国荣译，《文学评论》2000年第2期。

加缪：《加缪文集》，郭宏安等译，译林出版社1999年版。

简明哲学百科辞典编写组：《简明哲学百科辞典》，现代出版社1990年版。

江本胜：《水知道答案》，猿渡静子译，南海出版社2009年版。

金惠敏：《意志与超越——叔本华美学思想研究》，中国社会科学出版社2007年版。

金莉：《生态女权主义》，《外国文学》2004年第5期。

凯特·肖邦：《德西雷的儿子》，金莉译，《外国文学》1995年第4期。

凯特·肖邦：《觉醒》，文忠强、贾淑勤等译，漓江出版社1991年版。

克利夫顿·费迪曼：《一生的读书计划》，乔西、王月瑞编译，海南出版社2003年版。

孔子：《论语》，Anthur Waley译，外语教学与研究出版社1998年版。

孔子：《论语》，辽宁民族出版社1996年版。

莱昂·罗斑：《希腊思想和科学精神的起源》，陈修斋译，广西师范大学出版社2003年版。

老子：《老子》，饶尚宽译注，中华书局2006年版。

老子：《老子》，王弼注《诸子集成》（第三册），中华书局1987年版。

乐黛云：《朱光潜对中国比较文学的贡献》，《社会科学》2010年第2期。

雷毅：《深层生态学：一种激进的环境主义》，《自然辩证法研究》1999年第2期。

李耳：《老子》，梁海明译注，山西古籍出版社1999年版。

李夫生：《生态批评：一种以旧翻新的批评游戏》，《求索》2005年第4期。

李会学：《易卜生戏剧中婚姻男女地位与关系的变迁》，《中南民族大学学报》（人文社会科学版），2006年第11期。

李清照：《李清照词赏读》，徐建委、刘峥编，线装书局2007年版。

李野光：《惠特曼名作欣赏》，中国和平出版社1995年版。

李泽厚：《人类学历史本体论》，天津社会科学院出版社2008年版。

林清玄：《感悟"人生之美"》，《成功》2001年第2期。

林语堂：《中国人》，浙江人民出版社1988年版。

刘道全：《福克纳的种族观和他笔下的黑人形象》，《许昌学院学报》2006年第3期。

刘东：《浮世绘》，辽宁教育出版社1996年版。

刘东：《中国学术》，商务印书馆2001年第1期。

刘放桐等编：《新编现代西方哲学》，人民出版社2000年版。

刘海平、王守仁主编，朱刚主撰：《新编美国文学史》第2卷，上海外语教学出版社2002年版。

刘敬鲁：《海德格尔人学思想研究》，中国人民大学出版社2001年版。

刘诺亚：《老子的"道"和爱默生的"超灵"之比较》，《世界文学评论》2008年第1期。

刘权：《老子道德经新探》，中国广播电视出版社2003年版。

刘意青：《〈圣经〉的文学阐释——理论与实践》，北京大学出版社2004年版。

刘永生编：《宋诗选》，天津古籍出版社1997年版。

刘玉成：《跟毛泽东读〈论语〉》，中共党史出版社2010年版。

鲁枢元：《生态文艺学》，陕西人民教育出版社，2000年版。

鲁迅：《鲁迅全集》第8卷（集外集拾遗补编），人民文学出版社1981年版。

陆扬：《死亡美学》，北京大学出版社2007年版。

陆玉林：《老庄哲学的意蕴》，经济管理出版社1999年版。

鹿清霞：《论凯特·肖邦的种族观》，《聊城大学学报》（社会科学版）2005年第3期。

罗兰·巴特：《S/Z》，屠友祥译，上海人民出版社2000年版。

罗洛·梅：《爱与意志》，冯川译，国际文化出版公司1998年版。

罗明洲：《论海明威的死亡情结》，《外国文学研究》1999年第2期。

罗素：《西方哲学史》上、下卷，商务印书馆2009年版。

马丁·路德：《马丁·路德文选》，马丁·路德著作翻译小组译，中国社会科学出版社2003年版。

马可·奥勒留：《沉思录》，何怀宏译，中央编译出版社2008年版。

迈克斯·缪勒：《宗教的起源和发展》，金泽译，上海人民出版社1989年版。

孟轲：《孟子选译》，柏小松译注，人民教育出版社2003年版。

尼采：《悲剧的诞生》，周国平译，生活·读书·新知三联书店1986年版。

尼采：《尼采生存哲学》，杨恒达等译，九州出版社2003年版。

倪俭：《论凯特·肖邦的女性主义创作起源——从〈她的信件〉谈起》，《江苏技术师范学院学报》2010年第5期。

彭贵菊：《真实的束缚 虚幻的自由——试论凯特·肖邦的〈一小时的故事〉》，《外国文学评论》2003年第1期。

钱林森、邹琰：《责任与乐趣：我的漂泊和探索的历程——兹维坦·托多罗夫专访》，载《跨文化对话》（23）[C],江苏人民出版社2008年版。

钱林森编：《法国汉学家论中国文学——古典诗词》，北京：外语教学与研究出版社，2007年版。

钱满素：《爱默生与中国对个人主义的反思》，生活·读书·新知三联书店1996年版。

钱满素：《美国文明》，中国社会科学出版社2001年版。

钱满素：《美国文明散论》，东方出版社2010年版。

钱满素：《我，生为女人》，河北教育出版社1995年版。

钱志富：《中外诗歌研究》，人民文学出版社2007年版。

清如编：《弟子规易解》，华艺出版社2010年版。

邱业祥：《圣经关键词研究》，宗教文化出版社2009年版。

申丹：《视角》，《外国文学》2004年第3期。

叔本华：《叔本华人生哲学》，李成铭等译，九州出版社2003年版。

叔本华：《作为意志和表象的世界》，石冲白译，杨一之校，商务印书馆1982年版。

苏轼：《苏轼全集》，傅成、穆俦标点，上海古籍出版社2000年版。

梭罗：《瓦尔登湖》，徐迟译，吉林人民出版社1997年版。

覃承华：《〈哈克贝利·费恩历险记〉：马克·吐温种族观的一面镜子》，《广西民族师范学院学报》2010年第2期。

唐代诗人：《全唐诗》（第四册），北京：中华书局，1960年版。

陶潜：《陶渊明集全译》，郭维森、包景诚译注，贵州人民出版社2008年版。

陶渊明：《陶渊明集》，逯钦立校注，中华书局1979年版。

梯利：《西方哲学史》，商务印书馆2003年版。

天人、宋钢：《二十五史名句鉴赏辞典》，内蒙古人民出版社2000年版。

田时雨：《美丽与哀愁：一个真实的林徽因》，东方出版社2004年版。

万雪梅：《〈觉醒〉：穿越时空的心灵之"视"》，《外国文学研究》2010年第2期。

万雪梅：《感性的爱 理性的美——解读凯特·肖邦的一位正派女人》，《名作欣赏》2008年第11期。

万雪梅：《生死二元对立的诗意超越——论凯特·肖邦的〈觉醒〉》，《四川外语学院学报》2007年第3期。

万雪梅：《叙事"视角"新探》，《江西社会科学》2010年第5期。

万雪梅：《忧郁的总统：林肯》，《中学历史教学参考》2003年第7期。

王博：《庄子哲学》，北京大学出版社2004年版。

王为理：《人之问——思与禅的一种诠释与对话》，上海三联书店2001年版。

王卫东、赵兰芳：《死亡意识与艺术活动》，《思想战线》2002年第6期。

王先霈、王又平主编：《文学批评术语词典》，上海文艺出版社1999年版。

王晓英、杨靖主编：《她世界：西方女性文学百部名著赏析》，安徽人民出版社2004年版。

威廉·巴雷特：《非理性的人》，段德智译，陈修斋校，上海译文出版社1992年版。

薇思瓦纳珊：《权力、政治与文化——萨义德访谈录》，单德兴译，生活·读书·新知三联书店2006年版。

魏耕原：《谢朓山水诗审美时空的拓展》，《文学遗产》2001第4期。

文池主编：《在北大听讲座》（第18辑），新世界出版社2008年版。

吴光远：《听大师讲哲学——活着究竟为什么》，中国民航出版社2003年版。

吴兰香：《"教养决定一切"——〈傻瓜威尔逊〉中的种族观》，《外国文学评论》2009年第3期。

吴兰香：《马克·吐温早期游记中的种族观》，《解放军外国语学院学报》2010年第4期。

吴小英：《女性主义的后现代转向》，《青年研究》1996年第12期。

吴兴勇：《论死生》，湖北长江出版集团、湖北人民出版社2006年版。

吴雁飞：《"柏拉图式的爱"之真谛》，《重庆科技学院学报》（社会科学版）， 2009 年第3期。

希利斯·米勒：《解读叙事》，申丹译，北京大学出版社2002年版。

小罗伯特·D. 理查森：《爱默生：充满激情的思想家》，石坚、李竹渝等译，四川人民出版社2001年版。

肖明翰：《英美文学中的哥特传统》，《外国文学评论》2001年第3期。

徐复观：《中国艺术精神》，上海：华东师范大学出版社，2001年版。

许国璋：《回忆学生时代》，《外语教学与研究》1995年第2期。

亚里士多德：《政治学》，商务印书馆2007年版。

阎国忠：《美是上帝的名字：中世纪神学美学》，上海社会科学院出版社2003年版。

颜翔林：《死亡美学》，学林出版社1998年版。

杨伯峻：《孟子译注》（上、下册），中华书局1962年版。

杨建邺：《窥见上帝秘密的人：爱因斯坦传》，海南出版社2003年版。

杨莉馨：《西方女性主义文论研究》，江苏文艺出版社2002年版。

杨鑫辉主编：《西方心理学名著提要》，江西人民出版社2001年版。

叶朗、朱良志：《中国文化读本》，外语教学与研究出版社2009年版。

叶舒宪：《再论20世纪西方思想的"东方转向"》，《文艺理论与批评》

2003年第3期。

尤金·N.科恩、爱德华·埃姆斯：《文化人类学基础》，李富强编译，中国民间文艺出版社，1987年版。

虞建华：《英语短篇小说教程》，高等教育出版社2010年版。

虞建华等著：《美国文学的第二次繁荣》，上海外语教育出版社2007年版。

宇文所安：《中国文论：英译与评论》，王柏华、陶庆梅译，上海社会科学院出版社2003年版。

约·多诺万：《女权主义的知识分子传统》，赵育春译，江苏人民出版社2003年版。

詹姆士·安格尔：《人文学科的重要性：主谈英语文学》，《外国文学评论》2008年第4期。

张冲主撰，刘海平、王守仁主编：《新遍美国文学史》，上海外语教育出版社2001年版。

张恒学：《悲剧美学——历史的回顾与新时期小说的悲剧意识》，中南工业大学出版社1999年版。

张宏薇：《托妮·莫里森宗教思想研究》[D]，东北师范大学2009年版。

张江梅：《论英美文学中的"哥特因子"》，《当代文坛》2010年第2期。

张京媛主编：《当代女性主义文学批评》，北京大学出版社1992年版。

张少康、刘三富：《中国文学理论批评发展史》（上、下册），北京大学出版社2003年版。

张祥龙：《海德格尔思想与中国天道——终极视域的开启与交融》，生活·读书·新知三联书店1996年版。

郑克鲁：《外国文学史》（上、下册）（修订版），高等教育出版社2006年版。

中国社会科学院语言研究所词典编辑室：《现代汉语词典》，商务印书馆2006年版。

周碧文：《评析福克纳种族主义观的两面性》，《徐州师范大学学报》（哲学社会科学版）2006年第3期。

周国平：《尼采：在世纪的转折点上》，新世界出版社2008年版。

周宁、盛嘉主编：《人文国际》（第2辑），厦门大学出版社2010年版。

周宪：《视角文化的转向》，载文池主编《在北大听讲座》，新世界出版社2008年版。

朱光潜：《西方美学史》（上、下卷），人民文学出版社2001年版。

朱立元主编：《当代西方文艺理论》，华东师范大学出版社1997年版。

朱新福：《美国文学中的生态思想研究》，苏州大学出版社2006年版。

庄子：《庄子》，孙通海译注，中华书局2007年版。

宗白华：《美学散步》，上海人民出版社1981年版。

宗白华：《天光云影》，北京大学出版社2005年版。

附录一　凯特·肖邦年表

1851　2月8日凯瑟琳·奥弗莱厄蒂（Katherine O'Flaherty）（后来的凯特·肖邦）出生于密苏里州的圣路易斯。

1855　其父马斯·奥弗莱厄蒂（Thomas O'Flaherty）死于火车事故，时年50岁。

1860—1868　在密苏里州圣路易斯的圣心学院（Sacred Heart Academy）学习，与基蒂·朱利叶斯（Kitty Garesché）成为朋友。

1863　曾外祖母维多利亚·弗登·查尔维尔（Victoria Verdon Charleville），享年83岁；一个月后，同父异母哥哥乔治死于伤寒，时年23岁（他曾在南部联盟参战；他的母亲、肖邦父亲的前妻，因生他时难产而死）；好友基蒂·朱利叶斯一家因反对北部联盟被赶出圣路易斯。

1869　写了第一个有名的短篇小说（没有发表）：《解放：生命的寓言》。

1870　6月9日在圣路易斯与奥斯卡·肖邦结婚；两人到欧洲度蜜月直到9月份；10月份移居路易斯安那州的新奥尔良。

1870—1879　和丈夫、孩子主要生活在路易斯安那州新奥尔良。

1871　5月22日凯特和奥斯卡的第一个儿子吉恩·肖邦在新奥尔良出生。

1873　二儿子耶利米·奥斯卡出生在圣路易斯。

1874　三儿子乔治出生在圣路易斯。

1876　四儿子弗雷德里克出生在圣路易斯。

1878　五儿子费利克斯出生在新奥尔良。

1879　唯一的女儿莱丽娅在新奥尔良出生；奥斯卡生意失败，举家搬迁到路易斯安那州纳基托什（Natchitoches）教区的未组成社团的社区克劳蒂尔维尔（Cloutierville）。

1879—1884　和丈夫、孩子生活在路易斯安那州纳基托什克劳蒂尔维尔。

1882　12月份奥斯卡·肖邦因患疟疾去世，时年38岁。

1884　带着孩子搬到圣路易斯的娘家。

1885　6月母亲伊莱扎·奥弗莱厄蒂（Eliza O'Flaherty）去世，时年57岁。

1888　首次发表音乐作品：钢琴曲《莉丽娅波尔卡》（Lilia Polka）；开始职业文学创作。

1889　首次发表文学作品诗歌《如果可能》（*If It Might Be*）；10月发表短篇小说《一个争论之点》（*A Point at Issue*）（创作于8月份）；12月发表《智胜神明》（*Wiser than a God*）（创作于6月份）。

1890　9月自费出版第一部长篇小说《困惑》（*At Fault*）；4—11月完成长篇小说《年轻的戈斯医生和西奥》（*Young Dr. Gosse and Théo*），但后来毁了手稿。

1891—1893　在《时尚》和《哈珀氏》等杂志发表短篇小说。

1894　3月首次发表短篇小说集《牛轭湖的人们》。

1897　外祖母爱森内斯·查尔维尔·法里斯（Athénaïse Charleville Faris）去世，享年96岁；开始创作《觉醒》；11月发表第二部短篇小说集《阿卡迪亚之夜》。

1898　7月18—19日写完《暴风雨》（*The Storm*），但是没打算发表。

1899　4月22日发表《觉醒》，评论界对此暴风雨般的批评和对肖邦个人的恶言随后而至。

1900　出版社拒绝当初已经答应出版的小说集《职业和声音》（*A Vocation and a Voice*）。

1902　生前在《青年伴侣》（*Youth's Companion*）上发表最后一篇短篇小说《波莉》（*Polly*）。

1904　8月20日在圣路易斯死于脑溢血。

1932　丹尼尔·兰金（Daniel S. Rankin）写的《凯特·肖邦和她的克里奥尔故事》（*Kate Chopin and Her Creole Stories*）。

1946　法国评论家西里尔·阿纳翁（Cyrille Arnavon）用法语在巴黎发表有关凯特·肖邦的研究成果共26页。

1953　西里尔·阿纳翁用英语在巴黎发表介绍凯特·肖邦和《觉醒》中的女主人公爱德娜的成果共21页。

1969　挪威奥斯陆大学美国文学教授佩尔·赛耶斯特德（Per Seyersted, 1921—2005）将当年在美国求学期间收集整理的肖邦作品集中出版为《凯特·肖邦全集》（*The Complete Works of Kate Chopin*），同年发表《凯特·肖邦评传》（*Kate Chopin: A Critical Biography*）。

附录二 凯特·肖邦国内研究资料索引

一 肖邦作品的译介情况

小说的翻译

吕文斌译：《觉醒》（*The Awakening*）（黑龙江人民出版社 1990年版）

文忠强、贾淑勤译：《觉醒》（*The Awakening*）（漓江出版社1991年版）

程锡麟译：《觉醒》（*The Awakening*）（四川人民出版社 1996年版）

刘新民译：《觉醒》（*The Awakening*）（百花洲文艺出版社1997年版）

任海峰译：《觉醒》（*The Awakening*）（内蒙古人民出版社 1998年版）

杨瑛美译：《觉醒》（*The Awakening*）（台湾女书文化事业公司1999年版）

高清译：《觉醒》（*The Awakening*）（九州出版社 2000年版）

潘明元译：《觉醒》（*The Awakening*）（延边人民出版社 2001年版）

冯利强译：《觉醒》（*The Awakening*）（内蒙古人民出版社 2001年版）（丛编项：外国私家藏书）

冯利强译：《觉醒》（*The Awakening*）（内蒙古人民出版社 2001年版）（丛编项：世界文学：《名著文库世界三色禁书》第二辑）

林玉良译：《觉醒》（*The Awakening*）（内蒙古人民出版社 2001年版）

高清译：《觉醒》（*The Awakening*）（九州出版社 2001年版）

高清译：《觉醒》（*The Awakening*）（远方出版社、内蒙古大学出版社 2001年版）

赵欣娅译：《觉醒》（*The Awakening*）（远方出版社 2001年版）

王宏伟译：《觉醒》（*The Awakening*）（内蒙古人民出版社 2001年版）

潘明元译：《觉醒》（*The Awakening*）（中国戏剧出版社2002年版）

英汉对照

王茹译：《觉醒》（*The Awakening*）[（美）沃德（Ward，Selena）（美）斯佩恩（Spain，Sarah）导读]（天津科技翻译出版公司2003年版）

毛荣贵、焦亚萍译：《觉醒》（*The Awakening*）[（美）Olivia Collins改编]（航空工业出版社2004年版）

英语注释

单雪梅注释：《觉醒》（*The Awakening*）（上海外语教育出版社2007年版）

刊物中的短篇小说

金莉、秦亚青译：《德西雷的儿子》，《外国文学》1995年第4期。

金莉、秦亚青译：《一个正派女人》，《外国文学》1995年第4期。

金莉、秦亚青译：《一小时的故事》，《外国文学》1995年第4期。

金莉、秦亚青译：《暴风雨》，《外国文学》1995年第4期。

杨祝华、秦小孟译：《一双长筒袜》，《保山师专学报》1999年第3期。

张强译：《一个小时的故事》，《名作欣赏》1999年第3期。

葛林译：《一小时的故事》，载《美国女作家短篇小说选》，中国社会科学出版社1983年版。

二 肖邦作品的研究情况

博士论文

胡泓：《从他者到他们》（河南大学2003）

宫玉波：《追寻灵魂的伊甸园：凯特·肖邦作品中觉醒女性形象研究》（北京外国语大学2005）

平坦：《"南方女性神话"的现代解构》（吉林大学2010）

硕士论文

闫建华：《凯特·肖邦主要作品中女性的觉醒及其对自由的追求》（上海外国语大学1995）

李玲：《自我的追寻：论凯特·肖邦代表作〈觉醒〉及其他作品的主题》（四川外语学院2002）

叶富莲：《爱德娜：一位孤寂的新女性》（南京师范大学2002）

赫荣菊：《女性新生的曙光——析〈觉醒〉中女性的自我发现》（河北师范大学2003）

彭琳：《重温凯特·肖邦——凯特·肖邦短篇故事的女权主义解读》（北京外国语大学2003）

王骞：《抗争》（河北大学2003）

韩静：《赛珍珠：女性主义的先锋》（南京师范大学2003）

黄薇：《"老纽约"社会中的新女性》（广西师范大学2003）

高速平：《找回自己 忠实自我》（河北师范大学2004）

万雪梅：《生死二元对立的超越——论凯特·肖邦的〈觉醒〉》（南京师范大学2004）

赵昱：《〈觉醒〉中的象征主义》（吉林大学2004）

徐丽娟：《〈觉醒〉中的女权思想》（吉林大学2004）

王晶红：《〈觉醒〉中女性自我意识透视》（吉林大学2005）

蔡霞：《走向永恒》（山东师范大学2005）

周海滨：《女性自我意识的建构与解构》（南京师范大学2005）

葛熠：《十九世纪美国女性的新觉醒：解读凯特·肖邦的〈觉醒〉》（湘潭大学2005）

率华娟：《〈觉醒〉象征意象的分析》（山东大学2005）

杨慧：《从文学文本到文化背景》（四川大学2005）

冯玥：《凯特·肖邦在〈觉醒〉中对性别概念的重新定义》（南京师范大学2005）

孙全军：《从超验主义的视角重新解读凯特·肖班的〈觉醒〉》（南京师范大学，2005）

徐明：《挑战父权制》（苏州大学2005）

曹颖哲：《对托马斯·哈代作品中人物"苔丝"的跨性别分析》（哈尔滨工程大学2005）

薛瑞梅：《埃德娜的人格结构》（中南大学2006）

洪慧丽：《论凯特·肖邦〈觉醒〉中女主人公的自我寻找》（北京语言大学2006）

马春羽：《女性觉醒的坦途与荆棘》（吉林大学2006）

李昆秀：《艾德娜·蓬迪里埃：个性化的失败》（云南师范大学2006）

高弋：《追求完整的自我》（辽宁师范大学2006）

逯艳：《囚鸟》（郑州大学2006）

王莎丽：《欲望的伦理》（华中师范大学2006）

王小航：《妇道、母性和自我》（福州大学2006）

王征：《从自然主义视角解读〈觉醒〉》（华中师范大学2006）

高维婷：《埃德娜：一位新女性——对凯特·肖邦〈觉醒〉中女主人公命运的探析》（河北大学2007）

彭静宁：《双重声音的文本：凯特·肖班作品的女权主义重读》（北京外国语大学2007）

段丽娜：《生于觉醒、死于困惑》（东北师范大学2007）

陈征：《男权社会中的受害者》（武汉理工大学2007）

姜丽斐：《多重视角下的肖邦女性意识》（黑龙江大学2007）

潘英慧：《似是而非——试论凯特·肖邦女性形象创作的模糊观》（北京交通大学2007）

李芝蕾：《徒劳的抗争》（吉林大学2007）

张锐：《重复与逻辑悖论》（吉林大学2007）

邓治：《从〈觉醒〉女主角透视凯特·肖班的女性意识》（四川大学2007）

王欢：《新女性的自我实现》（河北师范大学2007）

徐红：《艾德娜和十九世纪社会女性标准的冲突》（浙江大学2007）

张硕：《论〈觉醒〉的叙事技巧》（重庆大学2007）

黄伟珍：《"家庭天使"与"新女性"的对垒》（厦门大学2007）

张东力：《致命的觉醒之旅》（山东大学2007）

李瑞萍：《从超验主义角度解读自然意象在〈觉醒〉中的作用》（对外经贸大学2008）

章赟：《觉醒的不同之路——从妇女主义的角度看〈觉醒〉和〈紫色〉》（武汉理工大学2008）

陈丽娜：《无法挣脱的桎梏》（北京交通大学2008）

刘琳：《论〈觉醒〉中艾德娜的心理冲突和困惑》（哈尔滨工程大学2008）

郑晓丹：《永恒的神话》（东北林业大学2008）

李玲：《男权社会里女性的悲惨命运》（重庆师范大学2008）

刘英姿：《从心理女性主义看肖邦的〈觉醒〉》（中国海洋大学2008）

盛灵：《论〈觉醒〉的叙事艺术》（重庆大学2008）

顾群：《一个觉醒却孤独的灵魂》（南京师范大学2008）

季芸：《艾德娜觉醒之旅的场景话语研究》（南京师范大学2009）

邓瑶：《欲望的殉道者：运用拉康的主体建构理论解读〈觉醒〉》（南京师范大学2009）

王燕：《〈觉醒〉中的象征意义分析》（山东师范大学2009）

郭天丽：《自我实现之路》（吉林大学2009）

赵若纯：《海明威作品中的两性关系》（山东师范大学2009）

恽佩红：《勇敢的心——试析小说〈看得见风景的房间〉和〈觉醒〉》（华东师范大学2009）

李建霞：《浪漫主义和现实主义的冲突与融合》（广西师范大学2009）

刘新茂：《论凯特·肖邦小说〈觉醒〉的经典化》（苏州大学2010）

杨晨：《一个新女性的诞生》（北京交通大学2010）

颜莉莉：《自我意志的选择》（北京交通大学2010）

胡懿：《试论凯特·肖邦部分作品中的女性消费行为》（华南理工大学2010）

何庆华：《拉康式的主体之死与生》（华南理工大学2010）

苗禾：《思考、觉醒与超越》（北京交通大学2010）

李晓花：《〈觉醒〉中女主人公觉醒的原因分析》（山东大学2010）

白莹：《从同源压迫到协作共和》（西北大学2010）

李静：《"觉"而未"醒"的艾德娜》（曲阜师范大学2010）

期刊中的研究文章

谢建新：《肖邦和她的〈觉醒〉》，《益阳师专学报》1987年第4期。

宋运田：《凯特·肖邦及其〈觉醒〉》，《郑州大学学报》（哲学社会科学版）1988年第6期。

杨香虎、梁亚平：《一只朦醒之鸟——评〈觉醒〉的女主人公庞德里埃夫人》，《阜阳师范学院学报》（社会科学版）1990年第4期。

裴阳：《同工异曲 殊途同归——两位作家对同一个谜的探索〈外语学刊〉》，（黑龙江大学学报）1992年第5期。

范珊：《一波三折 发人深思——读肖邦的短篇小说〈一小时的故事〉》，《名作欣赏》1994年第1期。

韩捷进：《觉醒，独立及离家出走——试析娜拉、埃德娜和乔安娜》，《海南师院学报》1994年第2期。

金莉、秦亚青：《美国新女性的觉醒与反叛：凯特·肖邦及其小说〈觉醒〉》，《外国文学》1995年第3期。

金莉、秦亚青：《压抑，觉醒，反叛——凯特·肖邦笔下的女性形象》，《外国文学》1995年第4期。

金莉、秦亚青：《凯特·肖邦其人》，《外国文学》1995年第4期。

封亚东：《凯特·肖邦及其〈觉醒〉的沉浮》，《丹东师专学报》1997年第4期。

陈素媛：《凯特·肖邦笔下的爱与死》，《辽宁教育学院学报》1997年第4期。

刘振江：《觉醒后的死，昏睡中的爱——试比较凯特·肖邦的〈觉醒〉与契诃夫的〈宝贝儿〉》，《辽宁教育学院学报》1997年第4期。

周熙娜：《〈觉醒〉中的意象世界》，《广东民族学院学报》（社会科学版）1998年第1期。

李晋：《肖邦的〈觉醒〉与爱默生的超验主义》，《国外文学》1998年第4期。

韩锐：《爱德娜的觉醒——评凯特·肖邦之〈觉醒〉》，《四川外语学院学报》1999年第1期。

张强：《爱的悲歌——浅析凯特·肖邦的〈一个小时的故事〉》，《名作欣赏》1999年第3期。

刘瑞华、刘允芳：《反讽的艺术——试析凯特·肖邦在〈觉醒〉中的人物描写手法》，《安徽农业大学学报》（社会科学版）1999年第4期。

文晶：《嬗变——开创"女性写作"先河的凯特·肖邦与她的〈觉醒〉》，《黑龙江教育学院学报》1999年第3期。

魏兆秋，姜海生：《大胆的描写 严肃的探索——评凯特·肖邦作品的女性主题及其〈觉醒〉》，《理论观察》2000年第1期。

欧荣：《凯特·肖邦〈觉醒〉中女主人公神话原型浅析》，《安庆师范学院学报》（社会科学版）2000年第4期。

魏兆秋：《〈觉醒〉中的困惑——兼评肖邦的女权思想》，《辽宁师范大学学报》2000年第4期。

魏兆秋：《埃德娜悲剧的原因探析》，《理论观察》2000年第6期。

毕青：《〈觉醒〉中艾德娜之死的心理分析探究》，《江苏外语教学研究》2001年第1期。

刘娟：《略谈凯特·肖邦〈觉醒〉的艺术特色》，《四川师范学院学报》（哲学社会科学版）2001年第1期。

魏兆秋：《试论埃德娜的觉醒》，《沈阳师范学院学报》（社会科学版）2001年第2期。

杨洁、岳好平：《论"我"和"马拉德太太"的解脱——〈黄色墙纸〉与〈一小时故事〉主人公比较》，《湖南大学学报》（社会科学版）2001年第3期。

叶富莲：《爱德娜：一个孤寂的灵魂——评凯特·肖邦的〈觉醒〉》，《镇江师专学报》（社会科学版）2001年第4期。

谷红丽：《〈觉醒〉中女性主体意识的建构与解构》，《四川外语学院学报》2002年第1期。

余锦云：《埃德娜的觉醒：寻找自我》，《郴州师范高等专科学校学报》2002年第3期。

欧荣：《肖邦〈觉醒〉中人物的象征意义》，《安庆师范学院学报》（社会科学版）2002年第3期。

宋运田：《超越苦难与孤独的心灵之旅——凯特·肖邦〈觉醒〉与张洁小说之比较》，《周口师范学院学报》2002年第6期。

尹朝晖：《败于没有敌手的夜晚——读徐坤的〈厨房〉》，《名作欣赏》2002年第6期。

彭贵菊：《真实的束缚，虚幻的自由———试论凯特·肖邦的〈一个小时的故事〉》，《外国文学评论》2003年第1期。

肖腊梅：《论凯特·肖班作品中的女性主义特色》，《西南科技大学学报》（哲学社会科学版）2003年第4期。

胡开杰：《由〈一个小时的故事〉看微型小说中浓缩的人生》，《南京理工大学学报》（社会科学版）2003年第4期。

张宏薇：《苔丝与艾德娜：父权制度下的悲剧》，《学术交流》2003年第4期。

翟萍、向继霖：《论凯特·肖邦〈一小时的变故〉中的反讽和象征》，《湘潭工学院学报》（社会科学版）2003年第5期。

杨金才：《服饰，自我与社会变革——论美国现实主义小说中的女性自我形塑》，《外国文学研究》2003年第6期。

单雪梅：《评〈觉醒〉的女性主义思想特点》，《新疆大学学报》（哲学社会科学版）2003年第S1期。

刘辉：《十五美元带来的意识觉醒——从"一双丝袜"看妇女的家庭责任与个人追求》，《新疆大学学报》（哲学社会科学版）2003年第S1期。

申丹：《叙事文本与意识形态——对凯特·肖邦〈一小时的故事〉的重新评价》，《外国文学评论》2004年第1期。

胡爱华：《一曲女性自由的悲歌——兼析〈一小时的故事〉的多视角叙述手法》，《江南大学学报》（人文社会科学版）2004年第2期。

徐明：《温情下的陷阱——浅论〈觉醒〉对父权主义话语的解读》，《盐城师范学院学报》（人文社会科学版）2004年第4期。

赫荣菊：《从女性刻画看凯特·肖邦对女性存在的思考》，《昭乌达蒙族师专学报》（汉文哲学社会科学版）2004年第4期。

甘文平：《艾德娜觉醒了吗——重读美国小说家凯特·肖邦的〈觉醒〉》，《武汉理工大学学报》（社会科学版）2004年第4期。

邓建华：《为自由而生——评〈觉醒〉中的女性主体意识》，《东北大学学报》（社会科学版）2004年第4期。

张莹波：《同根不同果——〈黛丝蕾的婴儿〉和〈玛丽亚·孔塞普西翁〉》，《常州工学院学报》2004年第5期。

刘卓、王楠：《女性意识的顿悟——凯特·肖邦〈一小时的故事〉探析》，《东北大学学报》（社会科学版）2004年第6期。

王小航：《自由与生命的冲突——评析凯特·肖班〈一个小时的故

事〉》，《平原大学学报》2005年第3期。

鹿清霞：《论凯特·肖邦的种族观》，《聊城大学学报》（社会科学版）2005年第3期。

戴雪芳：《艾德娜的觉醒三部曲》，《南京林业大学学报》（人文社会科学版）2005年第4期。

吕敏宏：《论小说人物话语再现方式及"足译"》，《外国语学院学报》2005年第4期。

赵昱：《觉醒种种——分析〈觉醒〉中女主人公埃得娜的觉醒意识》，《辽宁工学院学报》（社会科学版）2005年第4期。

胡爱华：《〈一小时的故事〉的叙事技巧》，《安徽工业大学学报》（社会科学版）2005年第5期。

于娜：《从"双性共体"的理论角度重读凯特·肖邦的〈觉醒〉》，《辽宁行政学院学报》2005年第5期。

申丹：《隐含作者，叙事结构与潜藏文本——解读肖邦〈黛丝蕾的婴孩〉的深层意义》，《北京大学学报》（哲学社会科学版）2005年第5期。

阚鸿鹰：《〈觉醒〉：女性意识觉醒的先声》，《西南民族大学学报》（人文社科版）2005年第9期。

孙全军：《物质主义生活与精神主义生活的对立——评凯特·肖邦〈觉醒〉中庞蒂里耶夫妇的人生观》，《江苏教育学院学报》（社会科学版）2006年第1期。

李菊花：《凯特·肖邦短篇小说的多样叙事手法》，《湘潭师范学院学报》（社会科学版）2006年第1期。

周琳：《婚姻，自由与道德——从非女性主义视角解读凯特·肖班的〈一小时的故事〉》，《南京林业大学学报》（人文社会科学版）2006年第3期。

丛慧杰：《凯特·肖班的短篇小说〈一个小时的故事〉的女性主义蕴涵》，《绥化学院学报》2006年第3期。

俞仁谊：《浅析〈一小时之梦〉》，《井冈山医专学报》2006年第3期。

杨清波：《超越魔鬼与天使——〈觉醒〉的女权主义意识透视》，《时代文学》（双月版）2006年第3期。

李晋：《发展中的女性自我建构：凯特·肖邦的〈觉醒〉与陶丽丝·莱辛的〈黑暗来临前的夏季〉》，《天津外国语学院学报》2006年第3期。

姜礼福、石云龙：《艾德娜："权力意志"的忠实代表——重读〈觉醒〉，解构尼采的女人观》，《重庆工商大学学报》（社会科学版）2006年第4期。

张建梅、李晓霞：《女性自由意识的悲剧的建构与解构》，《辽宁师范大学学报》2006年第4期。

刘杰伟、唐伟胜：《性别政治还是婚姻约束——〈一小时的故事〉的主题及其在当代中国读者中的接受》，《天津外国语学院学报》2006年第4期。

苏秀玲：《一个小时的抗争——读凯特·肖邦的〈一个小时的故事〉》，《牡丹江师范学院学报》（哲学社会科学版）2006年第5期。

申丹：《〈一小时的故事〉与文学阐释的几个方面——兼答〈性别政治还是婚姻约束〉一文》，《天津外国语学院学报》2006年第5期。

刘敏：《简析〈一小时故事〉中的反讽》，《科技信息》（学术研究）2006年第11期。

康巍巍：《压制与释放——以女权主义批评析凯特·肖邦的〈惊心动魄的一小时〉》，《当代经理人》2006年第12期。

陈梅：《以死亡诉说——析肖邦作品中妻子形象演绎》，《社会科学论坛》2006年第12期。

万雪梅：《超越生死的永恒境界——解读凯特·肖邦的〈觉醒〉》，《名作欣赏》2006年第24期。

刘婷：《〈一小时故事〉艺术特征探析》，《黄石理工学院学报》（人文社会科学版）2007年第1期。

闫晓茹、苏兰芳：《埃德娜与狂人：两个孤寂的灵魂——〈觉醒〉与〈狂人日记〉跨文化比较》，《陇东学院学报》（社会科学版）2007年第1期。

高卫红：《冲破男权樊篱的中美"娜拉"——〈伤逝〉与〈觉醒〉中女性形象之比较》，《吉林工程技术师范学院学报》2007年第1期。

任海燕：《一个孤独灵魂的觉醒——论凯特·肖邦的〈觉醒〉》，《湖南科技大学学报》（社会科学版）2007年第1期。

陈梅：《追求自我——肖邦作品中妻子形象演绎》，《社会科学论坛》（学术研究卷）2007年第1期。

贺润东：《一曲为自由而抗争的哀歌——评〈一小时的故事〉》，《湖北经济学院学报》（人文社会科学版）2007年第1期。

陈红梅：《一首激情澎湃的即兴曲——浅论〈觉醒〉的音乐性》，《世纪桥》2007年第1期。

李燕琴、穆宏宇：《浅谈美国文学〈梦境时分〉的审美意象》，《时代文学》（理论学术版）2007年第2期。

丛慧杰：《"家中天使"的悲剧——〈一个小时的故事〉和〈穿夏装的姑娘们〉的比较分析》，《沈阳农业大学学报》（社会科学版）2007年第2期。

李晓霞、张建梅：《〈觉醒〉中的女性主体意识论》，《辽宁师范大学学报》（社会科学版）2007年第2期。

万雪梅：《生死二元对立的诗意超越——论凯特·肖邦的〈觉醒〉》，《四川外语学院学报》2007年第3期。

刘红卫：《"觉"而未"醒"：解读小说〈觉醒〉中的"觉醒"》，《武汉大学学报》（人文科学版）2007年第3期。

杜荣芳：《明晰和复杂的高度统一——试析〈一小时的故事〉的空间叙事》，《重庆文理学院学报》（社会科学版）2007年第3期。

刘爱玲：《从〈一双长丝袜〉看凯特·肖邦小说女性修辞》，《淮阴工学院学报》2007年第4期。

刘伟：《由困惑到觉悟的艰难旅程——〈觉醒〉主人公心路发展历程探讨》，《河北北方学院学报》2007年第4期。

陈慧、魏晶：《〈梦境时分〉的分层构思解读》，《齐鲁学刊》2007年第4期。

陈梅、陶丹玉：《玛丽亚，夏娃和尤物——解读男性视野下的爱德娜形象》，《嘉兴学院学报》2007年第5期。

周莉莉、姜源：《自我与注视：〈觉醒〉中的女性身体叙事》，《四川教育学院学报》2007年第5期。

董姝：《艾德娜和安娜的悲剧成因探析》，《湘潭师范学院学报》（社会科学版）2007年第6期。

杨淑慧：《一双丝袜带来的觉醒》，《成功》（教育）2007年第6期。

张礼艳：《言语形式对文学作品翻译的重要影响——以凯特·肖邦的小说〈觉醒〉为例》，《黑龙江教育学院学报》2007年第7期。

王冬梅：《On the Awakening of Edna》，《读与写》（教育教学刊）2007年第11期。

陈圣、田颖：《堪抵一生的一个小时——浅析〈一个小时的故事〉》，

《湖北广播电视大学学报》2007年第12期。

钱俊：《走进她们自己的房间》，《华商》2007年第22期。

王燕：《凯特·肖邦〈觉醒〉中男性人物的象征意义》，《科技信息》（学术研究）2007年第28期。

尹静媛、艾险峰：《一双丝袜折射出的女性意识的觉醒——凯特·肖邦〈一双丝袜〉之女性主义解读》，《山西师大学报》（社会科学版）2007年第S1期。

陈燕：《寻找失去的女性自我——用精神分析女权主义理论解读〈觉醒〉》，《长江师范学院学报》2008年第1期。

邵凌：《游走于现实和梦境的边缘——读凯特·肖邦的〈觉醒〉》，《世界文学评论》2008年第2期。

冯宜丽：《灵魂漂泊的历程——评〈一小时的故事〉中的生存取向》，《河南机电高等专科学校学报》2008年第2期。

康海波、王晶波：《男女两性作家笔下女主人公"觉醒"之比较——看娜拉与埃德娜的"觉醒"》，《吉林农业科技学院学报》2008年第3期。

郭云、曾竹青：《从谴责到赞誉——凯特·肖邦〈觉醒〉的批评接受史回顾》，《湖南工业大学学报》（社会科学版）2008年第3期。

张竞碧、鲁修红：《自由的代价——解读凯特·肖邦的〈一小时的故事〉》，《内蒙古民族大学学报》2008年第3期。

顾平：《〈一个正派女人〉的艺术表现手法和当代意义》，《安徽工业大学学报》（社会科学版）2008年第4期。

刘红星：《"The Story of an Hour"模糊修辞例析》，《科教文汇》（中旬刊）2008年第4期。

王庆勇：《〈暴风雨〉中的反讽和象征艺术研究》，《名作欣赏》2008年第4期。

彭武妮：《艾德娜与玉娇龙之女性主义孤独意识解读》，《湖南人文科技学院学报》2008年第5期。

刘纬：《论〈觉醒〉中黑衣女人的象征意义》，《石家庄学院学报》2008年第5期。

陈梅：《〈觉醒〉中爱德娜形象新解》，《辽宁师范大学学报》（社会科学版）2008年第5期。

刘红卫：《伦理环境与小说〈觉醒〉的拒绝与接受》，《外国文学研究》2008年第6期。

郭艳颖：《男权社会女性的困苦与挣扎——谈凯特·肖邦的〈觉醒〉》，《艺术广角》2008年第6期。

李红燕：《解读〈觉醒〉中凯特·肖班思想上的矛盾性》，《浙江教育学院学报》2008年第6期。

吕灿：《The Awakening, One of the Pioneer Works in Feminist Movement》，《读与写》（教育教学刊）2008年第8期。

刘瑜、张丽：《觉醒的艾德娜——从女性主义视角解读肖邦的〈觉醒〉》，《时代文学》（下半月）2008年第10期。

侯静：《浅析简爱与爱德娜的婚姻，爱情，自由观》，《安徽文学》（下半月）2008年第11期。

王征：《从自然主义视角解读〈觉醒〉的主题》，《湖南农机》2008年第11期。

万雪梅：《感性的爱 理性的美——解读凯特·肖邦的〈一位正派女人〉》，《名作欣赏》2008年第22期。

刘美霞：《自由与生命的较量——评析凯特·肖邦的〈一个小时的故事〉》，《大学英语》（学术版）2009年第1期。

胡爱华：《吕达与埃德娜人物形象之互文性解读》，《南京工业大学学报》（社会科学版）2009年第1期。

陈亚丽：《谁杀死了德西蕾?——从种族和性别双重视角解读〈德西蕾的孩子〉》，《国外文学》2009年第1期。

黄启超：《从〈觉醒〉看凯特·肖邦的超验主义思想》，《郑州航空工业管理学院学报》（社会科学版）2009年第1期。

申屠云峰：《〈一小时的故事〉的符号学解读》，《牡丹江大学学报》2009年第1期。

龙亚：《探析凯特·肖邦〈觉醒〉的结局》，《文学教育》（上）2009年第1期。

魏文、周庭华：《从及物性系统解析〈觉醒〉中埃德娜的转变》，《五邑大学学报》（社会科学版）2009年第2期。

黄伟珍：《阁楼上的孤独女人——管窥凯特·肖班的双重写作策略》，

《牡丹江师范学院学报》（哲学社会科学版）2009年第2期。

魏文、周庭华：《从人际功能探析〈觉醒〉中人物关系的变化过程》，《宜宾学院学报》2009年第2期。

程雨丝、齐超：《讽刺的矛头——评凯特·肖邦的短篇小说〈一个小时的故事〉》，《安徽文学》（下半月）2009年第3期。

徐嘉：《从肖邦作品看传统父权制社会对女性的压迫与束缚》，《攀枝花学院学报》2009年第4期。

冀慧颖：《自由的呼唤——试论凯特·肖邦的〈一个小时的故事〉》，《时代文学》（双月上半月）2009年第4期。

高维婷：《女性的悲剧——探析凯特·肖邦〈一小时的故事〉的语言特色》，《科教文汇》（下旬刊）2009年第4期。

张梅：《〈觉醒〉中女性身份重构》，《昆明理工大学学报》（社会科学版）2009年第4期。

于漏琴：《试析埃德娜女性意识的觉醒》，《新疆职业大学学报》2009年第5期。

杨义华：《论埃德娜觉醒的自我意识与自我毁灭——〈觉醒〉之弗洛伊德精神分析解读》，《阜阳师范学院学报》（社会科学版）2009年第5期。

魏文：《从人际功能解析〈觉醒〉中人物关系的变化过程》，《河北理工大学学报》（社会科学版）2009年第5期。

金晓莉：《女性意识的觉醒——凯特·肖邦〈一小时的故事〉解读》，《时代文学》（双月上半月）2009年第6期。

曾星洁：《〈觉醒〉中的象征手法》，《辽宁科技大学学报》2009年第6期。

郭晓兰：《论凯特·肖邦〈一个正派的女人〉的女性自我意识》，《沈阳农业大学学报》（社会科学版）2009年第6期。

张丽：《新女性形象的塑造：妇女首先是作为人的觉醒——谈凯特·肖邦及其小说〈觉醒〉》，《名作欣赏》2009年第6期。

王新春、赵永乐：《〈觉醒〉中的女性主义意识》，《黑龙江教育学院学报》2009年第7期。

李杰、高庆、张红梅：《喜极而亡中的悲凉——评析〈一小时的故事〉中的象征与讽刺》，《新闻爱好者》2009年第7期。

郭颖、王冉：《浅析〈觉醒〉女主人公艾德娜的悲剧命运》，《时代文学》（下半月），2009年第8期。

赵延红：《寻找孤独的出口——从人生视角探究〈觉醒〉的主题》，《安徽文学》（下半月）2009年第10期。

何丽洁：《精神分析女性主义视角下爱德娜之死的必然性》，《湖南科技学院学报》2009年第10期。

韩化冰：《女性自我意识的三部曲——解读〈觉醒〉的三个主要女性人物》，《科技创新导报》2009年第10期。

周冠英、程绍驹：《门里窗外 人生如戏——〈一小时的故事〉戏剧化特征赏析》，《时代文学》（下半月）2009年第11期。

李敏：《种族主义与男权制下的悲剧——浅析凯特·肖邦的〈黛西蕾的婴孩〉》，《重庆科技学院学报》（社会科学版）2009年第11期。

张华、谭秀阁：《浅析〈一小时的故事〉中玛莱德太太的死因》，《大众文艺》（理论）2009年第11期。

刘千凤：《〈一个小时的故事〉中的叙事技巧》，《大众文艺》（理论）2009年第14期。

李栩蕙、伍伟：《从艾德娜的觉醒透析现代女性价值观》，《中国科技信息》2009年第14期。

张丽：《女性与自然的相连性和亲近性——〈觉醒〉的生态意识观解读》，《名作欣赏》2009年第21期。

杨翔：《是婚姻道德还是性别压迫——探索凯特·肖邦的〈一小时的故事〉多元化解读的原因》，《经济研究导刊》2009年第21期。

胡启好：《透视西方女性主义文学的一个窗口——解读〈一小时的故事〉中门、窗的象征涵义》，《名作欣赏》2009年第27期。

李宁：《浅析凯特·肖邦的中篇小说〈觉醒〉中艾德娜的自杀成因》，《科技信息》2009年第28期。

薛秀云：《从文体学角度探析〈一个小时的故事〉》，《漳州职业技术学院学报》2010年第1期。

王晓文：《论〈觉醒〉中女性的不觉醒》，《牡丹江大学学报》2010年第1期。

边克攀：《母性，女性和人性：女权求索路上的思考——女权主义视角下〈觉醒〉与〈金色笔记〉之比较解读》，《河南理工大学学报》（社会科学版）2010年第1期。

边克攀：《两性和谐：女权主义的终极意义——女权主义视角下〈金色笔记〉与〈觉醒〉主题之比较》，《沈阳工程学院学报》（社会科学版）2010年第1期。

娄德欣：《心中的暴风雨——解读〈暴风雨〉中凯莉克斯塔的女性自由心理》，《时代文学》（下半月）2010年第1期。

宋雪：《凯特·肖邦小说〈一小时的故事〉的女性主义解读》，《沈阳农业大学学报》（社会科学版）2010年第1期。

王媛媛：《不同的觉醒——从女性主义角度看〈觉醒〉和〈献给艾米丽的玫瑰〉》，《消费导刊》2010年第1期。

万雪梅：《〈觉醒〉：穿越时空的心灵之"视"》，《外国文学研究》2010年第2期。

周庭华：《从主位系统解读〈觉醒〉中埃德娜的转型过程》，《衡水学院学报》2010年第2期。

何庆华：《拉康式的主体：分裂，异化的自我——以对〈觉醒〉中埃德娜记忆之像的解读为例》，《河南城建学院学报》2010年第2期。

陈凤兰：《从女性主义视角解读艾德娜与安娜之叛逆女性形象》，《三明学院学报》2010年第3期。

宋春梅：《〈一小时的故事〉女性意识解读》，《沈阳师范大学学报》（社会科学版）2010年第3期。

文珊：《凯特·肖邦〈觉醒〉中的生态女性主义意识》，《吉首大学学报》（社会科学版）2010年第3期。

高琳琳：《两位"自由女性"形象——安娜·沃尔夫与艾德娜人物形象比较》，《赤峰学院学报》（汉文哲学社会科学版）2010年第3期。

张芬芬：《梦醒时分——〈觉醒〉主人公爱德娜心路历程分析》，《科技资讯》2010年第3期。

徐红：《充满悖论的作家——凯特·肖邦不竭艺术魅力之解读》，《杭州电子科技大学学报》（社会科学版）2010年第4期。

李雪梅、廖新丽：《悲剧潜质在麦琪和爱德娜命运中的体现》，《思茅师范高等专科学校学报》2010年第4期。

韩瑞芳：《A Solitary Pilgrimage to Awakening》，《阴山学刊》2010年第4期。

侯静：《通过赖斯小姐看凯特·肖邦的女性意识》，《长江大学学报》（社会科学版）2010年第4期。

朱洪林：《激情与理智的抗衡——凯特·肖邦短篇小说〈一位正派女人〉评析》，《宜宾学院学报》2010年第4期。

陈亚丽：《未出场的"颠覆者"——对〈德西蕾的孩子〉的一种新解读》，《外国文学》2010年第5期。

李雪梅：《女性自我意识觉醒的生命代价——麦琪和埃德娜悲剧命运的比较研究》，《曲靖师范学院学报》2010年第5期。

万雪梅：《叙事"视角"新探》，《江西社会科学》2010年第5期。

田丰、吴非晓：《论凯特·肖邦的〈觉醒〉在中国的接受》，《现代交际》2010年第5期。

倪俭：《论凯特·肖邦的女性主义创作起源——从〈她的信件〉谈起》，《江苏技术师范学院学报》2010年第5期。

刘丽、崔静华：《从觉醒到迷失——论〈觉醒〉中的主人公埃德娜》，《新疆职业大学学报》2010年第6期。

屈丽娜：《进步与倒退，解放与孤立——〈莎菲日记〉与〈觉醒〉中的女性意识》，《阜阳师范学院学报》（社会科学版）2010年第6期。

张竞碧：《正派抑或反叛——解读〈一个正派的女人〉》，《语文学刊》（外语教育与教学）2010年第6期。

滕婷婷：《浅析〈觉醒〉中埃德娜超越现世的自我探索》，《科教导刊》（中旬刊）2010年第7期。

潘英慧：《从自然主义角度解读凯特·肖邦的〈觉醒〉》，《湖北广播电视大学学报》2010年第7期。

段志聪：《爱德娜——爱情世界中的孤独者》，《科教文汇》（中旬刊）2010年第8期。

毛延生：《隐现的反讽 映现的象似——〈一小时的故事〉中多重反讽之象似性阐释》，《广州大学学报》（社会科学版）2010年第8期。

江惠：《客体物象对主体形象的暗示和显现——〈觉醒〉中"鸟"和"大海"的象征意义》，《经济研究导刊》2010年第8期。

刘艳丽：《从〈暴风雨〉看凯特·肖邦作品的自然主义倾向》，《科技信息》2010年第8期。

杨淑慧：《刍议表现功能在肖邦小说中的渗透——以其短篇小说〈一个小时的故事〉为例》，《大舞台》2010年第9期。

陈平：《重复叙事技巧在〈觉醒〉中的运用》，《时代文学》（下半月）2010年第9期。

卢盛艳、金万锋：《"会话含义"理论透视凯特·肖邦〈觉醒〉》，《现代交际》2010年第10期。

袁源：《〈觉醒〉中的生态女性主义意识》，《时代文学》（下半月）2010年第10期。

张艳华：《女性：从"无"到"有"的可能性》，《科教文汇》（上旬刊）2010年第10期。

向瑜：《析〈觉醒〉中埃德娜自杀的必然性》，《贵州师范学院学报》2010年第11期。

段志聪：《爱德娜——女性世界的游离者》，《重庆科技学院学报》（社会科学版）2010年第18期。

古明、魏仁科：《Awakening! Awakening?——An Analysis of Edna's Awakening in The Awakening》，《科技信息》2010年第20期。

马刚：《透过〈暴风雨〉看19世纪女性的生存状态》，《黑龙江科技信息》2010年第27期。

赵雯雯：《锦衣华服皆有语——浅谈〈觉醒〉与〈沉香屑——第一炉香〉的服饰意象化对比》，《科技信息》2010年第27期。

张鸣瑾：《叙事视角下〈一小时的故事〉的及物性分析》，《学理论》2010年第31期。

杨双菊：《The "Death" Theme in The Story of an Hour》，《科技信息》2010年第31期。

刘敏、张瑞：《瞬间的极致——再读凯特·肖邦的〈一小时的故事〉》，《小说评论》2010年第S1期。

书籍中收录的肖邦作品译介和研究

短篇小说

吴文智主编：《最后一片叶》（海豚出版社2010年版）（本书收录并翻译、简评了"The Story of An Hour"第124页）

艾柯编著：《我在世界的中心呼唤你》（文化艺术出版社2009年版）（本书收录并翻译了"The Story of An Hour"第52页）

汪洪章、宋梅编著：《英美名家名篇选读》（短篇小说）（上海科学技术出版社2009）（本书收录并翻译了"Désirée's Baby"第193页）

徐翰林选译：《感动世界的文字》（短篇小说卷）（武汉出版社2009年版）（本书选译了"The Story of An Hour"第174页）

中国修辞学会读写教学研究会主编：《老师推荐的美文大全》（第2集）（石油工业出版社，2009年版）（"The Story of An Hour"第161页）

赵敏、成应翠编著：《世界上最著名的短篇小说》（英汉对照）（机械工业出版社2008年版）（"The Story of An Hour"第116页）

赵莉编著：《美国短篇小说精品赏析》（哈尔滨市：东北林业大学出版社2007年版）（本书介绍了肖邦并译注了"The Story of An Hour"第70页）

徐翰林编译：《最经典的短篇小说》（汉英珍藏版）（天津：天津教育出版社2006年版）（"The Story of An Hour"第158页）

[美]C. G. 德雷伯编：《美国故事》（上、下）（中央编译出版社2006年版）（"The Story of An Hour"第39页）

王玲主编：《经典英语短篇小说赏析》（哈尔滨：哈尔滨工业大学出版社2005年版）（本书共选编了20篇英语短篇小说每篇小说都由：著者简介、作品简介、作品、注释等六个部分组成。"The Story of An Hour"第68页）

彭贵菊选编并译注：《泄密的心》（中国国际广播出版社2002年版）（"The Story of An Hour"第116页）

肖琼主编：《语文大阅读》（高中卷6）（广西师范大学出版社2003年版）（张强译介："一个小时的故事"第135页）

蔡智敏主编：《新续写大语文》（高中A卷）（辽宁人民出版社2002年版）（"一小时的故事"第363页）

美国文学史中对肖邦的相关记载

金莉、秦亚青著：《美国文学》（外语教学与研究出版社1999年版）（本书共分五大部分，以美国文学史上传统时期划分，按年代的先后为序编排每一部分。侧重于这一时期对美国文学乃至世界文学发展作出重要贡献的几位作家，评介了他们的生平和主要作品；在作家取舍上选择了不同流派、不同性别、不同种族的代表作家。其中"凯特·肖邦"第100页）

刘海平、王守仁主编，朱刚主撰：《新遍美国文学史》（第二卷）（上海外语教育出版社2002年版）（本书内容包括美国南北战争至第一次世界大战期间的美国小说、诗歌、戏剧、文学思潮、黑人文学、女性文学和华裔文学的发展情况等。其中"凯特·肖邦"第433页）。

主题研究

赵珑：《维多利亚时代的新女性——评凯特·肖邦的〈觉醒〉中的埃德娜》，载李翔鹰主编《新世纪新思考新探索 高校外语教学研究论集》（上海外语教育出版社2001年版）第74页。

孙全军：《凯特·肖邦[美国]》，载王晓英、杨靖主编《她世界：西方女性百部名著赏析》（安徽人民出版社2004年版）第93页。

万雪梅：《如何面对婚姻中突然出现的"第三者"——解读凯特·肖邦的

〈一位正派女人受到的诱惑〉》，载薛家宝、王晓英主编《对话与创新：全球化语境下的外国文学与比较文学研究》（河海大学出版社2008年版）第169页。

王敏：《独自远行——对凯特·肖邦杰作〈觉醒〉的女性主义解读》，载蔡龙权、裘正铨、王军彦主编《外语语言与教学研究：一》（上海科学技术出版社2009年版）第47页。

周萍：《留白的艺术——读凯特·肖邦〈一小时的故事〉》，载马广惠主编《外国语言文学论集》（河海大学出版社2006年版）第103页。

宫玉波：《艾德娜的觉醒与悲剧——论凯特·肖邦的〈觉醒〉》，载宋光庆主编《外语教学与研究论文集》（中国世界语出版社1996年版）第334页。

工具书中的研究

文学教程

秦寿生主编：《英美文学名著选编》（高等教育出版社2000年版）[本书是为非英语专业研究生（包括硕士生、博士生）以及具有相应英语水平的读者编写的，包括诗歌、散文、短篇小说三种文学体裁。凯特·肖邦"The Story of An Hour"，第177页]

虞建华编著：《英语短篇小说教程》（高等教育出版社2010年版）[本书注重培养学生的跨文化交际能力和文化鉴赏与批判能力。本书选材兼具思想性和文学性；充分注意作品的故事性和多样性；以"小说要素"为引导帮助学生理解作品；强调文学作品的多义性提供思考、讨论的练习；另附8则小说名篇供教师选择使用。凯特·肖邦"The Story of An Hour"，第125页]

凯特·肖邦的介绍

金莉、秦亚青：《凯特·肖邦其人》，《外国文学》1995年第4期。

钱满素选编：《我生为女人》，河北教育出版社1995年版，第51页。

其他

[美]齐夫（Ziff, L.）：《一八九〇年代的美国：迷惘的一代人的岁月》，夏

平、嘉彤、董翔晓译，上海外语教育出版社1988年版（第十三章：不平等的深渊 "萨拉·奥恩·朱厄特、玛丽·威尔金斯·弗里曼、凯特·肖邦"，第287页）。

[美]威尔逊（WilsonEdmund）：《爱国者之血 美国南北战争时期的文学》，胡曙中等译，上海外语教育出版社1993年版（第十三章：战后南方的小说家：阿尔比恩·W.图尔谢、乔治·W.凯布尔、凯特·肖邦和托马斯·纳尔逊·佩奇，第437页）。

265

后 记

每一粒沙子，

我知道珍惜；

每一次日出和日落，

我舍不得忘记；

每一次交换过的粲然微笑，

我又怎能漠然忘怀？

感恩我的导师虞建华教授。他，大音希声，却让我懂得，什么样的老师是世界上最好的老师。他的课，总是让我想到莫扎特的音乐，因为那里流动着的是他的智慧和人格魅力，就如莫扎特的音乐一样，会将人带进一个最朴素、最天真、最富有想象力、最有诗意的孩童般纯真的精神世界，会激荡起人们内心纯正、沉潜、永远的乐观、无限的信心和无私的爱心。诸天有其音乐、人有内在和谐，而虞老师的课有使两者"同声相应"的作用，于是人们就会发现：人生多美啊，难道我们大家不正生活在桃花源吗？！

感恩上海外国语大学的李维屏教授、王恩铭教授和乔国强教授，他们给予我们的不仅是渊博的知识，还有永远的精神食粮。同样感恩上外的戴炜栋教授、冯庆华教授、俞东明教授和张健教授，他们的语言、教育和翻译课，为我打开了一扇扇渊博知识的窗口，他们的儒雅风范也让我敬仰。还要感恩上海外国语大学研究生部的领导、老师和同学们，感恩图书馆的左菲菲和严丹等老师，正是因为他们的热情关爱与帮助，使我倍感上外的温暖和美好。

感恩我的工作单位——江苏大学的各级相关领导，没有他们的悉心关心与辛勤培养，我不可能有到上外求学的机会，更不可能有拙作的发表。感恩王保田教授和钱兆华教授在日语和哲学方面给予我的教导和帮助。感恩我院的同事，在我撰写拙作期间，帮我承担了全部的教学工作。在此，我还要感谢我的学生们对我的理解，没有他们的理解与鼓励，我对他们的歉疚与不安又将增添几份。

感恩南京大学钱林森教授和我校刘爱真教授，他们的求真务实精神，他们多年来对我的关心与帮助，是我不断向上的动力源泉。感恩我读硕士时的导师程爱民教授和王晓英教授，是他们领我步入科研之门，还在不断地关注着我的进步，让我深深体会到寸草之心难报三春之晖。同样感恩南京师范大学外国语学院陈新教授、张杰教授、姚君伟教授、傅俊教授和吕俊教授等等，他们的人格魅力和学术魅力，将永远提醒我不能愧为他们的学生。特别感恩钱满素教授，没有她的启迪，我不可能在10年前开始研究凯特·肖邦，没有她无言的榜样与影响，我不可能在学术道路上如此执着。

特别感恩北京大学乐黛云先生，多少年来，她激励我的话语没有一天不在耳边回响，我愧对她，如同不敢正视太阳一样。特别感恩美国达拉斯德州大学顾明栋教授和Dannis Kratz教授，正因为他们的热诚邀请，我才得以到美国访学一年，也才知道自己过去在英文上所做的努力是多么不足挂齿！感恩挪威奥斯陆大学的Knut教授，帮我从国外寄来大量文献资料。感恩南京大学周宪教授、王守仁教授、杨金才教授和何成洲教授等等，感恩南京师范大学汪介之教授和杨莉馨教授，感恩华中师范大学聂珍钊教授，感恩江南大学的刘剑锋教授，感恩中国社会科学院的金惠敏教授，等等，感恩所有曾经直接或间接给予我关心和帮助的恩师们。

特别感恩我中学时的语文老师——江苏省督学、江苏省突出贡献专家柳印生先生。他自己没能得到多少情感的抚慰，父亲在极左路线时生命遭到无情遏制，却用永恒的爱与抚慰回报世人。多少年来，每当我有懈怠之时，就会想起我的作文本上有他留下的无数红圈批语，他的根根白发就如鞭抽打我慵懒的心。

特别感恩我的亲人们。感恩我的祖母和外公，是他们用优美的民间故事，激发了我对文学永远的热爱。感恩我的父母公婆，他们始终心怀共产主义信念，一辈子大公无私，热情关怀并帮助身边的每一个人，哪怕累坏自己的身体也在所不惜。他们的精神时时感染我，提醒我不为外物所移。我虽然深知百善孝为先，却因身在外地，对他们尽孝不够。同样特别感恩我所有的其他亲人，没有他们的理解与关爱，没有他们分担了我对祖辈和父辈的责任，我不可能专心完成拙作的撰写。我也感谢我的孩子，许多年来，我忙于自己所谓的学问，给予他的时间不多，他不仅没有怨言，相反还时常鼓励我不断进步。

特别感恩江苏大学卞新国老师，没有他在传统文化方面对我的熏陶，我不可能对人生有更深的体悟；同样感恩江苏大学教职工合唱团的所有领导、教师和成员，感恩江苏大学吴守一教授，如果说我对美还有一定的感知能力，离不开他们在音乐方面对我的影响。

特别感恩上海外国语大学的任生名教授、查明建教授、周敏教授和殷书林教授，再次特别感恩上外的李维屏教授，感恩上海海事大学的容新芳教授、上海大学的周平教授、江西科技师范学院的李丽华教授和上海理工大学的金文宁教授，拙作在答辩时，能够得到他们的指导和鼓励，使我倍感荣幸。

特别感恩我敬爱的师母，她年轻美丽、温柔贤淑、富有爱心，和导师一样，她从另一个方面，为我树立了最好的榜样！此外，我还要感恩上外的王弋璇老师，周怡老师，再次感恩周敏老师，感恩李丽华、李亚莉、李晨歌、张晓卉、丁秉伟、伍阳艳和蔡玉侠等同学，感恩上外英语学院的饶萍和陈舜婷同学，感恩美国达拉斯德州大学的Joseph Richie, Marina和Daisy同学，感恩江苏大学博士班的所有同学、还有许多在此我无法一一列出姓名的我的好同事们。正因为有他们的关爱，完成这本小书的岁月竟是这么美好。

最后，我要衷心地特别感恩中国社会科学出版社的于晓伦先生、武云女士和王斌先生等，他们的人文情怀、学术魅力和工作效率时时在熏陶着我、鞭笞着我绝不能辜负他们对拙作的不弃，绝不能辜负武云女士和王斌先生在百忙中抽出的花在拙作上的大量的宝贵时间，绝不能因为拙作的发笔玷污了我心中最最神圣的中国社科出版社的形象。

曾经，总是以艾米莉·狄金森的一首小诗勉励自己，以为人生可以不必背负太多的歉疚。

> 假如我能使一颗心免于破碎，
> 我便没有虚度此生；
> 假如我能消除一个人的痛苦，
> 或者抚平一个人的悲伤，
> 或者帮助一只昏迷的知更鸟
> 重新回到它的巢中，
> 我便没有虚度此生。

但愿眼前的这本小书能让我回报恩师的指导、父母的养育之恩、对大家的关心与帮助，告慰今夏离我而去的家父的在天之灵！我会不断努力的！

万雪梅
2011年12月于美国